Für Nadine,

weil ich ohne dich niemals mit dem Schreiben angefangen hätte. Danke, dass du immer ein bisschen mehr an mich glaubst als ich selbst ♥

Die Autorin

Michelle Wend, geboren in den 90ern, wuchs im Münsterland auf und lebt auch heute noch dort. Waren es anfangs Jugendbücher, die sie faszinierten, weckten später New Adult Romane den Wunsch, selbst zu schreiben. Wenn sie nicht gerade an ihren Manuskripten sitzt, verbringt sie Zeit mit ihren Liebsten, vergräbt ihre Nase in Romanen oder lässt sich von ihren beiden Katern um die Pfoten wickeln.

MICHELLE WEND

AGAINST
all Doubts

ROMANCE EDITION

AGAINST *all Doubts*

Michelle Wend

8700 Leoben, Austria

1. Auflage

Covergestaltung: © Sturmmöwen
Titelabbildung: Malysheva Liudmyla (shutterstock)
Redaktion & Korrektorat: Romance Edition

Printed in Germany

ISBN-Taschenbuch: 978-3-903278-94-3
ISBN-EPUB: 978-3-903278-95-0

www.romance-edition.com

1. Kapitel

You don't love someone because they're perfect,
you love them in spite of the fact that they're not.
Jodi Picoult

Durham, North Carolina

Es war ein Montagabend, an dem die gesamte Stadt vor Energie und Anspannung förmlich zu vibrieren schien. So weit das Auge reichte, tummelten sich begeisterte Sportfans, jede freie Fläche trug das Wappen der *Duke University*, und überall las ich den Namen ihrer Mannschaft: *Duke Blue Devils*. Heute war kein gewöhnlicher Tag. Heute ging es um die Krone des College-Basketballs.

Das Finale der *National Collegiate Basketball Association* war eines der größten Sportereignisse überhaupt. *March Madness. The Big Dance.* Nur zwei Bezeichnungen für das Event, dem Tausende jedes Jahr entgegenfieberten. *Verrückt* könnte es nicht besser treffen, denn genauso fühlte es sich an, während ich über den Campus der *Duke* spazierte. In wenigen Wochen würde ich hier mein Medizinstudium beginnen. Es klang immer noch wie ein Traum.

Die *Duke* war immer meine erste Wahl gewesen. Schon meine Eltern hatten hier ihre College-Zeit verbracht und sich auch an diesem Ort ineinander verliebt. Dass ich in ihre Fußstapfen treten konnte, war immer noch ein wenig unfassbar. Wahrscheinlich würde es eine Weile dauern, bis ich vollends begriff, dass mein größter Wunsch tatsächlich wahr wurde. Und auch mein zweitgrößter würde in wenigen Stunden in Erfüllung gehen.

»Ist alles in Ordnung, Carly?« Die Stimme meiner besten

Freundin June ließ mich leicht zusammenzucken.

Bei all dem Trubel um das heutige Finalspiel hatte ich unsere Mission *Campuserkundung* glatt vergessen.

Ertappt sah ich zu ihr. »Ja, tut mir leid. Ich war in Gedanken. Was wollen wir uns als Nächstes anschauen?«

June betrachtete mich einen langen Moment, bevor sie wieder auf den dunkelblauen Flyer in ihren Händen blickte. Auf dem Campusführer, den sie sich vorne am Eingang aus einem Ständer geschnappt hatte, waren die wichtigsten Gebäude der einzelnen Fakultäten verzeichnet. Da mir die kleine Karte mehr wie ein ausweglose Labyrinth in einem Rätselheft vorkam, ließ ich June über unser nächstes Ziel entscheiden und vertraute ganz auf ihren hervorragenden Orientierungssinn. Ohne sie hätte ich mich auf dem riesigen Gelände bereits hundertmal verlaufen. Ich sollte sie bitten, mich zu Semesterbeginn zumindest eine Woche lang zu meinen Kursen zu begleiten, damit ich in dem Meer bestehend aus siebzehntausend Studenten nicht unterging. Noch besser wäre es gewesen, wenn wir gemeinsame Vorlesungen besuchen würden. Doch obwohl die psychologische Fakultät in unmittelbarer Nähe zur medizinischen lag, hatten wir nicht ein einziges Seminar im selben Gebäude.

June stupste mit ihrer Schulter gegen meine und beförderte mich damit erneut zurück in die Wirklichkeit. Sie deutete auf ein Gebäude mit ergrauter Backsteinfassade unweit von uns entfernt. In regelmäßigen Abständen standen helle Holzbänke unter schattigen Eichen, auf denen vereinzelt Studenten saßen, und ihre Gesichter in die Sonne reckten. »Ich habe gehört, dass das *Mary's* eines der beliebtesten Cafés am Campus ist. Wollen wir uns hineinsetzen und etwas trinken?«

»Auf jeden Fall. Nichts wie hin.« Koffein war schon jetzt unser täglicher Begleiter, und das würde sich in absehbarer Zeit nicht ändern. Bei all den langen Lernnächten, die uns bevorstanden, würde sich unser allmorgendlicher Latte macchiato höchstwahrscheinlich zu unserem Lebensretter steigern. Deshalb hatten wir uns einen hochmodernen Kaffeevollautomaten für unsere gemeinsame Wohnung gegönnt. Sie lag etwas abseits vom

Campus, besaß drei Zimmer und war einfach wunderschön. Ich konnte es kaum erwarten, offiziell einzuziehen.

»Dann los.« June steuerte lächelnd in die entsprechende Richtung, strich sich eine braune Strähne aus dem Gesicht und steckte den Flyer zurück in ihre Umhängetasche mit der Aufschrift *Duke University. Est. 1838.* Ich folgte ihr und ließ meinen Blick schweifen.

Inzwischen verstand ich, weshalb der Campus von den Studenten *Gothic Wonderland* genannt wurde. Normalerweise war ich kein Fan von Architektur, doch die *Duke* beeindruckte mich. Moderne Glasbauten gliederten sich zwischen älteren Gebäuden im neogotischen Stil ein. Die Mischung aus hell und düster hatte etwas Faszinierendes, fast Surreales an sich. Es gab so viel zu entdecken, dass ich gar nicht wusste, wo ich zuerst hinschauen sollte. Ich fühlte mich, als würde ich mich in meiner eigenen kleinen Blase befinden. Ein Teil von mir erwartete, dass sie jeden Moment platzen könnte.

Unauffällig kniff ich mir in den linken Oberarm und zuckte bei dem Schmerz zusammen.

»Hast du dich gerade echt selbst gekniffen?« June sah mich belustigt an.

»Ähm ... nein?« Der Versuch, es zu leugnen, war von vornherein zum Scheitern verurteilt. June und ich waren gemeinsam aufgewachsen. Zwanzig Jahre lang hatten wir direkt nebeneinander gewohnt. Niemand kannte mich besser als sie.

»Natürlich nicht.« Mein Schulterzucken ließ sie laut lachen. Ich konnte gar nicht anders, als miteinzusteigen.

»Was denn? Kannst du das alles etwa glauben?« Ich machte mit der Hand eine ausladende Bewegung und spürte unglaubliche Vorfreude.

June legte den Kopf schief und stieß einen Seufzer aus. »Nicht wirklich. Aber allein die Vorstellung macht mich verdammt glücklich.«

»Siehst du. Mir geht es nicht anders.«

Wir erreichten das kleine Café an der Ecke des Gebäudes. Wie schon aus der Entfernung zu sehen, war der einst helle Backstein über die Jahrzehnte nachgedunkelt und zum Teil mit Efeu bewachsen. Vor einem der Ladenfenster war ein dunkler Metallständer montiert, an dem einige Fahrräder lehnten. Links daneben luden drei kleine Sitzgarnituren mit rot-karierten Polstern zum Verweilen ein. Über der Tür prangte ein weißes Schild, auf dem *Mary's Tea & Coffee* geschrieben stand. Ich fühlte mich auf Anhieb wohl. Es erinnerte mich ein wenig an zuhause.

»Schön, oder?«

»Jap. Ich kann verstehen, warum es so beliebt sein soll.«

»Ich auch. Lass uns reingehen und herausfinden, ob der Kaffee genauso gut schmeckt, wie mir erzählt wurde.« June trat vor mir durch die Tür. Eine alte, leicht verrostete Glocke kündigte uns an.

Im Innern war das Lokal genauso gemütlich, wie das Äußere vermuten ließ. Links von uns stand eine hölzerne Bar, mit gemütlich aussehenden Hockern davor. Auf der rechten Seite waren Sitzgruppen in unterschiedlichen Größen und Formen angeordnet. Am besten gefielen mir jedoch die Sitzbänke direkt vor den großen Fenstern, die liebevoll mit zahlreichen bunten Kissen dekoriert waren. Während June uns einen Platz in dem gut besuchten Café organisierte, übernahm ich die Getränkebestellung.

»Was kann ich dir bringen, Liebes?« Die Frau hinter der Bar, *Mary*, wie ich auf ihrem Namensschild lesen konnte, hatte sich in meine Richtung gedreht. Auf ihren Lippen lag ein herzliches Lächeln, ihr graues Haar hatte sie hochgesteckt, sodass ihr lediglich ein paar einzelne Strähnen ins Gesicht fielen. Aus blassgrünen Augen sah sie mich aufmerksam an. »Zwei Latte macchiato zum Hiertrinken, bitte.«

»Kommen sofort. Setz dich einen Moment.« Mary deutete auf den dunkelgrünen Barhocker und griff sich ein kleines Edelstahlkännchen, das sie einen Moment später mit Milch füllte. Mein Blick fiel auf die zahlreichen Flyer, die in kleinen Stapeln auf der Theke verteilt lagen. Einige warben für Busreisen zum *Spectrum Center*, das Zuhause der *Charlotte Hornets*, die seit dem Jahr 2004 in der NBA spielten. Dort würde in wenigen Stunden auch das College-Meisterschaftsspiel stattfinden. Andere Flyer präsentierten

Übernachtungsmöglichkeiten oder priesen Gewinnspiele für exklusive VIP-Tickets an. Selbst in diesem kleinen Campus-Café war etwas von der Vorfreude auf das Match zu spüren. An der Wand hinter der Bar hing nicht nur das Teamwappen, sondern auch das der *Duke*. Vereinzelt saßen Fans in ihren Mannschaftstrikots an den kleinen Tischen und tranken Kaffee oder aßen etwas, während sie immer wieder einen Blick auf die große, runde Uhr warfen, die rechts neben dem Hinweisschild zu den Toiletten hing. In knapp viereinhalb Stunden würde das Spiel beginnen.

Mit jeder verstrichenen Minute wurde ich ungeduldiger. Kein Wunder, immerhin traten die *Blue Devils* gegen ihre größten Rivalen an, die *White Cobras* der *North Hill University*. Beide Teams waren seit Jahren verfeindet. Die Gründe waren so zahlreich wie verschieden. Einer davon war bestimmt, dass die Teams in den letzten sechzig Jahren ähnlich viele Erfolge feiern durften. Ein anderer war wohl auf den üblichen Konkurrenzkampf zwischen öffentlichen und privaten Universitäten zurückzuführen.

Ich strich mir die Haare zurück und sah Mary dabei zu, wie sie in den Milchschaum unserer Getränke das Muster einer zarten Blüte zauberte. Schon immer war ich von diesen kleinen Kunstwerken fasziniert gewesen.

Einen Augenblick später stellte sie die beiden Gläser vor mir ab. »Hier, bitte schön.«

»Das sieht super aus, danke.«

Mary lachte und trocknete sich die Hände an einem karierten Geschirrtuch ab. »Schön, dass es dir gefällt.«

»Das tut es.« Ich bezahlte und ging rüber zu June, die uns einen Zweier-Tisch in der Nähe der Fenster organisiert hatte.

In aller Ruhe tranken wir unsere Latte macchiatos, ließen den Blick schweifen und plauderten über den bevorstehenden Abend. Später würden wir uns mit ein paar Mädels von den *Duke Blue Ravens*, der Frauen-Basketballmannschaft der *Duke*, treffen, um mit ihnen gemeinsam das Spiel zu besuchen. Sarah, ihr Captain, hatte uns dazu eingeladen, obwohl wir erst in einigen Wochen zum Team gehören würden. Noch immer konnte ich mein Glück nicht fassen. Das Finale live im Stadion zu sehen, stand auf meiner *Bucket List*, seit ich zum ersten Mal einen Basketball in der Hand hatte. Dementsprechend aufgeregt und nervös war ich. Nicht einmal jetzt konnte ich still sitzen und wippte unaufhörlich mit dem Bein.

»Du machst mich noch kirre, Carly.« June warf mir einen leicht genervten Blick über den Rand ihres Glases zu. »Wir werden es rechtzeitig schaffen, also beruhige dich. Ich weiß doch, wie sehr du dich auf dieses Spiel freust.«

»Tut mir leid.« Ich rutschte noch einmal auf meinem Sitz herum, bevor ich mich in Geduld übte. Uns blieben noch dreiundvierzig Minuten, bis wir zum Stadion fahren mussten. Das war genug Zeit, um zum Hotel zurückzukehren und uns ein wenig frisch zu machen. Ich war niemand, der stets überpünktlich war, doch heute wollte ich um keinen Preis zu spät kommen.

Möglichst diskret betrachtete ich Junes beinahe leeres Glas und rechnete mir in Gedanken aus, wie viele Schlucke dafür noch nötig wären.

June verdrehte lächelnd die Augen, trank ihren Kaffee aus und griff sich ihre Umhängetasche. Meine hing noch immer über meiner Schulter. »Dann lass uns gehen. Sonst drehst du mir noch durch.«

»Gar nicht wahr.« Ich grinste, bevor ich June am Arm aus der Tür zog. Draußen übernahm sie wieder die Führung, da ich mir den Weg zur Busstation nicht gemerkt hatte.

Ich kramte gerade meine Sonnenbrille aus der Tasche, als sie plötzlich stehen blieb. Beinahe hätte ich sie umgerannt. »Was ist los?« Verwundert machte ich einen Schritt nach rechts, sah in dieselbe Richtung und begriff, weshalb sie gestoppt hatte.

Auf der anderen Straßenseite stand der Mannschaftsbus der *Duke Blue Devils*, umringt von einer beachtlichen Menschenmenge. Während der überwiegende Teil des Teams bereits im Inneren Platz genommen hatte, stand einer der Spieler noch draußen, plauderte und schrieb fleißig Autogramme oder machte Selfies. Dass es sich dabei zum Großteil um weibliche Fans handelte, verwunderte mich kein bisschen. Wir sprachen hier immerhin von *Logan Evans*. Point Guard, erfolgversprechendster Nachwuchs-

und Starspieler der *Blue Devils*. Jeder, der sich halbwegs für College-Basketball interessierte, hatte seinen Namen schon mindestens einmal gehört. So auch ich. Dass er nur wenige Meter von mir entfernt stand, konnte ich kaum glauben. Er war mindestens einen Kopf größer als ich und sah in echt noch viel besser als auf den Fotos aus. Während die dunkelblaue Trainingsshorts locker auf seinen Hüften saß, betonte das schwarze Shirt seine muskulösen Oberarme und zog für einen Augenblick meine komplette Aufmerksamkeit auf sich.

Seine braunen Haare waren weder zu kurz noch zu lang und fielen ihm sanft in die Stirn. Die Lippen hatte er zu einem schiefen Lächeln verzogen, von dem jedes Mädchen schwärmen würde, das gerne Liebesromane las. Dass es auch in der Realität die entsprechende Wirkung zeigte, erfuhr ich nun am eigenen Leib.

Ich atmete aus, schob mir die Sonnenbrille auf die Nase und wollte gerade den Blick von ihm abwenden, als Logan direkt in unsere Richtung sah. Als hätte er etwas überaus Interessantes entdeckt, legte er den Kopf schief und betrachtete mich unverhohlen. Langsam breitete sich ein Schmunzeln auf seinem Gesicht aus. Erst da wurde mir bewusst, dass ich die Luft angehalten hatte. Hastig füllte ich meine Lunge mit Sauerstoff und überlegte gleichzeitig, ob ich stehen bleiben und seinem Blick standhalten oder lieber davonlaufen sollte. Noch nie zuvor hatte sich etwas derart intensiv angefühlt wie dieser Moment.

Ich war niemand, der schnell aus der Bahn geworfen wurde, und doch verschlug es mir für einen Moment die Sprache. Logan zwinkerte mir zu, dann wandte er sich ab, und ich fiel zurück ins Hier und Jetzt.

»Er gefällt dir also immer noch.« Wie sehr June damit ins Schwarze traf, war uns beiden bewusst. Innerlich verfluchte ich mich dafür, dass ich ihr von meiner kleinen Schwärmerei erzählt hatte.

»Und wenn schon. Du siehst doch, wie groß sein Fanclub ist.« Ich deutete auf seine *zahlreichen* Bewunderinnen.

June überlegte einen Moment, dann bemerkte ich ein Funkeln in ihren Augen. »Ich habe aber auch gesehen, wie er dir zugezwinkert hat. Willst du das etwa leugnen?«

Manchmal verfluchte ich meine beste Freundin. Ihr etwas vorzumachen, war schwierig, wenn nicht sogar unmöglich. Natürlich hatte sie seine Reaktion genauestens studiert. Und weil sie mich kannte, wusste sie auch, was diese kleine Geste von ihm in mir angerichtet hatte. Mein Herz schlug schneller, und ich drehte den Kopf zurück nach vorn, nur um im allerletzten Moment zu sehen, wie Logan einstieg und sich die Tür hinter ihm schloss. Einen Augenblick später setzte sich der Bus in Bewegung und rollte davon.

»Einen Versuch ist es wert.« Junes gemurmelte Worte drangen nur ganz langsam in mein Bewusstsein. Doch egal wie oft ich sie auch wiederholte, sie ergaben keinen Sinn.

»Was meinst du?« Verständnislos sah ich sie an.

Sie schob die Hände in ihre Hosentaschen. »Logan und du.« Sie sagte das absolut leichthin, so als hätten ihre Worte keine große Bedeutung. Dabei hatte sie mich gerade dazu aufgefordert, mich an den Star der *Blue Devils* ranzumachen. Ausgerechnet an den Kerl, dem eine Schar Fangirls nachlief. Ich schüttelte den Kopf. Zudem schmachtete ich Logan nicht an, ich bewunderte ihn lediglich für sein Talent, einen Ball treffsicher in einen Korb zu werfen, und dabei wie ein fleischgewordener Basketball-Adonis auszusehen. *Genau, Carly. Adonis.* Auch wenn ich Augen im Kopf hatte und zugeben konnte, dass Logan Evans attraktiv war, machte mich das noch lange nicht zu seinem Fangirl – es bewies lediglich, dass ich nicht blind war.

»Ach, hör schon auf. Wie stellst du dir das vor? Soll ich mich nach dem Spiel in die Umkleide schleichen und ihn um ein Date bitten? Das ist lächerlich, und das weißt du auch.«

»Das wäre etwas übertrieben. Aber vielleicht ergibt sich eine andere Gelegenheit. Ich meine ja nur. Es wäre eine Schande, wenn du eine Chance aus *Angst* nicht nutzen würdest.«

»Ich habe keine Angst.« Wovor auch? Was sie hier andeutete, würde nie passieren.

»Wenn du meinst ...« Ihr Schulterzucken wirkte fast wie eine Herausforderung. »Aber ...«

Bevor sie noch mehr sagen konnte, fiel ich ihr ins Wort. »Wenn ich dir verspreche, dass ich meine Chance nutze, *falls* sich mir eine bietet, lässt du das Thema dann ruhen?«

»Deal.« Sie nahm mir das Versprechen ab, ohne lange zu überlegen. Dass sie dabei grinste, machte mich misstrauisch. Es schien, als würde sie mehr wissen als ich.

Ich schüttelte den Kopf und drängte den Gedanken beiseite. Dann lief ich los und hoffte, dass wir es rechtzeitig zurück zum *AC* schafften. Es lag unweit vom *Duke University Hospital*, und wenn wir aus unserem Hotelzimmer sahen, konnten wir direkt auf den Campus schauen.

Ich war keine zwei Schritte weit gekommen, als June mich zurückhielt. »Wohin willst du?«

»Zum Hotel natürlich. Wir müssen uns noch umziehen und frisch machen. Schon vergessen?«

»Nein, aber zum geht Hotel es hier lang.« Sie deutete mit der linken Hand in die entgegengesetzte Richtung, in die ich gerade gelaufen war. Ohne etwas darauf zu erwidern, drehte ich mich um und ging an ihr vorbei. Hinter mir hörte ich sie leise lachen. Ich wirbelte herum, streckte ihr die Zunge raus und setzte meinen Weg fort. Als June zu mir aufschloss, stupste sie mir mit dem Ellenbogen in die Seite. Es war schön, eine Freundin wie sie an meiner Seite zu haben. Egal, wie alt wir waren, in uns schlummerten immer noch die zwei kleinen Mädchen, die sich durch gegenüberliegende Zimmerfenster gegenseitig Grimassen geschnitten hatten. Für nichts auf der Welt würde ich das missen wollen.

Das *Spectrum Center* war bis zum letzten Platz gefüllt. Wohin man auch sah, erkannte man die Wappen der beiden rivalisierenden Teams. Während die eine Hälfte in Weiß getaucht war, bestand die andere aus den blauen Trikots der *Duke*. Für einen Moment ließ ich meinen Blick schweifen und nahm die Atmosphäre in mich auf. Das Quietschen der Basketballschuhe, zusammen mit den Rufen der Fans und dem rhythmischen Stampfen ihrer Füße, ließ mich erschauern. Unzählige Male hatte ich mir diesen Abend ausgemalt und davon geträumt. Doch die Realität schlug meine Vorstellung um Längen. Ich fühlte mich lebendig. So lebendig wie noch nie zuvor. Und das inmitten von Fremden.

Dreiviertel des Spiels war vorbei, und die *White Cobras* führten mit zwölf Punkten. Ich hielt den Atem an, als sie erneut drei Punkte warfen und ihre Führung weiter ausbauten. Noch war für die *Blue Devils* nichts verloren. Das wusste ich. Und doch wurde ich zunehmend unruhiger. Das Spiel der *White Cobras* schien ausgeklügelt zu sein, jedoch auf eine hinterlistige und unfaire Weise. Hier mal ein kleiner Schubser, da ein kleines Zerren. Doch nur selten griff der Schiedsrichter ein. Je weiter die Zeit voranschritt, desto verärgerter wurde ich. Basketball war ein Mannschaftssport. Oftmals auch körperbetont. Doch die Spielweise der *White Cobras* war nicht regelkonform, und wenn es eines gab, das ich nicht leiden konnte, dann war es Ungerechtigkeit. Genau danach sah es in diesem Moment aus.

Genervt griff ich in die Tüte Popcorn, die June und ich uns teilten, und warf mir etwas davon in den Mund.

»Das kann doch nicht wahr sein.« Meine beste Freundin stieß einen Seufzer aus, lehnte sich in ihrem blauen Plastikstuhl zurück und verschränkte die Arme vor der Brust. Ich zuckte bloß mit den Schultern und versuchte, mich nicht weiter aufzuregen. Es brachte nichts. Ich hatte keinen Einfluss auf das Spiel. Den hatten nur die fünf Jungs der *Blue Devils*, die soeben auf Angriff umschalteten und nach vorne preschten.

»Warum pfeift der Schiri das denn nicht?« Sichtlich frustriert warf June die Hände in die Luft und verteilte dabei etwas Popcorn in der Reihe vor uns. Schnell stellte ich die Tüte weg, bevor sie noch einmal zugreifen konnte. Dass uns einer wegen Maiskornbeschuss blöd anmachte, fehlte noch. Die Stimmung der *Duke*-Fans war so schon auf einem Tiefpunkt.

Als kurz darauf ein lauter Pfiff ein Time-out anzeigte, atmete ich tief durch. Interessiert sah ich dabei zu, wie sich das gesamte Team der *Blue Devils* um Coach Johnson versammelte und auf seine Anweisungen wartete. Was genau er ihnen sagte, verstand ich nicht. Dafür saßen wir zu weit weg. Aber seine Körpersprache machte deutlich, dass er ebenso genervt war wie wir.

Die Jungs um ihn herum hörten ihm aufmerksam zu und nickten immer wieder. Mein Blick fiel auf Logan. Als Captain stand er direkt neben dem Coach. Er wirkte hochkonzentriert und presste seine Kiefer aufeinander, während er immer wieder zur gegnerischen Mannschaft schaute. Etwas in seiner Miene veränderte sich plötzlich. Im selben Moment legte der Coach einen Arm um Logans Schultern, und jedes Teammitglied streckte die Hand in die Mitte, um sich für die letzten Minuten gegenseitig zu motivieren. Gemeinsam liefen sie zurück aufs Feld. Wieder ertönte ein Pfiff. Das Time-out war zu Ende.

Gespannt rutschte ich auf meinem Sitz nach vorn, während sich das Team aufstellte. Irgendetwas war anders als zuvor. Ich wusste nicht genau, was es war, aber ich spürte es. Wie eine Vorahnung, dass gleich etwas Unglaubliches passieren würde. Ich wagte nicht einmal zu blinzeln, hielt den Atem an, während die Stoppuhr weiterlief. Mit jeder Sekunde wurde die Atmosphäre hitziger, das rhythmische Stampfen schneller, die Sprechchöre lauter und das Quietschen der Basketballschuhe schriller. Nervös knetete ich meine Finger und beobachtete jede noch so kleine Regung.

Die *Blue Devils* schienen sämtliche Kräfte zu mobilisieren, um das Spiel zu drehen. Acht der fünfzehn Punkte hatten sie bereits aufgeholt. Logan dominierte das Spiel auf eine Weise, wie ich es noch nie gesehen hatte. Nichts lief, ohne dass er daran beteiligt war. Sieben der acht Zähler gingen auf sein Konto. Es war beeindruckend, wie elegant er zwischen den Gegnern hin und her dribbelte und gleichzeitig absolut treffsicher war. Nicht ein Wurf ging daneben.

Als Captain meiner Highschool-Mannschaft wusste ich, wie schwer sowas war. Vor allem in einer Situation wie dieser. Es schien, als lastete die komplette Verantwortung auf seinen Schultern. Natürlich war dies nicht gänzlich mit unserer Meisterschaft zu vergleichen. Doch das Adrenalin in meinem Blut war dasselbe.

Das Ticken der Uhr auf der Anzeigetafel hallte in meinem Innern nach. *Eine Minute.* Sechzig Sekunden, die darüber entschieden, wer den Platz als nationaler Champion verlassen würde. Acht Punkte bis zum Sieg. Das war nicht unmöglich.

Unser Spieler mit der Nummer achtundzwanzig, Caleb Jensen, täuschte an, drehte sich nach rechts und ließ den Gegner stehen. Treffsicher versenkte er den Ball im Korb und holte uns wichtige drei Punkte. Fehlten noch fünf. Doch die Zeit saß uns im Nacken.

Fünfundvierzig Sekunden. Die *White Cobras* wechselten ihre Taktik. Statt auf Punkte zu setzen, warfen sie sich lange Querpässe zu, um den *Blue Devils* wertvolle Sekunden zu nehmen. Ich ballte die Hände zu Fäusten, während die Jungs alles taten, um in Ballbesitz zu kommen. Ein Fehler aufseiten der *White Cobras.* Ein einziger Fehler, und ....

Plötzlich erkämpfte sich Logan den Ball und sprintete nach vorn. Gerade als er zu einem Dreipunkte-Wurf ansetzte, rammte ihn der Spieler mit der Nummer achtundachtzig, Chris Davidson. Wie in Zeitlupe sah ich Logan fallen und auf seiner Wurfhand landen. Ich hielt die Luft an, und das Stadion schien zu verstummen. Der Schiedsrichter pfiff ein Foul.

»Oh mein Gott.« June klang genauso fassungslos, wie ich es war.

Die Sanitäter eilten aufs Spielfeld und begannen, Logans Hand zu untersuchen. So ein Sturz konnte böse enden. Er hatte schon ganze Karrieren zerstört.

Ein Blick in Logans starres Gesicht weckte einen unguten Verdacht. Sofort schwirrten mir die unterschiedlichsten Verletzungen durch den Kopf. Angefangen von einer Verstauchung, über einen Kapselriss, bis hin zu einem ausgekugelten oder sogar gebrochenen Finger. Das wusste ich, weil mich mein Dad schon früh über potenzielle Verletzungen, die man sich beim Basketball zuziehen konnte, aufgeklärt hatte. Als chirurgischer Orthopäde kannte er sich bestens aus.

Logan nickte dem Mannschaftsarzt auffordernd zu. Die beiden wechselten ein paar Worte, bevor der Arzt Verbandsmaterial aus seiner roten Tasche holte. Er wirkte nicht glücklich, während er Logan einen Stützverband um Handgelenk und Finger wickelte.

Nachdem er ihm auf die Beine geholfen hatte, packte er seine Sachen und verließ das Spielfeld.

Coach Johnson legte beide Hände auf Logans Schultern und sah ihn für einen langen Moment prüfend an. Logan wich seinem Blick nicht eine Sekunde aus. Schließlich nickte er und ging zurück an die Seitenlinie, während der Schiedsrichter mit dem Ball in der Hand auf Logan zusteuerte. Er zeigte ihm drei Finger, die Anzahl der Freiwürfe, die ihm zugesprochen wurden. Ich konnte ein Schnauben nicht unterdrücken.

Wütend starrte ich zu den *White Cobras*, die alle zufrieden grinsten. Genau darauf hatten sie es abgezielt. Die Wahrscheinlichkeit, dass Logan mit seiner verletzten Hand treffen würde, war gering. Es durfte aber auch kein anderer aus seiner Mannschaft einspringen. Kaum ein Spieler war mit beiden Händen gleich wurfstark. Logan mochte gut sein, aber das war ein Ding der Unmöglichkeit. Damit konnten wir den Sieg vergessen.

Enttäuscht verschränkte ich die Arme und starrte auf meine Füße. Ich wollte nicht einmal hinsehen. Vielmehr *konnte* ich es nicht. Es tat mir in der Seele weh, auch wenn ich nicht so genau wusste, warum. Vielleicht, weil ich mir vorstellte, wie ich an seiner Stelle an der Freiwurflinie stand, während die Hoffnung der zwanzigtausend Zuschauer allein auf mir lastete. Das war zu viel.

June stupste mir auffordernd in die Seite. Widerwillig hob ich den Kopf. Gerade rechtzeitig, um zu sehen, wie der Ball im Korb landete.

»Hat er gerade ...« Ich brachte die Worte nicht heraus. Logan hielt wieder den Ball in seiner linken Hand. Er prellte ihn ein paarmal gegen den Boden, ehe er sich in Position stellte. Er holte aus, warf und traf.

Ein lautes Raunen ging durch die Menge. Ich konnte nicht fassen, was ich gerade zu sehen bekam. Trotz seiner Verletzung hatte Logan zwei von drei Punkten erzielt. Damit ließ er die *White Cobras* ziemlich alt aussehen.

Logan schien denselben Gedanken zu haben, denn er schaute in diesem Moment zum gegnerischen Team. Ich folgte seinem Blick und bemerkte das wütende Gesicht von Chris Davidson, der Spieler, der ihn gefoult hatte. Seine Miene verdüsterte sich nur noch, als Logan den Ball erneut durch die Luft segeln ließ und auch den letzten Freiwurf verwandelte. Damit fehlten uns nur noch zwei Punkte zur nationalen Meisterschaft.

Obwohl wir noch nicht gewonnen hatten, brachen die Fans der *Blue Devils* in tosenden Jubel aus. Gemeinsam riefen sie Logans Namen und feuerten ihn damit weiter an. Ich bekam eine Gänsehaut und fühlte mich wie in Trance, weil alles an mir vorbeizurauschen schien, obwohl es gleichzeitig absolut scharf war. Der Blick auf die Uhr erhöhte das Adrenalin ein weiteres Mal. *Fünf Sekunden. Ein Angriff.* Ballbesitz der *White Cobras*. Unter diesen Umständen noch einen Zwei- oder Drei-Punkte-Wurf zu schaffen, war nahezu unmöglich. Doch die *Blue Devils* überraschten mich ein weiteres Mal.

Geschickt erkämpfte Caleb Jensen den Ball und warf ihn nach vorn zu Logan. Lässig dribbelte er erst einen, dann einen zweiten Gegner aus. Seine Verletzung schien vergessen. Beeindruckt sah ich zu, wie er einen Wurf antäuschte, um sich mehr Raum zu verschaffen. Doch leider durchschauten die *White Cobras* seinen Plan und deckten ihn.

Schnell überblickte ich das restliche Spielfeld und stellte fest, dass er keine Abspielmöglichkeit hatte. Also musste er das Ding selbst machen. Damit lag es an ihm, ob sich die *Blue Devils* für eine herausragende Saison belohnten oder kurz vor dem Ende scheiterten.

Zwei Sekunden. Mein Herz raste und pumpte das Adrenalin unaufhörlich durch meinen Körper. Logan täuschte erst links, dann rechts an, ehe er sich am Gegner vorbeischob und Richtung Korb sprintete.

Als er absprang, zeigte die Uhr *eine Sekunde* Restspielzeit an. Ich hielt die Luft an und betete, dass er treffen würde.

Wie in Zeitlupe verfolgte ich den Ball und stieß erleichtert die Luft aus, als er im Korb versank und uns die benötigten zwei Punkte verschaffte.

Im nächsten Augenblick ertönte das laute Surren, das das Ende des Spiels und damit die *Blue Devils* als Sieger verkündete. Wir sprangen auf und reckten jubelnd die Fäuste in die Luft. Es war unbegreiflich. Lachend fielen wir einander in die Arme. Und dann anderen, die wir eigentlich gar nicht kannten. Doch das war egal. Wir hatten soeben die nationale Meisterschaft gewonnen. Wir waren Champions. Und das war alles, was in diesem Augenblick zählte.

Das *Spectrum Center* bebte förmlich. Der Boden vibrierte unter unseren Füßen, Konfetti wurde durch die Luft geschossen. Begleitet von zahlreichen Fangesängen, die nicht mal von der lautstarken Musik übertönt wurden. Nie zuvor hatte ich mich lebendiger gefühlt als in diesem Augenblick. Seit ich das erste Mal in meinem Leben einen Basketball in den Händen gehalten hatte, war es mein Wunsch gewesen, das Finale live zu erleben.

»Wir haben gewonnen! Könnt ihr das glauben?« Sarah legte jeweils June und mir einen Arm über die Schulter und lachte laut.

»Nicht wirklich«, antwortete ich. Doch wir hatten es geschafft. Es war der Wahnsinn.

»Ihr kommt später mit zur Party, oder?«

»Was für eine Party?«

»Um den Sieg zu feiern, was sonst? Sie steigt bei Caleb zuhause. Das dürft ihr nicht verpassen.«

»Dann sehen wir uns nachher.«

»Ich schicke euch die Adresse. Wenn jemand fragt, sagt einfach, dass ich euch eingeladen habe.« Nur einen Wimpernschlag später hatte sie sich wieder zu ihrer Truppe umgedreht.

Meine beste Freundin dagegen sah mich grinsend an und legte den Kopf schief. »Überleg dir schon mal, was du später zu Logan sagen willst.«

Mir rutschte das Herz in die Kniekehlen. »Was? Warum sollte ich das tun?«

»Ganz einfach. Weil das deine *Chance* ist, und du mir vorhin versprochen hast, sie zu nutzen. Also versuch dein Glück, und in ein paar Jahren heiratet ihr, bekommt viele süße Kinder, und ich werde Patentante.« Ich konnte nicht anders, als zu lachen. Meine beste Freundin las eindeutig zu viele Liebesromane.

»Hochzeit und Kinder? Habe ich überhaupt noch ein Mitspracherecht?«

»Nope, hast du nicht.« Lachend hakte sie sich bei mir unter, bevor wir zum Ausgang gingen. Um uns herum wurde immer noch gejubelt, doch in mir herrschte eine andere Aufregung. Eine, die ebenfalls mit dem Starspieler der *Blue Devils* zu tun hatte.

2. Kapitel

Will.i.ams Scream & Shout dröhnte aus den Boxen und ließ den Holzboden unter meinen Füßen vibrieren. Die Möbel im Wohnzimmer waren zur Seite geschoben und der freigewordene Platz zu einer Tanzfläche umfunktioniert worden. Dicht aneinander gedrängt tanzten gefühlt hundert Leute. Ihre Körper wurden dabei abwechselnd in buntes Licht getaucht. Wie sollten wir hier Sarah und die anderen Mädels aus dem Team finden?

Ich lotste June weiter durch die Menge, vorbei an kleinen Grüppchen, die sich abseits des Tanzbereichs gebildet hatten. Wortfetzen drangen an mein Ohr, aber nichts davon ergab Sinn. Die Musik war einfach zu laut. Wir traten durch einen Durchgang in das Esszimmer. Der lange Tisch war zur Bar umfunktioniert worden, vor der sich eine beachtliche Schlange gebildet hatte. Ich konnte die Etiketten auf den teils halbleeren Flaschen nicht erkennen, aber die Auswahl war beeindruckend. Dagegen wirkten die wenigen Highschool-Partys, auf denen ich bisher gewesen war, wie ein schlechter Scherz.

Zuhause in Southport gab sich niemand derart viel Mühe, nur um mit seinen Freunden zu feiern. In einer Stadt mit knapp fünftausend Einwohnern zelebrierte man Siege in einem kleineren Kreis. Doch davon spürte ich hier nichts. Ich fühlte mich ein bisschen, als wäre ich in eine Hollywood-Party gestolpert. Es war eindrucksvoll, aber auch einschüchternd. Ein Teil von mir hoffte, nichts zu verschütten oder versehentlich etwas kaputt zu machen.

»Hey, ihr zwei. Schön, dass ihr gekommen seid.« Wie aus dem Nichts erschien Sarah neben mir und zog June und mich zugleich in ihre Arme. Dann steuerte sie wie selbstverständlich auf den Tisch zu, schnappte sich zwei rote Plastikbecher und füllte sie mit Bier aus dem Fass daneben. Als sie wieder vor uns stehen blieb, drückte sie uns je einen davon in die Hand. Völlig perplex starrte ich sie an. Hatten ihr all diese Leute gerade den Weg freigemacht?

»Hier. Ihr habt einiges aufzuholen.« Ihre Augen schimmerten leicht glasig. June sah mich fragend an. Ich zuckte mit den Schultern und probierte.

Es schmeckte in Ordnung, aber es gab definitiv besseres. Als ich June die Nase rümpfen sah, verschluckte ich mich beinahe. Wenn sie wählen konnte, griff sie lieber zu Wein, weil ihr Bier zu bitter war.

»Ich mag euch zwei jetzt schon«, meinte Sarah grinsend, schlang je einen Arm um uns und dirigierte uns zurück ins Wohnzimmer. Die anderen Mädels hatten sich in der Nähe der zum Rand geschobenen weißen Ledercouch eingefunden. Einige saßen auf den Polstern, andere standen oder hockten vor ihnen. Völlig in ihre Unterhaltung vertieft, bemerkten sie uns im ersten Augenblick gar nicht.

Ohne etwas dazu zu sagen, zog uns Sarah zur Mitte der Ledercouch, ehe sie sich selbst auf die hintere Lehne setzte. Zu deutlich wurde ich mir der Aufmerksamkeit bewusst. Auch June rutschte spürbar nervös auf ihrem Platz herum.

»Was sagt ihr zum Spiel?«, fragte Lilly, eine hübsche Rothaarige und Small Forward der Mannschaft, und reichte Sarah über unsere Köpfe hinweg einen Becher. Ihr Lächeln war freundlich und interessiert. Und auch die anderen sahen uns aufmunternd an.

»Ich bin froh, dass sie es noch drehen konnten. Zeitweise sah es nicht gerade danach aus.« In Gedanken ging ich die Highlights des heutigen Abends durch. Wie knapp der Sieg gewesen war, wurde mir erst jetzt, nachdem ich etwas runtergekommen war, richtig bewusst. Es grenzte nahezu an ein Wunder, dass die *Blue Devils* die Meisterschaft geholt hatten. Vor allem, nachdem Logan so übel gefoult wurde.

»Wem sagst du das.« Lilly schnaubte, ehe sie einen großzügigen Schluck trank. »Ich verstehe auch nicht, weshalb der Schiri so selten gepfiffen hat. Er hat den *White Cobras* viel zu viel durchgehen lassen.«

»Stimmt. Hätte er eher eingegriffen, hätte sich Logan unter Umständen nicht verletzt.« Je länger ich darüber nachdachte, desto mehr ärgerte ich mich. Weil es absolut überflüssig gewesen war und seine Karriere unnötig gefährdete. Durch meinen Dad hatte ich mitbekommen, wie schnell sowas gehen konnte. Das wünschte man keinem.

»Hoffen wir mal, dass es nichts allzu Schlimmes und er schnell wieder fit ist.« Ich konnte June nur zustimmen. Doch für den Moment blieb uns nichts anderes, als abzuwarten.

Wir plauderten weiter, ein Thema löste das andere ab. Auch wenn wir uns noch nicht lange kannten, mochte ich die Mädels jetzt schon. Ich konnte es kaum erwarten, mit ihnen zu trainieren. Auch wenn man auf den ersten Blick nicht unbedingt vermutete, dass sie Basketball spielten. Beide waren groß, schön und hatten eine umwerfende Figur, was dem vielen Training geschuldet war. Mit ihrem perfekten Make-up, den hochgesteckten Haaren und den kurzen, grünen Kleidern konnte man meinen, sie wären einem Modemagazin entsprungen. Auch wenn ich selbst nicht klein war, hatte ich mich heute für High Heels entschieden. Dazu trug ich mein weißes Lieblingskleid, das June und ich bei unserer letzten Shoppingtour gefunden hatten. Während der obere Teil enger und mit zarter Spitze besetzt war, fiel der untere Stoff in leichten Wellen und endete kurz vor meinen Knien. Es zeigte weder zu viel noch zu wenig Haut. Dazu hatte June mir braune Smokey Eyes geschminkt, die entgegen meiner Bedenken gut zu meinen blauen Augen passten.

June hingegen hatte sich für ein schwarzes Kleid mit Blumenmuster entschieden, das ihr unglaublich gut stand.

Während ich an meinem Becher nippte und dem Gespräch der anderen lauschte, ließ ich meinen Blick umherschweifen. Nur einen Wimpernschlag später hörte ich die ersten Töne von Queens *We Are The Champions* und das Team der *Blue Devils* trat gesammelt ins Wohnzimmer. Natürlich wurde ein Scheinwerfer auf sie gerichtet. Imposanter konnte ein Auftritt nicht sein. Tosender Applaus, gefolgt von Pfiffen hieß sie willkommen.

Caleb ging allen voran. Breit grinsend stachelte er die Menge weiter an. Er wirkte, als wäre er völlig in seinem Element. Interessiert blickte ich auf den Spieler hinter ihm, dann auf den nächsten, doch Logan konnte ich nirgends entdecken. Was merkwürdig war, immerhin war er der Captain der Mannschaft.

Irritiert drehte ich mich zu June, die vollkommen verträumt zu den Jungs sah. Wen genau sie anhimmelte, konnte ich nicht direkt ausmachen, und gerade als ich sie darauf ansprechen wollte, schaute sie in meine Richtung. Ertappt färbten sich ihre Wangen rosa. Ich öffnete den Mund, um nachzuhaken, wurde aber von Lilly unterbrochen.

»Lasst uns tanzen!«

Mein schwacher Protest wurde direkt unterbunden, indem sie sich meine Hand schnappte und mich auf die improvisierte Tanzfläche zog, die inzwischen etwas leerer war. Das Lied wechselte und Ed Sheerans *Bad Habits* erklang. Wenn ich bis gerade eben noch keine Lust gehabt hatte, änderte sich das in diesem Moment schlagartig. Es gab Songs, zu denen musste man einfach tanzen. Dieser gehörte dazu. Ich schloss meine Augen und ließ meine Hüften kreisen. Als ich sie wieder öffnete, merkte ich, dass bereits etwas anderes gespielt wurde. Ich hatte keine Ahnung, wie viel Zeit vergangen war, doch Sarah stupste mich mit dem Arm an und deutete aufs andere Ende des Wohnzimmers. »Ich werde mal eine Pause machen. Kommt ihr mit?«

Als Zeichen, dass ich ihr folgen würde, nickte ich. Gemeinsam gingen wir zu der großen Sofalandschaft, die gegenüber der Tanzfläche stand.

»Ich hole mir noch etwas zu trinken. Soll ich dir etwas mitbringen?«, wandte ich mich an June, die sich auf die Couch sinken ließ. Sarah und Lilly gesellten sich ebenfalls dazu.

»Nein danke. Ich möchte nichts.« Sie schenkte mir ein Lächeln, bevor sie von Lilly in ein Gespräch über die angesagtesten Clubs der Stadt verwickelt wurde. Ich hörte die drei lachen, während ich mit meinem Becher von vorhin, auf den Freundinnen von Sarah aufgepasst hatten, in Richtung Esszimmer verschwand.

Auf dem Weg sah ich mich neugierig nach den Jungs um, die sich inzwischen im Raum verteilt hatten und sich unterhielten.

Logan entdeckte ich bei keinem von ihnen. Ob es an seiner Verletzung lag? Musste er vielleicht ins Krankenhaus?

Meine Gedanken kreisten weiter um ihn, während ich mir all die Komplikationen eines Sturzes wie dem seinen heute ausmalte. Durch meinen Dad kannte ich die häufigsten Verletzungsarten bereits. Viele davon hatte ich mir beim Spielen selbst schon zugezogen. Einerseits waren diese Erfahrungen gut, weil ich eine Zukunft als Sportmedizinerin anstrebte und so schon ein bisschen Fachwissen besaß, andererseits sorgte es im Moment für Horrorszenarien über ein mögliches Karriere-Aus bei Logan. Dabei sollte mich dieser Kerl kein bisschen interessieren, und doch tat er es. Einen Teil von mir ärgerte das. Weil ich einfach nicht wie eines dieser Fangirls sein wollte, das ihn am Bus abfing.

Meine Grübelei wurde beendet, als er wenige Sekunden später endlich auftauchte. Ich stand nicht weit entfernt neben dem Esszimmer und hatte ungehinderte Sicht auf ihn. Kygos *Hot Stuff* dröhnte im Hintergrund aus den Boxen und hätte nicht passender sein können.

Die schwarze, verwaschene Jeans saß perfekt auf seinen Hüften. Ein weißes Shirt betonte seinen durchtrainierten Oberkörper und ließ wenig Raum für Fantasie. Darüber trug er eine schwarze Lederjacke, die er Danny Zuko aus *Grease* gestohlen haben könnte, und weiße Sneaker. Dieser Look stand ihm gut, viel zu gut, und löste ein angenehmes Prickeln auf meiner Haut aus. Wie gebannt stand ich da und beobachtete ihn, als er durch die Menge ging. Ich spürte, wie das Herz in meiner Brust schneller schlug. Fast wäre mir der Becher aus der Hand gerutscht.

Nie zuvor hatte mich ein Mann derart aus dem Konzept gebracht. Logan hatte irgendetwas an sich, dass es mir unmöglich machte, den Blick auch nur für eine Sekunde abzuwenden. Dass er in Trainingssachen heiß aussah, war kein Geheimnis. Ich hatte es heute beim Spiel mit eigenen Augen gesehen. Dass er in normaler Kleidung aber mindestens genauso attraktiv war, wusste ich nun auch. Ich war nicht sicher, welcher Logan mir besser gefiel.

Im nächsten Moment wurde er von zahlreichen Leuten in Beschlag genommen, darunter auch einige seiner Fangirls, die sich förmlich an ihn drängten. Oder es zumindest versuchten. Ich konnte ein Seufzen nicht unterdrücken. Die Szene holte mich wieder auf den Boden der Tatsachen zurück. Herzklopfen hin oder her, mein Interesse an ihm änderte nichts daran, dass ich nur eines von vielen Gesichtern auf dieser Party war. Die Chancen, dass wir miteinander sprechen würden, waren gering bis nicht existent. Egal, was ich June versprochen hatte, ich sollte mir Logan aus dem Kopf schlagen.

»Ist alles okay?«, fragte June, als ich wieder bei ihr und den anderen Mädels ankam. Während ich weg war, hatten sich fast alle Spielerinnern um die Couch eingefunden. Lilly rutschte zur Seite, damit ich mich neben meine beste Freundin setzen konnte. Offenbar spürte nicht nur June, dass meine Stimmung gekippt war, denn auch Sarah musterte mich aufmerksam. Als ich nichts weiter sagte und nur mit den Schultern zuckte, nahmen sie ihr Gespräch, das sich mittlerweile um Caleb drehte, wieder auf. Auch er hatte beim Spiel heute eine gute Figur gemacht. Ich hörte ihnen zwar zu und nippte an meinem Bier, war jedoch nicht ganz bei der Sache. Immer wieder schweifte mein Blick zu Logan, der sich von einer Gruppe zur nächsten bewegte. Jedes Mal schien ein anderes Mädchen an seinem Arm zu hängen.

»Carly?« Wie schon vorhin stupste mich June an und holte mich ins Hier und Jetzt zurück. Das verschmitzte Lächeln auf ihren Lippen sagte mir, dass sie genau wusste, wen ich bis eben beobachtet hatte. Sie beugte sich näher heran und senkte die Stimme. »Sprich ihn doch einfach an.«

Sie war offiziell verrückt. Logan Evans sprach man nicht einfach an. Er war nicht *irgendwer*, sondern der Starspieler der *Blue Devils*. Und vor wenigen Stunden hatte sein Team die Meisterschaft gewonnen, nachdem er drei unglaubliche Freiwürfe linkshändig gemeistert hatte.

»Garantiert nicht.« Meine Antwort ließ sie lachen.

»Warum nicht? Du warst vorhin nicht die Einzige, die gestarrt hat.«

In Gedanken ging ich den heutigen Abend durch. Ich wusste, worauf sie hinauswollte. »Ach June, du schenkst dem Ganzen viel zu viel Bedeutung. Wahrscheinlich wollte er einfach bloß nett sein.«

»Nett ... Natürlich.«

Ich zuckte mit den Schultern, ließ gedankenverloren meinen Blick schweifen und stoppte bei Logan, der in diesem Augenblick bei Caleb und einem wunderschönen Mädchen mit langen braunen Haaren stand. Ich atmete tief durch, trank einen Schluck Bier und versuchte, meinen rasenden Puls zu beruhigen. Es gelang mir halbwegs. Zumindest so lange, bis Logan rübersah und seine genervten Gesichtszüge sanfter wurden. Nur eine Sekunde später schmunzelte er. Leider verstand ich auch, weshalb. Ich hatte ihn angestarrt, und er hatte es bemerkt. Grandioser erster oder auch zweiter Eindruck. Je nachdem, ob man unseren Blickkontakt von vor ein paar Stunden dazu zählte.

Beschämt drehte ich mich weg. »Wollen wir uns mal den Garten ansehen?«, fragte ich an June gewandt.

»Gute Idee. Hier drinnen ist es total stickig.« Wie um ihre Aussage zu unterstreichen, fächerte sie sich mit einer Hand Luft zu. »Hey Leute, Carly und ich verschwinden mal kurz nach draußen.«

»Macht das. Und fallt mir nicht in den Pool.« Sarah lachte und deutete mit dem Kopf auf den Becher in ihrer Hand. Auch wenn wir ein wenig Alkohol getrunken hatten, war es lang nicht so viel, als dass wir nicht mehr in der Lage gewesen wären, vernünftig zu gehen.

»Wir bemühen uns.« Ich grinste, ehe ich mich von der Wand abstieß, an der ich bis gerade eben gelehnt hatte. Auch wenn es hier drinnen ziemlich warm war, sehnte ich mich nicht unbedingt nach einer nassen Abkühlung.

Über einen Wintergarten, der an das große Wohnzimmer angrenzte, traten wir nach draußen. Sofort umhüllte mich eine frische Frühlingsbrise, und ich atmete tief durch.

Der Außenbereich war mindestens genauso imposant wie der Innenbereich. Überall waren Standfackeln aufgebaut, die in den Boden eingelassenen LED-Scheinwerfer gedimmt. Zahlreiche gepolsterte Sitzgarnituren luden zum Verweilen ein. In einer leicht versteckten Ecke war eine riesige Feuerschale aufgebaut, in der kleine Flammen vor sich hin flackerten. Rundherum waren Rattanstühle aufgereiht, die alle besetzt waren. In einer anderen Ecke stand ein XXL-Grill, wie man ihn sonst nur in der Werbung sah. Die Dinger waren unfassbar teuer.

Das Highlight und damit gleichzeitig auch absoluter Blickfang war der geschwungene Pool in der Mitte des Gartens. Eingebaute Strahler setzen ihn gekonnt in Szene. Ich betrachtete, wie sich das Licht durch die sanften Wellen brach. Es hatte etwas unglaublich Beruhigendes an sich und weckte nun doch den Wunsch in mir, eine Runde zu schwimmen.

Nicht unweit vom Pool standen ein paar Leute und warfen sich einen Football zu. Wie man dieses Ding fangen, geschweige denn werfen sollte, war mir bis heute ein Rätsel.

»Ach Mist, ich habe meine Tasche liegen gelassen. Bin gleich zurück.« June verschwand wieder nach drinnen und ließ mich allein. Da der Pool nicht weit entfernt war und sie mich an dieser Stelle leicht finden konnte, entschloss ich mich, dort auf sie zu warten.

Langsam ging ich am Poolrand entlang und stoppte, als ich in Höhe von ein paar Liegen stand. Eine Weile beobachtete ich das bunte Geschehen um mich herum. Obwohl June und ich noch nicht nach Durham gezogen waren, fühlte ich mich schon jetzt ziemlich wohl an diesem Ort. Ich freute mich auf das kommende Semester.

Ich war so sehr in meine Gedanken vertieft, dass ich zusammenzuckte, als ich einen in meine Richtung fliegenden Football bemerkte, den irgendjemand neben mir noch zu fangen versuchte. Ohne zu überlegen, machte derjenige einen Schritt nach hinten, verlor dabei das Gleichgewicht und stieß mich an.

Nur einen Moment später spürte ich, wie ich ebenfalls die Balance verlor und ins Straucheln geriet. Panisch schmiss ich meine schwarze Clutch in Richtung der Liegen, ehe ich mit dem Unbekannten zusammen im Pool landete.

Erschrocken tauchte ich auf und strich mir die nassen Strähnen aus dem Gesicht. *Natürlich musste mir das ausgerechnet dann passieren, wenn ich ein weißes Outfit trug.* Ein ironischer Gedanke, der bloß zu verstecken versuchte, wie unangenehm mir das alles war. Nicht nur meine Klamotten, sondern auch meine Haare waren nass. Im besten Fall waren Lidschatten und Eyeliner nur leicht verlaufen. Im schlimmsten sah ich aus wie ein Panda. Großartig. Konnte der Abend noch besser werden? Wahrscheinlich nicht. Es sei denn, der Stoff meines Kleides war nicht dick genug und nun durchsichtig. Nach einem schnellen Kontrollblick konnte ich dies jedoch glücklicherweise ausschließen. Immerhin etwas. Leise seufzend drehte ich mich um, um zu erkennen, welchem Unbekannten ich die unfreiwillige Abkühlung zu verdanken hatte.

Als ich realisierte, mit wem ich gerade in den Pool gefallen war, konnte ich nicht anders, als nach Luft zu schnappen. Es war kein Geringerer als Logan Evans. Entweder erlaubte sich das Schicksal einen gewaltigen Scherz, oder jemand meinte es verdammt gut mit mir. Wie wahrscheinlich war es, dass so etwas passierte?

»Hast du dir wehgetan?« Logan sah mich besorgt an und überbrückte die kurze Distanz zwischen uns.

Ich schüttelte den Kopf. »Alles okay, ich bin bloß nass.«

Oh Gott, das hatte ich nicht ernsthaft laut gesagt, oder?

Anscheinend doch, denn Logan grinste.

»Sag jetzt nichts.« Warnend hob ich den Zeigefinger, was ihn dazu brachte, beide Hände schützend vor seinen Oberkörper zu halten.

»Meine Lippen sind versiegelt.« Er kam einen weiteren Schritt näher und streckte mir seine Hand entgegen. Für einen kurzen Augenblick überlegte ich, wann mich jemand in meinem Alter das letzte Mal auf diese Weise begrüßt hatte. Es musste schon sehr lange her sein.

Lächelnd legte ich meine Hand in seine. Meine Haut prickelte bei der Berührung. Als ich loslassen wollte, hielt er mich noch eine Sekunde länger fest.

»Logan Evans«

»Carly Thompson.«

»Du bist doch das Mädchen, das mich vor dem Bus und auch vorhin so angestarrt hat, oder nicht?«

Oh Gott. Wo war das Erdloch, in das ich versinken konnte?

Weil es mir mehr als peinlich war, dass er mein Starren bemerkt hatte, vergrub ich mein Gesicht in meinen Händen und suchte verzweifelt nach einer glaubwürdigen Erklärung, die mir jedoch nicht einfallen wollte. Also holte ich tief Luft und sah ihn wieder an. Ein verschmitztes Grinsen lag auf seinen Lippen, das meinen Puls zuverlässig in die Höhe trieb.

»Können wir einfach so tun, als wäre das niemals passiert?«

Als er nickte, fiel mir eine riesige Last von den Schultern. »Können wir, aber ehrlich gesagt, finde ich das ziemlich süß.«

Ich setzte an und brach ab, ohne auch nur ein einziges Wort gesprochen zu haben. Was erwiderte man darauf? Ich hatte keine Ahnung, doch gleichzeitig spürte ich, wie meine Wangen anfingen zu glühen. Doch glücklicherweise sagte Logan nichts dazu und wechselte stattdessen das Gesprächsthema.

»Ich nehme an, du studierst auch an der *Duke*, Carly Thompson?« Die Art und Weise, wie er mich ansah und dabei meinen Namen aussprach, gefiel mir viel zu gut. Es hatte etwas Vertrautes an sich, obwohl wir uns kein bisschen kannten. Ein Teil von mir war sich sicher, zu träumen. Und wenn dem so war, wollte ich nie wieder aufwachen.

»Ich beginne nächstes Semester mit dem Medizinstudium.« Meine Pre-Med-Kurse hatte ich am *Davidson*-College belegt, das etwa zweiundzwanzig Meilen von Charlotte entfernt lag. Sie waren Voraussetzung für die Aufnahme des Medizinstudiums.

»Das bedeutet also, dass wir uns in Zukunft häufiger über den Weg laufen könnten.« Natürlich. Immerhin spielte er nicht nur Basketball, sondern studierte auch Grafikdesign an der *Duke*.

Das sanfte Lächeln auf seinen Lippen ließ meinen Puls rasen. Wie konnte mir jemand, der mir eigentlich völlig fremd war, so sehr unter die Haut gehen? Ich verstand es nicht, doch für den Moment war das auch egal. Darüber würde ich später noch nachdenken.

»Das könnte definitiv passieren.« Der bloße Gedanke, ihn demnächst häufiger zu sehen, schickte ein leichtes Kribbeln in meinen Bauch. Weil ich nicht wusste, was ich sagen sollte, sprach ich das Erste aus, was mir durch den Kopf ging. »Wie geht's der Hand?«

Logan sah mich einen Moment fragend an, doch als ich auf seine Wurfhand deutete, begriff er, worauf ich hinauswollte. »Ich hatte wirklich Glück. Die Ärzte meinten, es wäre alles in Ordnung. Der Coach will jedoch, dass ich mich ein paar Tage lang schone.« Er zuckte mit den Schultern und räusperte sich leise.

»Das klingt wirklich gut.« Ich schenkte ihm ein zurückhaltendes Lächeln und umschlang meinen Oberkörper mit meinen Armen, als ich anfing zu frieren. Logan bemerkte es und deutete mit dem Kopf zum Beckenrand. Gemeinsam gingen wir die wenigen Schritte bis dorthin.

In einer fließenden Bewegung stemmte er sich auf die Kante, ehe er aufstand und mir die Hand reichte. Dankbar nahm ich sie an und ließ mir von ihm helfen. Dass unter der Sportlerfassade ein Gentleman der alten Schule steckte, hatte ich nicht vermutet.

»Danke.«

»Nicht dafür.«

Für Anfang April war es mit knapp zweiundzwanzig Grad angenehm warm draußen. Zumindest dann, wenn man nicht gerade mit nassen Klamotten aus dem Pool kam. Ein eisiger Schauder ließ mich erzittern. Instinktiv rieb ich mir mit beiden Händen über meine Arme und versuchte, die Kälte zu vertreiben.

»Du hast nicht zufällig Wechselkleidung mit, oder?«

Bei all der Absurdität der Situation konnte ich nicht anders, als laut zu lachen. »Klar, ich habe eine ganze Reisetasche dabei.«

Logan fuhr sich mit einer Hand durch die nassen Haare, die wesentlich dunkler wirkten als vorhin. »Sorry, blöde Frage.« Er schüttelte gedankenverloren den Kopf und deutete auf den hinteren Teil des Hauses. »Komm, wir besorgen uns erstmal trockene Klamotten.«

Ich hatte nicht den blassesten Schimmer, wo er diese hernehmen wollte. Dennoch griff ich nach meiner Clutch und folgte ihm in eines der zahlreichen Gästezimmer. Als er leise die Tür öffnete und das Licht auf dem Nachtschrank anknipste, war ich überrascht, dass niemand hier war. Es wirkte, als wäre dieser Teil des Hauses für alle anderen tabu.

»Caleb hat hier unten meistens ein paar Jogginghosen und

Shirts liegen«, erklärte er und ging in Richtung der Ankleidenische. Unauffällig warf ich einen Blick in den Spiegel, der über einer schmalen Kommode seitlich des großen Betts stand. Mein Eyeliner war nur noch ein kümmerlicher Rest seiner selbst, der Lidschatten war auch nicht mehr zu erkennen. Selbst meine Haare fielen mir in trägen, blonden Strähnen ins Gesicht. Immerhin war meine Wimperntusche nicht verlaufen. So hielt sich der Schaden einigermaßen in Grenzen.

»Ich fürchte, dir werden die Sachen viel zu groß und mir etwas zu klein sein, aber immerhin sind sie trocken.« Er reichte mir eine graue Jogginghose und ein schwarzes Shirt, ehe er beides ein zweites Mal für sich aus dem Stapel zog. Es gab Frauen, die standen auf Männer in teuren Anzügen, und dann gab es Frauen wie mich, die eine Schwäche für Männer in grauen Jogginghosen hatten. Ich atmete tief durch. Logan. Graue Jogginghose. Definitiv mein Untergang.

»Du kannst dich im Bad da vorne umziehen.« Er deutete mit dem Kopf auf die dunkelbraune Holztür schräg gegenüber.

»Danke.«

Innerhalb weniger Minuten hatte ich mich aus meinem nassen Kleid geschält und die trockenen Sachen angezogen. Logan hatte recht gehabt, denn beides war mir viel zu groß. Doch das kümmerte mich in diesem Moment nicht sonderlich. Alles war besser, als sich eine Erkältung oder gar eine Lungenentzündung zu holen. Ich öffnete die Tür, schaltete das Licht im Bad aus und blieb stehen, als ich sah, wie er sich das nasse Shirt über den Kopf zog und es achtlos auf den Boden warf. Einzelne Wassertropfen rannen über seinen durchtrainierten Oberkörper. Gebannt verfolgte ich ihren Weg hinab bis zum Bund der Jogginghose. Dass sich mein rationaler Verstand nicht bereits verabschiedet hatte, grenzte an ein Wunder. Vielleicht war es aber auch bloß eine Frage der Zeit. Bewegungslos stand ich da und starrte ihn an.

Als er sich das schwarze Shirt überstreifte, war ich im ersten Moment enttäuscht. Im Zweiten brach ich in schallendes Gelächter aus und zog damit seine Aufmerksamkeit auf mich. »Sorry, ich wollte nicht ...« Ich brach ab und schnappte nach Luft.

Logan schaute erst mich, dann das Oberteil irritiert an.

Calebs Shirt war ihm mindestens eine Nummer zu klein. Die Beschreibung hauteng traf es nicht mal ansatzweise. Bauchfrei dagegen schon eher.

Nur eine Sekunde später kam er die wenigen Schritte bis zu mir. Logan war mir so nahe, dass ich den Kopf in den Nacken legen musste, um ihn ansehen zu können. Auch wenn ich mit meinen ein Meter achtzig nicht gerade klein war, überragte er mich um mindestens einen Kopf.

»Das findest du also witzig?« Ich nickte, biss mir auf die Unterlippe und wandte den Blick ab. In einer fließenden Bewegung zog er sich das Shirt wieder aus und gewährte mir uneingeschränkte Sicht auf seinen muskulösen Oberkörper. Er kam einen weiteren Schritt näher und hob mit seiner Hand mein Kinn an. »Meine Augen sind hier oben.«

»Ich weiß.«

Eine Weile sahen wir einander stumm an. Sein Blick zog mich förmlich in seinen Bann und ließ mich vergessen, wo ich war. *Wie es wohl wäre, ihn zu küssen?*

»Ach, scheiß drauf.« Seine Stimme war nicht lauter als ein Flüstern, und obwohl ich es hörte, verstand ich nicht, was genau er damit meinte.

Ohne weiter abzuwarten, legte er seine Lippen auf meine. Waren sie im ersten Moment sanft und vorsichtig, waren sie im zweiten drängend und leidenschaftlich und ließen mich an Dinge denken, die man besser hinter verschlossen Türen tat. Instinktiv ließ ich meine Hand in seine Haare wandern und fuhr ihm zärtlich über seine Kopfhaut. Nur einen Augenblick später warf er das viel zu kleine Shirt weg, ehe er seine andere Hand auf meine Hüfte legte und mich näher an sich zog. Ich hielt mich an ihm fest und hoffte, mein Verstand würde sich nicht gänzlich verabschieden. Doch je drängender er mich küsste, desto geringer wurde die Chance, die Kontrolle nicht zu verlieren. Logan wusste genau, was er tat und was er damit bewirkte. Neckend biss ich ihm in die Unterlippe, was er mit einem leisen Seufzen kommentierte. Als uns beiden die Luft knapp wurde, zog er sich langsam zurück.

Ich hielt die Augen geschlossen und versuchte, ein wenig länger in dem Moment zu verweilen. Federleicht strich er mit seinen Fingern über meinen Hals bis runter zu meinem Schlüsselbein. Umgehend erschauerte ich. »Carly?« Seine Stimme klang genauso atemlos, wie ich mich fühlte.

»Hm?«

»Sieh mich an.« Ich tat, wonach er verlangte, obwohl ein Teil von mir protestierte und sich weigerte, unsere idyllische Blase zu verlassen.

»Würdest du mit mir ausgehen?« Nichts in seinem Blick deutete auf den geringsten Zweifel hin. Nichts darauf, dass er es nicht ernst meinte. Er schien das hier genauso sehr zu wollen wie ich.

»Gerne.« Meine Antwort brachte ihn zum Lächeln, einen Herzschlag später lagen seine Lippen ein weiteres Mal auf meinen. Meine Knie wurden weich, doch Logan hielt mich fest. Zärtlich fuhr ich mit meiner Hand über seine Wange. Sein Dreitagebart kitzelte meine Fingerspitzen. Ich wollte nicht, dass dieser Moment endete, doch nach einer kleinen Ewigkeit zog er sich langsam zurück. Das hier war so viel besser gewesen, als jede Vorstellung es hätte sein können.

»Gibst du mir deine Nummer? Dann rufe ich dich an.«

»Natürlich.« Lächelnd sah ich mich im Raum nach etwas zu schreiben um. Nur ungern ließ ich ihn los, um mir einen gelben Post-it und einen Kugelschreiber von dem großen Schreibtisch neben dem Fenster zu holen. Schnell waren die wichtigen Zahlen notiert.

Logan lächelte, als er den kleinen Zettel in die Tasche seiner Jogginghose schob. Dann ging er zum Schrank, zog einen Hoodie heraus, der ihm besser als das Shirt passte, schob die Ärmel hoch und kam zu mir zurück.

»Wollen wir wieder nach draußen gehen?«

»Okay.« Ich holte tief Luft und folgte ihm zurück in den Garten. Damit, dass uns alle anstarren würden, hatte ich nicht gerechnet. Genauso wenig mit June, die mir einen Augenblick später erleichtert um den Hals fiel.

»Da bist du ja. Ich habe mir schon Sorgen gemacht.« Ihr

vorwurfsvoller Blick hielt nur eine Sekunde und wandelte sich in ein wissendes Grinsen, als sie bemerkte, wer neben mir stand.

»Ich schätze, das ist meine Schuld. Carly ist meinetwegen in den Pool gefallen, da war es das Mindeste, dass ich ihr trockene Klamotten besorge.« Er zuckte mit den Schultern, ehe er ihr ein charmantes Lächeln schenkte, das meinen Puls erneut in die Höhe trieb.

»Verstehe.« Abwechselnd sah June zwischen Logan und mir hin und her. Nervös trat ich von einem Bein aufs andere, weil mir bewusst war, dass sämtliche Aufmerksamkeit auf uns lag.

Logan räusperte sich und hielt auch June seine Hand hin, die sie ohne zu zögern ergriff. »Sorry, ich habe mich noch gar nicht vorgestellt. Logan Evans.«

»June Wheeler, freut mich, dich kennenzulernen. Ich habe schon viel von dir gehört.« Natürlich musste sie mich in diesem Moment anschauen und zwinkern. Ich holte tief Luft, um mich davon abzuhalten, meiner besten Freundin ebenfalls eine Abkühlung zu verschaffen. Doch glücklicherweise kommentierte Logan es nicht weiter. Das musste er auch gar nicht. Sein Schmunzeln sagte mehr, als Worte es je gekonnt hätten.

»Ich will nicht stören, aber wir müssen langsam los, Carly. Wir haben morgen Früh doch den Termin beim Makler.« Das hatte ich in der Tat beinahe vergessen. Ein schneller Blick auf meine Uhr, die zum Glück wasserdicht war, zeigte mir, dass sie recht hatte. In weniger als fünf Stunden mussten wir bereits aufstehen, wenn wir nicht zu spät zur Vertragsunterzeichnung kommen wollten. Mit der Fahrt zurück zum Hotel würden wir wohl nicht mehr als vier Stunden Schlaf bekommen. Doch das war es mir wert gewesen.

Logan drehte sich zu mir und strich mir eine nasse Strähne aus dem Gesicht. Hauchzart berührte er meine Wange und bescherte mir eine leichte Gänsehaut. »Ich melde mich bei dir.«

Das Lächeln, das er mir bei diesen Worten schenkte, würde ich nie vergessen. Es war derart aufrichtig und ehrlich, dass ich nicht anders konnte, als ihm zu glauben.

Wenige Wochen später wünschte ich, ich hätte es nicht getan.

3. Kapitel

Vier Monate später ...

Logan Evans war ein großartiger Point Guard, aber auch ein mindestens genauso großartiger Vollidiot.

»Hast du das gesehen, Thompson?«

Der Spieler mit der Nummer dreiundzwanzig auf seinem Trikot sah in meine Richtung, nachdem er ohne hinzuschauen zwei Punkte geholt hatte. Auf seinen Lippen lag ein provozierendes Grinsen. Natürlich hatte ich es gesehen. Immerhin hatte ich ihn in den letzten zwei Minuten beobachtet. Er wusste es, ich wusste es. Zugeben wollte ich es jedoch nicht.

»Du hast zu spät geworfen, Evans.« Ich zuckte unbeeindruckt mit den Schultern, kniete mich hin und band mir meinen Schuh neu.

»Bullshit.« Seine blauen Augen funkelten verärgert, als er die Hände in die Hüfte stemmte. Er mochte es nicht sonderlich, wenn man ihn verbesserte. Schon gar nicht, wenn ich es tat. Meine Mundwinkel zuckten verräterisch.

»Hättest du eine Sekunde eher geworfen, wären es drei Punkte und nicht nur zwei geworden.«

Logan lächelte und verschränkte die Arme vor der Brust. Sein Bizeps spannte sich beeindruckend an und zog für eine Sekunde meine Aufmerksamkeit auf sich.

Ich schluckte und zwang mich, ihm wieder ins Gesicht zu sehen. Sein herablassendes Grinsen zeigte mir, dass er mein Starren bemerkt hatte. Arroganter Mistkerl.

»Und das aus deinem Mund.«

»Deine Quote spricht gegen dich, Evans. Also tu nicht so.« Ich klemmte mir den Basketball unter den Arm, stand wieder auf und sah ihn an. Dass er sich bei den Dreipunktewürfen noch etwas verbessern konnte, war allseits bekannt.

Logan presste die Kiefer hart aufeinander und schien einen Moment zu überlegen. Dann lächelte er selbstgefällig. Gott, wie ich das hasste. Ich war kein gewalttätiger Mensch, aber Logan Evans brachte immer wieder die übelsten Seiten in mir zum Vorschein.

»Danke, Thompson, aber *deine* Hilfe brauche ich nun wirklich nicht.« Die Art und Weise, wie er es betonte, ließ mich für einen Moment rotsehen. Inzwischen war ich mir sicher, dass der charmante Logan Evans, den ich auf der Meisterschaftsparty kennengelernt hatte, bloß seine Masche und keinesfalls echt gewesen war. Dass ich darauf hereingefallen war, ärgerte mich zutiefst.

»Vielleicht solltest du mehr Zeit in der Halle verbringen, anstatt ständig blöde Sprüche zu klopfen, Evans.«

»Ich glaube, das ist keine schlechte Idee.« Mason, der Small Forward der *Blue Devils*, lachte und klopfte ihm auf die Schulter. Logan schenkte ihm nur einen eindringlichen Blick, der dafür sorgte, dass er sich auf der Stelle verzog. Dann richtete sich seine Aufmerksamkeit wieder auf mich. Noch immer zierte ein selbstgefälliges Grinsen seine Lippen.

»Vielleicht solltest du besser auf ihn hören.«

Er wollte gerade antworten, als Coach Lewis' Trillerpfeife erklang. »Schnappt euch einen Ball, zwanzig Freiwürfe für jede von euch.« Sie pfiff ein weiteres Mal und deutete auf die Körbe.

Suchend sah ich mich nach June um, die bereits in den hinteren Bereich ging. Schnell schloss ich zu ihr auf. »Fängst du an?« Sie nickte und stellte sich an die entsprechende Markierung.

June war nicht nur meine beste Freundin, sondern auch unser Shooting Guard. Seit kurzem spielten wir gemeinsam bei den *Duke Blue Ravens*. Während sie Coach Lewis Anweisungen nachkam, stellte ich mich in die Nähe des Korbs und warf ihr unaufgefordert die Bälle zu. Ohne es zu wollen, wanderte mein Blick rüber zu den Jungs.

Logan war absolut konzentriert und ließ sich von nichts und niemandem von seinem Spiel ablenken. Geschmeidig dribbelte er einen Gegner nach dem anderen aus, täuschte an und versenkte treffsicher den Ball im Korb. Wie viel ihm das Spiel bedeutete und wie sehr er es liebte, war unübersehbar. Ich schüttelte den Kopf. Auch wenn ich ihn inzwischen nicht mehr ausstehen konnte, war es unmöglich zu leugnen, wie talentiert er war. Ohne jeden Zweifel würde er irgendwann gedraftet werden und in der NBA spielen. Seine Bewegungen waren fließend, seine Technik ausgezeichnet. Die allgemeine Wurfquote stimmte auch. Nur ein Idiot würde ihn nicht in seinem Team wollen.

»Erde an Carly. Du bist dran.« Junes Stimme riss mich aus meinen Gedanken. Sie stand vor mir, eine Hand hatte sie lässig in die Hüfte gestemmt. »Hör auf, Logan anzuschmachten.«

Ertappt sah ich in ihre Richtung, nahm ihr den Ball ab und tauschte die Position mit ihr. Treffsicher landete er im Korb. Sie zog lediglich eine Augenbraue hoch. Damit würde ich sie nicht beeindrucken, so viel war klar.

Umgehend wiederholte ich den Wurf und ließ mir dabei etwas mehr Zeit als notwendig. Wieder war er drin.

»Hör auf zu trödeln.«

Kopfschüttelnd kam ich dem nach, was sie zufrieden nicken ließ. »Noch mal.«

Ich warf erneut und traf wieder. »Das geht noch schneller«, kommentierte sie grinsend. Sie provozierte mich absichtlich. Das wussten wir beide. Nur leider zeigte es dennoch die gewünschte Wirkung und spornte mich an. Als sie mir den Ball zuwarf, versenkte ich ihn sofort im Korb.

»Geht doch«, meinte sie. Ich schnaubte und wiederholte es mehrere Male.

»Pass auf, Logan.« Masons eindringliche Stimme ließ mich zusammenzucken. Prompt ging der Ball daneben.

»Verdammt!«, entfuhr es mir lauter als beabsichtigt. Sofort galt mir sämtliche Aufmerksamkeit. *Super.*

Noch immer war das Spiel der Jungs unterbrochen. Nur einen Augenblick später verstand Logan, weshalb ich mich aufregte. Die Erkenntnis ließ ihn laut lachen. Lässig warf er Jackson, dem zweiten Point Guard der Mannschaft, den Ball zu. »Übernimm mal kurz für mich.«

Jackson nickte und tauschte die Position mit ihm. Ich ahnte, dass Logan auf dem Weg zu mir war, und betete, dass er es sich anders überlegen würde. Das konnte ich jetzt kein bisschen gebrauchen.

Auffordernd sah ich June an, die mir umgehend den Ball zuwarf. Problemlos fing ich ihn und stellte mich in Position. Ich holte gerade aus, als ich Logans Stimme nahe an meinem Ohr wahrnahm.

»Du musst dir keine Gedanken um mich machen, Thompson. Mir passiert schon nichts.«

Sein warmer Atem strich über meinen Hals und bescherte mir eine angenehme Gänsehaut. Es lenkte mich so sehr ab, dass ich wiederholt daneben warf. Doch das bekam ich nur nebenbei mit, denn Logan drängte sanft seinen Oberkörper gegen meinen Rücken und fuhr mit den Fingerspitzen über meinen linken Arm. Ein Schauer rann mir die Wirbelsäule hinab, und ich stand wie gelähmt da. Statt Logan die Meinung zu sagen, wie ich es sollte, ließ ich zu, dass er längst verdrängte Erinnerungen in mir weckte. An den Abend, an dem wir uns kennengelernt hatten. An unsere unfreiwillige Abkühlung. Das viel zu kleine Shirt. Der Kuss, der mein Herz noch immer schneller schlagen ließ.

Leise lachend fing er den Ball, den June soeben geworfen hatte. Er hielt ihn mit der rechten Hand fest, nahm meine linke und legte sie an den Ball. Dasselbe tat er mit meiner anderen.

»Das kannst du besser, Carly.« Seine Stimme klang belegt, fast schon heiser. Ich schluckte.

»Los«, flüsterte er und sorgte damit dafür, dass ich mich kaum konzentrieren konnte. Ich schloss die Augen und schüttelte leicht den Kopf. Mit allen Mitteln versuchte ich, meine wirren Gedanken zu sortieren, die gerade in eine völlig verkehrte Richtung drifteten. Dann warf ich. Drin.

»Geht doch.« Sein leises Lachen sorgte dafür, dass ich mich langsam zu ihm umdrehte. Seine Hände lagen an meiner Taille und brachten meinen Puls zum Rasen. Logan stand so dicht hinter mir, dass ich den Kopf in den Nacken legen musste, um ihm ins Gesicht zu sehen. Er war mir zu nahe, viel zu nahe. Und doch wollte ich mich keinen Millimeter bewegen.

Hohe Wangenknochen. Markantes Kinn. Gerade Nase. In Kombination mit seinen strahlend blauen Augen und den vollen Lippen wirkte er nahezu perfekt. Fast schon unwirklich. Er war mit Abstand der attraktivste Mann, den ich je gesehen hatte. Lediglich die kleine, etwas hellere Narbe über der rechten Braue trübte den Schein. Aber selbst dieser kleine Makel hatte etwas Anziehendes an sich. Genauso wie seine wuscheligen, dunkelbraunen Locken, die ihm in die Stirn hingen. Sie waren völlig wirr, so als wäre er gerade erst aufgestanden, und gleichzeitig wirkte es absolut gewollt. Nur zu gut erinnerte ich mich daran, wie weich sie gewesen waren, als ich am Abend unseres Kennenlernens durch sie hindurchgefahren war. Der bloße Gedanke daran verursachte einen Knoten in meiner Magengegend und gleichzeitig den Wunsch, es noch einmal zu tun. Dass Logan Evans überaus attraktiv war, konnte ich nicht leugnen. Das Schlimme daran war jedoch, dass ihm das ebenfalls bewusst war.

»Gefällt dir, was du siehst?« Sein breites, selbstsicheres Grinsen erinnerte mich daran, dass ich ihn nicht ausstehen konnte.

»Kein bisschen.« Wir wussten beide, dass ich ihn anlog. Aber nichts und niemand hätte mich dazu gebracht, dies zuzugeben. Ich schob seine Arme weg, und zu meiner Überraschung wehrte er sich nicht dagegen.

»Das stimmt nicht, Carly.« Er zwinkerte mir zu, bevor er immer noch grinsend zurück zu seinem Team ging.

»Vollidiot«, murmelte ich und wandte mich wieder zu June.

Prompt spielte sie mir den Ball zu, den ich umgehend im Korb versenkte. So auch jeden weiteren, doch meine Wurftechnik war aggressiver als zuvor. Was allein Logans Schuld war.

Was bildete sich dieser Mistkerl eigentlich ein? Ich war keins seiner Fangirls, mit dem er sich seinen Spaß erlauben konnte.

Anscheinend sah er das anders. Und ich Idiotin hatte ihn einfach gewähren lassen.

Warum zum Teufel hatte ich so stark auf ihn reagiert? Ich war doch sonst nicht auf den Mund gefallen. Vor allem nicht, wenn es um ihn ging. Nicht zu fassen, dass ich erneut auf seinen Charme hereingefallen war. Ich wusste doch mittlerweile, dass er der arroganteste Kerl auf dem Campus war. Höchstwahrscheinlich bildete er sich auf meine Reaktion nun sogar etwas ein.

Ein kurzer Blick über meine Schulter bestätigte meinen Verdacht. Selbstzufrieden lehnte er am Korbständer hinter mir und beobachtete mich. Die Arme hatte er vor seiner Brust verschränkt. *Idiot. Idiot. Idiot.* Sein dämliches Lächeln spornte mich weiter an.

Als ich gerade den zwanzigsten Freiwurf in Folge verwandelt hatte, ertönte die Trillerpfeife von Coach Lewis. Sie gab uns ein Zeichen, dass wir zu ihr kommen sollten.

Ich schnappte mir den Ball und joggte gemeinsam mit June zu unserer Trainerin, die am Spielfeldrand wartete. Neben ihr stand Coach Johnson, der Trainer der Jungs, und auch er pfiff sein Team zu sich. Aufmerksam sah ich nach vorne, denn die Genugtuung, dass ich mich nach ihm umdrehte, würde ich Logan nicht geben.

Coach Johnson war ein strenger, älterer Mann mit grauen Haaren. Unsere Trainerin hingegen war Anfang vierzig und stets darauf bedacht, dass wir unsere Freude am Spiel nicht verloren. Wann immer wir Probleme hatten, konnten wir jederzeit mit ihr sprechen.

»Wie ihr wisst, fahren wir am Montag für die kommende Saisonvorbereitung gemeinsam ins *Lake Creek Camp*. Deshalb fällt das Training morgen aus. Wir treffen uns dennoch hier, um abschließend ein paar Dinge zu klären.« Er räusperte sich und sah uns alle der Reihe nach an. »Denkt bitte daran, all eure Trainingssachen einzupacken.«

Einige in der Runde verdrehten die Augen, was ihnen einen strengen Blick von ihm einbrachte. Ich gehörte nicht dazu.

»Das wäre es für heute. Wenn ihr keine Fragen habt, könnt ihr euch umziehen«, erklärte Coach Lewis. Als sich niemand meldete, gingen wir in Richtung der Umkleiden. Ich freute mich auf eine heiße Dusche.

»Wer räumt die Bälle heute weg?« Coach Johnsons tiefe Stimme ließ uns innehalten. Mir kam eine Idee, die jemandem definitiv nicht gefallen würde, doch das störte mich nicht weiter.

»Das macht Logan, Coach«, sagte ich und lächelte in mich hinein.

Er drehte sich zu Logan und sah ihn belustigt an. »Das sollte dir eine Lehre sein, so viele Dreier zu vermasseln, Evans.«

Logan schnaubte, gab jedoch keine Widerworte von sich und griff nach dem ersten Ball. »Ja, Coach.«

Mein Lachen tarnte ich in einem Hüsteln.

Coach Johnson nickte zustimmend und verließ den Platz in Richtung seines Büros, womit Logan und ich allein zurückblieben. Er sah genauso verärgert aus, wie ich es mir erhofft hatte.

»Man sieht sich, Evans.« Ich schickte ihm noch ein schadenfrohes Grinsen, bevor ich den anderen in die Umkleide folgte. Ehe ich ganz durch die Tür verschwand, schaute ich noch einmal zu ihm. Selbst aus der Entfernung meinte ich erkennen zu können, wie seine blauen Augen funkelten.

4. Kapitel

Mit ein paar Minuten Verspätung trafen wir am verabredeten Treffpunkt ein. Die Mädels warteten schon auf uns. Ich hob grüßend die Hand, June winkte einmal kurz in die Runde. »Hey.«

Lilly und Audrey, beides Mitspielerinnen von uns, lehnten an der alten Steinmauer und grinsten. Wenn man sie nicht kannte, konnte man meinen, sie wären Zwillinge. Mit ihren grünen Augen und den dunkelbraunen, rötlich schimmernden Haaren sahen sie sich zum Verwechseln ähnlich.

»Na, ihr beiden. Wir dachten schon, ihr kommt nicht mehr.« Sarah, die auf der Steinmauer saß, steckte ihr Telefon weg und drückte uns beiden einen großen Becher Kaffee in die Hand, als wir vor ihr hielten.

»Das ist meine Schuld. Ich habe Carly aufgehalten.« June lächelte sanft und schob ihre freie Hand in ihre Jackentasche. Warum sie bei diesem Wetter eine Jacke trug, verstand ich nicht wirklich. Auch, wenn es nur eine dünne war.

Genießerisch trank ich einen Schluck aus meinem Becher und seufzte zufrieden. »Das tut gut, danke.«

»Kein Problem. Dann lasst uns los.« Sarah sprang mit einer geschmeidigen Bewegung auf den Boden und machte sich auf den Weg zum Eingang der Mall, die mit ihren einhundertdreiundsechzig Geschäften zu den größten in Durham zählte. Wo sonst sollten wir auf unserer Shoppingtour fündig werden, wenn nicht hier.

»Wisst ihr schon, in welchen Läden ihr euch umschauen möchtet?« Audrey sah mich fragend an.

Ich schüttelte den Kopf. »Mir ist das egal. Ich brauche sowieso nur einen Bikini.«

»Wir können zum Schluss zu *Taras* gehen. Wenn du vorher

nichts Schönes gefunden hast, wirst du bestimmt dort fündig.« Daran hatte ich bisher nicht gedacht, aber der Laden war für seine Auswahl an Bademode bekannt. Einen Versuch war es definitiv wert.

»Und Heißes«, warf Lilly ein und wackelte mit den Augenbrauen. Ich zwang mich, nicht darauf einzugehen. Worauf sie anspielte, war mir bewusst. Doch ich hatte keine Lust, über Logan zu sprechen oder noch einen weiteren Gedanken an ihn zu verlieren. Er hatte mich vorhin schon genug genervt und mir die Laune verdorben. Das sollte kein zweites Mal passieren.

»Logan freut sich bestimmt.« Sarah grinste über beide Ohren, was mich schnauben ließ.

»Das ist mir vollkommen egal.«

»Natürlich.« Ihre Stimme triefte vor Ironie, und ich runzelte die Stirn. Ihr Schulterzucken machte das Ganze nur noch seltsamer. So viel zum Thema, ich wollte nicht an ihn denken.

Viele Geschäfte später war ich absolut ausgelaugt. Meine Beine taten mir weh, die Muskeln brannten vom Training unangenehm. Bisher hatte ich noch keinen Bikini gefunden, der mir auch nur ansatzweise gefiel. Es war zum Verrücktwerden. *Taras* war meine letzte Hoffnung.

»Schau mal, der ist doch hübsch.« Lilly hielt einen grünen Bikini mit pinken Punkten in den Händen und streckte ihn in meine Richtung. Er war so hässlich, ich hätte ihn nicht mal gegen Geld anprobiert.

»Total schön«, erwiderte ich ironisch. Grinsend hing sie ihn zurück.

»Was ist mit dem hier?« Audrey hielt einen roten Stofffetzen hoch, der die Bezeichnung *Bikini* nicht mal verdiente.

»Der steht dir bestimmt gut«, antwortete ich lächelnd, obwohl ich genau wusste, für wen sie ihn rausgesucht hatte.

»Der ist nicht für mich, sondern für dich.«

»Dann kann ich auch direkt nackt baden.«

»Das wäre die Alternative. Ich glaube, da gäbe es durchaus

jemanden, der sich freuen würde.«

Ich verdrehte die Augen und wandte mich dem nächsten Kleiderstander zu. So gerne ich meine Freundinnen auch hatte, manchmal waren sie unglaublich nervig.

»Wie wäre der hier?« June zeigte mir einen blauen, dezent verspielten Bikini, der weder zu viel noch zu wenig preisgeben würde. Er gefiel mir auf Anhieb.

»Sieht super aus.«

Sie lächelte, kam zu mir und schob mich in Richtung der Umkleiden. »Los, anprobieren.«

Sarah, Lilly und Audrey folgten uns und setzten sich auf die bequemen Polster, die an einer der Wände in der Umkleide platziert waren. Ich hörte sie leise miteinander reden, während ich mich umzog.

»Und, wie sieht er aus?« Junes Stimme drang zu mir in die Kabine.

»Ziemlich gut«, antwortete ich und drehte mich, sodass ich meinen Rücken sehen konnte. Trotz der Bänder, die verknotet werden mussten, saß der Bikini super und hielt alles an Ort und Stelle. Ich fühlte mich auf Anhieb wohl.

»Komm raus und lass uns gucken.«

Lachend trat ich aus der Umkleide. Lilly pfiff leise, während June anerkennend eine Braue hochzog.

»Heiß.« Sarah schlug ein Bein über das andere und grinste. Lächelnd sah ich zu June.

»Was meinst du?«

»Den musst du auf jeden Fall nehmen. Er betont deine Augen.« Junes Bemerkung lenkte meinen Blick zurück zum Spiegel. Sie hatte recht. Das tiefe Blau des Bikinis war mindestens fünf Nuancen dunkler als meine Augen und ließ sie heller strahlen.

»Hast du irgendwelche Pläne, von denen wir wissen sollten?« Audrey verschränkte die Arme und sah mich neugierig an.

»Willst du irgendwen abschleppen?« Lilly hatte die Beine überkreuzt und sich gemütlich angelehnt.

»Vielleicht Logan?«, merkte Sarah an und stützte sich mit dem Ellenbogen auf ihren Knien ab.

Ich atmete tief durch und überlegte, was ich tun konnte, damit sie begriffen, dass ich an ihm nicht im Geringsten interessiert war. Vielleicht würde es helfen, wenn ich es ein für alle Mal aussprach.

»Logan und ich, das wird garantiert nicht passieren. Ich meine, habt ihr den Mistkerl heute gesehen?« Meine Gedanken wanderten zu seinem überheblichen Verhalten von vorhin. Sein Grinsen, die Erinnerung daran, wie er sich dicht an mich gedrängt hatte. Bei jedem anderen hätte ich wahrscheinlich etwas gesagt, doch wenn es um Logan ging, machte ich anscheinend gerne Ausnahmen. Am meisten ärgerte es mich jedoch, dass seine Nähe mich wiederholt derart aus dem Konzept gebracht hatte. Es konnte nicht mehr normal sein, dass ich jedes Mal weiche Knie und Herzrasen bekam, sobald er mich berührte oder auch nur länger ansah.

»Oh, glaub uns, das haben wir.« Audrey fächerte sich mit einer Hand Luft zu, während Lilly derart heftig nickte, dass ich Angst hatte, sie würde eine Gehirnerschütterung davon bekommen. So gern ich sie auch hatte, in dieser Hinsicht lagen sie falsch. Denn sie hatten keine Ahnung, was zwischen Logan und mir damals passiert war.

»Logan Evans ist einfach nur heiß.« Inzwischen hatte Lilly aufgehört zu nicken. Stattdessen sah sie verträumt zur Seite. Ich wollte nicht wissen, wo sie in diesem Augenblick mit ihren Gedanken war.

»Wenn du meinst.« Schulterzuckend versuchte ich, zu verbergen, wie sehr er auch mir unter die Haut ging. Logan war für mich nicht bloß ein eingebildeter und arroganter Typ. Er war meine personifizierte Versuchung. Und ich wusste nicht, wie ich ihm widerstehen sollte. Wie schwer es mir manchmal fiel, war mir erst heute beim Training wieder bewusst geworden.

»Wenn ich meine?« Lilly sah mich fassungslos an. »Kann es sein, dass wir von zwei unterschiedlichen Logans sprechen?«

Audrey nickte zustimmend. Sarah hielt sich raus, doch auch sie konnte sich ein Schmunzeln nicht verkneifen. Genauso wie June, die sowohl über meine Abneigung als auch über meine Schwäche ihm gegenüber bestens Bescheid wusste.

»Ich denke nicht.«

»Ach komm schon. Alleine diese Unterarme ...« Audrey holte tief Luft, ehe sich ein Grinsen auf ihre Lippen schlich.

Natürlich hatte ich seine Unterarme bemerkt. Wie auch der Rest an ihm waren sie äußerst durchtrainiert. Aber das war nichts Besonderes, immerhin war er Sportler und verbrachte viel Zeit im Kraftraum.

June und Sarah sahen mich wissend an, während sich Audrey haltsuchend an Lilly gelehnt hatte. Gemeinsam schienen sie gerade ihren eigenen Tagträumen nachzuhängen.

»Du kannst nicht leugnen, dass da was zwischen euch ist.« Sarah musterte mich eingehend und schien auf eine Antwort von mir zu warten.

»Das stimmt nicht.«

June lachte und zog unsere Aufmerksamkeit auf sich. »Das ist gelogen, Carly, und das weißt du auch. Ich erinnere dich nur ans Training vorhin.« Ich verstand, worauf sie anspielte. Augenblicklich zog ein leichter Schauer über meine Arme. Um die Gänsehaut zu vertreiben, rieb ich mir mit meinen Händen darüber.

Ich mochte meine beste Freundin. Normalerweise. Eigentlich war sie diejenige, die mich unterstützte und mir den Rücken stärkte. In diesem Moment tat sie jedoch das Gegenteil. Das Schlimme daran war jedoch, dass sie mich manchmal besser kannte als ich mich selbst. Und leider wussten wir beide das. Ihr Grinsen wurde ein Stück breiter, denn auch diesmal hatte sie leider recht. Zugeben wollte ich das jedoch nicht.

Stattdessen stemmte ich die Hände in die Hüften. Dass ich dabei nur halb bekleidet war, verlieh dem Ganzen nicht wirklich mehr Wirkung.

»Da ist nichts. Wirklich.«

Als Zeichen, dass ich nichts weiter dazu sagen würde, trat ich in die Umkleidekabine und zog mich wieder an.

Als ich rauskam, nahmen die Mädels ihre Einkaufstüten in die Hände und folgten mir zur Kasse. Ich bezahlte und ging mit ihnen nach draußen.

»Was ist mit dir? Wo möchtest du noch hin?« Ich lief neben June und sah sie fragend an. Sie überlegte einen Moment, dann lächelte sie.

»Ich würde mir gerne noch ein Buch fürs Camp holen.«

»Okay, dann lass uns los.«

»Wir gehen schon mal zu *Starbucks* und warten dort auf euch.« Audrey hatte sich bei Lilly untergehakt und deutete auf das große Café, das wir so gerne besuchten.

»Dann bis gleich.«

»Ich komme mit«, erklärte Sarah und gesellte sich zu uns. Gemeinsam gingen wir in die kleine Buchhandlung um die Ecke, die von einer älteren Dame geführt wurde. Auch wenn ich nicht die größte Leserin war, gefiel mir der Laden. Wenn ich Zeit hatte, begleitete ich June gerne hierher.

Wir schlenderten eine Weile durch die Regale, und hin und wieder zeigten wir einander ein besonders schönes Cover oder einen interessanten Klappentext. Als ich auf eine Ausgabe von *The Theory of Love* stieß, musste ich schlucken. Keine Ahnung, warum, aber je länger ich den Kerl auf dem Titelbild anstarrte, desto mehr erinnerte er mich an Logan.

»Was hältst du von Pizza? Wäre das okay?« June steckte den Kopf aus unserer kleinen Küche. »Ich habe ehrlich gesagt keine Lust, jetzt noch einkaufen zu gehen.«

»Klar.«

»Wie immer?«

Ich nickte, nahm mir ein Paar Sneaker aus unserem Schuhschrank im Eingangsbereich und legte sie zu meinen anderen Sachen in den Koffer, der mitten auf meinem Bett lag.

»Gut, dann rufe ich im *Giovanni's* an. Zum Liefern oder zum Abholen?« June lehnte sich gegen den Türrahmen in meinem Zimmer und sah mich fragend an. Das Handy hielt sie schon in der Hand.

»Ich hole sie ab. Ich wollte sowieso noch etwas an die frische Luft.«

June lächelte und verschwand wieder. Ich hörte sie telefonieren, während ich mein Gepäck fürs Camp weiter vorbereitete. Wenig später gesellte sie sich zu mir und setzte sich neben meinen Koffer auf mein Bett. Ich stand vor meiner Kommode und musterte nachdenklich den Inhalt der obersten Schublade. Irgendetwas hatte ich vergessen, ich wusste nur noch nicht, was.

»Die Pizzen sind in einer halben Stunde fertig«, teilte sie mir mit. Das hieß im Umkehrschluss, dass ich in zwanzig Minuten losmusste.

»Alles klar«, antwortete ich und lächelte, als mir einfiel, was in meinem Koffer fehlte. Suchend sah ich mich nach meinem Hoodie mit dem Teamnamen um. Ich war mir sicher, dass ich ihn erst heute Morgen in der Hand gehabt hatte.

June verließ kurz den Raum und kehrte mit meinem Pullover zurück. Lächelnd reichte sie ihn mir. »Er hing über der Couchlehne.«

Manchmal hatte ich wirklich ein Gedächtnis wie ein Sieb.

»Danke.« Ich faltete den Hoodie und legte ihn zu meinen anderen Sachen. Dabei spürte ich Junes Blick auf mir.

»Warum belügst du dich eigentlich selbst?«

Ich schaute auf. Sie hatte es sich im Schneidersitz auf dem Bett bequem gemacht und musterte mich aufmerksam. Ich kannte diesen Gesichtsausdruck. »Was meinst du?«, stellte ich mich dumm.

Sie zuckte mit den Schultern. »Logan.«

Natürlich ging es um ihn. Wir hatten inzwischen so häufig über ihn gesprochen, dass es mich eigentlich nicht mehr überraschen sollte.

»Ich belüge weder mich selbst noch einen anderen. Ich kann ihn einfach nicht leiden. Sein arrogantes Gehabe geht mir auf die Nerven.«

Kopfschüttelnd schnappte sie sich ein Kissen und legte es auf ihre Beine. »Das glaube ich dir, aber ich weiß auch, was ich gesehen habe. Ich begreife nur nicht, warum du es immer noch leugnest.«

»Wie kommst du darauf, dass ich das tun würde?« Ich verstand einfach nicht, worauf sie hinauswollte.

»Das ist doch offensichtlich. Ihr reizt euch beide dermaßen, und das tut ihr nicht, weil ihr euch angeblich nicht mögt«, sie malte Anführungszeichen in die Luft, »dabei steht ihr noch immer total aufeinander und wollt es nur nicht zugeben.«

»Keine Ahnung, warum er mich heute so aus dem Konzept gebracht hat. Ich würde es dir sagen, wenn ich es wüsste. Ehrlich. Ich dachte eigentlich, wir wären fertig miteinander.« Vielleicht lag es daran, dass ich mit seiner Berührung nicht gerechnet hatte, die längst verdrängte Erinnerungen wieder zu Tage befördert hatte. Sicher war ich mir jedoch nicht.

June zog bloß eine Braue hoch. Dass sie mir nicht glaubte, war nichts Neues.

»Logan ist ein arroganter, selbstgefälliger Mistkerl, der es leider immer wieder schafft, mich auf die Palme zu bringen. Das hat sich nicht geändert.« Mochte ich ihn? Nicht wirklich. Zumindest nicht diese Seite an ihm. Aber den Logan, den er mir damals auf der Party gezeigt hatte, konnte ich einfach nicht vergessen. Doch er war nicht echt, sondern genauso gelogen wie seine Beteuerung, mich anzurufen.

»Du ärgerst ihn doch ebenfalls. Da stehst du ihm in nichts nach.«

Skeptisch sah ich sie an und ging in Gedanken das heutige Training durch. Und wie ich ihn auf die Palme gebracht hatte. Die Genugtuung darüber konnte ich nicht leugnen.

»Siehst du.«

»Es mag ja sein, dass wir uns gegenseitig gerne provozieren. Das streite ich gar nicht ab, aber mehr ist da nicht. Nicht mehr. Allerdings weißt du auch, weshalb ich mich niemals wieder auf ihn einlassen würde.«

Sie nickte gedankenverloren. »Ja, natürlich.«

»Du kannst dir gar nicht vorstellen, wie beschissen sich das angefühlt hat.« *Das*. Ich konnte nicht mal daran denken, was er getan hatte. Geschweige denn, es aussprechen.

»Du hast recht. Der Punkt ist aber, dass zwischen euch mehr ist, als ihr zugeben wollt. Das war es von Anfang an, und das kannst du nicht leugnen, Carly.«

Natürlich konnte ich das nicht von der Hand weisen. June wusste nicht nur von unserem Kuss, sondern auch wie toll ich Logan gefunden hatte. Damals zumindest. Ich hatte gar nicht erst versucht, meine Schwärmerei von ihr zu verheimlichen.

»Selbst wenn ich mich eventuell noch zu ihm hingezogen fühle, werde ich mich garantiert nicht auf ihn einlassen. Ich lasse mir von ihm nicht das Herz brechen. Ich habe mit der Sache abgeschlossen.«

Sie ließ es unkommentiert stehen, was ich ihr hoch anrechnete.

»Hast du eigentlich schon gepackt?«

Sie schüttelte den Kopf, legte das Kissen zurück und stand auf. »Noch nicht. Aber das sollte ich wohl.«

Ein kurzer Blick auf die Uhr zeigte mir, dass ich losmusste. »Ich hole eben unsere Pizzen.«

Im Vorbeigehen schnappte ich mir mein Portemonnaie, meine Kopfhörer und meinen Schlüssel von der Kommode. Dann machte ich mich auf den Weg.

5. Kapitel

Die kühle Abendluft tat mehr als gut. Vor allem, nachdem die Temperaturen heute Mittag auf über dreißig Grad gestiegen waren. Daran, dass die Sommer in Durham derart heiß waren, musste ich mich erst noch gewöhnen.

Für einen Augenblick blieb ich stehen und genoss die letzten Sonnenstrahlen des Tages auf meinem Gesicht. Der Geruch von frisch gemähtem Gras lag in der Luft. Zufrieden setzte ich meine Kopfhörer auf. In Gedanken ging ich ein weiteres Mal unser heutiges Training durch, während ich meinen Weg zur Pizzeria fortsetzte.

Hatte June recht und ich machte mir, was Logan anging, selbst etwas vor? Keine Ahnung. Ich war mir jedoch sicher, dass er nun dachte, ich wäre genauso leicht zu beeindrucken wie jedes seiner Fangirls. Was ich definitiv nicht war. Früher vielleicht ein wenig, auch wenn mir die Vorstellung missfiel. Doch seit unserem unbedeutenden Kuss auf der Party, der für ihn nicht viel mehr gewesen sein konnte, sah die Sache anders aus.

Genervt kickte ich einen Stein weg und sah schon von weitem, dass der Laden brechend voll war. Natürlich, es war Samstagabend. Daran hatte ich nicht gedacht. Na super. Wie June es geschafft hatte, uns so schnell unser Abendessen zu organisieren, konnte ich mir nicht erklären.

Ich steckte meine Kopfhörer weg und betrat das Lokal. Augenblicklich schlug mir der Duft von Tomatensoße, geschmolzenem Käse und frischem Oregano entgegen. Es roch himmlisch. Behutsam bahnte ich mich durch die vielen Menschen bis vor zur alten Steintheke. Die vier Mitarbeiter hatten derart viel zu tun, dass sie mich nicht sofort bemerkten. Also wartete ich eine Weile.

»Hey Carly, schön dich mal wieder zu sehen. Hast du

vorbestellt?« Stefano, Giovannis jüngster Sohn, grinste mich an und wischte sich die mit Mehl beschmierten Hände an seiner roten Schürze ab.

»June hat vor einer knappen halben Stunde angerufen.«

»Das Übliche?«

Ich nickte und lächelte. Wir bestellten nur selten etwas anderes.

»Alles klar. Ich schaue schnell nach.« Er zwinkerte mir zu und wirbelte herum.

Während ich auf ihn wartete, lehnte ich mich an und checkte mein Handy. Keine neuen Nachrichten. Gedankenverloren verschränkte ich die Arme vor der Brust und schaute erst auf, als Stefano zurückkam.

»Tut mir leid, Carly, aber eure Pizzen brauchen noch einen Moment. Wir hängen gerade ziemlich hinterher.«

»Kein Problem.«

»Möchtest du etwas trinken, solange du wartest? Geht aufs Haus.«

»Gerne. Kannst du mir eine Cola machen?«

Sofort nahm er ein Glas, goss mir etwas ein und reichte es mir.

»Danke.« Ich griff danach und trank einen Schluck, als er auch schon wieder nach hinten ging. Für einen Moment schloss ich die Augen und genoss die Kälte meines Getränks.

»Lauerst du mir auf, Carly?«

Entsetzt sah ich zur Seite. Diese Stimme hätte ich überall wiedererkannt.

»Nicht mal in deinen schönsten Träumen, Evans.« Ich funkelte ihn an und konnte mir nur mit Mühe ein Schnauben verkneifen.

»Autsch, das war nicht sehr nett.«

Ich zuckte mit den Schultern. Es war mir vollkommen egal, was er von mir hielt.

»Was sind wir mit einem Mal kratzbürstig? Vorhin warst du doch noch handzahm.« Das konnte er unmöglich ernst meinen.

»Handzahm, ernsthaft, Evans? Bevor du *mich* handzahm bekommst, friert die Hölle zu.« Ich atmete tief durch. Er schaffte es jedes Mal, mich binnen Sekunden auf hundertachtzig zu bringen. Darin war er sogar noch besser als im Basketballspielen.

Lächelnd kam er einen Schritt näher. Wenn ich gekonnt hätte, wäre ich einen zurückgewichen.

»War das etwa eine Herausforderung, Carly?« Er zog schmunzelnd eine Braue hoch.

»Garantiert nicht.« Ich verschränkte die Arme vor der Brust. Er ließ sich davon jedoch nicht beirren.

»Das klang aber ganz anders.« Sein schiefes Lächeln brachte mich für einige Sekunden aus dem Konzept. Sein selbstsicheres Grinsen zeigte mir, dass er es bemerkte hatte. Verdammt.

Verärgert schaute ich weg und hoffte, dass Stefano mit den fertigen Pizzen auftauchen würde. Natürlich hatte ich nicht so viel Glück.

Logan kam einen weiteren Schritt näher. Inzwischen war er mir so nahe, ich konnte sein Aftershave riechen. Es roch herb und süß zugleich und passte einfach perfekt zu ihm. Dass es mir gefiel, nervte mich zusätzlich.

»Es wird dich sicher enttäuschen, Carly, aber ich bin nicht interessiert.« Fassungslos starrte ich ihn an. Was bildete sich dieser verfluchte Mistkerl eigentlich ein?

»Lass es mich ein für alle Mal klarstellen. Ich will nichts von dir, Evans. Weder heute noch morgen. Ich kann dich nicht leiden.«

Logan nickte langsam. »Ich mag dich genauso wenig, Thompson. Darin sind wir uns ausnahmsweise mal einig.«

Ich verdrehte die Augen. Gut, dass wir das geklärt hatten. Als kurz darauf Stefano mit drei Pizzen auf mich zukam, trank ich erleichtert den Rest meiner Cola aus und stellte ihm das leere Glas auf die Theke.

»Eure Pizzen sind fertig. Einmal Hawaii für dich, Salami für June, und eine mit Thunfisch, Oliven und Kapern für dich, Logan.«

Lächelnd nahm ich ihm meine beiden ab. Er konnte nichts dafür, dass Logan mich dermaßen aufgeregt hatte. Ich bezahlte und gab Stefano ein großzügiges Trinkgeld. Er strahlte mich zum Abschied an, was dafür sorgte, dass sich meine Laune ein Stück weit besserte. Während ich mein Portemonnaie wegsteckte, bezahlte Logan ebenfalls.

»Bis dann, Stefano. Grüß deinen Vater von mir«, sagte ich und wandte mich zum Gehen.

»Werde ich. Komm gut nach Hause. Es ist schon dunkel draußen.«

Als ich durch die Ladentür trat, stellte ich fest, dass er recht hatte. Die Sonne war längst untergegangen und die Nachtluft merklich kühler als vorhin. Ich blieb auf dem Bürgersteig stehen, schloss die Augen und atmete tief durch. Wieder stieg mir Logans Aftershave in die Nase. Er stand direkt hinter mir, ich drehte mich zu ihm um.

»Was ist?«

Das leichte Lächeln auf seinen Lippen erreichte nicht seine Augen. »Nichts.«

»Und worauf wartest du dann?«

Er schnaubte, als hätte ich soeben etwas Offensichtliches verpasst. »Auf dich.«

»Auf mich?«

Logan nickte und schob die freie Hand in seine Hosentasche. Mit der anderen balancierte er den großen Pizzakarton.

»Warum? Du musst doch in die andere Richtung.«

»Ich weiß, aber ich werde dich garantiert nicht im Dunkeln allein nach Hause gehen lassen.« Er sagte das mit solch einer Selbstverständlichkeit, dass ich für einen Moment sprachlos war. Diese Seite an ihm hatte ich schon einmal kennengelernt und war darauf hereingefallen. Dass er sie mir nun wieder zeigte, machte mich misstrauisch.

»Warum solltest du das tun?«

»Hör auf, so ein großes Ding daraus zu machen, Carly.« Seine Stimme war überraschend warm und bescherte mir eine sanfte Gänsehaut. Vielleicht lag es aber auch daran, dass ich keine Jacke dabeihatte und ein leichter Wind wehte.

»Ich mache kein großes Ding daraus. Ich verstehe es nur nicht.«

Er seufzte und schien zu überlegen, während er hinaus in die Nacht blickte. Als er mich wieder ansah, fehlte die übliche Arroganz in seiner Miene. »Auch wenn man das nicht unbedingt vermutet, aber meine Mom hat mir Manieren beigebracht.«

Ich zuckte mit den Schultern und schaute auf meine Schuhe. Sie erschienen mir mit einem Mal ungewöhnlich interessant zu sein.

»Du musst das wirklich nicht tun.« Auch wenn es seine Idee gewesen war, wollte ich mich ihm nicht aufdrängen. Der Gedanke, dass er mich nach Hause begleitete, war seltsam. Vor allem, wenn man bedachte, wie wir gerade noch miteinander umgegangen waren.

»Carly, lass gut sein.« In diesem Augenblick wirkte es beinahe so, als wäre es ihm unangenehm. Womit ich nie im Leben gerechnet hätte. Als ich nichts sagte, räusperte er sich leise.

»Können wir?« Er deutete mit dem Kopf in die Richtung, in der Junes und meine Wohnung lag. Ich nickte und folgte ihm.

Den Großteil des Weges gingen wir schweigend nebeneinander her. Beide waren wir in unseren Gedanken versunken. Ab und an streiften sich unsere Arme. Es bescherte mir jedes Mal eine Gänsehaut. Falls Logan meine Reaktion auf ihn bemerkte, sagte er nichts dazu. Er unternahm jedoch auch nichts, um die zufällige Berührung zu unterbinden. Ich genauso wenig.

Sein Blick war in die Ferne gerichtet. Das Licht der wenigen Straßenlaternen spiegelte sich in regelmäßigen Abständen in seinen Augen und brachte sie damit regelrecht zum Funkeln. Seufzend sah ich zu Boden. Diese Seite, die er mir in diesem Moment zeigte, war gefährlich, denn sie war nicht echt.

»Ist alles in Ordnung?« Seine Aufmerksamkeit brachte mich zunehmend durcheinander. Ich war blöde Kommentare, ironische Antworten oder dämliche Provokationen von ihm gewöhnt. Aber nicht das.

Verwirrt schüttelte ich den Kopf. »Alles okay.«

Sein Blick verriet mir, dass er mir nicht glaubte.

»Wirklich.« Ich konnte ihm schlecht sagen, dass er mich durcheinanderbrachte. Er hätte es falsch verstanden.

»Natürlich.«

Mein Schulterzucken musste Antwort genug sein. Er schien etwas erwidern zu wollen. Doch im letzten Moment überlegte er es sich anders.

Stumm betrachtete ich sein markantes Profil. Die kleine Narbe auf seiner Stirn zog meine Aufmerksamkeit auf sich. Unweigerlich fragte ich mich, woher er sie hatte. Ich biss mir auf die Zunge, um ihn nicht versehentlich darauf anzusprechen.

»Hawaii also?«, brach er erneut das Schweigen.

Ich sah ihn irritiert an, und er deutete lächelnd auf die beiden Pizzen in meinen Händen.

»Wer isst denn bitte Ananas auf seiner Pizza?«

»Besser als Oliven und Kapern.« Ich erschauderte, weil ich weder das eine noch das andere mochte und diese Kombination freiwillig niemals bestellt hätte. Ich hatte es einmal probiert und seitdem nie wieder.

»Das ist nicht ungewöhnlich, aber Obst als Belag sollte verboten werden.« Er behauptete das mit solch einer Selbstverständlichkeit, dass ich lachte. Das konnte nur jemand sagen, der noch nie eine Pizza Hawaii versucht hatte.

»Hast du denn schon mal eine gegessen?« Meine Frage ließ ihn bloß die Nase rümpfen. »Dann weißt du auch nicht, was du dir entgehen lässt.« Ich lächelte, weil ich wusste, dass er dem nicht viel entgegensetzen konnte.

»Danke, aber ich verzichte.«

»Selbst schuld. Sie zählt nicht ohne Grund zu den beliebtesten Pizzen weltweit.«

»Wer sagt das?« Er fuhr sich mit der einen Hand nachdenklich über sein Kinn, was meine Aufmerksamkeit für einen Moment auf seine Lippen lenkte. Ich wusste noch, wie perfekt sie auf meine gepasst hatten. Bei der bloßen Erinnerung daran schlug mein Herz ein kleines bisschen schneller.

»Google.«

Es dauerte eine Sekunde, vielleicht auch zwei, dann fing er an, schallend zu lachen, und blieb mitten auf der Straße stehen. Ich tat es ihm gleich.

»Das ist natürlich eine äußerst vertrauenswürdige Quelle.« Gespielt verärgert funkelte ich ihn an, doch Logan schien zu verstehen, dass ich es nicht ernst meinte, denn er zwinkerte.

Mir doch egal, wenn er die beste Pizza überhaupt verpasste.

Von meiner hätte ich ihm sowieso kein Stück abgegeben.

Ich lauschte dem Zirpen der Grillen, während wir auch noch den Rest des Weges gingen. Logan war ungewöhnlich still. Als wir nur noch wenige Meter von meinem Apartmentkomplex entfernt waren, atmete ich erleichtert auf. Obwohl dieser ungewollte nächtliche Spaziergang mit Logan nur halb so schlimm gewesen war, wie ich anfangs gedacht hatte, war ich froh, endlich zuhause zu sein. Ich lief die drei Stufen zum Eingang hinauf und fischte mit einer Hand den Schlüssel aus meiner Hosentasche. Auf der anderen balancierte ich die Pizzen. Als ich aufgesperrt hatte, blickte ich kurz hinter mich. Logan lehnte an dem alten Holzzaun und beobachtete mich. Es schien fast, als würde er auf etwas warten.

»Danke«, sagte ich etwas widerwillig und trat von einem Bein aufs andere. Es war mir unangenehm, mich bei ihm bedanken zu müssen. Doch ich hatte mich tatsächlich sicherer gefühlt, weil ich nicht allein durch die Dunkelheit spaziert war.

»Kein Problem.« Er stieß sich ab und hielt meinen Blick noch eine Sekunde fest, bevor er in die Richtung verschwand, aus der wir gekommen waren.

Stirnrunzelnd sah ich ihm nach. Dieser Abend zählte definitiv zu den merkwürdigsten in meinem Leben.

»Hey, da bist du ja. Ich habe mir schon Sorgen gemacht.« June steckte den Kopf in den Flur, kaum dass ich durch die Wohnungstür trat.

»Tut mir leid. Die Pizzen waren noch nicht fertig, deshalb hat es länger gedauert.«

»Schon gut. Ich hole uns etwas zu trinken.«

Nur einen Augenblick später machten wir es uns mit unseren Pizzen und zwei Flaschen Cola auf der Couch bequem. Wir wählten über *Netflix* den zufälligen Abspielmodus, ich schenkte dem Geschehen auf dem Bildschirm jedoch keine großartige Beachtung. Immer wieder drifteten meine Gedanken ab. Ich konnte einfach nicht verstehen, weshalb sich Logan mit einem Mal derartig anders verhalten hatte.

Logan Evans war kein fürsorglicher und aufmerksamer Typ, auch wenn es im ersten Moment vielleicht den Anschein erweckte. Vielmehr war er der Inbegriff von Überheblichkeit, Arroganz und Selbstverliebtheit. Jemand, der den Mädchen reihenweise den Kopf verdrehte. Ihnen für einen Moment das Gefühl gab, etwas Besonderes zu sein. Nichts anderes hatte er bei mir getan

Ich nahm mir ein weiteres Stück Pizza, über die er sich vor ein paar Minuten noch lustig gemacht hatte.

»Was hat Logan jetzt schon wieder gemacht?« Sie zog die Beine an und legte sich eine der flauschigen Decken über ihre Knie. »Erzähl schon«, schob sie hinterher und biss ein Stück von ihrer Pizza ab.

»Woher ...?« Ich brach ab, als sie mit dem Kopf in Richtung der Küche deutete.

»Ich habe euch zufällig durchs Fenster gesehen.« Sie zuckte mit den Schultern und schenkte mir ein unschuldiges Lächeln, bei dem ich ihr nicht böse sein konnte, selbst wenn ich es gewollt hätte.

»Wir haben uns vorhin zufällig in der Pizzeria getroffen. Als unsere Bestellungen fertig waren, war es bereits dunkel. Er wollte nicht, dass ich allein nach Hause gehe. Also hat er mich begleitet.«

»Ich habe es dir doch gesagt. Er mag dich.« Ihr selbstzufriedenes Grinsen ließ mich die Augen verdrehen.

»Das hat er nur aus Anstand getan. Da ist nichts. Wirklich nicht. Logan sieht das übrigens genauso.«

Sie zog eine Braue hoch und lehnte sich seitlich gegen die Couchpolster. »Ihr habt darüber gesprochen?«

Ich nickte und trank einen Schluck von meiner Cola.

»Ihr seid schon echt süß.«

Schnaubend verschränkte ich die Arme vor der Brust. Eine Abwehrhaltung, die deutlich zeigte, wie wenig ich von dem Gedanken hielt.

»Ihr wollt es beide einfach nicht wahrhaben. Aber das ist okay. Für den Moment.« Sie hatte wieder diesen Blick wie am Tag des Meisterschaftsspiels, als sie mir erklärt hatte, dass sie die Patentante meiner und Logans Kinder werden würde.

Logan und ich, das war einfach keine gute Idee. Wir machten uns gegenseitig das Leben schwer. Forderten einander ständig heraus und hatten Spaß daran, den anderen zu provozieren. Das leugnete ich gar nicht. Doch zwischen uns war bereits zu viel vorgefallen, als dass ich ihm jemals wieder vertrauen würde.

June schien genau zu wissen, woran ich in diesem Augenblick dachte. »Logan ist kein schlechter Kerl.«

»Du warst doch dabei und weißt, was er getan hat.«

Sie seufzte und dachte nach. »Ja, ich weiß, aber jeder hat eine zweite Chance verdient, Carly. Auch Logan.«

Eine zweite Chance? In neunundneunzig Prozent der Fälle sah ich es genauso. Das restliche eine Prozent war für Logan Evans reserviert.

6. Kapitel

Als wir am nächsten Morgen später als geplant in der Trainingshalle ankamen, war die Hälfte beider Teams schon da. Unsere Mädels machten prompt auf sich aufmerksam. Wir gingen zu ihnen und setzten uns auf die freigehaltenen Plätze.

Lilly und Audrey sahen zu mir, dann wieder weg. Als ich das nächste Mal zu ihnen schaute, drehten sie erneut ihre Köpfe weg und fingen an, zu tuscheln.

»Habe ich etwas verpasst?«

Für einen kurzen Moment tauschten sie einen wissenden Blick. Doch keiner von beiden antwortete auf meine Frage.

Sarah erbarmte sich letztendlich. »Der Coach hat wohl einen neuen Shooting Guard für die Jungs ins Team geholt. Angeblich soll er heute vorgestellt werden.« Sie deutete auf Audrey und Lilly. »Die beiden wollen dich vermutlich fragen, ob du etwas darüber gehört hast. Wir anderen konnten ihre Neugierde leider nicht stillen.«

Ich verdrehte die Augen. »Davon weiß ich auch nichts.«

Audrey und Lilly sahen mich enttäuscht an, bevor sie sich auf June stürzten, die irgendein Spiel auf ihrem Handy spielte. Sarah und ich schüttelten zugleich darüber den Kopf. Die beiden waren ein Fall für sich, offenbar hatten wir diesbezüglich dieselbe Meinung.

Ein weiteres Mal ließ ich meinen Blick durch die Halle schweifen. Schräg gegenüber von uns standen Caleb, Mason und Logan. Meine Aufmerksamkeit blieb an Logan hängen, der sich an das Geländer der Tribüne gelehnt und die Arme vor der Brust verschränkt hatte. Er trug schwarze Shorts, ein hellgraues Shirt und graue Sneaker. Wie immer sah er irritierend gut darin aus. Und auch sein Verhalten von gestern Abend verwirrte mich immer noch.

Als hätte er gespürt, dass ich ihn beobachtete, hob er den Kopf und schaute in meine Richtung. Mason redete immer noch, doch Logan schien ihm nicht zuzuhören. Stattdessen sah er mich an. Seinen Gesichtsausdruck konnte ich nicht genau deuten, aber etwas daran sorgte dafür, dass sich mein Puls beschleunigte.

Erst die schrille Trillerpfeife von Coach Johnson unterbrach unseren Blickkontakt. Auch das Gemurmel in der Halle verstummte.

»Dann wollen wir mal anfangen. Das Meiste haben wir bereits besprochen. Ihr werdet euch zu zweit immer einen Bungalow teilen. Die Aufteilung wurde schon festgelegt, sollte es kurzfristige Änderungswünsche geben, klärt das bitte unter euch. Verstanden?«

Ein allgemeines *Ja* erklang.

»Gut. Nächster Punkt. Es herrscht ein allgemeines Alkoholverbot.«

Coach Lewis räusperte sich. »Wir wissen aber auch, dass so eine Regel eigentlich nichts bringt, weil ihr euch sowieso nicht daran halten werdet. Deshalb möchten wir euch lediglich bitten, es nicht zu übertreiben. Auch wenn das Camp Spaß machen soll, ist es immer noch ein Trainingscamp.«

Coach Johnson sah seine Jungs streng an. Die meisten von ihnen kommentierten es mit einem Augenrollen.

»Solange ihr munter beim Training erscheint, werden wir keine Fragen stellen.« Coach Lewis sah lächelnd in die Runde, was für allgemeine Erheiterung sorgte.

»Wir werden euch im Camp feste Trainingspläne ausgeben. Zusätzlich zu den Übungsspielen im gewohnten Team auf dem Platz werdet ihr für weitere Krafteinheiten in Kleingruppen eingeteilt.« Die Begeisterung hielt sich in Grenzen. »Die restliche Zeit könnt ihr für individuelle Übungen und zur freien Gestaltung nutzen.«

Coach Johnsons Lippen zierte ein angedeutetes Lächeln, als er fortfuhr. »Am Montag findet keine reguläre Einheit statt. Ihr könnt also den Tag über das Camp erkunden, euch einleben und überlegen, was ihr die nächste Zeit als Gruppe machen möchtet. Abends veranstalten wir ein gemeinsames Barbecue.«

»Wir treffen uns Montagmorgen um neun Uhr hier vor der Halle. Seid bitte pünktlich. Habt ihr noch weitere Fragen, die das Camp betreffen?« Coach Lewis sah uns abwartend an. Wir schüttelten den Kopf, was sie zufrieden lächeln ließ.

Einen Augenblick später trat Coach Johnson einen Schritt vor und drehte sich zu seinen Jungs.

»Wie ihr wisst, fehlt uns seit längerem ein Shooting Guard.« Wenn mich nicht alles täuschte, sah er in diesem Moment Logan an, der lediglich die Arme verschränkte. »Die Zeit ist nun vorbei. Darf ich vorstellen: Matthew Harris.«

Ein aufgeregtes Raunen ging durch die Ränge, dann trat Besagter vor. Rechts neben uns hörte ich leises Getuschel, gefolgt von einigen Seufzern.

Matthew Harris war circa einen Meter neunzig groß, durchtrainiert und überaus attraktiv. Seine braunen Haare waren perfekt gestylt. Auf seinen Lippen lag ein sanftes Lächeln.

Mit geschmeidigen Schritten ging er zum Coach, stellte sich neben ihn und verschränkte die Hände ineinander.

»Matthew wird ab sofort die Nummer neunundzwanzig tragen.« Coach Johnson wirkte zufrieden, während Matthew den Blick durch die Halle schweifen ließ. Als er in Logans Richtung sah, stoppte er. Logan starrte zurück, seine Brauen waren zusammengezogen und die Hände hatte er zu Fäusten geballt. Seine gesamte Körperhaltung war angespannt. So wütend hatte ich ihn noch nie erlebt.

Ich schaute zurück zu Matthew, der sich unter dem Blick seines neuen Captains immer unwohler zu fühlen schien. Was war Logans Problem mit ihm? An sich sollte er doch dankbar sein, dass er von nun an Unterstützung bekommen würde. Warum sah er Matthew an, als würde er ihm am liebsten an die Gurgel gehen?

»Wenn ihr keine weiteren Fragen habt, könnt ihr gehen. Wir treffen uns Montagmorgen. Seid pünktlich.« Coach Johnson blickte uns der Reihe nach ermahnend an, dann drehte er sich um und verschwand in sein Büro.

»Bis Montag.« Coach Lewis hob verabschiedend die Hand und folgte ihm. Matthew stand immer noch mitten in der Halle. Die ersten Spieler erhoben sich und flüchteten an die frische Luft.

»Er ist heiß«, hörte ich Audrey hinter mir flüstern. Das war mir in der Tat auch schon aufgefallen. Doch mich interessierte viel mehr, was zwischen Logan und ihm vorgefallen war. Irgendetwas musste geschehen sein. Hatte nur ich die schlechte Stimmung zwischen den beiden bemerkt?

Audrey stupste mich leicht an. »Was meinst du, Carly? Er sieht wirklich gut aus, oder?«

»Das kann ich nicht abstreiten.« Was sollte ich auch anderes sagen? Dennoch plante ich nicht, ihn näher kennenzulernen.

Mein Blick glitt wieder nach vorn zu Logan, der Matthew nach wie vor fixierte. Caleb redete bemüht auf ihn ein, doch er schien wieder nicht zuzuhören. Als er nicht reagierte, packte Caleb ihn am Kragen. Diesmal sah Logan ihn an. Wieder sagte Caleb etwas, woraufhin Logan den Kopf schüttelte.

Matthew schien sich äußerst unwohl zu fühlen. Immer wieder schaute er zu Logan, der ihn nach wie vor anstarrte. Sein Blick verursachte einen unangenehmen Schauder auf meinem Rücken.

June stupste mir in die Seite. »Wollen wir?«

Ich nickte und stand auf. Ein letztes Mal sah ich zu Logan.

Caleb hielt ihn noch immer fest und deutete auf Matthew, der sich soeben seine Tasche schnappte. Wahrscheinlich war es besser, dass er als Erster ging. Was auch immer zwischen Logan und ihm vorgefallen war, es machte den Anschein, als würde es noch für Probleme sorgen.

Für einen Augenblick lehnte ich die Stirn gegen die Busscheibe, schloss die Augen und nahm die Aufregung um mich herum wahr. June und ich hatten uns im vorderen Teil einen Platz gesichert, weil sie auf langen Fahrten oftmals mit Übelkeit zu kämpfen hatte, und es im hinteren Bereich meist schlimmer war. Doch heute ging es ihr zur Abwechslung mal gut.

Ich hatte nicht auf die Uhr gesehen, als wir losgefahren waren, doch allzu lange konnte es nicht mehr dauern, bis wir endlich im Camp ankamen. Vereinzelt hörte ich einige leise quatschen, während andere mit ihren Handys beschäftigt waren und irgendwelche Netflix-Serien schauten. Das Durcheinander störte mich kein bisschen.

Meine Gedanken wanderten zu Logan, der im hinteren Bereich des Busses saß. Heute Morgen hatte er deutlich bessere Laune gehabt, was vielleicht auch daran lag, dass Matthew, der zwei Reihen hinter uns auf der anderen Seite saß, ihn nicht angesprochen hatte, sondern direkt auf Abstand gegangen war. Unauffällig drehte ich mich zu Matthew und betrachtete ihn einen Moment. Er hatte sich mit dem Rücken an die Scheibe gelehnt und sah auf sein Handy. Was genau er da tat, konnte ich nicht erkennen.

Noch immer hatte ich keine Ahnung, warum Logan dermaßen wütend reagiert hatte, als Matthew gestern offiziell vorgestellt wurde. Ein Teil von mir ärgerte sich, dass ich mich überhaupt für den Grund interessierte. Logan Evans und alles, was mit ihm zu tun hatte, sollte mir völlig egal sein.

Ich atmete tief durch, verdrängte diese Gedanken und drehte mich zu June neben mir um. Sie hatte die Augen geschlossen und wippte mit dem Kopf sanft im Takt der Musik, die sie über ihre Kopfhörer hörte.

Gestern hatten wir uns das Camp im Internet angesehen und waren beide absolut begeistert gewesen. Es lag direkt am Lake Creek und bot nicht nur zusätzliche Outdoor-Parcours, sondern auch die Möglichkeit, sich Wakeboards am Strand auszuleihen.

Gespannt lehnte ich mich zurück und sah aus dem Fenster. Das Dickicht der Bäume zog an uns vorbei und machte es schwer, etwas von dem, was dahinter lag, zu erkennen.

»Carly, schau mal. Wir sind da.« June deutete nach einiger Zeit auf ein riesiges Eingangsschild, das unsere Ankunft im *Lake Creek Camp* ankündete. Es war beeindruckend. Meine Vorfreude, die nächsten drei Wochen hier zu verbringen, wurde noch größer.

»Hört bitte alle mal zu.« Coach Lewis trat einen Schritt vor. »Coach Johnson hat die Schlüssel für eure Bungalows«, sie deutete in Richtung der Jungs, »und ich habe eure. Zudem werden wir noch Übersichtspläne verteilen«, erklärte sie und sah zu uns. »Heute habt ihr den ganzen Tag Zeit, um in Ruhe eure Unterkünfte zu beziehen und um euch das Camp anzusehen. Gegen fünf Uhr treffen wir uns alle zum gemeinsamen Barbecue hier. Denkt bitte daran, die Sachen zu besorgen, für die ihr euch eingetragen habt. Falls ihr Fragen habt, seht ihr auf der Karte, wo unsere Bungalows sind.«

Als sich niemand meldete, wurden die Schlüssel und Pläne verteilt. Anschließend machten June und ich uns auf den Weg und suchten unsere Unterkunft.

Nur ein paar Minuten später liefen wir geradewegs auf eine dunkle Holzhütte zu, auf deren Tür gut sichtbar eine Acht angebracht war.

»Schau mal, ich glaube, das ist unserer«, teilte ich June mit, die die Camp-Übersicht in den Händen hielt. Sie warf einen kurzen Blick darauf, nickte und steckte ihn weg.

»Der ist super.« Auf ihrem Gesicht lag ein riesiges Grinsen, was mich zustimmend nicken ließ. Der Bungalow, den wir uns für die nächste Zeit teilen würden, lag zwischen unzähligen Bäumen versteckt im Wald.

Staunend ließen wir unsere Koffer stehen, gingen hinters Haus und fanden eine mittelgroße Steinterrasse, die einen Blick auf den kristallklaren See bot. Ein kleiner Pfad führte von hier in den Wald. Ich vermutete, dass er direkt zum Ufer führte, und nahm mir vor, später nachzuschauen.

In einer geschützten Ecke stand eine große Holzgarnitur mit dicken, cremefarbenen Polstern, in einer anderen sogar ein kleiner Grill. Insgeheim hoffte ich, dass die Schlafzimmer im hinteren Teil des Bungalows lagen, sodass man morgens auf den See schauen konnte.

Hier würden wir uns definitiv wohlfühlen. »Lass uns drinnen gucken.«

Ich nickte, folgte ihr und schnappte mir meinen Koffer. Schnell schloss ich die Tür auf, ging vor und stellte mein Gepäck an die Seite, sodass June ebenfalls eintreten konnte.

Zu unserer Rechten gab es eine kleine Abstellkammer, zu unserer Linken befand sich das Bad mit einer ebenerdigen Dusche. Die Küche war nicht sonderlich groß, doch für uns vollkommen ausreichend. Genauso wie die Sitzecke, die aus einem Holztisch und zwei Bänken bestand.

Gegenüber davon war eine gemütliche Sofalounge inklusive Couchtisch und Flatscreen. Im hinteren Teil des Bungalows gab es noch einen schmalen Flur mit einer Schiebetür, die wiederum auf die Terrasse führte. Links und rechts mussten dementsprechend die Schlafzimmer liegen.

Als ich mich zu June drehte, lag auf ihrem Gesicht dasselbe riesige Grinsen wie auf meinem.

»Ich nehme das rechte Zimmer«, verkündete sie und schnappte sich ihren Koffer. Blieb mir also das linke. Ich griff mir meinen Koffer und staunte nicht schlecht, als ich die Tür öffnete.

Das Schlafzimmer war größer als gedacht. An der einen Wand stand ein bequem aussehendes Bett mit einem passenden Nachtschränkchen. Das Kopfteil war so gedreht, dass man durch die bodentiefen Fenster auf den See schauen konnte. An der anderen Wand entdeckte ich einen kleinen Kleiderschrank. Mein persönliches Highlight war jedoch der gemütlich wirkende Schaukelstuhl am Fenster. Kurzerhand räumte ich meinen Koffer aus und verstaute alle Sachen. Dann stellte ich ihn zur Seite und ging rüber zu June, die ebenfalls mit Auspacken beschäftigt war.

»Schon fertig?« Sie hatte sich zu mir gedreht und faltete ein T-Shirt. Ich nickte.

»Wollen wir gleich schnell in den Supermarkt gehen?« Früher oder später mussten wir das sowieso tun, da wir noch die Baguettes fürs Barbecue besorgen mussten. Also konnten wir es auch sofort erledigen.

»Können wir gerne machen«, stimmte sie zu.

Während June die letzten Sachen aus ihrem Koffer räumte, ließ ich sie in Ruhe und schrieb Sarah eine Nachricht.

Wir wollen gleich noch die Sachen für später besorgen. Kommst du mit?

Es waren keine zehn Sekunden vergangen, als mir die blinkenden drei Punkte angezeigt wurden, die bedeuteten, dass sie antwortete.

Klar, gerne. Wir sehen uns dort :)

Als ich mein Handy weggesteckt hatte, kam auch schon June zu mir ins Wohnzimmer. Ihren Rucksack trug sie bereits auf dem Rücken, meinen hielt sie in der Hand. »Ich bin so weit.«

»Ich habe gerade mit Sarah geschrieben. Wir treffen uns dort mit ihr.«

»Klingt gut.« Lächelnd reichte sie mir meine Sachen, ehe wir gemeinsam zum nahegelegenen Supermarkt gingen. Es dauerte nicht länger als fünfzehn Minuten Fußweg, bis wir den blauen Schriftzug mit den gelben Funken entdeckten.

Sarah wartete schon am Eingang auf uns; in den Händen hielt sie ihr Telefon, auf dem sie irgendetwas tippte. Nahezu im selben Moment klingelte meins und verkündete eine neue Nachricht von ihr, in der sie mir mitteilte, dass sie bereits da war. Lächelnd steckte ich es weg und rief ihren Namen, um auf uns aufmerksam zu machen.

»Hey, da seid ihr ja.« Zur Begrüßung zog sie uns beide in eine kurze Umarmung, so als hätten wir uns Tage, vielleicht auch Wochen nicht mehr gesehen. Dabei waren es maximal ein paar Stunden gewesen.

»Weißt du schon, was du alles brauchst?«

Sie nickte und zog einen kleinen, weißen Zettel aus ihrer Hosentasche. Ich warf einen Blick darauf und versuchte die wenigen Worte zu entziffern. Sarah sah es und lachte bloß, ehe sie ihn wieder wegsteckte.

»Na dann, lass uns los.«

Während June einen Einkaufswagen holte, gingen Sarah und

ich schon rein. Der Laden war angenehm klimatisiert, im Hintergrund lief leise Musik, die auch in Fahrstühlen hätte gespielt werden können. Auf direktem Weg ging ich zum Obst, nahm ein paar Bananen, Äpfel und Blaubeeren und packte sie in Papiertüten. Als June wenig später zu uns stieß, gab ich sie ihr und machte mich auf den Weg in die Kuchenabteilung. Schon von weitem stieg mir der Duft von Schokolade und frischem Gebäck in die Nase. Augenblicklich knurrte mein Magen. June, die direkt neben mir stand, hörte es und lachte. Dann griff sie zu ein paar Macarons und legte sie in den Wagen. Sie wusste einfach, wie gern ich diese aß.

»Sarah hat am letzten Tag im Camp Geburtstag. Was hältst du davon, wenn wir ihr etwas backen?«

Instinktiv sah ich mich nach ihr um und stellte fest, dass sie außer Hörweite war. Dann nickte ich. »Klar, gerne. Ich rühre den Teig.«

Weil wir beide wussten, dass ich nicht gerade die begabteste Person in der Küche war und bei unseren Versuchen dementsprechend schon viel schiefgegangen war, beschränkte ich mich nun in der Regel auf simple Sachen wie beispielsweise das Mixen der Zutaten. Junes Mundwinkel zuckten verräterisch. Vermutlich dachte sie an eine unserer, nein, *meiner* Katastrophen. Die letzte war noch gar nicht so lange her. Inzwischen wusste ich, dass Luftballons platzten, wenn man versuchte, sie in heiße Schokolade zu tunken, um daraus Dessertschalen zu machen. Wir hatten noch Tage später Schokoreste an den Küchenschränken, der Tapete und dem Boden gefunden.

»Sag nichts.«

»Hatte ich auch nicht vor.«

Lachend ging ich voraus in den nächsten Gang und warf einen Blick auf das Angebot. Wie sollte man sich bei so vielen Müslisorten entscheiden? Ohne die Auswahl großartig zu betrachten, griff sich June ihre Lieblingssorte, Cranberry mit Joghurtblättchen. Sarah kam in diesem Augenblick zu uns und nahm sich die Sorte mit Schoko-Pfefferminzstückchen, die sie immer aß. Das wusste ich, weil wir sie inzwischen auch zuhause hatten. June hatte sie unbedingt ausprobieren wollen.

»Carly, bist du so weit?« Beide sahen mich fragend an. Ich hatte überhaupt nicht gemerkt, dass sie auf mich warteten.

»Ich brauche noch etwas. Geht schon mal vor, ich komme nach.«

»Alles klar.«

Ich nahm mir einen Moment Zeit und studierte die verschiedenen Packungen. Zu sagen, dass ich mich leicht überfordert fühlte, wäre eine Untertreibung gewesen. Ein Teil von mir tendierte zu der Sorte, die ich immer aß. Der andere war abenteuerlustiger und wollte unbedingt etwas Neues ausprobieren.

»So langsam habe ich das Gefühl, du machst das absichtlich.« Auch ohne mich umzudrehen, wusste ich, zu wem diese Stimme gehörte. Es war die Person, der ich am wenigsten in diesem Supermarkt begegnen wollte.

»Sieh an, der Starspieler der *Blue Devils* geht tatsächlich selbst einkaufen. Wer hätte das gedacht.« Als ich mich zu Logan umdrehte, sah ich, dass er die Arme vor der Brust verschränkt hatte und mich grinsend musterte. Das dunkelgrüne T-Shirt spannte um seinen Bizeps, und ich zwang mich mit aller Macht dazu, nicht allzu auffällig dorthin zu schauen. Dazu hatte er anthrazitfarbene Jeansshorts und schwarze Converse kombiniert.

»Ich habe dem Personal den Abend freigegeben.«

»Äußerst großzügig von dir.« Ich wandte den Blick ab und griff nach einer Packung, um die Zusammensetzung besser lesen zu können. Als ich feststellte, dass das Müsli neben Cranberrys auch Schokostückchen enthielt, stellte ich es zurück ins Regal und griff mir das nächste.

»Suchst du etwas Bestimmtes?«

»Weiß ich noch nicht.« Was der Wahrheit entsprach. Irgendwie. Ich erkannte im Augenwinkel, wie sich seine Schultern hoben und senkten, so als würde er ein Lachen unterdrücken. Meine Antwort schien ihn zu amüsieren. Dann überbrückte er den Abstand zwischen uns. Mit einem Mal war er mir so nahe, dass sich unsere Arme berührten. Auf der Stelle bekam ich eine Gänsehaut.

»Darf ich?« Er hatte den Kopf schräg gelehnt und musterte

mich abschätzend. Für einen Augenblick schauten wir einander stumm an, ehe ich langsam nickte. Logan drehte sich leicht seitlich, wodurch meine Schulter gegen seinen Oberkörper stieß, und nahm eine rote Packung aus dem Regal. Der Duft seines Aftershaves drang mir in die Nase und brachte mich dazu, tief einzuatmen. Es roch unglaublich gut an ihm. Doch freiwillig hätte ich das niemals zugegeben.

»Wie wäre es mit diesen hier? Caleb isst sie jeden Morgen zum Frühstück, also scheinen sie nicht allzu schlecht zu schmecken.«

Er deutete mit dem Kopf auf das Müsli. Schnell überflog ich die Zusammensetzung und schüttelte den Kopf.

»Danke, das ist lieb, aber da sind Schokostückchen drin.«

»Und?« Logan hatte die Augen leicht zusammengekniffen und sah mich verwirrt an.

Ich zuckte mit den Schultern. »Ich mag keine Schokolade in meinem Müsli.«

»Das ist ein Scherz, oder?«

»Nope.«

Sichtlich fassungslos legte er die Packung in seinen Korb, während sein Blick weiterhin auf mir ruhte. »Und was ist mit Schokoladetafeln? Isst du die auch nicht?«

Mir war vollkommen bewusst, wie dämlich das klang. Ich hatte es schon mehr als einmal zu hören bekommen. Aber das kümmerte mich nicht sonderlich. »Doch, die mag ich.«

Eine Weile war es absolut still zwischen uns. Lediglich die leise Hintergrundmusik war zu hören. Frustriert griff ich mir eine Sorte nach der anderen und stellte sie wieder auf ihren Platz. Mein Plan, abenteuerlustiger zu sein, geriet gefährlich ins Wanken.

»Du bist der merkwürdigste Mensch, den ich kenne.«

Ich wollte gerade etwas erwidern, als eine orangene Packung vor meinen Augen auftauchte. Skeptisch nahm ich sie ihm ab.

»Mango und Kurkuma. Keine Schokolade.«

»Hm.«

»Okay, was passt jetzt nicht? Ist Obst etwa auch tabu?«

Ich schüttelte den Kopf und sah mir die Inhaltsstoffe näher an. Auf den ersten Blick klang es nicht schlecht, aber ob die

Kombination schmecken würde? Ein Teil von mir war skeptisch, der andere brannte darauf, es auszuprobieren. Dies war der Moment, in dem ich beschloss, mutig zu sein.

»Danke.«

»Nicht dafür.« Er schmunzelte, ehe er drei Schritte nach rechts ging, die Cornflakes-Auswahl betrachtete und eine Packung *Froot Loops* in den Korb legte. Die bunten, runden Getreideringe erinnerten mich an meine Kindheit. Damals hatte ich sie jedes Wochenende zum Frühstück gegessen. Aber das war lange her.

»Lass das bloß den Coach nicht sehen.«

»Solange du mich nicht verrätst, dürfte das kein Problem sein.«

Gerade als ich ihm antworten wollte, stießen Sarah und June zu uns.

»Hast du dich etwa immer noch nicht ...« Sarah stoppte, als sie sah, dass ich nicht alleine war. »Oh.«

»Sarah, June.« Logan nickte ihnen knapp zu, ehe er sich zu mir umdrehte und einen Schritt näher kam. Ich musste den Kopf in den Nacken legen, um ihn weiterhin ansehen zu können. Das Blau seiner Augen war dunkler als sonst. »Ach, Carly? Wenn du das nächste Mal Sehnsucht hast, besuch mich doch einfach direkt in meinem Bungalow. Nummer siebzehn. Ist nicht schwer zu finden.«

Noch bevor ich die Chance hatte, etwas zu erwidern, zwinkerte er und ging. Ich setzte an und brach ab, suchte nach den passenden Worten, konnte sie aber nicht finden.

7. Kapitel

Das gemeinsame Barbecue verlief äußerst entspannt. Überall hatten sich kleine Grüppchen gebildet, die entweder zusammenstanden oder an einem der Tische in der Nähe des Grills saßen.

»Ich werde mir noch etwas holen. Kommt jemand mit?« Fragend sah ich zu June, Lilly und Audrey, doch bis auf Sarah hatten alle noch etwas auf ihren Tellern. Sie schüttelte nur den Kopf.

»Vielleicht später«, antwortete Audrey. Lilly nickte zustimmend. Die beiden waren echt unzertrennlich.

Ich stand gerade am Salatbuffet, als ich etwas im Augenwinkel wahrnahm. Die Jungs saßen ein wenig abseits zusammen an einem Tisch. Matthew stand bei ihnen, Logan starrte ihn verärgert an. Ich wurde aus den beiden nicht schlau.

Was genau gerade passiert war, hatte ich nicht mitbekommen. Doch Logans angespannte Miene verriet mir, dass es ihm nicht passte.

Abwehrend hob Matthew eine Hand, mit der anderen balancierte er seinen Teller. »Lass gut sein, Logan, ich gehe schon.«

Keine Ahnung, woher mein Ärger so plötzlich kam, aber mir riss der Geduldsfaden. Dieses Platzhirschgehabe, oder was auch immer diese Situation darstellte, war lächerlich. Sie waren im selben Team. Früher oder später mussten sie miteinander klarkommen. Zumindest sollten sie zusammen an einem Tisch sitzen können.

Kurzentschlossen stellte ich meinen Teller weg und ging rüber. »Was soll das alles? Was hast du für ein Problem?« Auffordernd sah ich Logan an, dessen Blick für einen kurzen Augenblick überrascht war. Dann hatte er sich wieder gefasst.

»Das geht dich überhaupt nichts an, Thompson.« Er stützte

sich mit den Ellenbogen auf dem Tisch ab und grinste überheblich. Ich hasste es, wenn er das tat.

»Du benimmst dich wie ein kleines Kind, dem man die Schaufel geklaut hat.« Nicht nur die Schaufel. Auch den Eimer. Und die Harke.

»Du hast keine Ahnung. Also lass es einfach.« Sein arrogantes Grinsen verschwand für einen Moment. Stattdessen sah er mich wütend an. Er hatte recht, ich verstand kein bisschen, weshalb er sich so verhielt.

»Das kannst du vergessen. Du benimmst dich Matthew gegenüber wie der größte Vollidiot überhaupt.« An sich war das nichts Neues, doch so langsam ging mir sein dämliches Gehabe tierisch auf die Nerven. Die Arme vor der Brust verschränkt, starrte ich ihn an. Er erwiderte den Blick mit derselben Intensität.

»Matthew ist in unserem Team, nicht in eurem, also lass Logan in Ruhe, Carly«, warf Brian, der Center der *Blue Devils* und einer seiner engeren Freunde, gleichgültig ein.

Ich verdrehte die Augen. »Und deshalb macht ihr mit?« Er zuckte mit den Schultern. »Wenn Logan dir sagt, du sollst aus dem Fenster springen, dann fragst du höchstens, aus dem wievielten Stock, richtig?«

Caleb grinste, aber sagte nichts dazu. Brian wollte gerade etwas erwidern, als ich ihn unterbrach.

»Ist schon gut. Wir alle kennen bereits die Antwort.«

Mason und Caleb lachten, während mich Brian vollkommen verdutzt anschaute.

»Und was euch angeht, ist das wirklich ein Armutszeugnis. Mag sein, dass Logan ein Problem mit Matthew hat – was auch immer das sein soll. Aber damit habt ihr nichts zu tun. Also haltet euch verdammt noch mal raus.« Augenblicklich verschwand ihr Grinsen. Zumindest bei Caleb konnte ich erkennen, dass es ihn zum Nachdenken brachte. Immerhin etwas.

»Wir sind heute ja wieder richtig kratzbürstig.« Nach außen hin schien er es amüsant zu finden, dass ich mich für einen seiner Mitspieler einsetzte. Doch wenn mich nicht alles täuschte, wirkte sein Blick für einen kurzen Moment verletzt. Doch nur für eine

Sekunde, dann funkelte er mich an. So sehr ich es auch versuchte, ich wurde einfach nicht schlau aus ihm.

»Kratzbürstig? Das Thema hatten wir schon, Evans. Also lass den Mist. Klärt endlich eure Probleme. Das hält auf Dauer kein Mensch aus.« Damit drehte ich mich zu Matthew, der die ganze Zeit neben mir gestanden hatte, ohne auch nur einen Ton von sich zu geben. »Hey, ich bin Carly und gehöre zu der verrückten Bande da hinten.« Lächelnd deutete ich auf die Mädels, die gespannt zu uns herübersahen. Er lachte, als er wie ich ihre neugierigen Gesichter bemerkte.

»Matthew Harris. Aber Matt reicht vollkommen.« Sein Lächeln war unglaublich sympathisch. Seine braunen Augen hatten leicht goldene Sprenkel. Egal, welches Problem Logan mit ihm hatte, ich hatte es nicht. Im Gegenteil, ich fand ihn nett.

»Du hast auch ein Herz für alles und jeden.« Logans Stimme ließ mich zu ihm sehen.

»Immerhin habe ich ein Herz.« Ich lächelte ihn liebreizend an.

»Wie gut, dass ich keins habe, ansonsten hätte das jetzt wehgetan.« Sein dämliches Grinsen war noch da, doch seine Augen funkelten verärgert. Ich wollte etwas erwidern, überlegte es mir jedoch anders. Vielleicht war es naiv, vielleicht auch dumm, aber ein Teil von mir dachte an unsere Begegnung im Supermarkt vorhin und daran, dass wir uns tatsächlich für ein paar Minuten wie zwei zivilisierte Menschen unterhalten hatten.

»Komm mit, Matt, ich stell dir ein paar Leute vor.«

Matt nickte und folgte mir. Als wir uns wenige Meter entfernt hatten, räusperte er sich leise. »Danke, aber du musst das nicht tun, Carly. Ganz ehrlich. Ich möchte nicht, dass du meinetwegen Schwierigkeiten oder Stress mit Logan bekommst. Das ist es wirklich nicht wert.«

Dass er mir eine Fluchtmöglichkeit bot, war nett, aber unbegründet. Ich stand zu meinem Wort, und was Logan von mir hielt, war mir egal.

»Mach dir da mal keine Gedanken. Logan und ich konnten uns vorher schon nicht leiden. Das ist nichts Neues und wird sich auch nicht ändern.« Erleichterung machte sich in seiner Miene breit. »Aber abgesehen davon, habe ich das gerade ernst gemeint. Logans Verhalten ist kindisch.«

Seine Lippen zuckten merklich. Anscheinend sah er es genauso. »Das kann ich nicht abstreiten.«

»Ich weiß nicht, welches Problem ihr beiden habt, aber irgendwie müsst ihr miteinander klarkommen. Immerhin seid ihr in einem Team.« Ich zuckte mit den Schultern und sah ihn aufmunternd an.

»Er macht es mir momentan nicht gerade leicht.«

»Logan macht es einem nie leicht.« Das wusste ich aus eigener Erfahrung. In Zweidrittel aller Fälle verhielt er sich wie der größte Vollidiot überhaupt. Das letzte Drittel war für Verhaltensweisen reserviert, die für mich keinen Sinn ergaben. Wie neulich Abend, als er mich nach Hause begleitet hatte. Oder vorhin im Supermarkt, *bevor* er mich in seinen Bungalow eingeladen hatte. Als würde ich mich je auch nur in die Nähe davon verirren.

Matt und ich erreichten die Mädels. Audrey schien es gar nicht abwarten zu können, dass ich sie einander vorstellte.

»Leute, das ist Matt.« Ich sah sie der Reihe nach an, dann drehte ich mich zu ihm. »Sarah, Audrey und Lilly.« Ich deutete auf die entsprechenden Personen, die jeweils kurz die Hand hoben, um auf sich aufmerksam zu machen. »Und das ist June, meine beste Freundin und Mitbewohnerin.«

June lächelte sanft und nickte zur Begrüßung. Sie war kein Mensch, der es mochte, ständig im Rampenlicht zu stehen.

»Freut mich, euch kennenzulernen.«

Während ich mich neben Sarah und June setzte, nahm er gegenüber von uns Platz.

Audrey rutschte ein Stück näher zu ihm. »Du spielst als Shooting Guard?« Sie lächelte ihn an. Offensichtlich gefiel er ihr.

»Ja genau. Ich habe früher auch mal andere Positionen ausprobiert, aber meine jetzige gefällt mir am besten.« Er lächelte höflich, nahm eine Scheibe Baguette von seinem Teller und riss sich ein Stück davon ab.

»Das kann ich absolut verstehen. Bei uns spielt June als Shooting Guard«, warf ich ein.

»Und sie ist die Beste, die wir je hatten«, ergänzte Sarah. Ich nickte zustimmend, was June leicht rot werden und Matt schmunzeln ließ.

»Ach was, hört schon auf«, wiegelte sie ab und stocherte in ihrem Salat. Allein beim Anblick dieses grünen Zeugs verzog ich das Gesicht. Schon als Kind hatte ich es nicht gemocht, und das würde sich bestimmt nie ändern.

»Das habe ich auch schon gehört«, meinte Matt und lächelte. June zuckte leicht mit den Schultern, ihr Blick blieb gesenkt. Dass ihr all die Aufmerksamkeit nicht gerade angenehm war, war nur zu deutlich zu erkennen.

»Wie kamst du zum Basketball?« Audrey rutschte noch ein Stück näher an Matt. Ich versuchte, ihr ein Zeichen zu geben, dass sie etwas Abstand halten sollte, aber sie runzelte nur kurz die Stirn und konzentrierte sich wieder auf Matt.

Er löste seinen Blick von June und sah auf seinen Teller. »Mein Dad hat es mir beigebracht. Als ich klein war, hat er jeden Tag nach der Arbeit Körbe mit mir geworfen. Irgendwann hat er mich in ein richtiges Team gesteckt. Seither bestand mein Leben nur aus Basketball.« Er lächelte, und doch hatte ich ein ungutes Bauchgefühl. Es klang eher nach Druck als nach Spaß. Aber was wusste ich schon? Im Grunde kannte ich ihn nicht.

»Das klingt schön«, meinte Audrey und legte eine Hand auf seinen Arm. Für einen Moment schien er zu überlegen, was er tun sollte. Als er jedoch etwas sagen wollte, kam Lauren zu uns und unterbrach ihn.

»Hey, tut mir leid, dass ich störe.«

Ich hatte nichts gegen Lauren. Sie war der Captain der Cheerleader und Calebs Freundin. Da wir allerdings kaum gemeinsame Interessen hatten, standen wir uns nicht besonders nah.

»Du störst nicht, alles gut«, antwortete ich.

Sie lächelte und sah zu Lilly und Audrey. »Wir wollen gleich einen Mädelsabend bei Kira und Sophia machen. Habt ihr Lust?« Beide nickten sofort. Dann drehte sich Lauren zu uns. »Ihr seid natürlich auch eingeladen, wenn ihr möchtet.«

»Danke, das ist nett. Aber wir haben schon etwas vor«, lehnte

Sarah höflich ab, da wir nachher noch einen Filmabend inklusive Mikrowellenpopcorn geplant hatten.

Lauren nickte und wandte sich wieder an Audrey und Lilly, die inzwischen mit dem Essen fertig waren. »Wollt ihr direkt mitkommen?«

»Klar.« Sie packten ihre Sachen zusammen, standen auf und winkten kurz in unsere Richtung. »Wir sehen uns morgen beim Training.«

»Viel Spaß.«

Für einen kurzen Augenblick wusste keiner von uns, was er sagen sollte. Dann räusperte sich Matt leise. »Und was studiert ihr?« Dass er bloß etwas gegen die unangenehme Stille tun wollte, war offensichtlich. Aber es funktionierte.

»Ich habe mich für BWL entschieden und ja, es ist genauso trocken, wie man vermutet.« Sarah hatte sich ihre Cola geschnappt und trank einen Schluck. Wie sie sich unter all den Fächern ausgerechnet für dieses hatte entscheiden können, konnte ich noch immer nicht nachvollziehen.

»Das wäre tatsächlich meine nächste Frage gewesen.« Matt lachte und sah zu June, die gerade mit ihrer Serviette über den Tisch wischte. Auf ihrem Teller lagen drei kleine Tomaten, die sie aus dem Salat gefischt hatte. Früher hatte sie nie genug davon bekommen können, heute sah es anders aus.

»Ich habe mich für Psychologie eingeschrieben.« Junes Studienwahl passte so gut zu ihr. Sie hatte einfach ein Händchen für Menschen und durchschaute einen sofort. Ich war das beste Beispiel dafür.

»Das ist beeindruckend. Ich habe gehört, dass das gar nicht so leicht sein soll.« Matt stützte sich mit seinen Ellenbogen auf dem Tisch ab und sah sie gespannt an.

June schien einen Augenblick lang nachzudenken, dann schaute sie zu ihm rüber. »Es geht. Natürlich gibt es Kurse, die schwieriger sind als andere. Aber das ist wohl überall so.«

»Ich vermute mal, dir kann man so leicht nichts vormachen.«

June zuckte bloß mit den Schultern, während Sarah und ich grinsten. Davon konnten wir beide ein Lied singen.

»Das deute ich mal als Zustimmung.« Wir beide nickten mehrmals hintereinander, was ihn laut lachen ließ.

»Wie sieht es mit dir aus?« Matt hatte sich in meine Richtung gedreht. Sein Blick war neugierig.

»Ich studiere Medizin.«

»Ernsthaft?«

Ich konnte nicht verstehen, was ihn daran so überraschte. »Warum?«

Lächelnd schüttelte er den Kopf. »Na ja, du spielst Basketball und darfst auch noch für Medizinkurse büffeln. Ich wäre wahrscheinlich schon mit dem Studium an sich überfordert.«

»Es ist viel Arbeit, das stimmt, aber das ist es mir wert.« Denn es war mein Traum. Ich liebte die Medizin inzwischen genauso sehr wie den Basketball. Auch wenn es Tage gab, an denen ich am liebsten hingeschmissen hätte, weil es so furchtbar viel war. Doch das gehörte dazu. Mit etwas Glück würde ich irgendwann vielleicht als Sportmedizinerin arbeiten. Vielleicht sogar für ein Basketballteam.

»Und du?«

»Ich habe Luft- und Raumfahrttechnik im Hauptfach.«

Ich konnte nicht anders, als zu lachen. *Wenn er mein Medizinstudium schon anspruchsvoll fand, was sollte man dann zu seinem sagen?* »Das ist natürlich deutlich weniger aufwendig.«

»Touché.«

Eine Weile sprachen wir über unsere verschiedenen Fakultäten. Dann über alles Mögliche. Wir waren derart vertieft, dass wir Mason erst bemerkten, als er vor uns stand und sich räusperte.

»Wir wollen noch ein Freundschaftsspiel untereinander machen. Coach Johnson wird aber auch dabei sein. Hast du Lust?« Er sah zu Matt, der sichtlich überrascht war.

»Klar, gerne.«

»Okay, gut.« Mason schaute kurz zu mir und nickte, was ich erwiderte. Ich war froh, dass meine Worte vorhin etwas bewirkt hatten. Es war für beide Seiten von Vorteil, wenn sie Matt nicht länger außen vor ließen. Immerhin stand er genauso wie Logan in der Starting Five.

»Macht sie fertig.«

»Wir werden uns Mühe geben. Wenn ihr möchtet, könnt ihr ja zugucken«, schlug Mason vor und fuhr sich kurz durch die braunen Haare. Schnell sah ich June und Sarah an, die beide nickten. Unseren Filmabend konnten wir auch etwas später starten.

»Wir kommen mit.« Kurzerhand räumten wir unsere Sachen weg, holten uns neue Getränke und setzten uns auf die Außentribüne, auf der bereits ein paar der Cheerleader warteten.

Aufmerksam beobachteten wir die Jungs. Logan warf einen Korb nach dem anderen und baute den Vorsprung seiner Mannschaft stetig aus. Auch wenn es eigentlich um nichts ging, war sein Ehrgeiz allem Anschein nach geweckt. Geschmeidig dribbelte er einen Gegner nach dem anderen aus und zog an ihnen vorbei. Dass sie schon lange ein Team waren, war nicht zu übersehen. Viel erstaunlicher fand ich dagegen, wie gut Brian, Caleb, Mason und Matt harmonierten. Vor allem, wenn man bedachte, dass sie noch nie zuvor in dieser Konstellation gespielt hatten. Vermutlich nutzte der Coach die Gelegenheit, die neue Startformation das erste Mal gemeinsam in Aktion zu sehen. Vielleicht machte er sich auch schon erste Gedanken, woran er mit ihnen arbeiten musste. Dass die Auswechselspieler ebenfalls aufeinander abgestimmt waren, war nur von Vorteil.

Logan dagegen ignorierte Matt vollkommen und machte sich noch nicht mal die Mühe, zu ihm zu passen. Lieber verschenkte er einen Punkt, als dass er den Ball zu Matt warf. Ich schüttelte den Kopf. Auf Dauer würde das nicht funktionieren. Vor allem in wichtigen und engen Spielen würde er dem Team nur unnötig schaden.

Die schrille Trillerpfeife von Coach Johnson unterbrach das Spiel für einen Moment. »Evans, herkommen«, rief er ihn zu sich. Er klang verärgert, und ich vermutete, den Grund dafür zu kennen.

Logan warf den Ball zu Caleb und joggte zur Seitenlinie. »Coach?«

»Was soll der Mist? Warum passt du nicht zu Harris?« Coach Johnson verschränkte die Arme vor der Brust, was Logan bloß mit den Schultern zucken ließ. »Hör auf damit und spiel vernünftig.« Damit schickte er ihn zurück auf den Platz und ließ das Spiel weiterlaufen.

»Als ob Logan das machen wird.« Sarah seufzte, was mich zustimmend nicken ließ.

»Das klappt so niemals«, ergänzte June.

»Das denke ich auch.« Man merkte deutlich, dass Logan von nun an jede Situation, in der er gegebenenfalls zu Matt passen musste, zu vermeiden versuchte.

Eine Weile ließ der Coach das Spiel laufen. Dann unterbrach er es ein weiteres Mal und rief Logan erneut zu sich. Man sah ihm an, dass es ihm gar nicht passte. Gleichzeitig nickte der Coach Matt zu, der ebenfalls zu ihm kam. Beiden legte er eine Hand auf die Schulter. »Ich will, dass ihr euch miteinander arrangiert. Ihr seid gute Spieler, und ich will, dass ihr zusammenarbeitet und die Mannschaft zur Meisterschaft führt. Also seht zu, dass ihr das regelt, verstanden? Das ist mein letztes Wort.«

Matt lenkte sofort ein. Dabei war er nicht das Problem. »Verstanden.«

Coach Johnson wirkte zufrieden und sah Logan an, der die Hände zu Fäusten geballt hatte. Nach einigen Sekunden nickte er.

»Gut. Zurück auf den Platz mit euch.«

Kommentarlos drehten sie sich um und gingen zurück. Doch allem Anschein nach ließ Logan es darauf ankommen. In diesem Augenblick wurde er von zwei Mann gedeckt, während Matt absolut freistand und eine gute Wurfposition hatte. Sofort machte er auf sich aufmerksam, was Logan zweifelsfrei bemerkte. Doch statt zu ihm zu werfen, versuchte er es selbst und scheiterte an der Zwei-Mann-Deckung vor ihm. Das war absolut dämlich gewesen. Er spielte doch sonst nicht so.

Wieder erklang die Trillerpfeife von Coach Johnson. »Evans, ab auf die Bank mit dir.« Seine autoritäre Stimme ließ keine Widerworte zu.

»Das ist doch wohl ein Scherz. Ich bin der Captain dieses Teams.« Logan sah fassungslos zu ihm. Doch Johnson wies nur auf die Sitzplätze vor unserer Tribüne.

»Das ist mein voller Ernst. Setz dich hin.«

Logan prellte wutentbrannt den Basketball auf den Boden und verließ den Platz. Anstatt der Anweisung des Coachs jedoch nachzukommen, verschwand er in Richtung der Bungalows.

Für einen Moment war es absolut still. June und Sarah schauten mich geschockt an. Ich hätte mit vielem gerechnet, aber nicht damit. Die übrigen Spieler wirkten genauso ratlos.

»Habt ihr meine Jacke gesehen?« Ich sah June und Sarah fragend an, die es sich mit einem Bier in der Hand draußen auf unserer Terrasse gemütlich gemacht hatten. Beide schüttelten den Kopf.

»Vorhin hattest du sie noch«, überlegte June, »nach dem Spiel nicht mehr.«

Das bedeutete im Umkehrschluss, dass sie noch auf dem Picknicktisch liegen musste. Großartig. »Ich werde zurückgehen und nachsehen.«

»Soll ich mitkommen?«, bot June an.

»Brauchst du nicht.«

Sie nickte und widmete sich wieder ihrem Bier.

»Ruf uns an, wenn irgendwas ist«, meinte Sarah lächelnd, was mich dazu brachte, die Augen zu verdrehen.

»Es ist noch nicht mal dunkel, beruhigt euch, ihr Glucken.« Meine Aussage brachte sie zum Lachen. Ich drehte mich um und ging zurück zum Basketballplatz, in dessen unmittelbarer Nähe das Barbecue stattgefunden hatte.

Wie ich vermutet hatte, lag meine Jacke noch auf der Sitzbank am Tisch, an dem wir gegessen hatten. Erleichtert griff ich danach und legte sie mir über den Arm.

Das Geräusch eines auf Asphalt prellenden Basketballs erregte meine Aufmerksamkeit. Neugierig schaute ich nach links. Ich hätte mit allem gerechnet, aber nicht damit, Logan hier anzutreffen.

Einen Augenblick lang beobachtete ich ihn. Immer wieder

warf er aus den unterschiedlichsten Positionen auf den Korb. Sein Blick wirkte nachdenklich, so als wäre er mit den Gedanken irgendwo anders. Ich atmete tief durch, dann ging ich zu ihm rüber, schnappte mir den Ball und warf ihn Logan entgegen.

»Was machst du hier, Thompson?«

»Dasselbe könnte ich dich fragen, Evans.«

»Sieht man doch, oder nicht? Also?« Es war eine blöde Frage gewesen, wie er mir gerade nur zu deutlich vor Augen führte.

»Ich hatte meine Jacke vergessen.«

Er sagte nichts dazu. Für eine Weile war es still. Kurz überlegte ich, einfach wieder zurück zum Bungalow zu gehen, dann entschied ich mich dagegen.

»Was war das für eine Aktion vorhin?«, machte ich den Anfang. Man konnte über ihn denken, was man wollte, aber Logan war niemand, der sich dem Coach so offensichtlich widersetzte. Das passte nicht zu ihm, und auf Dauer würde ihm das viel Ärger einhandeln.

»Kann dir doch egal sein.« Er schnaubte und warf einen weiteren Korb. Offensichtlich wollte er nicht darüber reden.

»Ist es mir aber nicht, also erzähl.« Über die Tatsache, dass es mich interessierte, wollte ich lieber nicht nachdenken. Logan war vielleicht nicht mein liebster Mensch, und auch nicht mein zehntliebster oder einer dazwischen, aber als Basketballspieler schätzte ich ihn. Ich würde ihn nur ungern bei einem Match gegen die *White Cobras* auf der Bank sehen.

Abwartend hielt ich den Ball in meinen Händen und sah ihn auffordernd an. Unruhig ging er ein paar Schritte nach links, dann nach rechts. Wie ein Tiger im Käfig. Frustriert fuhr er sich mit einer Hand durch seine dunklen Haare, die im Licht der untergehenden Sonne einen bronzefarbenen Schimmer hatten.

»Er taucht hier einfach auf und mischt sich überall ein.« Logan musste Matts Namen nicht aussprechen, damit ich verstand, wen er meinte.

»Ist es nicht normal, dass er versucht, Anschluss zu finden?« Unter normalen Umständen hätte Logan das sicherlich genauso gesehen. Doch aktuell stand ihm sein Stolz im Weg, wie ich vermutete. Mein Blick fiel auf seine durchtrainierten Oberarme, die in seinem kurzen Teamtrikot besonders gut zur Geltung kamen. Ich atmete tief durch und verfluchte die Wirkung, die er auf mich hatte.

»Das soll er gefälligst woanders machen.« In diesem Moment erinnerte er mich wieder an das Kind, dem man die Schaufel weggenommen hatte.

Meine Mundwinkel zuckten. »Wird schwer, ihr seid in einem Team.«

»Ist mir noch gar nicht aufgefallen, Thompson.« Seine Stimme triefte vor Ironie. Anscheinend wollte er nicht weiter darüber reden. Was okay war. Doch wenn ich ihm nicht auf diese Weise helfen konnte, würde ihm vielleicht etwas Ablenkung gut tun.

»Hast du inzwischen deine Dreier verbessert?«, fragte ich und spielte damit auf das letzte Training vor ein paar Tagen an, bei dem er ungewöhnlich oft nicht getroffen hatte. Auch wenn Dreier als Point Guards nicht unbedingt unsere Aufgabe waren, war es enorm hilfreich, wenn man sie im Schlaf konnte. Die gegnerischen Teams rechneten eher selten damit.

Logan hielt den Ball fest und nickte.

»Zeig her.« Ich deutete auf die Drei-Punkte-Linie. Ohne einen weiteren Kommentar ging er ein paar Schritte zurück, holte aus und traf den Korb. »Das war bloß Glück.«

Er lachte und deutete auf die weiße Markierung. »Du bist dran.« Schnell stellte ich mich neben ihn und warf. Dass ich ebenfalls punktete, beeindruckte ihn nicht sonderlich. Eine Weile ging das Spiel so weiter, doch als sein nächster Wurf am Korbring abprallte, konnte ich nicht anders, als ihn deshalb zu necken.

»Du schwächelst schon wieder, Evans.«

Er zuckte mit den Schultern. »Das war bloß Taktik. Reine Absicht, um den Gegner in falscher Sicherheit zu wiegen.«

Bei seinem Grinsen war ich nicht sicher, ob er vielleicht sogar die Wahrheit sagte.

Wir machten weiter. Nachdem ich abermals geworfen hatte, war er wieder an der Reihe. Diesmal versuchte ich, ihn zu blocken. Dass Logan um einiges größer war als ich und körperbetont spielte, hatte ich jedoch nicht bedacht. Ich geriet ins Straucheln und bereitete mich innerlich auf ein paar blaue Flecken vor. Doch bevor ich mit dem Hintern auf dem Asphalt landen konnte, packten mich zwei Hände an der Taille und hielten mich fest.

Logans Atem strich über meine Wange und sorgte dafür, dass ich Gänsehaut bekam. Im selben Moment hörte ich, wie der Basketball neben uns auf den Boden schlug.

Statt zu werfen, war er mir zur Hilfe gekommen. Wieder einmal verwirrte mich sein Verhalten.

Als ich seinem Blick begegnete, musste ich schlucken. Seine Augen wirkten dunkler als sonst und ließen mein Herz schneller schlagen.

»Alles okay?«

»Ja, alles gut.«

»Sicher?« Er schien nicht sonderlich überzeugt zu sein. Anstatt seine Hände von meinen Hüften zu nehmen, hielt er mich weiterhin fest. Logans Nähe war gefährlich und ließ mich dumme Dinge tun. Der Abend, an dem wir uns kennengerlernt hatten, war der beste Beweis dafür. Und auch wenn ich es bis zum heutigen Tag geschafft hatte, mich nicht wieder auf ihn einzulassen, wusste ich nicht, wie lange ich der Versuchung noch standhalten konnte.

»Ganz sicher. Du kannst mich jetzt loslassen.« Ich tippte gegen seinen Arm, und mit einem Lächeln entließ er mich aus seinem Griff. Aber anstatt einen Schritt nach hinten zu gehen, blieb er dicht vor mir stehen und sah mir weiterhin in die Augen. Als er mir zärtlich eine wirre Haarsträhne aus dem Gesicht strich und meine Wange dabei viel länger berührte, als eigentlich notwendig gewesen wäre, hielt ich den Atem an. Logan Evans war definitiv der größte Vollidiot, den ich kannte, aber leider auch meine größte Versuchung.

»Vergiss nicht zu atmen, Carly.«

Sofort kam ich dem nach und holte tief Luft. Meine Lunge dankte es mir. Nur einen Augenblick später lächelte er. Es war ein echtes Lächeln und kein bisschen selbstgefällig. Nichts und niemand hätte mich darauf vorbereiten können. Mein Puls raste, und meine Knie wurden weich, während mich ein weiteres Mal Erinnerungen an jene Nacht auf der Party einholten. Wie gut wir uns verstanden hatten, wie anders er gewesen war, wie gut er küssen konnte. Es war unfair, dass er mich mit einer kleinen Geste dermaßen aus dem Konzept bringen konnte.

Ich sah weg, in der Hoffnung, er würde so nicht mitbekommen, was sein Lächeln mit mir anstellte. Doch Logan ließ nicht zu, dass ich ihm auswich. Vorsichtig drehte er meinen Kopf zurück

»Du bist wirklich hübsch, weißt du das?« Seine Stimme klang heiser, und seine Worte ließen jedes bisschen meines übrig gebliebenen Restverstandes verpuffen. Zärtlich legte er seine andere Hand wieder an meine Taille und hielt mich an Ort und Stelle. Ich schluckte und verlor mich in seinen blauen Augen, die noch dunkler geworden waren. »So handzahm sogar noch hübscher.«

Ich wollte gerade etwas erwidern, doch als er zwinkerte und mir wieder dieses umwerfende Lächeln schenkte, vergaß ich, was ich sagen wollte. Im selben Moment spürte ich, wie meine Wangen wärmer wurden.

Logan senkte den Blick auf meine Lippen. Ich hätte mich nur ein kleines bisschen strecken müssen, um ihn küssen zu können. Als er sich noch etwas näher beugte, hielt ich die Luft an und bewegte mich nicht einen Millimeter.

Logan schaute wieder hoch und entließ mich sanft aus seinem Griff. Diesmal trat er auch einen Schritt zurück. »Gute Nacht, Carly. Danke für das Spiel.«

Ich sah ihm nach, wie er in die Nacht verschwand. Ein Teil von mir war enttäuscht und fühlte sich hin- und hergerissen. Vielleicht hatte ich mir die Sehnsucht in seinem Blick nur eingebildet. Logan Evans hatte mir schon einmal fast das Herz gebrochen, noch einmal würde ich ihm diese Chance nicht geben.

8. Kapitel

Ich hatte letzte Nacht schlecht geschlafen, weil ich die ganze Zeit an den gestrigen Abend und meine seltsame Begegnung mit Logan hatte denken müssen. Dementsprechend gerädert war ich heute Morgen aufgewacht. Obwohl mittlerweile eine Stunde vergangen war, pochte mein Kopf noch immer unangenehm.

Coach Lewis blies in ihre Trillerpfeife und brachte meine Ohren zum Klingeln. Wir liefen durch die Trainingshalle und stellten uns im Halbkreis vor ihr auf.

»Gut, nachdem ihr euch nun aufgewärmt habt, möchte ich, dass ihr euch verteilt und an eurer Technik arbeitet. Fangt mit einfachen Korblegern an und erhöht nach und nach die Schwierigkeit. Ich möchte, dass ihr vor allem den *Up-and-Under* trainiert. Irgendwelche Fragen?«

Coach Lewis ließ den Blick aufmerksam durch die Runde schweifen, dann nickte sie. »Alles klar, dann fangt an.« Statt ihrer Anweisung direkt nachzukommen, sah ich zur anderen Hallenhälfte, die soeben von den Jungs betreten wurde.

Ungewollt scannte ich die Umgebung nach Logan ab. Zusammen mit Caleb kam er als Letzter in die Halle. Als er zu mir schaute, umspielte ein Lächeln seine Lippen, das mich an das von letzter Nacht erinnerte. Ich seufzte und wandte den Blick ab.

»Wird das heute noch was, Carly?« Coach Lewis stand neben mir und sah mich mit hochgezogener Braue an.

»Tut mir leid, Coach.« Lustlos griff ich mir einen Ball und stellte mich zu Sarah und June an den Korb. Mühelos übten wir jene Techniken, die wir bereits beherrschten. Als wir beim *Up-and-Under* ankamen, gestaltete sich das Treffen schwieriger. Zuerst musste man die blockende Person mit einer Drehung und einem angetäuschten Korbleger abschütteln. Dann sprang man an ihr vorbei, täuschte an und warf erst im allerletzten Moment.

Ich ließ June den Vortritt. Sarah nahm die blockende Position ein, ich hielt etwas Abstand und beobachtete die beiden. Es war gar nicht so einfach, an Sarah vorbeizukommen, doch June spielte klug und schaffte es nach ein paar Versuchen. Irgendwann, ich hatte nicht auf die Uhr über der Eingangstür geguckt, tauschten sie die Positionen und das Spiel begann von vorn.

Abwartend lehnte ich mich mit dem Rücken an die Wand und ließ den Blick schweifen. Bei einigen Mädels funktionierte der *Up-and-Under* schon gut. Die Jungs dagegen hatten noch nicht mit ihren eigentlichen Übungen begonnen, sondern wärmten sich auf. Sie lieferten sich ein Sprintduell nach dem anderen. Erst die Trillerpfeife von Coach Johnson ließ sie damit aufhören. Logan und Brian beendeten das Duell, aus dem Logan siegend hervorgegangen war. Sein Ehrgeiz ließ mich lächeln. In diesem Punkt waren wir uns unglaublich ähnlich.

Plötzlich schaute er in meine Richtung. Für einen Wimpernschlag schien alles andere in den Hintergrund zu rücken. Stattdessen sahen wir einander genauso an, wie wir das auch gestern getan hatten. Logans leichtes Lächeln verursachte ein angenehmes Kribbeln in meinem Bauch.

»Du bist dran, Carly.« June warf mir den Ball zu, den ich erst im letzten Moment fing. Ich hatte gar nicht mitbekommen, dass die beiden bereits fertig waren.

»Okay.«

June und ich tauschten die Plätze. Ich drehte mich mit dem Rücken zu Sarah, die ein wenig größer als ich war. Prüfend prellte ich den Ball ein paar Mal hin und her, dann drehte ich mich nach rechts, täuschte an und sprang nach links. Doch Sarah hatte meine Bewegung vorausgesehen und schlug mühelos den Ball weg. *Verdammt.*

»Von vorne.« Kopfschüttelnd nahm ich den Ball und probierte es erneut. Wieder scheiterte ich.

»Du schwächelst, Thompson.« Logans Worte waren dieselben, die ich gestern Abend benutzt hatte. Mir war gar nicht aufgefallen, dass er neben June an der Wand lehnte.

»Das war bloß Taktik. Reine Absicht, um den Gegner in falscher Sicherheit zu wiegen.« Ich zuckte mit den Schultern und wiederholte seine Antwort von gestern. Die Erinnerung ließ ihn grinsen. Wieder war es kein bisschen selbstgefällig und brachte mich aus dem Konzept.

Ich schüttelte den Kopf, konnte mir ein leichtes Schmunzeln jedoch nicht verkneifen. Dann stellte ich mich wieder in Position und täuschte den Korbleger an. Diesmal schaffte ich es sogar, Sarah auszutricksen, doch mein Schritt nach links war zu kurz, sodass sie den Ball erneut blockte.

Ich sah zu Logan, der sich offensichtlich ein Lachen verkniff. Ich funkelte ihn an und konnte förmlich hören, wie er mich vermutlich in Gedanken aufzog: *Das kannst du eindeutig besser, Thompson.*

Frustriert prellte ich den Ball fester als notwendig auf den Boden.

»Konzentriere dich, Carly.« Sarah stellte sich ein weiteres Mal in Position. Ich atmete tief durch, tat es ihr gleich und probierte es erneut. Diesmal schaffte ich es an ihr vorbei, täuschte an und punktete. Zufrieden streckte ich die Faust in die Höhe und sah zu Logan.

»Das war nur Glück.« Mein Augenrollen entlockte ihm ein Lächeln. Es war zwar nur ein angedeutetes, aber es war da.

»Das war Können und kein Glück«, verteidigte June mich. Auf sie war jederzeit Verlass.

»Sarah hat dich absichtlich vorbeigelassen«, wandte Logan ein, und ich runzelte die Stirn. Fragend sah ich Sarah an, die bloß abwehrend die Hände hob.

»Noch mal«, forderte ich sie auf. Kommentarlos kam sie dem nach. Erneut schaffte ich es an ihr vorbei und versenkte den Ball im Korb.

»Sie macht es dir zu einfach, Carly.« Logan hatte sich von der Wand abgestoßen und kam die wenigen Schritte zu uns. »Das funktioniert im Spiel niemals. Du musst sie viel enger blocken, Sarah.« Logans Rat klang ehrlich gemeint, und irgendwie verwirrte mich das. Ich erinnerte mich nicht daran, dass er sich je für die Wurftechnik unserer Mannschaft interessiert hätte.

»Ich habe sie eng geblockt. Enger geht es nicht.« Sarahs Beteuerungen ließ ihn mit dem Kopf schütteln. Dann nahm er ihr den Ball aus den Händen und tauschte die Position mit ihr.

»Probier es noch mal, Carly.« Seine Aufforderung ließ mich erstarren. Es war keine gute Idee, mit ihm diesen Spielzug zu trainieren. Er würde mir dabei viel zu nah kommen, und nach dem, was er gestern in mir ausgelöst hatte, traute ich mir selbst nicht mehr.

Logan schien meine Unsicherheit zu bemerken, denn er lächelte. »Ich beiße schon nicht, Carly.«

Die warnende Stimme in meinem Kopf war laut, doch gegen meinen Ehrgeiz hatte sie einfach keine Chance. Mit einem leicht mulmigen Gefühl ging ich auf Logan zu und drehte mich mit dem Rücken zu ihm.

»Näher.« Logans rauer Ton ließ mich erschauern. Zaghaft rückte ich ein kleines Stück nach hinten und achtete peinlich genau darauf, ihn nicht zu berühren.

»Noch näher.« Seine erneute Aufforderung ließ mich schlucken. Für einen Moment überlegte ich, was ich tun sollte. Doch Logan nahm mir die Entscheidung ab, indem er einen Schritt nach vorn machte und den Abstand zwischen uns weiter verringerte. Wir standen so dicht beieinander, dass mein Rücken an seine muskulöse Brust gepresst wurde. Ungewollt wanderten meine Gedanken in eine andere Richtung. In eine deutlich gefährlichere.

Ich räusperte mich und versuchte, die Spannung zwischen uns zu ignorieren. Sein Atem strich über meine Wange. Das Gefühl jagte kleine Stromstöße durch meine Adern. Ihm derart nahe zu sein, fühlte sich viel zu gut an und brachte mich durcheinander. Wieso ging er mir so unter die Haut? Vor wenigen Tagen war ich mir noch sicher gewesen, dass ich ihn hasste.

Da ich mich nach endlos erscheinenden Augenblicken immer noch nicht bewegte, fuhr er mit seinen Händen sanft meine Rippen hoch und wieder runter, ehe er sie auf meinen Hüften ablegte. Mein Herz schlug schneller. Als er den Druck seiner Hände verstärkte, hielt ich die Luft an.

»Worauf wartest du, Carly?« Das war eine verdammt gute Frage, deren Antwort ich nicht kannte. Auch wenn es absolut falsch war und gegen alles verstieß, was ich mir vorgenommen hatte, wollte ich nicht, dass Logan mich losließ. Mein Verstand erinnerte mich daran, dass ich mich von ihm fernhalten sollte, dennoch konnte ich mich nicht rühren.

»Vergiss das Atmen nicht.« Logans Lippen streiften flüchtig mein Ohr und bescherten mir eine Gänsehaut. Hastig holte ich Luft. Als ich sein leises Lachen hörte, verfluchte ich ihn für seine Wirkung auf mich.

Schnell drehte ich mich nach links, täuschte an und sprang an ihm vorbei. Dann versenkte ich den Ball im Korb. Als ich wieder zu Logan schaute, starrte er mich auf eine Weise an, die mich grinsen ließ.

»Hey, das zählt nicht«, wandte er kopfschüttelnd ein. »Ich war noch nicht soweit.«

Ich zuckte mit den Schultern und drückte ihm den Ball in die Hand. »Regel Nummer eins: Warte nie, bis der Gegner bereit ist.«

Ich ließ Logan stehen und ging zu meinen Mädels, die mich unter Pfiffen willkommen hießen.

Sarah zog mich in eine kurze Umarmung. »Dieser Sieg schreit nach Alkohol, was meint ihr?«

»Shht, nicht so laut.« June deutete in Richtung von Coach Lewis, die uns aber nicht weiter beachtete. Als ich mich noch einmal umdrehte, war Logan wieder bei seinen Jungs, die ihn aufzuziehen schienen.

Für einen Moment erwiderte er meinen Blick, und ich konnte nicht recht deuten, was ich darin las. Ich wusste nur eines sicher: Logan Evans ließ mich nicht kalt, und ein Teil von mir fand das nicht mehr schlimm. Und genau diese Erkenntnis bereitete mir Sorgen, denn ich hatte schon einmal den Fehler gemacht und ihm vertraut.

9. Kapitel

»Hey, ihr zwei.«

Sarah und June hatten es sich am Küchentisch unseres Bungalows gemütlich gemacht und tranken einen Kaffee. Lächelnd drehten sie sich zu mir.

»Alles in Ordnung bei dir?«, fragte June und musterte mich mit unverhohlener Neugier. Ich ahnte, was mir bevorstand. Deshalb hatte ich das Unvermeidliche durch ein paar zusätzliche Cardioeinheiten im Fitnessstudio hinauszögern wollen. Doch anscheinend war meine Schonfrist abgelaufen.

»Alles bestens.« Ich warf meine Kopfhörer in die nächstbeste Ecke, holte mir ein Glas Wasser und setzte mich zu ihnen. Für einen Moment schloss ich die Augen und massierte mir meine Schläfen. Das Pochen von heute Morgen hatte zwar nachgelassen, aber vielleicht hatte ich Glück, und Sarah und June würden aus Mitleid von ihrem Kreuzverhör absehen.

Das Klappern einer Tasse erregte meine Aufmerksamkeit. June hatte mir einen Kaffee vor die Nase gestellt, der herrlich duftete. Ein Teil von mir wünschte sich jedoch, es wäre Alkohol.

»Und jetzt erzähl, was das heute beim Training war«, forderte Sarah mich gespielt streng auf. Ihr Grinsen ließ mich die Augen verdrehen.

»Das war gar nichts.«

»Natürlich, danach sah es auch aus.« Sarah lehnte sich zurück, pustete in ihre Tasse und trank einen Schluck.

Leise seufzend sah ich zur Terrassentür. Ein paar dunkle Wolken kündigten Regen an und versprachen damit eine leichte Abkühlung.

»Ich weiß wirklich nicht, was ich sagen soll, Sarah.«

»Also für mich sah es danach aus, als hätte er dir helfen wollen.«

Hatte sie recht? Und selbst wenn, spielte es eine Rolle? Logan und ich hatten eine Vergangenheit, die keiner von uns beiden ungeschehen machen konnte. Bisher war es besser gewesen, auf Abstand zu gehen. Warum sollte ich das nun ändern?

»Ja, vielleicht. Schon möglich.« Die Wahrheit war, dass ich keine Ahnung hatte, warum er während des Trainings zu mir gekommen war. Oder warum er mich neulich nach Hause gebracht hatte. Auch dass wir uns nicht ständig stritten, war neu. All das verwirrte mich zunehmend. Es erinnerte mich an den Abend, an dem wir uns kennengelernt hatten. Es passte zu dem Logan, den er mir damals gezeigt hatte. Doch das konnte unmöglich echt gewesen sein. Ich durfte mir keine Hoffnung machen. Denn Hoffnung war gefährlich und ließ einen dumme Dinge tun.

»Korrigiere mich, wenn ich falsch liege, aber da ist ganz eindeutig etwas zwischen euch. Ihr geht einander zumindest unter die Haut.«

Selbst wenn ich es gewollt hätte, hätte ich das nicht bestreiten können. Logan hatte noch immer dieselbe Wirkung auf mich, wie an dem Abend des Meisterschaftsspiels. Wahrscheinlich würde sich das auch nie ändern. Doch deshalb konnte ich ihm nicht einfach vergeben. Dafür hatte er mich zu sehr enttäuscht und auch verletzt. Wieder spürte ich das drückende Gefühl in meiner Magengegend.

Als ich nicht antwortete, sah Sarah zu June, die leise seufzte. »Dass sie aufeinander stehen, ist offensichtlich, aber letztendlich ist es mehr als das.«

Sarah wollte gerade etwas erwidern, als June auch schon weitersprach. Ihr Blick war sanft, als sie über den Tisch griff und meine Hand leicht drückte. »Was ist gestern Abend passiert? So durch den Wind warst du lange nicht mehr.«

Dass sie es bemerkt hatte, überraschte mich nicht sonderlich. So war June einfach. Wir kannten uns zu lange, als dass ich ihr diesbezüglich etwas hätte vormachen können. Doch das wollte ich auch gar nicht. Denn June wusste als Einzige, was damals wirklich vorgefallen war. Ich hatte mich zu sehr geschämt, es jemand anderem außer ihr zu erzählen. Im Grunde fühlte ich mich auch jetzt noch schlecht deswegen. Doch neben June war Sarah eine meiner besten Freundinnen. Auch wenn wir uns nicht annährend so lange kannten, wie June und ich es taten, wusste ich, dass ich ihr vertrauen konnte.

Nachdem ich einen Schluck getrunken hatte, seufzte ich und holte tief Luft. Es wurde Zeit, dass ich es ihnen erzählte. »Logan und ich hätten uns gestern Abend beinahe geküsst.«

June sah mich einen Moment lang an, dann lächelte sie. Sie wirkte kein bisschen überrascht. Ich dagegen war es schon. Denn damit, dass ich tatsächlich ein wenig enttäuscht gewesen war, hatte ich nicht gerechnet. Und auch damit, dass ich diesen Kuss trotz allem tatsächlich gewollt hatte. Oder vielleicht hatte ich es mir nur nicht eingestehen wollen. June hatte erst neulich dafür plädiert, dass ich Logan eine zweite Chance geben sollte. Als meine beste Freundin würde sie mich niemals ins offene Messer laufen lassen, das wusste ich. Dennoch hatte ich noch immer keine Ahnung, wie ich mich Logan gegenüber verhalten sollte.

»Ihr habt was? Warum denn nur beinahe? Ihr wisst aber schon, wie das geht, oder?« Sarah wirkte schockiert, auf eine positive Art und Weise. Obwohl mir eigentlich nicht danach zumute war, musste ich lachen. Das war so typisch für sie. Sarah schaffte es, immer und zu jeder Zeit die Stimmung zu heben.

»Natürlich wissen wir das. Aber vielleicht war es auch besser so, dass Logan gleich danach gegangen ist. Keine Ahnung, was sonst passiert wäre.«

»Moment, stopp. Er ist abgehauen? Wieso? Was stimmt mit dem Kerl nicht?« Das war ein durchaus berechtigter Einwand. Doch was Logan und mich betraf, war nichts normal. Unser Kennenlernen und unsere unfreiwillige Abkühlung damals waren der beste Beweis.

»Keine Ahnung. Wahrscheinlich sollte ich es einfach vergessen. Vielleicht habe ich mir auch nur etwas eingebildet.«

»Gegenfrage. Warum lässt du dich nicht einfach auf ihn ein?«

Das war die Eine-Million-Dollar-Frage, auf die es eine einfache Antwort gab. Und doch hatte ich nicht den blassesten Schimmer, wie ich erklären sollte, warum es besser war, mich von Logan

Evans fernzuhalten. Hilflos sah ich zu June, die mir ein aufmunterndes Lächeln schenkte. Wenn es darum ging, große Reden zu schwingen, andere zu beruhigen oder auch unschöne Dinge auszusprechen, war sie so viel besser als ich.

»Carly und Logan haben eine Vergangenheit, die sie davon abhält, ihm zu vertrauen.« Dankbar sah ich zu June und nickte zustimmend. Wenn es jemanden gab, der wusste, was in mir vorging, dann war sie es.

Sarah sah unschlüssig zwischen uns beiden hin und her. Auf ihrer Stirn hatte sich eine tiefe Falte gebildet. Wahrscheinlich spielte sie die unterschiedlichsten Szenarien durch und überlegte, welche Gründe mich dazu brachten, Logan keine zweite Chance zu geben.

»Erinnerst du dich an die Party nach der gewonnenen Meisterschaft?«

Sarah lehnte sich zurück und zog die Knie an. Die Tasse in ihren Händen war inzwischen leer. »Natürlich erinnere ich mich.«

Ich seufzte und trank einen Schluck, um den Kloß in meinem Hals zu vertreiben. Erfolglos. »Wir sind doch damals in den Pool gefallen, und er hat mir trockene Klamotten besorgt. Aber das war nicht alles.« Ich schaute sie für einen kurzen Augenblick an, dann sah ich zur Terrassentür, gegen die inzwischen dicke Regentropfen prasselten. Der Wind bog die Sträucher und pfiff ums Haus. In der Ferne konnte ich bereits die ersten Blitze erkennen.

»Als wir in dem Gästezimmer waren, um uns umzuziehen, haben wir uns unterhalten und sind uns nähergekommen.«

»Ihr habt miteinander geschlafen?«, fragte Sarah, und ich drehte mich überrascht zu ihr. Im selben Moment stand June auf, ging zum Kühlschrank und holte für jede von uns ein Bier. Kommentarlos öffnete sie die Flaschen und stellte sie vor uns auf den Tisch.

»Nein, das nicht, aber wir haben uns geküsst, und er hat nach meiner Nummer gefragt, die ich ihm, so naiv wie ich gewesen bin, auch gegeben habe. Nur hat er sich nie gemeldet und inzwischen weiß ich auch, warum.«

»Ava.« Drei Buchstaben, ein Name, und der Grund, weshalb ich mich niemals wieder auf Logan einlassen wollte.

»Er hat mir damals nicht erzählt, dass er eine Freundin hat.«

Sarahs Blick wechselte von schockiert zu fassungslos. Immer wieder setzte sie an und brach ab. Für eine Weile war es still.

»Ich habe echt keine Ahnung, was ich dazu sagen soll, Carly.« Sarah strich sich eine verirrte Haarsträhne aus dem Gesicht und nippte an ihrem Bier. Ich dagegen trank einen großen Schluck von meinem, um mich zu beruhigen. Auch wenn sie es nun wusste, hatte ich noch immer keine Idee, was ich tun sollte und wie ich mich Logan gegenüber verhalten sollte, wenn er sich mal nicht wie ein Idiot benahm.

»Alles gut. Musst du auch nicht. Es soll nur niemand wissen, dass ich *die Andere* bin.« Selbst jetzt noch, Monate später, hörte ich immer wieder diese zwei Worte auf dem Campus.

»Ich habe von dem Gerücht gehört, aber ich hätte nicht gedacht, dass es wahr ist. Sowas hätte ich Logan gar nicht zugetraut.«

»Ich auch nicht.« June zuckte mit den Schultern und zog damit unsere Aufmerksamkeit auf sich. »Und ich glaube bis heute nicht, dass das die gesamte Geschichte ist. Du hast nie mit ihm darüber gesprochen oder ihm die Gelegenheit gegeben, sich zu erklären.«

»Warum auch? Er hat sich doch sowieso nie gemeldet oder versucht, mit mir zu sprechen, nachdem das Semester gestartet war und wir uns ein paar Mal über den Weg gelaufen sind. Das spricht nicht wirklich dafür, dass es ein Missverständnis gibt. Und wenn dieses Gerücht wirklich nicht wahr wäre, welchen Grund hatte er dann, mich nicht anzurufen? Daraus kann ich nur schließen, dass ich damals für ihn nichts weiter als eine nette Ablenkung für zwischendurch gewesen bin.«

»Dann hätte er dich gestern wohl kaum fast geküsst.« Ob sie damit recht hatte, konnte ich nicht einschätzen. Letztendlich war das jedoch auch unwichtig. Ich wollte niemals wieder *die Andere* für jemanden sein.

»Rede mit ihm und gib ihm die Chance, dir alles zu erklären. Ich glaube wirklich, dass wir nicht alles wissen und die Dinge voreingenommen betrachten, weil wir auf das hören, was andere uns gesagt haben.« June sprach mit einer Leidenschaft, die mich förmlich umhaute. Und wenn sie von etwas überzeugt war, war es nahezu unmöglich, sie davon abzubringen. Ohne dass ich mich dagegen wehren konnte, sorgte es dafür, dass meine Entscheidung, mich von Logan fernzuhalten, leicht ins Wanken geriet. Junes Bauchgefühl in solchen Angelegenheiten war nicht zu unterschätzen.

Die Erinnerungen an den Abend, an dem wir uns begegnet waren, überkamen mich. Logan zu küssen, war unglaublich schön gewesen. Das Drumherum jedoch weniger.

»Von wegen da ist nichts zwischen euch.« Junes wissender Blick führte mir vor Augen, wie naiv ich gewesen war. Mir war klar, dass sie es nicht böse meinte, denn im Gegensatz zu mir hatte sie es von Anfang erkannt. Vielleicht war es ein Schutzmechanismus gewesen. Ich wusste es nicht. Allerdings konnte ich die Wahrheit nicht mehr länger von der Hand weisen.

»Und wie geht es nun weiter?« Sarahs neugieriger Blick brachte mich zum Lachen.

»Gar nicht. Dass wir uns geküsst haben, war eine einmalige Sache. Und ein Moment wie gestern ...«

»Und heute beim Training«, unterbrach sie mich grinsend.

»Und heute beim Training«, wiederholte ich ihre Worte und funkelte sie an. »So etwas wird nie wieder passieren.« Ich verschränkte die Arme vor der Brust, um meinen Standpunkt deutlich zu machen. Vielleicht tat ich das aber auch einfach, um mir selbst zu überzeugen.

»Das funktioniert niemals.« Sarah sagte dies mit solch einer Überzeugung, dass ich ernsthafte Zweifel bekam. June nickte zustimmend, was meine Hoffnung weiter schwinden ließ.

»Das muss es aber.« Meine Stimme glich einem Flüstern. Ich hatte keine Ahnung, was ich nun tun sollte.

»Ja, ihr habt eine Vorgeschichte, aber ist das der einzige Grund, weshalb du dich von ihm fernhältst?« Die Frage hatte ich mir indirekt auch schon gestellt und war bisher noch zu keinem Ergebnis gekommen.

Räuspernd machte June auf sich aufmerksam. »Das verstehe ich, Carly. Aber ich bin nach wie vor der Meinung, dass er eine zweite Chance verdient hat.«

Sarah nickte zustimmend und brachte mich damit zum Nachdenken. Ich war mir nicht sicher, ob ich meine Meinung diesbezüglich inzwischen geändert hatte. Auch wenn es Momente gab, in denen er sich ganz anders verhielt als sonst. »Ich weiß nicht, June.«

»Du hast Angst.« Es war keine Frage, sondern eine Feststellung. Wieder nickte ich.

»Wovor?« Mitfühlend rückte Sarah ein Stück näher und legte eine Hand auf meinen Arm. *War es nicht offensichtlich?*

»Davor, dass mir dasselbe passiert wie Ava.« Diese Worte laut auszusprechen, machte es noch mal viel realer. Gleichzeitig fühlte es sich wie eine Warnung an.

»Das ist verständlich, Carly. Aber das muss es nicht unbedingt. Ich meine, wir kennen nur ihre Seite. Nicht seine.« Wieder hatte June recht. *War es ihm gegenüber unfair gewesen, einfach anderen zu glauben, anstatt ihn selbst darauf anzusprechen?* Vielleicht.

»Ich glaube wirklich, dass Logan kein übler Kerl ist. Gib ihm doch einfach eine Chance. Was hast du zu verlieren?« Eine ganze Menge. Allem voran mein Herz.

Seufzend wandte ich den Blick ab und starrte ins Leere. Es gab so vieles, über das ich nachdenken musste.

»Ich werde noch mal ein wenig an die frische Luft gehen«, erklärte ich und stand auf. Ich musste dringend den Kopf frei bekommen. June sah mich besorgt an, während Sarah verständnisvoll nickte.

»Sag uns Bescheid, wenn irgendwas ist.« Ihre Fürsorge ließ mich lächeln.

»Mache ich.«

Ohne festes Ziel spazierte ich durchs Camp. Vereinzelt drang leises Lachen aus den Hütten, an denen ich vorbeikam. Die Sonne stand inzwischen tief am Himmel und tauchte das Dickicht der

Bäume in ein sanftes Abendrot. Die Blätter waren noch immer nass, und gleichzeitig roch es nach Regen. Ich holte tief Luft. Wie ich diesen Geruch liebte.

Eine Weile lenkte es mich von dem emotionalen Wirrwarr in meinem Innern ab.

Ich wurde aus Logans Verhalten einfach nicht schlau. In der Regel benahm er sich wie ein Idiot und trieb mich damit in den Wahnsinn. Doch in letzter Zeit gab es immer wieder Augenblicke, in denen ich das Gefühl hatte, dem Logan gegenüberzustehen, den ich damals kennengelernt hatte. Wer von beiden nun der echte war, wusste ich nicht. Und das war mehr als frustrierend.

Gedankenverloren folgte ich einem versteckten Waldweg, der ans Ufer des mit Fichten umrandeten Sees führte. Das sanfte Plätschern der sich brechenden Wellen beruhigte mich, und ich ließ meinen Blick auf die Oberfläche des Sees schweifen.

Noch nie hatte ich so kristallklares Wasser gesehen, dass man bis auf den Grund schauen konnte. Darin zu baden, musste herrlich sein. Zum Glück hatte ich extra einen Bikini besorgt. Eine Abkühlung im See würde bei den aktuell steigenden Temperaturen garantiert guttun. Für übermorgen wurden sogar dreißig Grad vorhergesagt.

Als ich einen kurzen, halb versteckten Steg entdeckte, kniff ich die Augen zusammen. Da saß doch jemand, oder? Ich ging etwas dichter heran, und mit jedem Schritt machte sich eine leise Vorahnung in mir bemerkbar. Fast als würde ein Teil von mir spüren, wem ich mich da näherte.

Logan saß am Ende des Stegs und hielt die Füße ins Wasser. Seine schwarzen Converse standen rechts neben ihm. Er schien seinen Gedanken nachzuhängen, denn bisher hatte er nicht mitbekommen, dass er nicht länger alleine war.

Es wäre vernünftig gewesen, einfach umzukehren, solange er mich noch nicht entdeckt hatte. Und doch wollte ein Teil von mir, dass er genau das tat. June und Sarah hatten mir geraten, ihm eine Chance zu geben. Vielleicht konnte ich so herausfinden, was meine Gefühle zu bedeuten hatten und wie ich mich ihm gegenüber verhalten wollte.

»Hey«, sagte ich, als ich ihm so nahe war, dass er mich hören konnte.

Logan drehte den Kopf in meine Richtung. Sein Blick war derart ungläubig, als wäre ich die letzte Person, die er hier erwartet hätte.

»Darf ich?« Ich deutete mit der Hand auf den Platz neben ihm.

»Klar.« Er sah zu, wie ich meine Sneaker auszog, mich zu ihm setzte und die Zehenspitzen ins Wasser tauchte. Es war wärmer als gedacht.

Für einen Moment sagte keiner von uns beiden etwas. Wir starrten einfach nur auf den See hinaus. Mir gefiel diese Ruhe. Normalerweise provozierten wir uns, aber dafür gab es gerade ausnahmsweise mal keinen Grund.

Logan schaute auf einen unbestimmten Punkt in der Ferne, während seine Füße sanfte Kreise durch das Wasser zogen. Die kleinen Wellen schwappten an meine Beine und sorgten dafür, dass ich eine Gänsehaut bekam. Noch nie hatte ich ihn derart nachdenklich gesehen.

»Ist alles in Ordnung?«

Seufzend fuhr er sich durch die Haare und brachte sie damit vollkommen durcheinander. »Keine Ahnung.«

Einen Moment lang betrachtete ich ihn von der Seite. Wieder fiel mein Blick auf die kleine Narbe über seiner rechten Braue. »Was ist los?«

Er zuckte mit den Schultern. »Mir geht momentan einfach viel durch den Kopf.«

»Und was genau?«

»Dies und ...« Er sah mir direkt in die Augen. »... das.«

Hatte er gerade angedeutet, dass er an mich dachte? Das musste ich mir eingebildet haben. Oder doch nicht?

Als sich seine Lippen zu diesem ehrlichen Lächeln verzogen, das mich jedes Mal unverhofft traf, wurden meine Wangen wärmer.

Ich räusperte mich leicht und schaute wieder auf den See. Neben mir hörte ich Logan leise lachen.

»Eine Sache, über die ich nachdenke, ist Matt. Aber das weißt du ja bereits«, fuhr er fort. Vertraute er sich mir gerade an? Und was war die andere Sache?

Wenn das hier eine einmalige Chance war, wollte ich sie nutzen. »Was ist zwischen euch vorgefallen?«

Er betrachtete mich eine Weile und schien zu überlegen. Als Zentrum von Logans Aufmerksamkeit blieb mir nicht mehr, als ihn anzusehen und zu spüren, wie mein Herz immer heftiger schlug. Selbst mit größter Willenskraft hätte ich mich nicht diesem ganz speziellen Logan-Evans-Zauber entziehen können.

Plötzlich beugte er sich etwas zu mir, seine Augen funkelten, und das machte mich misstrauisch. »Wenn ich dir das verrate, verrätst du mir dann, wie das Müsli schmeckt, das wir zusammen ausgesucht haben?«

Ich schubste ihn sanft, was ihm ein Lachen entlockte. »Du willst bloß ablenken.«

»Erwischt.« Er zuckte mit den Schultern und schmunzelte. Zu meiner Überraschung erhob er sich, zog sich die Schuhe an und hielt mir die Hand hin. »Komm, ich bringe dich nach Hause.«

Ein Blick auf mein Handy zeigte mir, dass wir inzwischen bereits kurz nach zehn hatten. Die Sonne würde in wenigen Minuten vollständig untergegangen sein, und alleine im Dunkeln zurück zum Bungalow zu laufen, stand nicht unbedingt auf meiner heutigen To-do-Liste. Also zog ich mir ebenfalls meine Sneaker an und ließ mir von ihm hochhelfen.

Ich hatte damit gerechnet, dass er mich anschließend loslassen würde, doch er tat es nicht. Und irgendwie war das ein seltsam vertrautes Gefühl.

Mit dem Daumen zog er kleine Kreise über meinen Handrücken und sorgte damit dafür, dass ich eine Gänsehaut bekam. Ob er das mit Absicht machte oder nur deshalb, weil er seinen Gedanken nachhing, wusste ich nicht. Doch ich war in diesem Moment nicht mutig genug, um mich von ihm zu lösen. Zu sehr genoss ich diesen kleinen Augenblick.

Ich versuchte nach wie vor, diese Seite an ihm mit dem Logan in Einklang zu bringen, den ich sonst kannte und der mich regelmäßig zur Weißglut brachte. Inzwischen glaubte ich June, dass wir uns immer noch verstehen würden, wenn wir uns nicht ständig nervten und herausforderten. Doch die Frage war, ob ich das überhaupt wollte. *Wollte ich diese Seiten an ihm weiter kennenlernen?* Ich war hin- und hergerissen. Letztendlich brachte es mir nichts, wenn ich alles bis ins kleinste Detail analysierte. Ich musste es einfach auf mich zukommen lassen. Die Zeit würde zeigen, ob ich Logan vertrauen konnte.

»Woran denkst du?« Logan hatte den Kopf zu mir gedreht und lächelte. Und wieder erinnerte er mich an den Mann, den ich damals kennengelernt hatte und der mich in Windeseile dazu gebracht hatte, meinen Vorsatz, keins seiner Fangirls zu werden, in den Wind zu schießen und mich ihm hinzugeben.

»An nichts.«

»Das stimmt nicht. Ich kenne dich.« Sanft legte er seine Hand an meine Wange und beschleunigte damit meinen Puls.

»Du kennst mich nicht wirklich.« Wir beide wussten, es war die Wahrheit. Logan überlegte einen Moment, dann schenkte er mir noch ein echtes Lächeln und durchbrach damit meine mühsam zusammengekratzte Schutzmauer ein weiteres Mal.

»Das können wir aber ändern.« Natürlich konnten wir das. Die Frage war jedoch, ob wir das sollten. Ich hatte mir vor einiger Zeit bereits schmerzlich die Finger verbrannt. Noch mal wollte ich dies nicht riskieren. Eigentlich.

»Du machst dir zu viele Gedanken«, flüsterte er und kam ein Stück näher. Ich hätte mich bloß ein wenig strecken müssen, um seine Lippen auf meinen zu spüren. Angespannt versuchte ich, es nicht zu tun und einfach stillzuhalten.

Die Art und Weise, wie er mich ansah und in diesem Augenblick berührte, jagte einen Schauer durch meinen Körper.

Ich war abermals hin- und hergerissen. Mein Herz sagte mir, ich sollte ihm eine zweite Chance geben. Mein Verstand schrie mich an, genau dies nicht zu tun. Und heute Abend siegte die Vernunft.

»Gute Nacht, Logan.«

»Schlaf gut, Carly.«

Damit zog ich meine Hand aus seiner und ging die wenigen

Treppenstufen vom Ufer hoch zu unserem Bungalow. Schon von weitem konnte ich das sanfte Licht der Kerze sehen, die auf dem Holztisch auf der Terrasse stand und leicht im Wind flackerte.

Als ich mich noch ein letztes Mal zum See umdrehte, stand Logan noch immer dort und sah in meine Richtung.

10. Kapitel

»Streck den Rücken durch und spann die Bauchmuskeln an.«

Junes unnachgiebiger Blick ließ mich mit dem Kopf schütteln und meine Haltung korrigieren. »Besser?«

Sie nickte und konzentrierte sich wieder auf ihre eigenen Übungen. Obwohl ich es liebte, Sport zu machen, hasste ich es, an den Geräten zu trainieren. Das würde sich vermutlich nie ändern. Ich pausierte zwischen zwei Durchgängen und ließ meinen Blick zum vermutlich tausendsten Mal durch das Studio schweifen. Wie schon zuvor blieb er an Logan hängen, der auf der anderen Seite des Kraftraums Klimmzüge machte. Geschmeidig zog er sich immer wieder hoch, seine Oberarme spannten sich dabei an. Ich wusste, dass Logan durchtrainiert war. Auch, dass es nicht von irgendwoher kam. Doch ich hätte nie gedacht, dass er selbst während des Trainings die Titelseite des GQ-Magazins hätte zieren können.

»Ich kann nicht mehr, Alter. Keine Ahnung, wie du das durchhältst«, jammerte Caleb an der Stange neben ihm und ließ sich ächzend auf die Füße fallen. Logan grinste nur und führte seine Klimmzüge fort. Ich starrte gebannt auf das Spiel seiner Muskeln, bis mich jemand anstupste. June stand neben mir. Ihr wissender Gesichtsausdruck sagte mir, dass sie mein Starren gesehen hatte.

»Ich bin fertig. Wollen wir zum See, um uns etwas abzukühlen?«

Ich räusperte mich, weil mir bewusst war, dass sie mich bloß aufzog. »Können wir gerne machen.«

Rasch erledigte ich den Rest meiner Übung, bevor wir gemeinsam den Kraftraum verließen. Ich hätte schwören können, dass ich beim Hinausgehen einen Blick auf mir spürte. Doch als ich mich in der Tür nach Logan umdrehte, schaute er in die entgegengesetzte Richtung.

Der Weg bis zum See war nicht sonderlich lang, doch schon jetzt knallte die frühe Mittagssonne unerträglich auf uns herab. In diesem Moment war ich unglaublich froh, dass wir zurück zum Bungalow gegangen waren und ich bloß ein dünnes Sommerkleid über meinen Bikini gezogen hatte. Alles in mir sehnte sich nach dem kühlen Nass.

»Wir scheinen nicht die einzigen zu sein«, bemerkte June, als das Seeufer in Sichtweite kam. Dort unten tummelten sich nicht nur der Großteil unserer Mitspielerinnen, sondern auch Lauren und ihre Cheerleader. Von weitem erkannte ich zudem Logans Truppe, aber auch Sarah war unter ihnen.

»Sieht ganz so aus.« Betont gleichgültig schob ich meine Tasche ein Stück höher. Doch mein Herz schlug mit jedem Meter schneller, den wir uns den anderen – und damit auch Logan – näherten.

»Na, ihr beiden.« Sarah kam uns durch den Sand entgegen, ihre Sonnenbrille steckte in ihren Haaren.

»Hey.« Lächelnd sah ich zu ihr und zog im selben Moment meine Flip-Flops aus. June tat es mir gleich. »Wollt ihr euch zu uns setzen?«

»Klar, gerne.« Der Sand unter meinen Füßen war kühler als gedacht. Als ich den Blick hob, sah ich Audrey und Lilly aufgeregt winken. Sie lagen auf ein paar Strandtüchern und sonnten sich. Lächelnd grüßte ich zurück und drehte mich zu June, um mit ihr die große Decke auszubreiten, die wir zusammen mit etwas Proviant eingepackt hatten.

Erleichtert zog ich mir das dünne Sommerkleid über den Kopf. Als die Mädels den blauen Bikini sahen, den ich mit ihnen gemeinsam ausgesucht hatte, zeigten sie mir alle einen Daumen nach oben. Lächelnd setzte mich auf die Decke und schnappte mir die Sonnencreme aus unserer Tasche.

»Habt ihr schon von dem Lagerfeuer heute Abend gehört?« Sarahs Blick war fragend in unsere Runde gerichtet. Während Audrey und Lilly begeistert nickten, schüttelten June und ich ahnungslos mit den Köpfen.

»Wir wollen uns gegen acht Uhr hier am Strand treffen. Habt ihr Lust mitzukommen?«

Ich sah June an, ehe wir beide zustimmten.

»Perfekt.«

Seufzend drehte ich den Kopf nach links, dann nach rechts und lockerte meine verspannte Nackenmuskulatur. Das Training war anstrengender gewesen als gedacht. Doch ich wollte mich keinesfalls beschweren. Immerhin war das hier ein Trainingscamp und kein Urlaub.

Gedankenverloren ließ ich meinen Blick über den Strand wandern. Unweit von uns entfernt saßen Caleb, Mason und Logan, der mir den Rücken zugewandt hatte. Worüber sie sich unterhielten, verstand ich nicht. Doch Logan schüttelte mit dem Kopf und stand auf.

Gemeinsam gingen sie zu einer kleinen Hütte, auf der in Großbuchstaben *Pete's Wakeboarding* geschrieben stand, und holten sich die entsprechende Ausrüstung. Gespannt sah ich ihnen dabei zu. Schon immer wollte ich das Wakeboarden ausprobieren, doch bisher hatte ich mich nie getraut.

Lachend bereiteten sie sich vor und stellten sich auf die Bretter. Logan gab das Startsignal und ging in die Hocke. Mühelos hielt er sich auf dem Board und lehnte sich in die Kurven. Es sah aus, als hätte er nie etwas anderes gemacht.

»Habe ich etwas verpasst?« Sarah deutete zu den Jungs und rutschte ein Stück näher zu mir, sodass die anderen sie nicht verstehen konnten.

»Nein, bisher nicht. Wie kommst du darauf?« Ich griff nach meiner Wasserflasche, um mich darauf zu konzentrieren. Ich sollte Logan nicht so unverhohlen anstarren.

»Na ja, ihr habt euch schon eine Weile nicht mehr gestritten. Das fällt auf.«

»Und?«

»Ich dachte, vielleicht ist aus dem Beinahe-Kuss inzwischen ein echter geworden.« Auf ihre Andeutung hin schüttelte ich den Kopf. Dass wir jedoch ein weiteres Mal kurz davor gewesen waren, behielt ich für mich. »Weißt du inzwischen, was du tun willst?«

Nachdenklich sah ich zum See und beobachtete, wie Caleb

gerade mit seinem Wakeboard über eine Rampe sprang und vom Board fiel, was Logan augenscheinlich amüsierte. Sein Grinsen war echt, doch selbst aus der Ferne konnte ich erkennen, dass es nicht dasselbe war, was er mir vor ein paar Tagen geschenkt hatte.

Seufzend sah ich wieder weg. »Wenn ich das mal wüsste, Sarah. Manchmal ist er der aufmerksamste und netteste Mensch der Welt, und in anderen Momenten habe ich das Gefühl, ihn nicht zu kennen. Dann ist er kühl und abweisend, und ich frage mich, ob er einen bösen Zwilling hat. Was natürlich Blödsinn ist. Aber ich werde einfach nicht schlau aus diesem Kerl.« Ich knibbelte an dem Etikett meiner Wasserflasche, in der Hoffnung, meine Gedanken sortieren zu können.

»So kühl und abweisend war er gar nicht. Ich glaube, er wollte einfach nur deine Aufmerksamkeit. Selbst wenn er dich dafür ärgern musste.« Sarahs Bemerkung kommentierte ich mit einer hochgezogenen Braue. »Wie in dem Sprichwort *Was sich liebt, das neckt sich*?«

Kopfschüttelnd schob ich meine Sonnenbrille ein Stück höher. Das war doch Kinderkram. »Glaub mir, Sarah, so ist das nicht zwischen uns.«

»Wie ist es dann?«

Ich dachte einen Moment lang nach. Wie sollte ich es ihr erklären, wenn ich selbst nicht wusste, was genau zwischen uns war?

»Logan ist unglaublich attraktiv, und ich fühle mich trotz allem zu ihm hingezogen, aber das, was damals passiert ist, kann ich nicht einfach vergessen. Er hat Ava betrogen. Mit *mir*.«

»Aber du leugnest nicht weiter, dass zwischen euch etwas ist?« Mit ihrer Frage handelte sie sich einen bitterbösen Blick von mir ein. Nicht zu fassen, dass ich es gerade zugegeben hatte. Ich musste den Verstand verloren haben.

»Nein, aber ich weiß immer noch nicht, was ich deswegen tun will.«

»Sprich mit ihm darüber. Vielleicht geht es ihm genauso, und ihr findet gemeinsam eine Lösung.« Für einen kurzen Augenblick dachte ich über ihren Ratschlag nach. Doch einerseits wollte ich meine Gefühle nicht so offen darlegen, und andererseits glaubte ich nicht daran, dass mich ein Gespräch weiterbringen würde.

Ich zog meine Sonnenbrille ein Stück runter und sah sie zweifelnd an. »Und dann? Denkst du, das ändert etwas?«

»Vielleicht, aber das findest du nur heraus, wenn du mit ihm sprichst.« Sarah hatte recht. So ungern ich es auch zugeben wollte.

Seufzend sah ich zurück zum See. Logan kam soeben lächelnd mit dem Board unter dem Arm aus dem Wasser. Seine dunkelgrauen Badeshorts saßen tief auf seinen Hüften, unzählige Wassertropfen rannen über seinen durchtrainierten Oberkörper. Fasziniert beobachtete ich, wie sie sich ihren Weg hinabbahnten und vom Stoff seiner Shorts aufgefangen wurden.

Seine nassen Haare waren vollkommen durcheinander und noch dunkler als sonst. Auch der Dreitagebart stand ihm viel zu gut.

Als er direkt zu mir sah, schluckte ich. Logan fuhr sich durchs Haar und mir blieb nichts, außer ihn wie ein Reh im Scheinwerferlicht anzustarren. Diese beiläufige Geste machte mich nervös. Viel mehr als es das tun sollte.

Ertappt setzte ich mir die Sonnenbrille wieder auf und unterbrach dadurch unseren Blickkontakt.

June und Sarah lachten leise, was mich dazu brachte, warnend den Zeigefinger zu heben. »Kein Kommentar.« Damit ließ ich mich nach hinten fallen, schloss die Augen und genoss die warmen Sonnenstrahlen auf meiner Haut. In meiner Vorstellung tanzte noch immer das Bild der sich hinabbahnenden Wassertropfen.

»Carly.« Logans raue Stimme holte mich aus meinen Tagträumen. Erschrocken sah ich zu ihm hoch. Er stand direkt über mir und verdeckte mit seinem Körper die Sonne.

»Logan.« Ich nickte und stützte mich auf meine Ellenbogen. Geschmeidig setzte er sich mir gegenüber. Dass er dabei nass war, war für meine Konzentration nicht sonderlich hilfreich. Wie gebannt beobachtete ich die Wassertropfen, die noch immer über seinen nackten Oberkörper liefen.

»Meine Augen sind hier oben.« Er beugte sich vor, bis unsere Gesichter auf gleicher Höhe waren.

»Das weiß ich.«

»Sicher?« Seine Mundwinkel zuckten, und leider machte ihn das angedeutete Lächeln nur noch attraktiver.

»Du weißt nicht, wo ich hingesehen habe.« Demonstrativ tippte ich gegen meine dunkle Sonnenbrille.

»Bist du dir da sicher, Carly?« Sein warmer Atem streifte meine Haut, und in diesem Moment hätte ich ihm alles gestanden. Selbst einen Mord, den ich niemals begangen hatte. »Kommst du heute Abend zum Lagerfeuer?« Seine Stimme war sanft und ließ mich erschauern.

»Schon möglich.« Auch wenn ich vorhin schon mit Sarah darüber gesprochen hatte, interessierte mich seine Reaktion. Hoffte er vielleicht darauf, mich später zu sehen?

»Muss ich dich diesmal von deinem Bungalow abholen, damit du *Ja* sagst?«, neckte er mich und sorgte dafür, dass meine Wangen heiß wurden. Ich hatte meinen Freundinnen nichts von meinem abendlichen Spaziergang mit Logan gestern erzählt. Das Funkeln in seinem Blick ließ mich vermuten, dass er sich das gedacht hatte und deshalb darauf zu sprechen kam.

»Nicht nötig. Ich hatte Sarah sowieso schon zugesagt.« Ich wagte es nicht, zu meinen beiden Freundinnen zu sehen. Denn ich wusste auch so, dass sie Logan und mich gespannt beobachteten.

»Ich freue mich.« Er schenkte mir ein weiteres echtes Lächeln, das ein Kribbeln in mir auslöste. »Dann bis später.« Mit einem Zwinkern stand er auf und verschwand wieder zu seinen Jungs. Ich sah ihm hinterher, vollkommen gebannt von ihm, den Wassertropfen und der Tatsache, dass er mich gerade irgendwie zum Lagerfeuer eingeladen hatte. Sarah schien recht zu haben. Vielleicht war all die Provokation nur ein Versuch gewesen, meine Aufmerksamkeit zu erregen. Und die hatte er nun. Ganz eindeutig.

11. Kapitel

Unentschlossen stand ich vor dem schmalen Spiegel direkt neben der Garderobe und drehte mich im Kreis. Seit einer gefühlten halben Stunde zog ich ein Oberteil nach dem anderen an und war mit keinem davon zufrieden.

»Was hältst du von dem hier?« Unentschlossen sah ich zu June, die auf der Couch saß und ein Buch in den Händen hielt.

Meine Frage ließ sie kurz zu mir sehen und mit den Schultern zucken. »Gefällt mir. Wie auch schon die drei letzten Outfits.«

June war keine besonders große Hilfe. Seufzend drehte ich mich ein weiteres Mal um die eigene Achse.

Den hellgrauen, dünnen Baumwoll-Sweater hatte ich so zurecht gezogen, dass er meine linke Schulter entblößte. Die schwarze Jeans saß eng und betonte meine Hüften. Abgerundet wurde das Outfit durch hellgraue Converse.

»Lass es an, Carly. Das steht dir super.« June klappte ihr Buch zu und legte es auf den Couchtisch. »Können wir dann?« Sie wartete nicht darauf, dass ich zustimmte, und lief los.

Mit einem letzten Blick auf mein Spiegelbild folgte ich ihr zur Tür. Schweigend spazierten wir zum Strand. Die untergehende Sonne warf die letzten Strahlen des Tages durch das Dickicht der Bäume und tauchte alles um uns herum in ein sanftes Orange. Mit jedem Schritt wurde ich nervöser. Ich hatte keine Ahnung, was mich erwarten würde. Logans Verhalten bereitete mir Kopfzerbrechen. Ein Teil von mir wollte glauben, dass seine nette Art keine Fassade war, ein anderer war noch immer skeptisch. Leise seufzend sah ich auf meine Füße.

»Du denkst zu viel.« Junes sanfte Stimme riss mich aus meinen Gedanken. Mein irritierter Blick ließ sie die Augen verdrehen. »Hör auf, immer alles bis ins kleinste Detail zu hinterfragen. Das ist schließlich *mein* Job.«

Ihre Bemerkung ließ mich lachen. Recht hatte sie allemal. Als zukünftige Psychologin war es tatsächlich ihre Aufgabe und nicht meine. »Ich werde es versuchen.«

June nickte zufrieden und sah wieder nach vorn. Manchmal beneidete ich sie um ihre Ruhe und Gelassenheit, während ich ein absoluter Bauchmensch und dementsprechend impulsiv war.

Schon von weitem sah man die Flammen des Lagerfeuers. Lautes Lachen drang an meine Ohren, und meine Anspannung wuchs. June stieß mir mit dem Ellenbogen sanft in die Seite, so als könnte sie mich grübeln hören. Ich zuckte mit den Schultern, atmete tief durch und rang mir ein nervöses Lächeln ab.

»Hey, ihr zwei. Da seid ihr endlich. Wir dachten schon, ihr kommt nicht mehr.«

»Sorry, das ist meine Schuld.«

Sarah schmunzelte, schüttelte den Kopf und deutete auf die Baumstämme, die rund um die Feuerstelle verteilt waren. Matt, Lilly und Audrey waren ebenfalls schon da

»Hey.« Mit einem angedeuteten Nicken sah ich in die Runde. June hob grüßend die Hand und gesellte sich zu Audrey auf den Baumstamm rechts neben Matt. Einladend deutete er auf den Platz an seiner linken Seite. Auch wenn wir bisher nur wenig Zeit miteinander verbracht hatten, kam er mir wie ein guter Kerl vor. Einzig allein sein Problem mit Logan, oder Logans mit ihm, wollte nicht recht ins Bild passen. Aber solange ich keine Details kannte, wollte ich gegenüber Matt keine Vorurteile haben.

»Wie geht es dir?«, fragte ich und setzte mich zu ihm. Er schenkte mir ein Lächeln, das mich ein bisschen an Logans erinnerte. Vermutlich, weil es genauso ehrlich wirkte. Oder ich war schon derart auf Logan fokussiert, dass mich bald alles an ihn denken lassen würde.

»Sehr gut, und dir?«

»Ging mir nie besser.« Das war weder die ganze Wahrheit noch gelogen. Doch zusammenfassend traf es meine Situation ziemlich gut.

»Das freut mich.« Wenn er meinen Zwiespalt bemerkt hatte,

sagte er jedenfalls nichts dazu.

»Alles okay?«

Neugierig sah ich zu Lilly, die links von mir neben Sarah saß. »Aber sowas von.«

Ihr Grinsen war ansteckend und brachte mich zum Lachen. Lilly war einfach in jeder Hinsicht ein Gute-Laune-Garant.

Für einen Moment genoss ich die Atmosphäre um mich herum und schloss die Augen. Ich liebte laue Sommerabende, die man gemeinsam draußen mit Freunden verbrachte. Das Feuer knisterte sanft, die leichten Wellen des Sees brachen sich gegen die aufgeschüttete Felsenlandschaft hinter uns.

»Hallo zusammen.« Ich hätte diese Stimme unter tausenden erkannt, jagte sie mir doch jedes Mal zuverlässig einen Schauer über den Rücken. Als ich in die entsprechende Richtung schaute, bemerkte ich, dass Logan mich beobachtete. Er saß mir direkt gegenüber, zwischen uns knisterte das kniehohe Feuer. Seine blauen Augen reflektierten den Schein der Flammen und wirkten geheimnisvoll, fast schon gefährlich.

Verlegen sah ich zu June, die in ein Gespräch mit Audrey vertieft war. Ich atmete durch und drehte den Kopf zurück zu Logan.

Sein Blick wanderte über meinen Körper. Inmitten unserer Freunde fühlte ich mich nackt. Mein Herz schlug schneller. Mir entging nicht, dass ich seine volle Aufmerksamkeit hatte. Also konnte das alles nicht nur einseitig sein.

Caleb stieß ihm in die Seite, sodass er genervt in seine Richtung schaute. Ich nutzte die Gelegenheit und betrachtete ihn unverhohlen. Seine braunen Haare waren gestylt und doch vollkommen durcheinander. So als wäre er gerade erst mehrmals mit den Fingern hindurchgefahren.

Sein schwarz-weißes Karohemd hatte er locker übergeworfen, darunter trug er ein dunkles Shirt. Die Ärmel waren hochgekrempelt und entblößten damit seine durchtrainierten Unterarme. In diesem Moment verfluchte ich meine Schwäche dafür, denn der Anblick löste ein Kribbeln in meinem Innern aus.

Noch nie hatte ich Logan mit einem Hemd gesehen. Er sah so unverschämt gut aus, dass ich tief durchatmen musste. Ab heute stand es offiziell auf der Liste der verbotenen und gefährlichen Dinge. Alle davon hatten mit ihm zu tun.

Seine langen Beine steckten in einer schwarzen *Levis* im Used-Look. Irgendjemand musste sich gerade einen gewaltigen Scherz mit mir erlauben, denn Logan Evans war an diesem Abend die mit Abstand größte Versuchung meines Lebens. Wie sollte ich mich von ihm fernhalten, wenn alles an ihm meinen Puls in die Höhe schnellen ließ?

Seufzend wandte ich den Blick ab, stand auf und ging zu der provisorischen Theke, die aus zwei aneinandergereihten Klapptischen bestand und ein Stück entfernt aufgebaut war. Gedankenverloren griff ich mir eine Flasche Bier, setzte an und trank einen Schluck.

»Carly.«

»Logan.« Meine Stimme war bloß ein Flüstern, verriet, wie sehr er mich durcheinanderbrachte, und ließ ihn lächeln. Er war mir zu nahe, um auch nur einen weiteren klaren Gedanken fassen zu können. Wenn ich gekonnt hätte, wäre ich einen Schritt zurückgewichen. Doch das ging nicht, also hielt ich die Luft an.

»Du siehst gut aus.« Ich wusste nicht, ob es sein Kompliment oder das Verlangen in seinen Augen war, das mich erschauern ließ. Hastig schnappte ich nach Luft.

»Danke. Du auch.« *Du auch? Wieso fiel mir nie spontan etwas Kluges oder Witziges in seiner Gegenwart ein?* Mein ungeplantes Kompliment ließ ihn schmunzeln. Ich musste irgendwas tun, um meine Verlegenheit zu überspielen. Also tat ich das Naheliegendste und griff nach einer weiteren Flasche Bier. »Willst du auch eines?«

»Gerne.«

Mit einer geschickten Bewegung öffnete ich die Flasche und hielt sie ihm hin. Für einen Moment sahen wir uns stumm an, dann nahm er sie entgegen, ohne unseren Blickkontakt zu unterbrechen.

Lächelnd stieß er mit seinem Bier gegen meines. Das Klirren erfüllte die Nacht und holte mich aus meiner Starre. »Auf einen schönen Abend.«

Ich nickte nur, denn ich fand keine Worte, um dem Wirrwarr

in meinem Innern Ausdruck zu verleihen.

»Hey, ihr Turteltauben. Setzt ihr euch zu uns?«, rief Sarah hinter uns, und Logan sah fragend zu mir. Hatte er nicht erkannt, dass Sarah das rhetorisch gemeint hatte? Oder wollte er insgeheim nicht, dass wir zurück zu unseren Freunden gingen?

Er schien meinen Zwiespalt zu bemerken, denn er umfasste mein Handgelenk und zog mich zurück zu den anderen. Wir setzten uns wieder auf unsere Plätze gegenüber voneinander, und mehr als einmal begegneten sich unsere Blicke über dem knisternden Feuer zwischen uns. Keine Ahnung, ob es an den Flammen, dem Alkohol oder Logans Aufmerksamkeit lag, aber ich fühlte mich unglaublich wohl. Wahrscheinlich war es die Kombination aus allem.

Entspannt lehnte ich mich zurück und betrachtete die leere Flasche, die sich zwischen uns drehte. Ich hatte keine Ahnung, wie spät es inzwischen war. Doch die Sonne war lange untergegangen und die Stimmung in der Runde ziemlich ausgelassen. Was vermutlich dem Alkohol geschuldet war.

Die Flasche stoppte und zeigte auf mich.

»Pflicht«, sagte ich, ohne nachzudenken. Ich war die Wahrheitsfragen leid. Meine Antwort ließ Sarah breit grinsen.

»Deine Aufgabe ist es,« ein bedeutungsschwangeres Lächeln stahl sich auf ihre Gesichtszüge, »Logan zu küssen.«

Prompt verschluckte ich mich und begann zu husten. »Wie bitte?« Meine Stimme war heiser und höher als sonst. Sarah zuckte unschuldig mit den Schultern.

»Pflicht ist Pflicht, Carly. Los.« Auffordernd schaute sie mich an und schlug ein Bein über das andere. *Fuck*.

Ich war niemand, der kniff, sobald etwas unangenehm wurde, oder nicht zu seinem Wort stand. Doch mit dieser Aufgabe hatte ich nicht gerechnet. Dass sie absolut kindisch war, kam noch dazu.

Für einen Moment überlegte ich, was ich nun tun sollte. Kurz blickte ich zu June, die von ihrem Stamm gerutscht und sich nach hinten gelehnt hatte. Auf ihrem Gesicht lag das gleiche gespannte Grinsen wie bei allen anderen in der Runde. Mir war klar, was Sarah mit der Aufgabe bezwecken wollte. Genau das bereitete mir Kopfschmerzen. Logan zog sich sein Hemd zurecht und lehnte sich vor.

»Bereit, wenn du es bist, Carly.« Sein Tonfall jagte mir zum wiederholten Mal einen Schauer über den Rücken. Dass er selbst jetzt diese Wirkung auf mich erzielte, half mir kein bisschen. Auch wenn ein Teil von mir nichts anderes lieber getan hätte, als mich in seine Arme zu werfen und ihn zu küssen, wollte der andere Teil genau das nicht tun. Denn beim letzten Mal hatte ich es zutiefst bereut.

»Träum weiter, Evans.« Ich verschränkte die Arme und täuschte eine Sicherheit vor, die ich mir zwar wünschte, aber nicht besaß.

Lächelnd lehnte er sich wieder zurück, so als wäre ihm dieser Kuss völlig egal, und zuckte mit den Schultern. Enttäuschung wallte in mir auf. Sein Zwinkern in meine Richtung machte es nicht besser.

Lilly musterte erst mich, dann Logan. »Ihr verschweigt uns etwas.«

»Ich habe auch eine andere Reaktion erwartet.« Mit hochgezogener Augenbraue schien Audrey förmlich meine Gedanken lesen zu wollen, so intensiv sah sie mich an.

»Oh Mann, ihr übertreibt maßlos. Das ist nur ein dummes Spiel.« Während ich versuchte, die Situation herunterzuspielen, zog Logan es vor, nichts zu sagen und lediglich wissend zu lächeln.

Lilly beugte sich zu Audrey hinüber und flüsterte ihr etwas ins Ohr. Sie hielt sich dabei sogar die Hand vor den Mund, als hätte sie Angst, irgendwer könnte Lippen lesen. Während sie auf Audrey einredete, nickte diese erst zaghaft, dann immer heftiger.

Nach einer gefühlten Ewigkeit grinsten sie erst Logan, dann mich an. »Ihr habt euch bereits geküsst.« Lilly posaunte unser Geheimnis so laut heraus, dass es jeder im Umkreis von fünfzig Metern gehört haben musste.

Keine Ahnung, warum ich Logan immer noch anstarrte, aber er wich meinem Blick ebenfalls nicht aus. Und keiner von uns widerlegte oder bestätigte die Mutmaßungen unserer Freunde, die noch mehr Fragen stellten. Wann, wie, warum? Waren wir heimlich ein Paar? Und dann kam die eine Sache, vor der ich mich insgeheim während der letzten Monate gefürchtet hatte.

»Moment«, begann Lilly wieder, und ich spürte ihren Blick auf mir. »Ist Carly vielleicht das Mädchen, das du auf der Meisterschafts-Party geküsst hast, obwohl du noch mit Ava zusammen warst?«

Stille senkte sich über uns. Das Schweigen war ohrenbetäubend, und mir wurde schlecht. Niemand sollte je herausfinden, dass ich *die Andere* war. Schon gar nicht Lilly oder Audrey. Auch wenn sie meine Freundinnen waren, konnten sie einfach nichts für sich behalten, was sie gerade eindrucksvoll bewiesen hatten.

Ohne ein weiteres Wort stand ich auf und ging. Ich hörte Sarah und June nach mir rufen, aber drehte mich nicht um. Ich musste weg von hier, bevor sie noch mehr Fragen stellten.

12. Kapitel

Vollkommen in meinen Gedanken vertieft, merkte ich erst kurz vor meinem Bungalow, dass ich nicht alleine war. Panisch blickte ich über meine Schulter und sah eine dunkle Gestalt näher kommen. Mein Herz raste. Erst im Schein einer einzelnen Laterne erkannte ich, wer es war. Genervt ließ ich den Schlüssel in der Tür stecken und drehte mich zu ihm um.

»Hör auf, mir zu folgen, Logan.« Meine Aufforderung ließ ihn mit dem Kopf schütteln und die wenigen Schritte bis zu mir überbrücken.

»Das tue ich garantiert nicht.« Noch nie hatte er entschlossener geklungen als in diesem Augenblick. Genau das konnte ich gerade nicht gebrauchen.

»Was ist dein Problem?«

Er fuhr sich mit beiden Händen übers Gesicht und rieb sich die Augen. Es sah aus, als wäre er müde. »Du machst mich wahnsinnig, Carly.«

Das konnte bloß ein Scherz sein.

»Jetzt bin ich schuld? Weißt du was? Lass mich einfach in Ruhe. Ich bin fertig mit dir.« Verärgert verschränkte ich die Arme vor der Brust.

Er schüttelte ein weiteres Mal den Kopf. »Ich kann nicht.«

Seine Antwort machte mich noch wütender. Angestrengt atmete ich tief durch. »Du kannst nicht?« Meine Stimme war leise, während ich ihn fassungslos ansah. Dass er nickte, trieb meinen Puls weiter in die Höhe. »Was soll das alles?«, fuhr ich fort. Auch wenn ich eine leise Vermutung hatte, weshalb er sich mir gegenüber mit einem Mal so anders verhielt, wusste ich es nicht mit hundertprozentiger Sicherheit.

»Verstehst du nicht, Carly?« Seufzend kam er einen weiteren

Schritt näher.

»Was soll ich denn verstehen?« Meine Frage brachte ihn dazu, den Kopf in den Nacken zu legen und nach oben in den Himmel zu schauen.

Für einen Moment war lediglich das sanfte Zirpen der Grillen zu hören. Dann sah er wieder zu mir. Sein Blick war aufgewühlt. Einen Wimpernschlag später hatte die Wut gesiegt. Er wollte sich streiten? Gut, das konnte er haben. Das konnten wir sowieso am besten.

»Ist es echt so schwer?« Er klang genauso aufgebracht wie ich.

Genervt massierte ich mir meine Schläfen. »Ich begreife wirklich nicht, worauf du hinauswillst.«

Logan fuhr sich durch die Haare und lachte bitter. »Warum stehst du nicht zu dem, was zwischen uns passiert ist?«

»Wie bitte? Das ist doch wohl ein Scherz. Jeder weiß nun, dass du Ava mit *mir* betrogen hast. Dass ich *die Andere* bin. Genau das habe ich nie gewollt.«

»Das ist nicht wahr.«

»Natürlich.«

»Du hörst mir nicht richtig zu.« Er sah mich verärgert an und doch glaubte ich ihm kein bisschen.

Ich seufzte und schaute zur Seite. »Es ist auch egal. Ändern können wir es nun sowieso nicht mehr. Ich habe nur einfach keine Lust auf deine Spielchen.«

»Es ist kein Spiel, Carly.« Seine Stimme hatte einen warmen Unterton und stand im Kontrast zu dem wütenden Funkeln in seinen Augen.

»Auf der Party nach eurer Meisterschaft küsst du mich, fragst mich nach meiner Nummer und dann meldest du dich nicht. Was soll ich denn von all dem halten?«

»Carly, bitte, es ist nicht so wie du denkst. Ich habe ...«

Ich unterbrach ihn direkt, weil ich keine Lust auf irgendwelche scheinheiligen Ausreden hatte. »Du hast was? Den Zettel verloren? Das glaube ich dir nicht.«

»Nein, natürlich nicht.« Damit war die Sache klar. Er hatte mich nicht angerufen, weil ich tatsächlich bloß eine nette Ablenkung gewesen war. Egal was er gerade noch behauptet hatte.

Logan setzte an, brach ab und fuhr sich erneut durch die Haare. Als er mich wieder ansah, war sein Blick verzweifelt, aber auch frustriert, und ich hatte keine Ahnung, weshalb. »Ich habe deine Nummer weder verloren noch sonst was.« Er holte tief Luft, dann kam er einen Schritt näher. Ich wich nicht zurück.

»Ich habe dich angerufen, Carly. Mehrmals. Aber ich bekam jedes Mal die Ansage, dass die Nummer nicht vergeben sei. Nach dem fünften Versuch bin ich davon ausgegangen, dass du mir absichtlich eine falsche gegeben hast. Dass du keinen Kontakt haben wolltest.«

Stille. Sekundenlang. Lediglich das leise Zirpen der Grillen im Gras vor unserem Bungalow war zu hören.

Ich wusste nicht, was ich dazu sagen sollte. Hatte ich ihm wirklich eine falsche Nummer gegeben? In Gedanken ging ich den Abend unseres Kennenlernens durch. Ich war mir sicher, dass ich die richtigen Zahlen notiert hatte. Doch andererseits konnte einen die Erinnerung täuschen. Wenn jedoch stimmte, was er sagte, rückte es alles in ein anderes Licht.

»Deshalb hast du mich anfangs auch nicht auf dem Campus oder beim Training angesprochen.« Es war bloß eine logische Schlussfolgerung und erklärte sein Verhalten. War es Karma, weil ich einen Typen geküsst hatte, der bereits vergeben war? Oder war es Schicksal? Ich hatte keine Ahnung.

Als ich Logan wieder ansah, nickte er. »Ich dachte, das war alles nur ein Spiel für dich. Dass du wie die anderen Mädchen bist, die sich reihenweise an mich heranmachen, weil ich recht talentiert darin bin, einen Ball in einen verdammten Korb zu werfen.«

Natürlich hatte er es so aufgefasst. Und damit war genau das eingetreten, was ich immer befürchtete hatte. »Ich bin keines deiner Fangirls.« Und ich würde es auch niemals sein.

»Das weiß ich inzwischen, Carly.« Sollte mich das nun beruhigen? Ich war durcheinander und hatte keine Ahnung, was falsch und was richtig war. Meine Argumente, weshalb ich mich von ihm fernhalten sollte, fielen langsam nach und nach wie ein Kartenhaus zusammen.

»Und warum hast du mich dann am Abend, an dem wir uns zufällig bei *Giovanni's* getroffen haben, nach Hause begleitet? Oder mir im Supermarkt mit dem Müsli geholfen? Warum interessierst du dich auf einmal für mich?« Ich atmete tief durch und versuchte, mich etwas zu beruhigen. Gleichzeitig war es unglaublich erleichternd, all das einmal aussprechen zu können. Zu lange hatte ich die quälende Ungewissheit mit mir rumgetragen. Logan war der Einzige, der sie mir nehmen konnte. Denn nur er hatte die Antworten, die ich suchte.

»Ist das nicht offensichtlich?«

»Nein, ist es nicht. Erklär es mir.« Er sah mich einen langen Moment an und ... tat nichts. Ich drehte den Kopf und sah zur Seite. Das alles hier war so unglaublich frustrierend. Ich wurde einfach nicht schlau aus ihm. »Beantworte mir nur eine einzige Frage. Warum hast du mich vor ein paar Tagen beinahe erneut geküsst?«

Logan schüttelte den Kopf und kam einen weiteren Schritt näher. Wieder wehte ein Hauch seines Aftershaves zu mir und brachte mich damit durcheinander. Auf seinem Gesicht tanzten so viele Emotionen, dass mir schwindelig wurde.

»Ich könnte dich fast dasselbe fragen.«

»Was meinst du?«

»Warum hast du mich gerade *nicht* geküsst? Wir wissen beide, dass du es genauso sehr wolltest wie ich.«

»Nachdem ich vor allen blöd dagestanden habe und du nicht ein einziges Wort dazu gesagt hast?« Die Erinnerung daran ließ mich bitter lachen. Wie sehr er mich damit verletzt hatte, wollte ich ihm nicht zeigen. Ein Teil von mir hatte gehofft, dass June recht behalten würde und dass ich doch nicht *die Andere* war. Dass es sich bloß um ein Missverständnis handelte. Doch obwohl er die Sache mit der Nummer aufklären konnte, hatte er keine Anstalten gemacht, den Betrug aus der Welt zu schaffen. Also musste es wahr sein. Offensichtlich hatte sich meine beste Freundin zum ersten Mal getäuscht. Frustriert seufzte ich und schob mit meinem Schuh einen Kiesel aus dem Weg. Das brachte doch alles nichts. Wir drehten uns im Kreis. »Was willst du wirklich?«

»Dich. Und genau das ist unser Problem.« Ich hatte keine Chance, etwas zu erwidern, denn schon im nächsten Moment presste er seine Lippen leidenschaftlich auf meine. Vollkommen überrumpelt verlor ich für einen Moment das Gleichgewicht, doch Logan umschlang mich mit einem Arm und hielt mich fest. Haltsuchend vergrub ich meine Finger in seinem Shirt und zog ihn näher. Sanft fuhr er mit seiner Zunge über meine Unterlippe und bat um Einlass, den ich ihm sofort gewährte. Mein Puls raste, meine Knie wurden weich, und ich spürte ein angenehmes Ziehen in meiner Mitte. Logan seufzte leise und verstärkte den Druck seiner Hände an meiner Taille.

Als die Luft knapp wurde, zog er sich für einen Moment zurück und gab uns beiden die Zeit, wieder zu Atem zu kommen. Nur einen Augenblick später dirigierte er mich nach hinten, bis ich mit dem Rücken gegen die Tür des Bungalows stieß.

Er ließ sanft eine Hand in meine Haare wandern, ehe er seine Lippen wieder auf meine legte. Es war nicht das erste Mal, dass wir uns küssten, und doch rief Logan dieselben Gefühle wie damals in mir hervor. Aufregung, Verlangen, Sehnsucht. Aufreizend langsam fuhr er mit seinen Fingern über meinen Rippenbogen, ehe er sie auf meinem Hintern ruhen ließ.

»Wenn wir jetzt nicht aufhören …« Kopfschüttelnd brach er ab und lehnte seine Stirn gegen meine. Die Geste war so intim, dass ich schluckte und eine Hand an seine Wange legte. Für einen Moment hielt er meinen Blick gefangen, machte das Nachdenken damit nahezu unmöglich.

Es wäre klüger, sich nun zurückzuziehen und reinzugehen. Nie wieder darüber zu reden. Vielleicht war es dumm. Vielleicht auch ein Fehler. Vielleicht würde ich es bereuen. Doch ich konnte nicht anders. Was morgen sein würde, war mir im Moment vollkommen egal.

»Ich will nicht aufhören«, flüsterte ich und küsste ihn, während ich mit einer Hand umständlich am Schlüssel herumfummelte. Doch egal wie sehr ich mich anstrengte, dass dumme Ding ließ sich nicht drehen.

Leise lachend zog sich Logan zurück und schloss auf. Als er

mich hochhob, hielt ich mich an ihm fest. Nur am Rande nahm ich wahr, wie er den Schlüssel rauszog und die Tür mit dem Fuß zukickte. Ich war viel zu sehr von seinen Lippen abgelenkt, die mit meinen spielten, als hätten sie nie etwas anderes getan. Wie er es schaffte, mich dabei nicht fallen zu lassen, war mir ein Rätsel.

»Willst du das wirklich, Carly?« Mein Name aus seinem Mund ließ mich ein weiteres Mal erschauern und verstärkte das Pochen zwischen meinen Beinen.

»Das tue ich, also hör auf, darüber nachzudenken.« Meinen Worten folgte ein sanfter Biss in sein Ohrläppchen, der ihn heiser stöhnen ließ. Ganz langsam fuhr ich erst mit meinen Lippen, dann mit meinen Zähnen über seinen Hals, ehe ich versöhnlich darüber leckte.

»Fuck.«

Sein Fluch ließ mich grinsen und spornte mich weiter an. Dass er an dieser Stelle besonders empfindlich war, würde ich mir merken. Lächelnd widmete ich mich ihr ein zweites Mal. Im selben Augenblick verstärkte er den Druck seiner Hände auf meinem Hintern und massierte ihn leicht. Ich warf den Kopf in den Nacken, was ihn dazu brachte, unzählige Küsse auf meiner Haut zu verteilen. Auf meinem Dekolleté, meinem Schlüsselbein, immer höher. Es war unfair, dass er auf Anhieb die Punkte fand, die mich zuverlässig in den Wahnsinn trieben. Schweratmend krallte ich meine Finger in seine Haare und umklammerte ihn fester mit meinen Beinen.

»Linkes Zimmer.« Er nickte nur kurz und trug mich in die entsprechende Richtung. Als er die Tür nicht direkt aufbekam, lachte ich leise.

»Dir wird das Lachen noch vergehen.« Seine Worte waren Warnung und Versprechen zugleich. Ich schluckte, als er mir sanft ins Ohrläppchen biss und sich für meine süße Tortur von vorhin revanchierte. Hingebungsvoll widmete er sich der empfindlichen Stelle unter meinem Ohr und entlockte mir damit ein Keuchen.

Die Tür öffnete sich in meinem Rücken. Logan drückte sie hinter uns zu, dann ließ er mich runter. Ich spürte die Kühle des Bodens unter meinen Füßen. Wann ich meine Schuhe verloren hatte, wusste ich nicht.

Zärtlich legte er beide Hände an meine Wangen, hielt mich an Ort und Stelle. Seine blauen Augen strahlten, und ich sog scharf die Luft ein. Lächelnd küsste er mich ein weiteres Mal und schob mich in Richtung meines Bettes. Als ich die Matratze in meinen Kniekehlen spürte, ließ ich mich darauf fallen und zog ihn mit mir. Logan stützte sich links und rechts von mir ab, seine Erektion drückte sich gegen meine Mitte und ließ uns beide im selben Moment keuchend innehalten. Dann zog er mein Gesicht für einen weiteren stürmischen Kuss heran und ließ seine Hände unter meinen grauen Baumwoll-Sweater wandern. Hauchzart fuhr er meine Seiten entlang und bescherte mir damit eine Gänsehaut.

Ich wollte mehr. Mehr von ihm, mehr von uns, mehr von allem. Logan schien es genauso zu gehen, denn er umfasste den Saum meines Pullis und zog ihn mir aus.

»Besser.« Zufrieden hauchte er einen Kuss auf mein Schlüsselbein.

»Aber noch nicht gut genug.« Ungeduldig schob ich ihm das karierte Hemd über die Schultern, woraufhin er sich nach hinten lehnte und es mitsamt seinem Shirt auszog. Es landete in der nächstbesten Ecke. Für einen kurzen Moment gewährte er mir einen Blick auf seinen durchtrainierten Oberkörper, dann war er wieder über mir und verschloss meinen Mund mit seinem. Zärtlich wanderte er mit seinen Fingerspitzen über meine Rippen nach unten bis zu meinem Bauchnabel. Meine Haut kribbelte, und das Pochen zwischen meinen Beinen gewann an neuer Intensität. Als er mit einer Hand meinen BH öffnete, setzte ich mich leicht auf, damit er ihn mir ausziehen konnte.

Für einen Moment betrachtete er meine unverhüllten Brüste. Bisher war mir das immer unangenehm gewesen, doch der bewundernde Ausdruck in seinen Augen ließ mein Herz schneller schlagen. Sehnsüchtig legte ich eine Hand in seinen Nacken, zog ihn wieder zu mir herunter und küsste ihn. Nach einer kleinen Ewigkeit schnappten wir beide nach Luft. Seine Lippen waren geschwollen, die Haare vollkommen durcheinander. Nie hatte er attraktiver ausgesehen als in diesem Augenblick.

Lächelnd beugte er sich herunter und strich zärtlich mit seiner Zunge über meine Brustspitzen. Ich krallte meine Finger in seine breiten Schultern, schloss die Augen und gab mich den Gefühlen hin, die er in mir auslöste. Leise seufzend versuchte ich, ihn noch näher an mich zu ziehen. Doch Logan stoppte und sah mich mit einem wissenden Blick an.

Dass er äußerst durchtrainiert war, hatte ich bereits vorher gewusst, und doch verschlug es mir ein weiteres Mal für einen Moment die Sprache. Bewundernd strich ich mit meinen Fingern die Konturen jedes einzelnen Muskels nach und brachte ihn damit zum Erschauern. Es fühlte sich surreal an, ihn auf diese Weise zu berühren. Und doch war es genau das, wonach ich mich insgeheim schon so lange sehnte.

»Gefällt dir, was du siehst?« Mit einem Mal fühlte ich mich in der Zeit zurückversetzt.

»Kein bisschen«, wiederholte ich meine Antwort von damals, als er gemeinsam mit mir die Freiwürfe geübt hatte.

»Das stimmt nicht, Carly.« Er zwinkerte selbstsicher und benutzte ebenfalls exakt dieselben Worte wie damals. Dass er sich immer noch daran erinnerte, musste etwas bedeuten. Meinen Blick fixierend ließ er seine Hände zum Bund meiner Jeans wandern und sah mich fragend an. Mit einem stummen Nicken hob ich mein Becken, damit er sie mir leichter ausziehen konnte. Dann stieg er aus dem Bett und befreite sich auch von seiner eigenen Hose. Nur mit seiner schwarzen, engen Boxershorts bekleidet kam er wieder zu mir. Seine Erektion zeichnete sich deutlich darunter ab und ließ mich schlucken.

Ich streckte die Hand nach ihm aus, fuhr sanft über seine Länge und entlockte ihm ein Stöhnen. Erst als er haltsuchend seinen Kopf auf meiner Schulter abstützte, hörte ich damit auf. Er atmete tief durch und sah mich an. »Das ist nicht nett.«

Ich grinste und hauchte einen Kuss auf die empfindliche Stelle unter seinem Ohr. »Sei nicht so ungeduldig.«

Logan lachte leise und widmete sich ein weiteres Mal meinen Brüsten. Im selben Atemzug ließ er eine Hand an meiner Seite hinunterwandern und fuhr über meinen Slip. Doch die Stelle, an der ich ihn am meisten spüren wollte, ließ er aus. Frustriert wand ich mich unter ihm.

»Nicht so ungeduldig«, wiederholte er meine Worte von gerade. Mein Schnauben ließ ihn schmunzeln.

Für einen Moment sahen wir uns stumm an. Dann zeigte er Erbarmen. Als er meine empfindlichste Stelle berührte, biss ich mir auf die Lippen, um nicht laut zu stöhnen, und schloss die Augen. Schnell fand er einen Rhythmus, der meinen Plan zunichtemachte. Haltsuchend krallte ich mich an seinen Nacken. Der Druck in meiner Mitte nahm weiter zu, und ich sehnte mich nach Erlösung. *Wenn er nur ein kleines bisschen länger so weitermachen würde, dann ...*

Ich konnte den Gedanken nicht zu Ende bringen, denn schon im nächsten Augenblick waren seine Finger verschwunden. Unzufrieden öffnete ich die Augen und blickte in sein verschmitzt grinsendes Gesicht. Das konnte er nicht ernst meinen. Ich setzte an, um ihm einen passenden Kommentar um die Ohren zu hauen, als er langsam begann, meinen Slip nach unten zu ziehen. Auffordernd hob ich mein Becken, bis der Stoff ganz verschwunden war.

»Zufrieden?« Seine Augen funkelten derart erregt, dass ich schluckte.

»Hör auf zu reden.«

»Ihr Wunsch ist mir Befehl, Miss Thompson.« Mit einem Lächeln küsste er sich seinen Weg über meinen Bauch bis hin zu meiner Mitte. Mit seiner Zunge fuhr er über meine empfindlichste Stelle, erst kreisend, dann von einer Seite zur anderen. Einen Augenblick später spürte ich seine Zähne. Stöhnend warf ich den Kopf in den Nacken und krallte mich in mein Kopfkissen. Ganz eindeutig wusste er, was er da tat. Es würde nicht mehr lange dauern, bis mich mein Orgasmus überrollte.

Logan blieb meine Erregung nicht verborgen, denn schon im nächsten Moment schob er erst einen, dann einen zweiten Finger in mich. Für einen kurzen Augenblick gab er mir die Zeit, mich daran zu gewöhnen. Dann fuhr er mit seiner süßen Tortur fort. Von den Empfindungen vollkommen überwältigt, schloss ich die

Augen, vergrub die Finger in seinem weichen Haar und drückte ihn ein Stück näher an mich. Jeder einzelne Muskel war bis zum Zerbersten gespannt.

»Nicht aufhören.« Meine Stimme war nicht mehr als ein Flüstern, doch er verstand mich. Umgehend verstärkte er den Druck seiner Finger und presste seine Zunge hart gegen meine Mitte, trieb mich damit vollends in den Wahnsinn. Mit einem halb gefluchten, halb gestöhnten *Logan* bäumte ich mich auf und ließ los. Logan umfasste im selben Moment mein Becken und hielt mich an Ort und Stelle. Für einen Moment fühlte ich mich absolut schwerelos und zufrieden. Nur allmählich beruhigte ich mich wieder.

Erschöpft öffnete ich die Augen und blickte zu ihm hinab. Er lächelte, hauchte federzarte Küsse über meinen Bauch bis hin zu meinem Hals und presste sein Becken gegen meins. Seine Erektion versicherte mir, dass wir noch lange nicht fertig waren.

Ich atmete tief durch und drückte gegen seine Schultern. Logan verstand, was ich wollte, und drehte uns um. In aller Ruhe widmete ich mich seinem durchtrainierten Oberkörper und spürte, wie sich seine Muskeln unter meinen Berührungen anspannten. Ganz langsam rutschte ich nach unten und zog seine Boxershorts ein Stück runter. Mit einem wissenden Lächeln half er mir dabei.

Als ich mich zwischen seine Beine kniete, sah er mich aufmerksam an. Seinen Blick fixierend, nahm ich den Beweis seiner Erregung in meine Hand und fuhr langsam, aber stetig auf und ab. Logan lehnte den Kopf nach hinten, drängte mir sein Becken entgegen und forderte mich stumm auf, ihm mehr zu geben. Ich wollte sehen, wie er gänzlich die Kontrolle verlor. Sanft umschloss ich ihn mit meinen Lippen und brachte ihn damit zum Stöhnen. Nach einer Weile steigerte ich mein Tempo, während ich gleichzeitig immer wieder über seine empfindliche Spitze fuhr.

»Fuck.« Seine Stimme war nicht viel mehr als ein undeutliches Wispern. Doch ich verstand, was er mir damit sagen wollte. Sein Atem kam immer abgehackter und verriet mir, was meine Berührungen in ihm anstellten.

»Carly.« Halb geflucht kam mein Name aus seinem Mund. Nur einen Moment später öffnete er widerstrebend die Augen. Als sich unsere Blicke trafen, stöhnte er ein weiteres Mal. Das Gefühl, dass ich es war, die dies in ihm auslöste, verstärkte nur den Wunsch, ihn endlich zu spüren.

»Wenn du jetzt nicht aufhörst ...« Logan atmete schwer, ein dünner Schweißfilm lag auf seiner Haut. Ich stand auf, kramte in meiner Tasche und zog ein Folienpäckchen hervor. Ich öffnete die Verpackung und hielt ihm das Kondom hin. Keiner von uns beiden sagte etwas, während er es sich überrollte.

Mit einer Hand forderte er mich auf, zu ihm zu kommen. Ohne darüber nachzudenken, tat ich es. Geschickt drehte er uns, sodass ich auf dem Rücken lag und er sich zwischen meinen Beinen positionieren konnte. Um mich mit seinem Gewicht nicht zu erdrücken, stützte er sich links und rechts mit seinen Armen ab. Als ich seine Spitze an meinem Eingang spürte, wand ich mich unter ihm.

Mit einem fragenden Blick sah er mich an. »Bist du dir ganz sicher?«

Es war süß, dass er ein weiteres Mal nachfragte. Doch wir wollten es beide gleichermaßen. Statt ihm darauf zu antworten, zog ich seinen Kopf zu mir herab und küsste ihn mit all dem Verlangen, das sich in den letzten Monaten aufgestaut hatte. »Bin ich.«

Stück für Stück drang er in mich ein und gab mir einen Moment, um mich an seine Größe zu gewöhnen.

»Alles okay?« Statt ihm zu antworten, bewegte ich mein Becken und zeigte ihm damit, dass es mehr als in Ordnung war.

Logan fand schnell einen Rhythmus, der uns beiden gab, wonach es uns verlangte. Kraftvoll stieß er in mich, ehe er sich fast vollständig zurückzog, um sich anschließend wieder gänzlich in mir zu versenken. Haltsuchend krallte ich mich in seinen Rücken, legte den Kopf in den Nacken und schloss die Augen. Logan nutzte die Gelegenheit und fuhr mit seinen Zähnen über meinen Hals, ehe er versöhnlich darüberleckte. Das, in Kombination mit seinen fließenden Bewegungen, fühlte sich viel zu gut an, um jemals wieder damit aufzuhören.

Logan steigerte das Tempo, was mich leise keuchen ließ.

»Genau so«, flüsterte ich und biss sanft in sein Ohrläppchen. Logans Stöhnen klang heiser und ließ das stetige Pochen in meiner Mitte stärker werden.

»Du machst mich verrückt.« Seine Stimme klang rau und ließ mich erschauern. Atemlos legte er seine Stirn an meine und sorgte dafür, dass das sanfte Kribbeln in meinem Bauch wuchs. Also presste ich ein weiteres Mal meine Lippen auf seine.

Seine Bewegungen wurden unkontrollierter und schneller. Zielsicher fand seine Hand meine empfindlichste Stelle und massierte sie. Vollkommen überwältigt riss ich den Kopf in den Nacken und schnappte nach Luft. Es folgten drei, vier weitere Stöße, ehe sich alles in mir anspannte und mich ein zweiter Höhepunkt übermannte. Logan folgte mir nur einen Augenblick später.

Keuchend lehnte er sich auf mich und stützte sich mit seinen Armen ab. Für einen Moment war es absolut still. Keiner von uns beiden sagte etwas. Lediglich unser unkontrollierter Atem war zu hören.

Nach einer Weile zog er sich vorsichtig zurück und stand auf. Kraftlos ließ ich mich auf die Matratze fallen, kuschelte mich unter die Decke und sah ihm dabei zu, wie er erst das Kondom entsorgte und dann seine Boxershorts anzog. Ich wusste nicht, was ich nun erwartete. Dass er blieb, sicherlich nicht. Dass er sich ohne weiteres anzog und ging, jedoch auch nicht. Logan nahm mir die Entscheidung ab, indem er zurückkam, sich zu mir legte und mich mit einem Arm umschlang.

Ich hielt die Luft an. Dann stieß ich sie langsam wieder aus und drehte mich zu ihm, sodass wir uns anschauen konnten. Ich setzte an und brach ab, als er seinen Zeigefinger auf meine Lippen legte.

»Sag jetzt nichts. Lass uns einfach diesen einen Augenblick, okay?« Seine Stimme war nicht mehr als ein Flüstern.

»Okay.« Ich hatte keine Ahnung, wie ich mich nun verhalten sollte oder was er nun von mir erwartete.

Logan bemerkte es, denn nur einen Moment später drehte er sich auf den Rücken. »Komm her.«

Ich zögerte, doch dann legte ich mich zu ihm, sodass mein

Kopf auf seiner Brust ruhte. Sein Herz raste noch immer und brachte mich zum Lächeln. In seinen Armen zu liegen, fühlte sich ungewohnt an. Ungewohnt, aber gut. Viel zu gut.

Seufzend verdrängte ich alle anderen Gedanken für den Moment und konzentrierte mich auf das Hier und Jetzt.

Logan hielt mich fest und fuhr sanft mit seinen Fingern über meinen rechten Arm. Ich bekam auf der Stelle eine Gänsehaut. Es fühlte sich unglaublich an. So unglaublich, dass ich mich daran gewöhnen konnte.

In diesem Moment begriff ich vollends, dass ich mir all die Zeit über bloß etwas vorgemacht hatte. Die Wahrheit war, ich mochte Logan mehr als mir guttat. Ändern konnte ich es nicht mehr. Dafür war es zu spät. Doch ich wollte es auch gar nicht. Denn inzwischen war ich mir sicher, dass wirklich mehr hinter seiner arroganten, selbstsicheren Art steckte. Er war aufmerksam, fürsorglich und nachdenklich. Doch um das zu erkennen, musste man einen Blick hinter die Mauer werfen.

Ich drehte den Kopf, sodass ich ihn ansehen konnte. Er hatte die Augen geschlossen, auf seinen Lippen lag ein sanftes Lächeln. Mit einem Seufzen wurde mir klar, dass ich in Schwierigkeiten steckte. In ziemlich großen sogar. Denn ich hatte mich nicht nur auf Logan eingelassen, er hatte sich auch in mein Herz geschlichen, und nur die Zeit konnte zeigen, ob er es mir brechen würde.

»Worüber grübelst du so angestrengt nach?«

»Wer sagt, dass ich über etwas nachdenke?«

Er öffnete die Augen und sah mich skeptisch an. Sein Blick zeigte mir, dass er mir kein bisschen glaubte.

»Ich habe keine Ahnung, was das mit uns beiden ist.« Meine Stimme war so leise, dass ich mir unsicher war, ob er mich überhaupt gehört hatte.

»Warum hinterfragst du immer alles?«

»Ich weiß es nicht.«

Gedankenverloren fuhr er mit seinen Fingern meinen Arm auf und ab. »Fühlt sich das hier gut für dich an?«

Ohne großartig darüber nachzudenken, nickte ich. Es weiter zu leugnen, brachte nichts. Logan hatte mich längst durchschaut.

»Bereust du, was eben passiert ist?« Mein Herz setzte einen Takt aus, dann schlug es mit doppelter Geschwindigkeit weiter. Auf diese Frage war ich nicht vorbereitet gewesen. Vor einer Stunde wäre die Antwort ein klares *Ja* gewesen. Aber jetzt? Wie sollte ich etwas bereuen, dass sich derart gut angefühlt hatte?

»Nein.« Es war die Wahrheit.

Zärtlich legte er seine Hand an meine Wange. »Dann hör auf, alles immer infrage zu stellen«, flüsterte er und legte seine Lippen auf meine.

13. Kapitel

Mein Kopf pochte, meine Glieder fühlten sich steif an, ein bitterer Geschmack lag auf meiner Zunge. Müde rieb ich mir über die Augen und fuhr mit dem Arm über die andere Seite des Bettes. Logan war nicht mehr da. Wann er gegangen war, wusste ich nicht.

Enttäuscht vergrub ich den Kopf unter meinen Armen. Ich konnte kaum glauben, dass das alles wirklich passiert war.

Mit einem Seufzen schwang ich die Beine über die Bettkante und stand auf. Vielleicht würde die Welt nach einer heißen Dusche schon wieder anders aussehen. Schnell zog ich mir meinen Bademantel über und schnappte mir frische Sachen.

»June?« Mit fragendem Blick sah ich ins Wohnzimmer. Doch es blieb still. Ich rief ein zweites Mal und erhielt wieder keine Antwort. Schulterzuckend setzte ich meinen Weg fort und ging duschen. Das warme Wasser lockerte meine verspannten Muskeln. Seufzend blieb ich einen Moment länger stehen und genoss das sanfte Trommeln der Wassertropfen auf meiner Haut. Ich schloss die Augen und lehnte mich mit der Stirn gegen die kühlen Wandfliesen. Nach und nach überkamen mich die Erinnerungen. Ich konnte kaum glauben, wie der gestrige Abend verlaufen war. Noch viel weniger, dass ich mich auf Logan eingelassen hatte. Am wenigsten jedoch, dass ich es bisher nicht bereute.

Lächelnd stellte ich das Wasser ab, stieg aus der Dusche und machte mich fertig. Mit einem Kaffee lehnte ich mich gegen die Küchentheke und bemerkte abermals die Stille im Haus. Ich griff nach meinem Handy, um June anzurufen. Bevor ich ihre Nummer jedoch wählen konnte, hörte ich, wie sich die Vordertür öffnete. Nur wenige Sekunden später betrat meine beste Freundin die Küche. Sofort fiel mir auf, dass sie immer noch die Sachen von gestern trug.

»Geht es dir gut?«

June stoppte und sah mich verdutzt an. »Ähm, ja. Wieso?«

Ich zuckte mit den Schultern, trank einen Schluck und lehnte mich zurück. »Kommst du erst jetzt nach Hause?«

»Möglicherweise.«

Ich zog lediglich eine Augenbraue hoch, was June lächelnd den Kopf schütteln ließ.

»Ich habe bei Sarah geschlafen, um deine eigentliche Frage zu beantworten.« Natürlich hatte sie mich durchschaut. Kurzzeitig überlegte ich, ob ich ihr darauf antworten sollte. Ich entschied mich dagegen.

»Wie war es denn gestern Abend noch?« Eigentlich ein harmloses Thema, doch dass June mitten in der Bewegung innehielt und mich wie ein Reh im Scheinwerferlicht ansah, verriet mir, dass ich irgendetwas Entscheidendes verpasst hatte. Als sie keine Anstalten machte, mir zu antworten, hakte ich nach. »Willst du mir vielleicht irgendetwas erzählen?«

»Ähm ...« In aller Ruhe zog sie sich ihre Schuhe aus und stellte sie ordentlich zur Seite. Dass sie damit bloß Zeit schinden wollte, war offensichtlich.

»Was ist los?«

»Du weißt es noch nicht, oder?«

Ihre Frage ließ mich argwöhnisch zu ihr schauen. »Was meinst du?«

»Logan sollte es dir besser selbst sagen, Carly. Es ist nicht meine Geschichte, und es steht mir nicht zu, darüber zu sprechen.« Dass ich nichts aus ihr rausbekommen würde, wenn ich sie zu sehr drängte, war nichts Neues. June war einer der verschwiegensten Menschen, die ich kannte. Geheimnisse waren bei ihr sicher. Und doch hoffte ich, dass sie dieses eine Mal eine Ausnahme machen würde.

»June, bitte sag es mir einfach.«

Sie setzte an, brach ab und schüttelte den Kopf. Einen Augenblick lang schien sie abzuwägen, ob sie es mir tatsächlich erzählen sollte. Dann seufzte sie und verschränkte die Arme vor der Brust. »Logan und Matt sind Halbbrüder, Carly.«

Für einen Moment war es so still, man hätte eine Stecknadel fallen hören können. Ich wollte nicht glauben, was ich soeben gehört hatte. Als ich begriff, was das bedeutete, hielt ich die Luft an. Dann atmete ich aus und rieb mir mit einer Hand übers Gesicht.

Das erklärte einiges und gleichzeitig nichts. Vielmehr warf es Unmengen neuer Fragen auf. *Warum hatten die beiden es geheim gehalten?*

»Danke, dass du es mir nicht verschwiegen hast.« June nickte, sagte jedoch nichts weiter. »Weißt du es schon länger?«

»Nein, erst seit gestern. Matt hat es mir gesagt.« Ein Teil von mir war erleichtert, dass sie es ebenfalls erst vor kurzem erfahren hatte.

Ohne es weiter zu kommentieren, stieß ich mich von der Küchentheke ab und stellte die leere Tasse in die Spüle. Ich würde mit Logan darüber sprechen müssen und ihn nicht nur fragen, weshalb sie es geheim gehalten hatten, sondern auch, warum er sich dermaßen ablehnend Matt gegenüber verhielt. Ich überlegte, wie ich es am besten anstellen sollte, als mich Junes Stimme aus meinen Gedanken riss.

»Aber wenn wir schon mal dabei sind ... Willst du mir vielleicht auch etwas erzählen?« Mit hochgezogener Augenbraue und einem breiten Grinsen sah sie zu mir.

»Du weißt es doch eh schon.«

»Ich habe zumindest eine vage Vermutung.«

»Und das soll ich dir glauben?« Statt mir zu antworten, zuckte sie mit den Schultern.

»Los, oder muss ich es dir aus der Nase ziehen?«

Bei den Erinnerungen an die gestrige Nacht konnte ich nicht anders, als zu lächeln. Es hatte sich nicht nur unfassbar gut angefühlt, sondern auch etwas zwischen Logan und mir verändert. Der Abend hatte mir gezeigt, wie er wirklich war. Und diese Seite gefiel mir unfassbar gut. Insgeheim wusste ich, dass ich drauf und dran war, mich in Logan Evans zu verlieben. Und zum allerersten Mal fand ich den Gedanken gar nicht weiter schlimm.

»Dein Lächeln sagt alles.«

Für einen Moment hatte ich völlig vergessen, dass June auf eine Antwort wartete. Dass sie sich in der Zwischenzeit einen Kaffee genommen und auf einen Barhocker vor der kleinen Frühstückstheke gesetzt hatte, hatte ich ebenfalls nicht mitbekommen.

»Ihr habt miteinander geschlafen.« Sie klang kein bisschen überrascht. Ich konnte ihr nichts vormachen, und ich wollte es auch gar nicht. June war meine beste Freundin. Sie kannte mich in- und auswendig. Warum sollte ich es ihr verschweigen? Also nickte ich. »Wie war es?«

Bei den Erinnerungen an den gestrigen Abend konnte ich nicht anders, als zu lächeln. Es war einfach perfekt gewesen.

»So gut also.«

Ich nickte ein weiteres Mal, was das Grinsen auf Junes Gesicht noch breiter werden ließ. Ohne mich aus den Augen zu lassen, trank sie einen Schluck von ihrem Kaffee.

»Seid ihr nun zusammen?« *Waren wir das?* Auch wenn Logan gesagt hatte, ich solle mir nicht immer so viele Gedanken machen, hatte ich keine Ahnung, wo wir standen. Wir hatten miteinander geschlafen. Aber bedeutete das zwangsläufig, dass wir nun ein Paar waren? Ich hatte keine Ahnung, und wenn es eines gab, das ich hasste, dann war es Unsicherheit. So wollte ich mich nicht fühlen.

»Ich weiß es ehrlich gesagt nicht.«

»Könntest du dir denn eine Beziehung mit ihm vorstellen?« Und wieder erwischte sie mich auf dem falschen Fuß. Die Frage war durchaus berechtigt, und ich musste die Antwort darauf kennen, bevor ich mit Logan sprach. So viel war sicher.

June bemerkte meinen Zwiespalt, denn sie stützte sich mit den Ellenbogen auf dem Tisch ab.

»Lass mich ausreden, okay?« Sie sah mich derart eindringlich an, dass mir nichts anderes übrig blieb, als zu nicken. »Ich weiß, dass du Angst hast, von ihm verletzt zu werden. Das ist nachvollziehbar, aber dieses Risiko birgt die Liebe nun mal. Eine Beziehung erfordert auch Mut, und keine wird perfekt verlaufen.«

»Das stimmt schon.«

»Vor allem aber geht es um Vertrauen. Ich kann verstehen,

wenn dir das angesichts eurer Vorgeschichte schwer fällt, aber du solltest ihm dennoch eine Chance geben. Und wenn du es schon nicht seinetwegen machst, dann wenigstens dir zuliebe. Denn dass du ihn magst, ist mehr als offensichtlich.« Ihre Argumentation klang so unglaublich logisch, dass ich keine andere Wahl hatte, als zuzustimmen.

»Du hast recht, danke. Ich weiß manchmal wirklich nicht, was ich ohne dich machen würde.« Seit wir uns kannten, redete sie mir regelmäßig ins Gewissen und zeigte mir eine andere Sicht auf die Dinge auf. Und das war auch bitternötig, denn meine größte Schwäche war definitiv meine Sturheit.

Das Wissen, dass Logan und Matt Halbbrüder waren, ließ mich nicht los. Ich holte tief Luft und kickte einen kleinen Stein aus dem Weg.

»Carly?« Als jemand meinen Namen rief, blieb ich stehen und drehte mich um. Matt kam zu mir gelaufen. Eine schwarze Trainingstasche hing über seiner Schulter.

»Hey.«

»Wie geht es dir?« Er blieb neben mir stehen und musterte mich nachdenklich. Dass er sich allem Anschein nach Sorgen um mich machte, war unfassbar lieb.

»So weit gut, danke.« Ich schenkte ihm ein beruhigendes Lächeln, das er erwiderte. »Willst du auch ins Studio?«

Er sah mich verwundert an. Also deutete ich auf seine Tasche.

»Ach so, nein. Das ist Masons Tasche. Er hat sie gestern versehentlich bei mir stehen lassen, also wollte ich sie ihm eben vorbeibringen.«

»Verstehe.« Ich machte Anstalten, weiterzugehen, als er sich leicht räusperte und meine Aufmerksamkeit damit ein weiteres Mal auf sich zog.

»Stört es dich, wenn ich dich ein paar Schritte begleite?«

»Nein, Quatsch. Im Gegenteil.«

Er nickte, schob sich die Tasche ein Stück höher auf seine Schulter und deutete mit der Hand nach vorn.

Eine Weile liefen wir schweigend nebeneinander her. Sollte ich ihn auf Logan ansprechen? Ich war hin- und hergerissen.

»Ist alles okay?«

»Ähm, klar. Wieso fragst du?«

Er zuckte mit den Schultern. Auf seinen Lippen lag ein vorsichtiges Lächeln. »Du wirkst total unruhig.« Anscheinend war ich eine noch schlechtere Schauspielerin, als ich bisher gedacht hatte. Wenn das sogar Matt, der mich kaum kannte, auf den ersten Blick sehen konnte.

»Mir geht nur das ein oder andere durch den Kopf.«

»Das da wäre?«

Ich sah ihn unschlüssig an. Sollte ich ihn darauf ansprechen, wenn er schon so fragte?

»Ich will dir nicht zu nahe treten …« Wenn ich Glück hatte, verstand er auch so, worauf ich hinauswollte. Wenn nicht, würde ich nicht nachhaken.

»Logan hat nichts erzählt?«

Resigniert schüttelte ich den Kopf. Ich konnte immer noch nicht nachvollziehen, weshalb Logan ein derartiges Geheimnis daraus gemacht hatte. Vielleicht wusste Matt es ja.

Er seufzte und schob die Hände in seine Hosentaschen. »Logan ist der Ältere von uns beiden. Wir haben denselben Vater, aber unterschiedliche Mütter. Ich habe erst vor einem dreiviertel Jahr erfahren, dass ich einen Halbbruder habe. Ob er es eher wusste, kann ich dir nicht sagen. Er blockt jeglichen Kontakt ab, aber das brauche ich dir nicht zu erzählen. Du hast es neulich ja selbst gesehen.«

Auf seinen Lippen lag ein gequältes Lächeln. Ich konnte es ihm nicht verdenken. Immerhin hatte ich ihre Auseinandersetzungen zur Genüge mitbekommen. Wenn es eines gab, das ich definitiv nicht wollte, dann war es, in seiner Haut zu stecken.

»Das stimmt leider.« Wenn man ein Problem mit Logan hatte, war es schwierig, an ihn heranzukommen und hinter seine Fassade zu blicken.

»Ich kann ihm noch nicht mal verübeln, dass er keinen Kontakt haben möchte.«

»Warum?« Neugierig sah ich ihn an. Doch Matt zuckte nur mit den Schultern und sah nach vorn. Es wirkte, als wäre er mit seinen Gedanken meilenweit entfernt.

»Das hat mehrere Gründe. Aber grundsätzlich bin ich derjenige, der mit unserem Dad aufgewachsen ist. Logan und er reden seit Jahren nicht miteinander. Mein Dad«, er räusperte sich, »*unser* Dad vermeidet es, über das Thema zu sprechen.«

Das erklärte zumindest, weshalb sich Logan Matt gegenüber dermaßen ablehnend verhielt. Matt hatte das, was er sich vermutlich immer gewünscht hatte. Eine intakte Familie. Den gemeinsamen Vater, der Matt statt ihn großgezogen hatte. Ich konnte nicht mal erahnen, wie es sich anfühlten musste, wenn sich der eigene Vater nicht für einen interessierte.

»Das muss hart gewesen sein.« Meine Stimme war nicht mehr als ein Flüstern, doch Matt verstand mich auch so.

»Was genau?« Unverständnis spiegelte sich in seinem Blick wider.

»Na ja, zu erfahren, dass man sein Leben lang einen Halbbruder hatte, von dem man all die Jahre über nichts wusste.«

»Es war sicherlich ein Schock, doch gleichzeitig habe ich mich auch gefreut, einen Bruder zu haben. All die Jahre dachte ich, ich wäre ein Einzelkind. So manches Mal habe ich meine Freunde um ihre Geschwister beneidet. Als ich dann von Logan erfahren habe, wollte ich ihn natürlich sofort kennenlernen.« Seine Mundwinkel hoben sich, während er in die Ferne starrte. Doch nur einen Moment später verdunkelte sich seine Miene. »Als ich das unserem Dad erzählt habe, ist er ausgeflippt und hat mir den Kontakt verboten. Am nächsten Tag verhielt er sich so, als wäre nie etwas passiert. Das Schlimmste daran ist, dass das Thema seitdem einfach totgeschwiegen wird. Nicht mal meine Mutter spricht darüber.«

Er wirkte von Sekunde zu Sekunde frustrierter.

»Ich verstehe einfach nicht, weshalb. Wie kann mein Dad einfach so tun, als gäbe es Logan nicht?«

So wie er war auch ich ohne Geschwister aufgewachsen. Ob ich an seiner Stelle ebenfalls begeistert reagiert hätte, wenn ich plötzlich erfahren hätte, doch kein Einzelkind zu sein, wusste ich nicht. Es fiel mir schwer, es mir auch nur ansatzweise vorzustellen. Bisher hatte ich noch nie über so etwas nachgedacht.

»Ich habe keine Ahnung«, gab ich zu. »Aber ich finde es schade. Nicht nur für Logan, sondern auch für dich.« Ein Teil von mir verstand Logans Wut auf Matt nun. Auch wenn sie lediglich auf ihn verschoben war und sich eigentlich gegen ihren gemeinsamen Vater richtete. Doch konnte man ihm das verübeln? Vielleicht ein wenig. Hätte ich anders reagiert? Wahrscheinlich nicht.

Es musste grausam sein, wenn der eigene Vater kein Interesse an einem zeigte. Obwohl ich diesen Mann und seine Motive kein bisschen kannte, wurde ich wütend. Darauf, dass er Logan im Stich gelassen hatte. Darauf, dass er Matt den Kontakt verbieten wollte. Und darauf, dass er den beiden die Chance genommen hatte, als Brüder aufzuwachsen.

»War euer Dad schon immer so?« Meine Frage ließ Matt bitter lachen. Das klang nicht gut. Ich wollte ihm gerade sagen, dass er darauf nicht zu antworten brauchte, doch er kam mir zuvor.

»Unser Dad war nie der fürsorgliche Typ. Bei ihm war immer alles auf Leistung ausgerichtet. Das ist es auch heute noch. Seit ich mit dem Basketballspielen angefangen habe, geht es ihm immer nur darum, dass ich der Beste auf dem Platz bin und die meisten Körbe werfe, damit die Scouts auf mich aufmerksam werden.«

Ich wollte ihn nicht unterbrechen, also schwieg ich.

»Wenn es nach meinen Eltern geht, werde ich Profispieler in der NBA. Am besten bei den Milwaukee *Bucks*, den Los Angeles *Lakers* oder den Philadelphia *76ers*. Dass das mehr als unrealistisch ist, sollte ihnen eigentlich bewusst sein.«

Ich konnte mir nicht vorstellen, wie es sich anfühlte, immer nur Druck zu bekommen. Meine Eltern waren diesbezüglich das totale Gegenteil von seinen. Bisher hatten sie mich stets in allem unterstützt, ohne überzogene Erwartungen. Erst in diesem Moment wurde mir bewusst, wie viel das eigentlich wert war.

»Und was möchtest du?« Es war eine simple Frage, und doch schien sie Matt völlig unvorbereitet zu treffen. Überrascht sah er mich an, dann dachte er einen Augenblick darüber nach.

»Ich liebe das Spiel, verstehe mich nicht falsch, aber die Chance, tatsächlich gedraftet zu werden, ist so gering.« Ich verstand viel zu gut, was er damit meinte. Es gab eine Zeit, in der ich alles dafür getan hätte, selbst Profispielerin in der WNBA zu werden. Doch dieser Traum war schnell geplatzt. Es war nicht nur verdammt schwierig, sondern einfach zu unsicher, und die Gehälter, verglichen mit denen in der NBA, ein Witz.

»Ich weiß einfach nicht, ob ich all meine Hoffnungen in diesen einen Moment setzen möchte. Denn wenn es nicht funktioniert, dann stehe ich mit leeren Händen da.« Das klang absolut nachvollziehbar. Immerhin trainierte man täglich, ob in der Halle oder im Studio, und verzichtete auf vieles, obwohl man wusste, dass die Wahrscheinlichkeit, seinen Traum zu leben, nicht sonderlich hoch war.

»Allerdings würdest du nie mit leeren Händen dastehen. Du hast immer noch dein Studium als Absicherung.«

»Das stimmt schon.«

»Magst du dein Studium?« Er nickte. »Könntest du dir vorstellen, später in dem Beruf zu arbeiten?« Wieder ein Nicken. »Dann hör auf, dir zu viele Gedanken zu machen, und probiere es einfach. Was hast du zu verlieren?«

»Wenn du so fragst, nichts.«

»Stell dir dein Leben für einen Moment ohne den Basketball vor. Wie wäre es dann? Wärst du immer noch glücklich?«

Er kam meiner Aufforderung nach, rieb sich mit einer Hand übers Gesicht und überlegte. Als er die Augen öffnete und ein leichtes Lächeln auf seinen Lippen lag, wusste ich, dass er seine Antwort gefunden hatte.

»Danke, Carly. Ich glaube, das habe ich gebraucht.«

»Jederzeit, Matt. Das meine ich ernst.«

»Das weiß ich zu schätzen.« Dankbar zog er mich in eine kurze Umarmung, die ich überrascht erwiderte.

Die Sonne stand tief am Himmel, als ich unseren Bungalow verließ und durch den Wald in Richtung des Sees ging. Der feine Kies knirschte bei jedem Schritt unter meinen Füßen. Das sanfte Zwitschern der Vögel lenkte mich für einen Moment von meinem Gedankenchaos ab. Immer und immer wieder dachte ich an das Gespräch mit June, dann an das mit Matt. Doch so sehr ich es mir auch wünschte, ich erhielt kein Antworten auf meine Fragen.

In gemächlichem Tempo setzte ich meinen Weg fort und blieb stehen, als ich Logan sah, der mit dem Rücken zu mir gedreht auf einer Bank saß und zum See blickte. Sofort musste ich an unser ungeplantes Treffen vor ein paar Tagen denken.

Ein leichtes Lächeln schlich sich auf meine Lippen, das jedoch verschwand, als mir bewusst wurde, dass es einiges gab, worüber wir dringend sprechen mussten.

Ich ging die wenigen Schritte bis zu ihm und räusperte mich. Logan drehte den Kopf zu mir und lächelte mich an. Es war weder arrogant noch überheblich. Es war echt. Es war mein Lächeln.

»Darf ich?« Mit der Hand deutete ich auf den Platz neben ihm.

»Natürlich, was für eine Frage.«

Ich setzte mich zu ihm und schaute auf einen unbestimmten Punkt. Eine Weile war lediglich das sanfte Wellenschlagen zu hören. Doch die Stille war nicht unangenehm.

Im Augenwinkel beobachtete ich, wie er sich mit den Armen abstützte, den Kopf in den Nacken legte und das Gesicht in die Sonne hielt.

»Es tut mir leid.« Seine Stimme klang, als wäre er meilenweit entfernt. Ich hatte mit allem gerechnet, aber nicht damit.

»Was meinst du?«

»Ich muss mich bei dir entschuldigen. Gestern Abend am Lagerfeuer ... Du hast dich unwohl gefühlt, und ich habe nichts dazu gesagt. Das war nicht okay, und es tut mir leid. Verzeihst du mir?« Er drehte sich zu mir, griff nach meiner Hand und verschränkte sie mit seiner. Augenblicklich schlug mein Herz schneller. »Was danach geschehen ist, bereue ich allerdings nicht, Carly, und ich möchte, dass du das weißt.«

Dass er ebenso empfand, machte mich unsagbar glücklich. Dass er es aussprach noch viel mehr. »Ich bin froh, dass du es so siehst. Mir geht es nicht anders. Aber was die Sache beim Lagerfeuer angeht, wir können es nicht mehr ändern. So sehr ich es mir auch wünschen würde.« Ich zuckte mit den Schultern und lehnte mich mit dem Rücken gegen die Bank. Jeder, der gestern dagewesen war, wusste nun, dass ich *die Andere* war. Und ich bezweifelte, dass es sich nicht weiter rumsprechen würde.

»Ich schätze, wir haben in der Vergangenheit beide Fehler gemacht. Was hältst du davon, wenn wir uns auf das Hier und Jetzt konzentrieren?« Er sah mich so aufrichtig an, dass ich nicht anders konnte, als zu nicken und ihm zuzustimmen.

»Du hast recht.«

»Das habe ich immer«, meinte er zwinkernd und hauchte einen sanften Kuss auf meinen Handrücken.

»Träum weiter, Evans.«

»Glaub mir, Thompson, das werde ich.«

»Du bist echt unglaublich.«

»Das habe ich schon des Öfteren gehört.« Seine Selbstsicherheit brachte mich zum Lächeln.

Eine Weile war es still zwischen uns. Dann sprach ich an, was mir seit heute Morgen keine Ruhe ließ. »Matt ist also dein Halb bruder.« Es war keine Frage. Kurzzeitig war ich mir sicher, damit eine Grenze überschritten zu haben und dass er wütend werden würde. Doch stattdessen sah er mich überrascht an, setzte an und brach wieder ab. Es verging eine Minute, vielleicht auch zwei, dann hatte er sich einigermaßen gefasst.

»Ja, es stimmt. Woher ...?«

»June und Matt haben es mir erzählt.« Statt mir zu antworten, nickte er bloß. »Wusstest du, dass du einen Bruder hast?«

Logans Körper versteifte sich, den Blick hatte er auf den See gerichtet, so als würde er sich wünschen, in diesem Moment woanders zu sein. Ich konnte seine Reaktion nicht nachvollziehen.

Also tat ich, was wohl die meisten in meiner Situation getan hätten. Ich bot ihm einen Fluchtweg an. Vielleicht war es zu früh und er benötigte einfach ein wenig Zeit.

»Du musst nicht darauf antworten, wenn du nicht möchtest, ich würde nur gerne verstehen, warum du dich Matt gegenüber so abweisend verhältst.« Ich rechnete fast schon nicht mehr mit einer Antwort, als ich sie doch noch erhielt.

»Mir fallen gerade zig andere Dinge ein, die ich gerne mit dir tun würde. Über Matt zu sprechen, gehört nicht dazu.« Weil er wusste, wie er mich aus dem Konzept bringen konnte, lehnte er sich weiter zu mir, fuhr mit seiner Nase über die Stelle unter meinem Ohr und hauchte einen sanften Kuss darauf. Wenn die Dinge, die ihm vorschwebten, in diese Richtung gingen, konnte alles andere noch etwas länger warten.

»Okay.« Meine Stimme verriet ihm nur allzu deutlich, was er in diesem Moment schon wieder mit mir anstellte.

»Hast du Lust, noch mit zu mir zu kommen? Wir könnten Pizza essen und uns einen Film ansehen.« Wieder hauchte er einen zarten Kuss auf meine Haut, diesmal auf die empfindliche Stelle oberhalb meines Schlüsselbeins. Dass es mir damit unmöglich war, *Nein* zu sagen, wusste er genauso gut wie ich.

»Ist das ein Date?«

»Ist es.«

»Na dann, lass uns gehen.« Meine Antwort ließ ihn zufrieden lächeln. Wie sollte ich mich nur jemals an dieses umwerfende Lächeln gewöhnen?

14. Kapitel

Gemeinsam Zeit zu verbringen, hatte etwas Normales an sich. Etwas Echtes und Alltägliches. Die letzten Tage hatten mir das deutlich gezeigt.

Die Sonne war bereits untergegangen. Lediglich einzelne Straßenlaternen beleuchteten den geschwungenen Weg durch die unzähligen Bäume, während wir zu seinem Bungalow gingen. Dieser Moment hatte etwas Magisches an sich.

Meine Hand lag fest in Logans. Es fühlte sich merkwürdig an, aber auch schön. Irgendwie richtig. Echt. Dennoch wusste ich nicht, was aus uns beiden werden sollte. Was Logan erwartete und was er sich vorstellte.

»Was ist los?« Logan blieb stehen, drehte sich zu mir und hob mein Kinn an. Das schwache Licht tanzte auf seinen markanten Gesichtszügen.

»Alles gut.«

»Das glaube ich dir nicht. Was bedrückt dich?« Die Antwort auf seine Frage war simpel und komplex zugleich. Als ich nichts sagte, seufzte er leise und hauchte einen sanften Kuss auf meine Stirn. Ich schloss die Augen.

»Ich dachte eigentlich, wir wären über diesen Punkt hinaus. Du kannst mit mir über alles reden, Carly.« Seine Stimme hatte etwas Beruhigendes an sich. Unweigerlich erinnerte ich mich an unser Gespräch von gerade. Als ich ihn auf Matt angesprochen hatte, war er mir ausgewichen, und das verunsicherte mich.

»Es ist nur ...« Ich setzte an und brach ab, unfähig, auch nur einen gescheiten Satz zu formulieren. Warum es mir so schwer fiel, wusste ich nicht genau.

»Was denn?« Er sah mich aufmerksam an und ließ mir die Zeit, die ich benötigte.

»Ich habe Angst.« Diesen Teil auszusprechen, war leicht. Der andere dagegen nicht.

»Wovor?«

Ich schluckte und atmete tief durch. Jetzt oder nie. »Davor, dass ich dir nicht vertrauen kann.« Die Worte wogen schwerer auf mir, als ich mir jemals vorgestellt hatte. Und doch tat es gut, ihm meine Angst zu gestehen. Reinen Tisch zu machen. Die Karten offenzulegen.

Logan seufzte und fuhr sich mit einer Hand durch die Haare. Seine Miene war ernst. Er deutete auf die hüfthohe alte Steinmauer entlang des Weges und zog mich in ihre Richtung. Das Licht der eisernen Straßenlaterne, die unmittelbar davor stand, ließ mich all seine Gesichtszüge erkennen.

»Ich weiß, dass herumerzählt wird, ich hätte Ava betrogen.« Er schüttelte den Kopf und senkte den Blick.

Weil ich keine Ahnung hatte, was ich darauf antworten sollte, nickte ich lediglich. Niemals hätte ich damit gerechnet, dass wir so offen darüber sprechen würden. Vor ein paar Minuten hatten wir uns noch darauf geeinigt, die Vergangenheit ruhen zu lassen.

»Niemand traut sich, mich deshalb anzusprechen. Stattdessen reden sie hinter meinem Rücken.«

»Ist es nicht meistens so?«

»Natürlich. Aber weißt du, was das Schlimmste ist?«

Er sah wieder zu mir. Sein Blick war offen und ehrlich, doch er wirkte auch besorgt. In gewisser Weise sogar verletzlich und unsicher. Noch nie zuvor hatte ich bei ihm derart viele Emotionen auf einmal gesehen.

»Was ist das Schlimmste daran?«, fragte ich, lehnte mich gegen die hüfthohe Steinmauer und hielt instinktiv den Atem an. Als würde ein Teil von mir spüren, wie sehr mich seine nächsten Worte aus der Bahn werfen würden.

»Es ist nicht mal die Wahrheit.« Logan seufzte und rieb sich mit beiden Händen übers Gesicht. Er sah aus, als wäre er müde. Oder frustriert. Vielleicht auch beides. Ich dagegen war einen Moment wie erstarrt. Denn dieses Gerücht, diese *Lüge*, wie ich gerade erfahren hatte, war einer der Gründe, weshalb ich all die Zeit über gezögert hatte, mich auf ihn einzulassen.

»Du meinst …?« Ich setzte an und brach ab, unfähig, zu glauben, was das alles bedeuten sollte. Konnte das wirklich sein? Bei dem Gedanken daran, dass ich ihm all die Zeit über Unrecht getan hatte und dass meine Vorurteile ihm gegenüber unbegründet waren, wurde mir übel. »Es ist eine Lüge?«

Ich konnte nicht anders. Ich musste es von ihm hören. Laut und deutlich.

»Es ist bloß ein dummes Gerücht, alles erfunden. Nichts davon entspricht der Wahrheit. Na ja, bis auf die Tatsache, dass es *einen anderen* gab.« Seine Antwort hallte nach. Ich hatte mit vielem gerechnet, aber nicht damit.

»Soll das heißen …« Allein daran zu denken, war schwer. Es auszusprechen, noch viel schwerer.

»Dass Ava mich betrogen hat?« Er atmete tief durch, wirkte dabei angespannt und fast gestresst. Seine Brust hob und senkte sich im schnellen Takt.

Eine Sekunde lang traute ich mich kaum, zu atmen. Ich verstand die Welt nicht mehr. Egal, wie sehr ich mich auch anstrengte, es ergab keinen Sinn. *Warum hätte sie so etwas tun sollen?*

»Ja, genau das soll es heißen. Ava ist fremdgegangen, nicht ich. Und wenn das rausgekommen wäre, hätte es ihren Ruf zerstört. Also hat sie allen erzählt, *ich* hätte sie betrogen.« Er lächelte, doch es erreichte seine Augen nicht. Vielmehr glich es einer schmerzverzogenen Grimasse.

Seine Hände waren zu Fäusten geballt. Sanft griff ich danach, nahm sie in meine und löste die verkrampften Finger. Vor mir stand nicht Logan Evans, der selbstsichere Point Guard der *Blue Devils* und erfolgversprechendster Basketballnachwuchsspieler. Vor mir stand Logan Evans, der Mann, der mein Herz schneller schlagen ließ und für den es in diesem Augenblick brach. Und mit jeder Sekunde, die verstrich und in der ich nichts sagte, ließ er den Kopf ein Stück weiter hängen. Nichts an ihm wirkte unaufrichtig. Nichts an ihm wie ein Schwindler.

»Aber warum hast du es denn nicht aufgeklärt?« *Wie konnte er all die Zeit über ruhig bleiben, während solch ein Schwachsinn über ihn verbreitet wurde?* Wenn es eines gab, dass ich abgrundtief hasste, dann war es Ungerechtigkeit, und die Tatsache, dass man sich häufig nicht dagegen wehren konnte.

»Was hätte ich denn tun sollen? Plakate an die Wand hängen? Eine Gegendarstellung in der Campuszeitung drucken lassen? Mich auf den Platz stellen und die Wahrheit hinausschreien? Wer hätte mir denn geglaubt? Als Sportler hat man nun mal einen gewissen Ruf.« Er klang unendlich frustriert. Fast schon verbittert. Ich konnte es ihm nicht verdenken und sah ein, wie blöd meine Frage gewesen war.

»Du hast recht, entschuldige.«

Er fuhr sich durch die Haare und sah zu mir. »Du musst dich nicht entschuldigen, Carly. Für gar nichts. Du kannst nichts dafür. Glaub mir, ich habe zig Möglichkeiten durchgespielt, wie ich das im besten Fall wieder hinkriege. Doch ich musste einsehen, dass es unmöglich ist. Wäre ich ein anderer, hätte sich niemand groß dafür interessiert. Doch ich bin der, der ich bin. Ich kann nicht beeinflussen, was andere über mich denken. Das habe ich leider viel zu spät erkannt.«

Ich fühlte mich furchtbar. Nicht nur wegen dem, was er durchmachen musste, sondern auch deshalb, weil ich nicht besser als alle anderen war. Auch ich hatte dem Gerücht geglaubt, das ihn so sehr verletzt hatte. In diesem Moment wollte ich nichts anderes tun, als Logan in den Arm zu nehmen. Also tat ich genau das. Erst war er überrascht, dann legte er seine Hände auf meinen Rücken und hielt mich fest.

»Es tut mir leid«, flüsterte ich, weil ich einfach nicht anders konnte. Auch wenn er gesagt hatte, dass mich keine Schuld traf. Ich sah es anders. Auch ich war ihm gegenüber unfair gewesen. Wenn es eines gab, was ich daraus lernte, dann war es die Tatsache, anderen Menschen niemals mit Vorurteilen zu begegnen oder Gerüchten zu glauben, wenn ich nicht beide Seiten kannte.

Seufzend vergrub ich meinen Kopf in seiner Halsbeuge, atmete seinen Duft tief ein. Er roch herb, frisch und nach etwas, das nur Logan selbst sein konnte.

Ich hörte, wie er tief Luft holte und nickte. »Schon okay.«

»Ich würde Ava gerade am liebsten den Hals umdrehen. Was zur Hölle hat sie sich dabei gedacht, so einen Unsinn in die Welt zu setzen? Das hast du nicht verdient.« Ich wollte mich zurückziehen, um ihm dabei in die Augen schauen zu können und ihm zu zeigen, dass ich auf seiner Seite war. Doch er verstärkte seinen Griff und hielt mich an Ort und Stelle. Vielleicht brauchte er das. Ich würde mich nicht beschweren. Es gab definitiv Schlechteres, als in Logans Armen zu liegen.

»Das ist eine längere Geschichte.« Er seufzte und hauchte einen sanften Kuss auf mein Schlüsselbein. Sofort bekam ich eine Gänsehaut.

»Ich habe Zeit.« Selbst wenn ich sie nicht gehabt hätte, hätte ich sie mir genommen. Das hier war wichtiger als alles andere sonst.

»Es war aus Rache.«

Ich verstand gar nichts mehr. Dem Campus-Gerede zufolge waren die beiden glücklich und in ihrem jeweiligen Sport erfolgreich gewesen. Er, der attraktive Sportler, sie, die wunderschöne Cheerleaderin. Ein echtes Power-Pärchen, wie man es sonst nur aus Filmen kannte.

»Aber warum?«

Logan seufzte, ließ mich los und stütze sich mit beiden Händen auf der kleinen Steinmauer ab. Wie schwer es ihm fallen musste, mir all das zu erklären, konnte ich bloß ahnen. »Ava hat wie du Medizin studiert, wusstest du das?«

Ich kannte seine Ex nur aus den Erzählungen von anderen und dadurch auch nicht besonders gut. Doch ich verstand nicht, was ihr Studiengang mit ihrer Trennung oder dem Gerücht zu tun hatte.

»Nein, das ist mir neu.«

»Das wundert mich nicht wirklich. All das ist geschehen, bevor du an die *Duke* gekommen bist.« Ein müdes Lächeln lag auf seinen Lippen. Ich hatte ein schlechtes Gewissen, dass meinetwegen unschöne Erinnerungen hochkamen. Das hatte ich nicht geplant und auch nicht beabsichtigt.

Ich legte meine Hand auf seine und drückte sie kurz, um ihm

zu zeigen, dass ich hier war. An seiner Seite. Für einige wenige Sekunden zierte ein echtes Lächeln sein Gesicht. Doch im nächsten Moment war er wieder ernst.

»Du musst es mir nicht gleich erzählen, wenn du nicht möchtest.« Ich legte den Kopf zur Seite und sah ihn fragend an.

»Das weiß ich, Carly, und ich danke dir dafür. Aber ich habe diesbezüglich viel zu lange geschwiegen.«

Ich nickte, während er in den Wald sah. Schweigend wartete ich darauf, dass er mir auch noch den Rest erzählte.

»Sie hat ein Jobangebot in einer Privatklinik in San José bekommen. Das war kurz vor unserer Trennung.«

Ich sah ihn überrascht an. Zwischen uns und besagter Stadt lagen mindestens zweitausendfünfhundert Meilen. Mein Bauchgefühl sagte mir, dass dieses Jobangebot mitursächlich für die Trennung gewesen war. Mir brannten unglaublich viele Fragen auf der Zunge, doch ich blieb still.

»Ava hat darauf bestanden, dass ich zusammen mit ihr die Stadt verlasse und dorthin ziehe.«

Ich war fassungslos und es fiel mir schwer, zu begreifen, wie egoistisch Menschen sein konnten. »Aber du wolltest nicht?«

Er schüttelte den Kopf, fuhr sich mit einer Hand durch die Haare und machte sie noch chaotischer, als sie ohnehin schon waren. Doch mir gefiel dieser Wuschel-Look. Es passte einfach zu ihm.

»Nein. Aus mehreren Gründen.« Er zog mich wieder zu sich und legte seinen Kopf auf meine Schulter. »Ich wollte das Team nicht verlassen. An der *Duke* habe ich einfach die besten Chancen, von einem Talentscout entdeckt zu werden.«

»Und deshalb bist du nicht mitgegangen?« Meine Frage ließ ihn nicken und mich leise seufzen. Ich verstand ihn absolut.

»Wärst du an meiner Stelle gegangen?«

Ich musste nicht erst darüber nachdenken. Ich kannte die Antwort bereits. »Nein, wäre ich nicht.« Und ich war froh, dass er geblieben war. Anderenfalls hätten wir uns vermutlich niemals kennengelernt, und ich läge jetzt nicht in seinen Armen. »Was hat Ava zu deiner Entscheidung gesagt?«

»Was glaubst du wohl?« Seine Stimme klang rau und gar nicht wie er selbst. »Sie ist ausgeflippt und hat es kein bisschen verstanden. Irgendwie hatte ich das Gefühl, sie wollte es auch gar nicht. Dass sie so reagiert, hätte ich niemals von ihr erwartet.«

»Eine Fernbeziehung kam nicht infrage?«

Logan schüttelte leicht den Kopf. »Ich hatte es ihr vorgeschlagen, aber das wollte sie partout nicht. Stattdessen hat sie mir vorgehalten, sie wäre mir egal. Was absoluter Bullshit ist. Ich hätte alles für sie getan. Damals. Doch diese Zeiten sind lange vorbei.«

Ich atmete tief durch und fuhr ihm mit sanften Kreisen über den Rücken. Es schien ihn ein wenig zu beruhigen, denn ich hörte ihn leise seufzen. Ava und ich waren uns nie persönlich begegnet, und doch konnte ich sie kein bisschen leiden. Die Wut auf sie brodelte unter meiner Oberfläche und versuchte, sich Luft zu verschaffen. Doch ich hielt sie zurück. Denn Logan war der letzte Mensch, der es verdient hatte, sie abzubekommen.

»Kanntet ihr euch sehr lange?«

»Seit unserer Kindheit. Ava war meine beste Freundin.« Ich hörte ihn bitter lachen. Es war ein schlechter Versuch, zu verstecken, wie sehr sie ihm wehgetan hatte. Wenn man so viel Zeit mit einem Menschen verbracht hatte, nahm ein solcher Verrat eine ganz andere Intensität an.

»Ich weiß einfach nicht, was ich sagen soll, Logan. Mir fehlen die Worte. Ich kann nur wiederholen, wie leid es mir tut, dass du das durchmachen musstest.«

»Danke, es ist einzig und allein Avas Schuld, nicht deine. Es waren ihre Entscheidungen.«

»Ich weiß, trotzdem ...«

Logan nickte sanft, dann schaute er auf und hauchte mir einen zärtlichen Kuss auf meine Stirn. Sein gequältes Lächeln wich wieder einer Grimasse. Ich wusste, dass er bloß verbergen wollte, wie sehr sie ihn verletzt hatte und dass es ihn auch jetzt noch ein Stück weit beschäftigte. Doch das konnte ich ihm nicht übel nehmen.

»Es ist okay, du musst es nicht verstecken.«

»Was?« Sein Blick zeugte von Unverständnis.

Ich zuckte mit den Schultern. »Dass die Erinnerung dich auch jetzt noch aufwühlt.«

Für ein paar Sekunden sah er mich abschätzend an, dann seufzte er. »Es tut mir leid.«

»Dir muss gar nichts leidtun.«

Er setzte an, brach ab und schüttelte den Kopf. »Ich war ein Idiot. Ich hätte dir viel eher davon erzählen sollen.«

»Das ist doch jetzt egal. Wir können es nicht mehr ändern.«

»Trotzdem. Es war ein Fehler.«

»Die machen wir doch alle. Ich hätte dich auch einfach darauf ansprechen können. Aber das habe ich nicht. Stattdessen habe ich geglaubt, was alle erzählt haben, ohne es auch nur ansatzweise zu hinterfragen. Es bringt nichts, sich unnötig darüber Gedanken zu machen. Jetzt ist es sowieso zu spät.«

Logan nickte, senkte den Kopf und küsste mich mit einer Hingabe, die mich schlicht alles andere vergessen ließ. Zwei Herzen. Ein Takt. Mehr brauchte es in diesem Augenblick nicht. Er hatte mir in letzter Zeit bewiesen, dass der Logan von der Meisterschaftsparty der echte Logan war. Seine arrogante, überhebliche Art war bloß Fassade – eine Schutzmauer. Eine Abwehrreaktion. Er hatte Angst, verletzt zu werden. Und nun begriff ich endlich, warum. Logans fürsorgliche Seite sorgte jedoch dafür, dass ich mich noch mehr zu ihm hingezogen fühlte als ohnehin schon. Ich war drauf und dran, mich in ihn zu verlieben. Unter anderen Umständen hätte diese Erkenntnis für Panik gesorgt, doch jetzt gerade fühlte ich nichts anderes als eine wohlige Wärme, die sich langsam in meinem Inneren ausbreitete. Ich wollte nichts weiter, als ihm in diesem Moment nahe zu sein.

Seufzend vergrub ich eine Hand in seinen Haaren und zog ihn näher zu mir heran. Die andere legte ich auf seine Brust. Genau über seinem Herzen, das förmlich zu rasen schien. Als er mit seinen Händen meine Taille hinabfuhr und sie auf meinen Hüften liegen ließ, fühlte ich mich in die Nacht des Lagerfeuers zurückversetzt. Der Gedanke ließ mich lächeln.

»Was ist so lustig?« Logan lehnte sich ein Stück weit zurück, sodass er mich ansehen konnte. Seine blauen Augen waren dunkler als sonst.

»Ich hatte gerade ein Déjà-vu.«

»Das Lagerfeuer?« Natürlich wusste er, woran ich dachte. Alles andere hätte mich auch gewundert.

Ich nickte. »Das Lagerfeuer.«

Zärtlich hauchte er mir einen Kuss auf mein Schlüsselbein und fuhr mit seiner Nase an meinem Hals hinauf bis zu meinem Ohr.

»Das können wir gerne wiederholen.« Seine raue Stimme ließ mich erschauern, und mein Verstand verabschiedete sich. Es war ein Versprechen auf mehr.

»Hm.« Zu einer anderen Antwort war ich nicht in der Lage, denn meine Gedanken waren längst in eine ganz andere Richtung abgedriftet. Logan zog mich für einen weiteren Kuss an sich, der meine Knie weich werden ließ. Es fühlte sich so unglaublich gut an, dass ich nicht mehr damit aufhören wollte.

Schwer atmend lehnte er sich zurück. Seine Augen strahlten, und das Wissen, dass ich dafür verantwortlich war, ließ mich lächeln.

15. Kapitel

Gemeinsam hatten wir es uns auf der Couch in Logans Bungalow gemütlich gemacht. Logan lag hinter mir und hatte einen Arm um meine Taille geschlungen. Im Hintergrund lief eine Doku, der wir beide jedoch keine allzu große Beachtung schenkten. Ich war viel zu sehr durch Logans Finger abgelenkt, die sanft an meiner Seite auf und ab fuhren.

»Was ist dein Lieblingsessen?« Seine Frage überraschte mich. Ich überlegte einen Augenblick, dann drehte ich mich ein kleines Stück, sodass ich ihn ansehen konnte.

»Das ist schwierig. Es gibt vieles, das ich unglaublich gerne mag. Aber wenn ich mich entscheiden müsste, dann wären es S'mores.«

Logan schüttelte sacht den Kopf und spielte mit einer Haarsträhne, die sich aus meinem Dutt gelöst hatte. Die Schatten des Fernsehers tanzten über sein Gesicht und verliehen ihm etwas Anmutiges.

»S'mores also.« Ich nickte und zuckte leicht mit den Schultern. Dass ich eine Schwäche für diese süße Köstlichkeit hatte, wusste jeder, der mich halbwegs kannte. Es gab nichts Besseres auf dieser Welt als einen gerösteten Marshmallow zusammen mit einem Stück Schokolade zwischen zwei Graham Crackern.

»Wie sieht es bei dir aus?«

»Hm, gute Frage. Ich bin recht unkompliziert. Es gibt nur eine Sache, die ich hasse, und das ist Salat.« Bei dem bloßen Gedanken rümpfte er die Nase und verzog den Mund. Ich konnte nicht anders, als zu lachen. Dass er keinen Salat mochte, war mir neu, und es fiel mir schwer, ihm zu glauben. Ich wusste, wie sehr man als Sportler auf seine Ernährung achten musste. Dass ich mich selbst nicht daran hielt, war eine andere Sache. Immerhin wollte ich im Gegensatz zu ihm nicht in einer Profi-Liga spielen.

»Was ist so lustig?« Er beugte sich zu mir herab, sodass unsere Lippen nur Millimeter voneinander entfernt waren. Sein warmer Atem streifte meine Wange.

»Ach nichts.« Mühsam versuchte ich, ein weiteres Lachen zurückzuhalten. Es gelang mir nicht besonders gut. In einer schnellen Bewegung drehte er uns so, dass ich unter ihm lag. Mit einem Arm stützte er sich ab, mit dem anderen hielt er mich an meiner Hüfte fest.

»Fällt mir schwer, dir das zu glauben. Also?« Er senkte den Kopf und fuhr mit seiner Nasenspitze meinen Kiefer entlang. Ich bekam eine Gänsehaut. Als er mit seinen Fingern an meiner Seite entlangstrich und mir einen zarten Kuss auf die empfindliche Stelle unter meinem Ohr hauchte, seufzte ich leise.

»Na ja, normalerweise sollte man als Sportler auf eine gesunde Ernährung achten. Salat gehört nun mal dazu.« Demonstrativ schob ich mir ein Stück von der Schokolade in den Mund, die ich mitgebracht hatte. Und dann noch eins. Streng betrachtet waren die darin enthaltenen Nüsse sogar gesund und gehörten zu den Lebensmitteln, die ich laut meines Plans ohne Probleme essen konnte.

Er runzelte die Stirn, dann schüttelte er den Kopf. »Es gibt Dinge, die einfach nicht sein müssen. Grünzeug gehört dazu.«

Ich sah es absolut genauso. Salat und ich – wir waren und würden nie Freunde sein.

»Bekomme ich auch ein Stück?« Logan sah auf die Tafel in meinen Händen und grinste.

»Ganz sicher? Dafür musst du doch bestimmt eine extra Trainingseinheit einlegen.« Im Stillen dankte ich meinen Genen und insbesondere meinem Stoffwechsel, der dafür sorgte, dass meine Naschereien ohne Konsequenzen auf der Waage blieben. Der Traum eines jeden Mädchens – ich lebte ihn.

»Das ist es mir definitiv wert. Ich habe schon ewig keine Schokolade mehr gegessen. Und davon abgesehen, kannst du mir beim Abtrainieren einfach helfen.« Sein Grinsen verriet mir, woran genau er dachte. Sofort hielt ich ihm ein Stück der süßen Sünde hin. Das Opfer war es definitiv wert.

Logan steckte sich die Schokolade in den Mund und schloss genießerisch die Augen. Ich hörte ihn leise seufzen und konnte mir ein Schmunzeln nicht verkneifen. Wenn er diese Sorte schon so gerne mochte, musste er zuhause definitiv von meinem Geheimvorrat probieren.

»Gut?«

»Ist das ein Scherz? Das ist besser als gut. Kriege ich noch ein Stück?«

»Hm, ich weiß nicht. Eine Frau und ihre Schokolade sind ein heikles Thema.« Sie ihm ohne Umschweife zu geben, wäre zu einfach gewesen. Ihn hinzuhalten, machte viel zu viel Spaß. Also biss ich mir auf die Unterlippe und drückte den Kopf ein wenig tiefer in das weiche Kissen hinter mir.

Logan betrachtete mich einen Moment, dann setzte er einen sanften Kuss auf meine Schulter. »Habe ich dir schon erzählt, dass ich unglaubliche Überredungskünste habe?«

»Ich glaube nicht.« Ich fuhr mit meinem Zeigefinger über seinen Hals bis hoch zu seinem Kiefer. Sein Dreitagebart kitzelte unter meinen Fingerspitzen. Logan schloss die Augen, seufzte leise und lehnte sich leicht auf mich. Dass ihn meine Nähe ebenfalls nicht kalt ließ, merkte ich als deutlichen Beweis an meinem Oberschenkel.

»Dann sollte ich sie dir wohl besser zeigen ...« Seine Stimme war nicht mehr als ein Flüstern und ließ mich erschauern.

»Solltest du ...« Nur einen Wimpernschlag später spürte ich seine Lippen auf meinen. Ich ließ die Schokolade neben mich fallen, wanderte mit meiner Hand in seine Haare und zog ihn am Kragen seines Shirts näher zu mir.

»Schon überzeugt?«

»Kein bisschen.« Dass es eine Lüge war, wussten wir beide, und doch tat er das, was ich mir insgeheim erhofft hatte. Er senkte den Kopf und hauchte unzählige Küsse auf mein Schlüsselbein, ehe er sich ausgiebig der empfindlichen Stelle unter meinem Ohr widmete. Nur mühsam konnte ich ein lautes Stöhnen unterdrücken.

»Und jetzt?«

»Immer noch nicht.« Meine Stimme klang abgehackt und verriet, was seine Berührungen mit mir anstellten.

»Wenn das so ist ...« Lächelnd küsste er mich ein weiteres Mal und ließ seine Hand von meiner Hüfte über meinen Oberschenkel wandern. Auf der Stelle spürte ich ein sanftes Pochen in meiner Mitte. Ich seufzte leise und fuhr mit meinen Fingern durch sein weiches Haar. Zärtlich biss er mir in meine Unterlippe, ehe ich seine Zunge spürte, die sanft um Einlass bat. Ich schmeckte die Süße der Schokolade, die wir gegessen hatten.

Als die Luft knapp wurde, zog er sich zurück und legte seine Stirn an meine. Ich hielt die Augen geschlossen und genoss den Moment. Es hatte etwas Intimes und Verletzliches an sich.

»Muss ich weitermachen oder gibst du mir nun die Schokolade?« Seine Drohung klang kein bisschen ernst und brachte mich zum Lachen. Als ich seinem Blick begegnete, lag darin eine Intensität, die für ein warmes Gefühl in meinem Bauch sorgte.

Langsam fuhr er mit seiner Hand an der Innenseite meines Oberschenkels entlang und stoppte kurz vor der Stelle, an der ich ihn am meisten spüren wollte. Ich biss mir auf die Unterlippe, um nicht gefrustet zu seufzen. Ungeduldig zog ich ihn zu mir heran und presste meine Lippen auf seine. Von Zurückhaltung war nichts mehr zu spüren. Alles in mir wollte ihm noch näher kommen, und ihm schien es genauso zu gehen, denn er küsste mich mit einem Verlangen, das mir die Luft zum Atmen nahm.

Ich ließ von seinem Mund ab und fuhr mit meiner Zunge über seinen Hals.

»Carly ...« Logans Stimme klang heiser und schickte einen Schauer über meinen Rücken. Sein Blick traf meinen, und ich verlor mich in dem dunklen Blau. Gleichzeitig sah ich noch etwas anderes. Etwas, das meinen Herzschlag in ungeahnte Höhen trieb.

Zärtlich fuhr er mit seinen Fingerspitzen über meine Wange. Für einen Moment schien die Zeit stillzustehen. Es gab nur noch uns beide.

Lächelnd erhob er sich, zog mich auf die Füße und führte mich zu seinem Bett. Die cremefarbenen Vorhänge waren zur Seite gezogen, wodurch sich uns ein atemberaubender Blick auf den nächtlichen See bot. Ich schaute hinaus auf das Wasser, das im Mondschein silbern schimmerte.

Logan legte seinen Arm von hinten um meine Taille. Seufzend lehnte ich mich an ihn und genoss die Stille. Ich fühlte mich geborgen und sicher. Hätte mir jemand vor Beginn des Trainingscamps gesagt, dass ich jemals so in Logans Nähe empfinden würde, hätte ich denjenigen ausgelacht.

Ich musste an June denken, die all das geahnt hatte. In Zukunft würde ich ihrem Urteilsvermögen mehr Glauben schenken.

Logan hauchte einen Kuss auf meine Schläfe. Ich schloss die Augen und konzentrierte mich auf seine Fingerspitzen, die zärtlich über meine nackte Haut oberhalb meiner Hose strichen.

»Weißt du eigentlich, wie wunderschön du bist?«

»Logan ...«

»Ist bloß die Wahrheit.« Er legte seinen Kopf auf meine Schulter und hielt mich etwas fester.

Leise seufzend kuschelte ich mich an ihn. Ich konnte ihm gerade gar nicht nah genug sein.

»Weißt du eigentlich, wie glücklich ich bin? Ich habe immer gehofft, dass ich eine zweite Chance von dir bekomme. Aber dass du sie mir wirklich gegeben hast ... ich kann gar nicht oft genug Danke sagen.«

Ich ließ seine Worte sacken, wiederholte sie in Gedanken und genoss das Kribbeln, das sich ganz langsam in meinem Bauch ausbreitete. Etwas, das sich so gut anfühlte, konnte nicht falsch sein. »Ich bin auch froh darüber. Wobei, eigentlich müsste ich dir danken.«

»Warum?« Er klang, als würde es ihm schwerfallen, mir zu glauben.

Ich drehte mich in seiner Umarmung, sodass ich ihn anschauen konnte. »Weil du mich nicht aufgegeben hast. Egal, wie oft ich dich auch von mir gestoßen habe.«

»Ich werde dich niemals aufgeben.« Es gab Momente im Leben, die man niemals wieder vergaß. Dieser war einer davon. Mein Herz stolperte, dann schlug es mit doppelter Geschwindigkeit weiter. Auch wenn es zwischen uns nicht immer einfach gewesen war, bewies er in Augenblicken wie diesen, dass es richtig gewesen war, ihm eine zweite Chance zu geben.

Zärtlich drückte er seine Lippen ein weiteres Mal auf meine. Ich schlang meine Arme um seinen Hals und versuchte, so viel Gefühl wie möglich in diesen Kuss zu legen, um ihm zu zeigen, wie wichtig er mir war. Logan seufzte leise und zog mich näher an sich. Es dauerte keine Sekunde, bis ich wieder dieses drängende Verlangen von vorhin spürte. Seine Hände wanderten unter mein Shirt, und er streichelte über die weiche Haut an meinem Bauch.

In einer fließenden Bewegung zog ich mir mein Oberteil aus und warf es achtlos zur Seite. Logans folgte. Vorsichtig ging er ein paare Schritte nach hinten und ließ sich gemeinsam mit mir auf sein Bett sinken. Haltsuchend stützte ich mich mit meinen Knien links und rechts neben seinen Beinen ab. Ich zeichnete die markante Linie seines Kiefers nach, dann fuhr ich über seine Schulter weiter nach unten. Knapp oberhalb seines Herzens ließ ich meine Hand liegen. Es raste. Genauso wie mein eigenes.

Quälend langsam fuhr er mit seinen Fingerspitzen über meine Wirbelsäule und bescherte mir damit eine Gänsehaut.

»Logan ...« Ich seufzte leise, während seine Lippen meinen Hals hinabstrichen.

»Was möchtest du, Carly?«

»Dich.« Es war bloß ein Wort, und doch bedeutete es so viel mehr. In diesem Moment begriff ich, was ich so lange geleugnet hatte. Ich war nicht auf dem besten Weg, mich in ihn zu verlieben, ich war es bereits. Ganz langsam hatte er sich in mein Herz geschlichen und es erobert.

»Ich gehöre doch schon längst zu dir.« Es war ein Versprechen auf eine gemeinsame Zukunft, wie auch immer diese aussehen würde. Ich konnte kaum erwarten, mehr Zeit mit ihm zu verbringen, um genau das herauszufinden.

Das Lächeln, das er mir nur einen Moment später schenkte, ließ mich alles andere vergessen. Erneut fanden sich unsere Lippen und bewegten sich erst zärtlich, dann leidenschaftlicher aufeinander. Ich vergrub meine Hände in seinen Haaren und hielt mich an ihm fest.

Unendlich zärtlich fuhr er mit seinen Fingerspitzen an meinen Seiten hinab und ließ sie auf meinem Hintern ruhen. Als er unschuldige Küsse auf meinem Dekolleté verteilte, konnte ich mir ein leises Stöhnen nicht verkneifen. Ihn zugleich durch den Stoff seiner Jogginghose zu spüren, brachte mich fast um den Verstand.

»Carly ...« Seine Stimme klang genauso atemlos, wie ich mich fühlte. Lächelnd drückte ich ihn nach hinten aufs Bett und zeichnete mit meinem Zeigefinger seine Muskeln nach. Augenblicklich spannten sie sich unter meinen Berührungen an. Ganz langsam ließ ich meine Hand tiefer wandern und fuhr über den Beweis seiner Erregung. Stöhnend schloss er die Augen, während sich sein Brustkorb angestrengt hob und senkte. Als ich mich zu ihm hinunterbeugte, um ihn zu küssen, legte er plötzlich den Arm um meine Taille und drehte uns herum. Den Ellenbogen neben meinem Kopf abgestützt, bedeckte er meinen Körper mit seinem. Ich holte tief Luft. Logan roch nach frisch gewaschener Wäsche, seinem Aftershave und etwas, das nur er selbst sein konnte.

Seufzend schloss ich die Augen und konzentrierte mich auf die Wärme, die von ihm ausging. Doch als ich ein seltsames Geräusch wahrnahm, öffnete ich sie wieder.

»Was war das?«

Logan sah mich einen langen Moment an und schien zu lauschen, dann schüttelte er den Kopf. Doch bevor er etwas sagen konnte, ging die Tür auf und Caleb stolperte mit zwei Flaschen Bier ins Zimmer.

Das musste ein Witz sein.

Panisch hielt ich mir die Hände vor meine Brüste. Auch wenn ich noch einen BH trug, wollte ich nicht, dass Caleb mich so sah. Vor allem in dieser eindeutigen Pose. Sein Grinsen zeigte nur zu deutlich, dass er wusste, was wir im Begriff waren zu tun. Großartig. Morgen wären wir das Gesprächsthema Nummer eins im Camp.

»Ich glaube, ich störe«, sagte er, und doch blieb er in der Tür stehen. Idiot.

Logan schien zu bemerken, wie unwohl ich mich fühlte, denn er zog die Bettdecke notdürftig über mich. Eine süße Geste, die bewies, wie unglaublich fürsorglich er sein konnte. Dann wandte er sich wieder an Caleb. »Brauchst du irgendwas?«

»Sorry, ich konnte ja nicht wissen, dass Carly hier ist. Ihr hättet abschließen sollen.« Damit hatte Caleb definitiv recht. Wie hatten Logan und ich das vergessen können?

Frustriert, und weil mich das Deckenlicht aus dem Wohnzimmer unangenehm blendete, schaute ich in die andere Richtung. Vielleicht wollte ich damit auch einfach nur verstecken, wie peinlich mir diese Situation war.

»Dann seid ihr nun also zusammen? Oder wie muss ich das hier deuten?« Zwei Fragen, die meinen Puls zum Rasen brachten. Darüber hatten wir bisher nicht gesprochen. Gespannt wartete ich auf Logans Antwort.

»Ja, sind wir.« Kein Zögern, kein Raum für Missverständnisse. Nur drei eindeutige Worte, die mein Herz einen Takt aussetzen ließen, ehe es in doppelter Geschwindigkeit weiterschlug. Zu sagen, ich war überglücklich, wäre eine Untertreibung gewesen.

»Ich gehe dann mal wieder.«

»Gute Idee.« Ich musste Logan nicht ansehen, um zu wissen, dass er in diesem Moment schmunzelte. Dann fiel die Tür ins Schloss und wir waren wieder alleine. Langsam drehte ich meinen Kopf zurück und begegnete Logans besorgtem Blick. »Alles okay?«

Ich nickte, auch wenn mir die Situation sicherlich noch lange in Erinnerung bleiben würde. Gleichzeitig fühlte ich mich frustriert, weil wir so unsanft unterbrochen worden waren. Logan schien es genauso zu gehen, denn er vergrub leise seufzend das Gesicht an meiner Halsbeuge. Der Moment war dahin. Enttäuschung machte sich in mir breit.

»Es tut mir leid, dass mein idiotischer Freund so ein furchtbares Timing hat.« Seine Worte brachten mich zum Lachen. Als er aufschaute, funkelten seine Augen vor Belustigung.

»Nächstes Mal sollten wir wirklich die Tür abschließen«, schlug ich vor und strich ihm ein paar wirre Haare aus der Stirn. Dann legte ich meine Hand an seine Wange. Er schmiegt sich in meine Berührung, eine intime Geste, die mich unsagbar glücklich machte.

»Glaub mir, das vergesse ich nicht noch einmal.« Sein Tonfall zeigte deutlich, wie ernst er es meinte. »Wir holen das nach, versprochen.«

»Ich werde dich daran erinnern«, flüsterte ich, ehe seine Lippen erneut auf meinen lagen. Unsere Küsse blieben sanft, vielleicht auch, weil ich etwas abgelenkt war. Was er vorhin zu Caleb gesagt hatte, ließ mich einfach nicht los.

Als würde er meine abdriftenden Gedanken spüren, zog er sich etwas zurück, legte sich auf den Ellenbogen gestützt neben mich und sah mir in die Augen. »Was geht dir durch den Kopf?«

»Das vorhin ...«

»Ja?« Als hätten wir niemals etwas anderes getan, griff er nach meiner Hand und verschränkte unsere Finger miteinander. Wie viel mir diese simple Geste bedeutete, ahnte er wahrscheinlich nicht. Es ließ mich vergessen, warum ich mich so lange gegen meine Gefühle ihm gegenüber gewehrt hatte.

»Das, was du zu Caleb gesagt hast ...«

»Dass er stört? Es war doch nur die Wahrheit«, neckte er mich. Ich stupste ihn leicht an. Lächelnd küsste er mich auf die Stirn, bevor er mich wieder ansah. Er wirkte zufrieden. »Auch das andere habe ich ernst gemeint, Carly. Oder war es falsch, dich als meine Freundin zu bezeichnen?«

»Nein«, antwortete ich, ohne zu zögern. Am liebsten hätte ich es von sämtlichen Dächern gerufen, so glücklich war ich. Doch gleichzeitig konnte ich nicht einschätzen, wie genau Logan dazu stand. Wollte er es noch geheim halten? War es bloß eine Ausnahme gewesen, dass er es Caleb gesagt hatte? Immerhin war er einer von Logans besten Freunden. Zig Fragen schwirrten in einem bunten Chaos durch meinen Kopf.

»Aber?«, fragte Logan und musterte mich prüfend. Offenbar hatte er mir meine Unsicherheit angesehen.

»Denkst du, Caleb wird es den anderen erzählen?« Insgeheim hoffte ich, in seiner Reaktion lesen zu können, ob er den anderen von uns berichten wollte.

»Caleb hat viele Eigenarten, aber Tratsch ist nicht sein Ding. Und selbst wenn er es ihnen verraten würde. Wäre das ein Problem? Ich möchte unsere Beziehung nicht verstecken. Du etwa?«

»Nein, gar nicht. Überhaupt nicht.« Ich schüttelte entschieden den Kopf. Er sollte gar nicht erst einen falschen Eindruck bekommen. Gleichzeitig spürte ich unendliche Erleichterung.

»Ich bin froh, dass du das auch so siehst.« Vorsichtig legte er beide Hände an mein Gesicht und hielt mich fest. Ich hatte diese Geste bisher immer nur in kitschigen Teeniefilmen gesehen und geschmunzelt, wenn die Mädels in solchen Momenten zufrieden gegrinst hatten. Ab heute konnte ich es nachvollziehen. Ich fühlte mich absolut sicher, so als könnte nichts und niemand uns etwas anhaben.

»Wie sieht dein Trainingsplan morgen aus? Ich würde gerne ein wenig Zeit mir dir verbringen.«

In Gedanken ging ich den Tagesablauf durch. Von neun bis elf stand Gruppentraining mit den Mädels auf dem Programm, anschließend ein Testspiel. Danach war eine kurze Mittagspause eingeplant, ehe wir eine Stunde im Kraftraum verbringen würden. Zum Schluss folgten individuelle Einheiten mit den Physiotherapeuten.

Gerade als ich ihm vorschlagen wollte, uns gegen sieben Uhr zu treffen, fiel mir etwas ein, das ich beinahe vergessen hätte, aber das schon lange feststand. Der Grund, warum ich bald zurück in meinen eigenen Bungalow musste. Stöhnend vergrub ich den Kopf in seiner Halsbeuge und atmete seinen Duft ein. Für einen Augenblick verdrängte ich alles andere.

»Was ist los?« Logans Stimme klang sanft, aber auch ein bisschen amüsiert.

Ich lehnte mich zurück und sah ihn einfach nur an. Das Blau seiner Augen zog mich wie so oft in den letzten Wochen in seinen Bann und ließ mich den Rest der Welt vergessen.

»Carly?« Er schmunzelte, hauchte einen Kuss auf meine Hand und brachte mich damit zurück in die Realität.

»Morgen ist Sarahs Geburtstag, weshalb June und ich einen

Kuchen für sie backen wollen. Nicht, dass ich ihr eine große Hilfe sein werde, aber ich möchte trotzdem dabei sein.« Doch vom Ofen und allem anderen würde ich die Finger lassen. Das war das Beste. Ich wollte weder einen Brand noch eine Lebensmittelvergiftung zu verantworten haben.

»Das ist eine schöne Idee. Sie wird sich sicherlich freuen.« Logan klang nur ein kleines bisschen enttäuscht. Ich konnte es ihm nicht mal verübeln, immerhin ging es mir genauso. Und das, obwohl ich wusste, dass wir uns nur einen Tag lang nicht sehen würden. Doch das half gerade nur bedingt, also kuschelte ich mich enger an ihm. Logan lehnte sich zurück und zog mich mit sich. Ich schlang ein Bein über seins, mein Ohr ruhte direkt über seinem Herzen, das genauso schnell schlug wie mein eigenes.

»Das heißt also, du backst nicht gerne?«

»Nicht wirklich«, gab ich zurück. »Mir fehlt einfach das Talent. Vielleicht auch die Geduld. An guten Tagen gelingt mir zumindest eine Backmischung.« Meine Worte brachten ihn zum Lachen, weshalb ich ihm mit meinem Finger leicht in die Seite piekte. »Sag mir, dass du auch so eine Niete in der Küche bist, damit ich mich besser fühle.«

»Tut mir leid, da muss ich dich enttäuschen.« Sein Geständnis überraschte mich so sehr, dass ich mich aufrappelte, um ihm ins Gesicht zu schauen. Doch Logan wirkte nicht so, als wollte er mich veralbern.

»Du kannst backen?«

»Und kochen.«

»Wie kommt das?«

Logan streckte seine Hand aus und legte sie an meine Wange. Ich betrachtete ihn aufmerksam, während er nachzudenken schien. »Meine Mom hat mich allein großgezogen. Sie musste oft lange arbeiten, also habe ich es mir irgendwann selbst beigebracht.«

Ich nickte und wartete darauf, dass er noch mehr erzählte, doch er blieb still. Seine Familie war ein schwieriges Thema für ihn, so viel wusste ich mittlerweile, also würde ich ihn nicht drängen. Wir hatten alle Zeit der Welt. Für den Augenblick genügte es, dass er sich ein kleines bisschen geöffnet hatte. Ich kuschelte mich wieder an seine Seite und genoss die Ruhe zwischen uns. Mit seinen Fingern streichelte er über meine Taille, hinunter zu meiner Hüfte und wieder zurück. Er schien mit seinen Gedanken meilenweit weg zu sein.

»Danke«, sagte er, und ich neigte den Kopf zurück, um ihn anschauen zu können.

»Wofür?«

»Dass du nicht nachfragst.« Sein Lächeln war zurückhaltend, und doch zeigte es mir, wie viel es ihm bedeutete, dass ich ihn nicht unter Druck setzte. Also legte ich meine Lippen auf seine und küsste ihn sanft.

»Dafür musst du mir nicht danken. Du wirst mir mehr erzählen, wenn du dazu bereit bist, oder?«

»Das werde ich.«

»Mehr muss ich nicht wissen.« Ich schmiegte meine Wange wieder an seine Brust und spürte, wie er mich fester an sich drückte. Etwas hatte sich gerade zwischen uns verändert. Auf eine gute Weise, da war ich mir sicher.

16. Kapitel

»Da bist du ja endlich, ich dachte schon, du kommst nicht mehr.« Noch bevor ich die Haustür geschlossen hatte, hörte ich Junes besorgte Stimme. Im selben Moment wanderte mein Blick zu Logan, der mich schuldbewusst ansah. Er hatte mich zu meinem Bungalow begleitet, doch es war später geworden als geplant. Ich schenkte ihm ein aufmunterndes Lächeln und zog ihn mit mir in die Küche. June stand mit dem Rücken zu uns an der Theke. Links und rechts von ihr lagen bereits ein paar der Zutaten, die wir für den Kuchen benötigten.

»Tut mir leid, jetzt bin ich ja da.«

»Ich habe mir echt Sorgen gemacht«, sagte sie und warf einen Blick über ihre Schulter. Der stumme Vorwurf in ihren Augen verschwand, als sie auf unsere ineinander verschlungenen Hände sah.

Logan räusperte sich leise. »Ich fürchte, das ist meine Schuld. Ich habe Carly aufgehalten.«

Die Erinnerung, womit *genau* er mich aufgehalten hatte, sorgte für ein Kribbeln in meinem Bauch. Gleichzeitig war ich mir sicher, dass sich June ihren Teil bereits dachte. Den Rest würde sie erfahren, sobald wir unter uns waren.

»Ach, nicht schlimm. Du hast sie ja rechtzeitig zurückgebracht«, scherzte sie, und Logan schenkte ihr ein kleines Lächeln. Sie holte eine große Rührschüssel aus dem Schrank und gab uns damit etwas Privatsphäre.

Logan drehte sich zu mir und strich mir eine verirrte Haarsträhne aus dem Gesicht. »Sehen wir uns morgen? Zumindest kurz?« In seiner Stimme lag so viel Hoffnung, dass ich alles getan hätte, um ihn zu sehen. Und wenn auch nur für fünf Minuten.

»Auf jeden Fall.«

»Sehr gut.« Er nickte, und für eine Weile standen wir da, ohne etwas zu sagen. Ich wollte nicht, dass er schon ging, und er schien auch lieber bleiben zu wollen.

»Komm doch einfach zur Party morgen«, schlug June vor und unterbrach damit unseren Blickkontakt. Als ich zu meiner besten Freundin sah, zuckte sie mit den Schultern. Offenbar glaubte sie nicht, dass Sarah ein Problem damit haben würde, wenn ich Logan einlud. Dennoch war es ihr Geburtstag. Ihn einfach mitzubringen, ohne sie zu fragen, erschien mir falsch. Bevor ich June darauf hinweisen konnte, sprach sie weiter. »Sarah wollte ursprünglich in kleiner Runde feiern, aber da es unser letzter Abend im Camp ist, bevor es zurück nach Hause geht, hat sie sich anders entschieden. Soweit ich weiß, sind alle eingeladen. Bis auf Coach Johnson und Coach Lewis natürlich.«

Unweigerlich musste ich schmunzeln und an Sarahs letzte Party denken. Aus geplanten zwanzig Leuten waren an die hundert geworden, weil sie einfach jeden, den sie auch nur ansatzweise kannte, eingeladen hatte. June hatte recht. Sarah würde garantiert kein Problem damit haben, wenn Logan ebenfalls mitfeierte.

Ich drehte mich wieder zu ihm und umschlang seinen Hals mit meinen Armen. Etwas überrascht legte er seine Hände auf meine Hüften. »Was sagst du? Begleitest du mich?«

»Möchtest du das denn?«

»Natürlich.« Allein der Gedanke, ihn zu sehen und gleichzeitig den anderen zu zeigen, dass wir nun zusammen waren, sorgte für Vorfreude. Auch wenn wir sicherlich den ein oder anderen erstaunten Blick ernten würden. Aber das war mir völlig egal.

»Dann bis morgen. Schickst du mir später die Details, wann ich wo sein soll?« Er beugte sich weiter zu mir und hauchte mir einen sanften Kuss auf meine Stirn. Leise seufzend schloss ich die Augen und atmete seinen Duft ein. Langsam lehnte er sich wieder zurück. Sofort vermisste ich seine Wärme.

»Mache ich.«

»Ich freue mich schon.«

»Ich mich auch.« Das Lächeln auf meinem Gesicht musste

riesig sein. Zumindest fühlte es sich so an. Konnte man mir das verübeln?

»Dann wünsche ich euch viel Spaß beim Backen.« Er winkte June zum Abschied zu, die seine Geste mit einem Schneebesen in der Hand erwiderte, dann schenkte er mir ein charmantes Lächeln, das mein Herz schneller schlagen ließ. Ich war mir sicher, dass er wusste, welche Wirkung er auf mich hatte. Hoffentlich würde sich das nie ändern.

»Danke.« Junes und meine Antworten erklangen gleichzeitig, was ihr ein Lachen und mir ein Grinsen entlockte. Auch Logans Mundwinkel zuckten.

Ich hatte den Kuchen nicht vergessen. Doch obwohl wir uns bereits in wenigen Stunden wiedersehen würden, fiel es mir nicht weniger schwer, mich von Logan zu verabschieden.

June schien zu verstehen, wie es mir ging, denn sie zwinkerte, widmete sich wieder den Zutaten vor sich und ließ Logan und mir damit einen Moment für uns. Zärtlich legte er seine Hände an meine Wangen und küsste mich mit einer Intensität, die meine Knie weich werden ließ.

Schwer atmend zog er sich zurück und setzte einen zärtlichen Kuss auf die empfindliche Stelle unterhalb meines Ohres. »Schlaf später schön.« Seine heisere Stimme ließ mich erschauern. Dass ich gut schlafen würde, stand fest. Wenn erst mal all die Endorphine nachließen, würde ich förmlich ins Bett fallen.

»Du auch.« Ich sprach so leise, dass ich mir unsicher war, ob er es überhaupt gehört hatte. Doch als er einen Schritt nach hinten trat, lächelte er. Es war *mein* Lächeln.

Als die Tür hinter ihm ins Schloss fiel, konnte ich noch immer nicht glauben, was gerade passiert war. Wie ferngesteuert ging ich die wenigen Meter zu June, wusch mir meine Hände und band mir eine rote Schürze um. Ich hasste die Dinger und tat es nur June zuliebe, die ebenfalls eine trug.

»Was soll ich machen?« Ich stützte mich mit beiden Händen auf der Theke ab, begutachtete die Zutaten und versuchte zu erraten, was wir gleich backen würden. Es war hoffnungslos, also sah ich fragend zu June, die den Kopf schief gelegt hatte und mich nachdenklich musterte. »Raus damit, ehe du vor lauter Neugier explodierst.«

»Ich wollte nichts sagen.« Routiniert schlug sie ein Ei in einer kleinen Schüssel auf, dann das nächste.

»Na klar.« Ich verdrehte die Augen, weil ihr Grinsen sie verriet. Während sie Butter, weißen und braunen Zucker sowie die Eier in der großen Schüssel vermengte, beschränkte ich mich fürs Erste darauf, neben ihr an der Theke gelehnt zu stehen und sie zu beobachten. Dass sie die Zutaten nicht abwog, sondern alles nach Gefühl erledigte, faszinierte mich jedes Mal aufs Neue.

»Du und Logan also?«

»Hm.«

»Ich freue mich für euch.« Sie hielt inne und schenkte mir ein Lächeln. Es war aufrichtig und damit typisch June. Ich hatte noch nie mitbekommen, dass sie über jemanden ein schlechtes Wort verlor. Oder jemandem sein Glück nicht gönnte. June war mit Abstand der netteste Mensch überhaupt. Manchmal vielleicht ein wenig *zu* nett.

»Danke.« Dass sie an meinem Glück nicht ganz unschuldig war, wussten wir beide. »Irgendwie kann ich es noch gar nicht wirklich glauben.«

»Das ist doch vollkommen normal. Ihr müsst euch erst aneinander gewöhnen, vor allem bei eurer Vorgeschichte. Aber solange ihr glücklich seid, ist alles gut.«

»Du hast recht.«

»Ich weiß.« Sie zwinkerte, holte eine zweite Rührschüssel aus dem Schrank und stellte die andere vor mir auf die Arbeitsfläche.

»Wie kann ich helfen?«, fragte ich erneut und krempelte die Ärmel hoch.

»Verrühr das zu einer cremigen Masse.«

»Wird erledigt, Chef.« Grinsend nahm ich einen Schneebesen und machte ich mich ans Werk, was ihr ein lautes Lachen entlockte. Im Augenwinkel nahm ich wahr, wie sie Mehl, Kakao und Natron nach und nach in eine weitere Schüssel gab.

»Und, wie fühlt es sich an?«

»Ich kann es kaum beschreiben. Logan ist …« Ich brach ab und suchte nach den passenden Worten. »Er ist wirklich unglaublich. Ich verstehe einfach nicht, wie ich all die Zeit denken konnte, dass er seine Freundin mit mir betrogen hat. Das würde er niemals tun.«

»Nicht?«

»Nein, ganz und gar nicht.« Bei der Erinnerung, was wirklich vorgefallen war, musste ich tief durchatmen. Traurigkeit, aber auch leichte Wut überkamen mich. Was Ava ihm angetan hatte, war einfach furchtbar. Und unverzeihlich. Logan hatte so viel mehr verdient. »Er und seine Ex waren schon getrennt, als er mich auf der Party geküsst hat.«

»Also hat er nicht gelogen, und die Sache mit dem Betrug war nur ein Gerücht.« Es war eine Aussage und keine Frage. Trotzdem nickte ich. »Habt ihr euch denn ausgesprochen?«

Wieder nickte ich.

»Sehr gut. Dann kümmern wir uns besser wieder um den Teig. Wenn wir den nicht hinbekommen, erwürgt uns Sarah noch. Du weißt, wie sehr sie Kuchen liebt.«

»Oh ja.« Ich war froh, dass sie nicht darauf bestand, sämtliche Details zu erfahren. Denn auch wenn ich es hasste, Geheimnisse vor ihr zu haben, war es Logans Geschichte, nicht meine. Ich würde ihr erst dann davon erzählen, wenn es für Logan okay wäre.

»Füg einen Teelöffel Vanilleextrakt hinzu«, wies sie mich an, und ich kam ihrer Aufforderung nach. Anschließend hob sie die Mehl-Kakao-Mischung aus ihrer Schüssel in drei Teilen unter. Zuletzt folgten Schokoladenstücke und etwas Butterscotch.

Während sie den Teig auf dem Backblech verteilte, fuhr ich mit meinem Zeigefinger durch die Teigreste in der Schüssel und leckte ihn genüsslich ab. Gott, war das gut. Wenn es mit dem Psychologie-Studium aus irgendeinem Grund nicht klappte, sollte June eine eigene Konditorei eröffnen. Ich wäre dort definitiv Stammkundin.

»Naschkatze.« June schüttelte lächelnd den Kopf, was mich bloß mit den Schultern zucken ließ.

»Ich kann nicht anders. Das hier ...« Ich deutete mit dem Schneebesen auf die Reste in der Schüssel. »... ist einfach verdammt lecker.«

»Gott sei Dank, wäre schlecht gewesen, wenn nicht.« Sie machte eine wegwerfende Handbewegung, ehe sie sich einen Lappen griff und über die Arbeitsfläche wischte.

»Kein Grund zur Sorge. Das werden die besten Brownies aller Zeiten.« Schokolade, egal in welcher Form, war schon immer meine größte Schwäche, und die Schüssel nach dem Backen mit dem Finger auszuschlecken, war ungeschriebenes Gesetz.

»Lass mich auch mal.« June trocknete sich ihre Hände ab und probierte ebenfalls. »Das ist echt nicht schlecht.«

»Sage ich doch.« Gemeinsam vernichteten wir die Teigreste und lachten dabei wie zwei Kinder, die mit der Hand in der Keksdose erwischt worden waren.

»Happy Birthday!« Sarah schaute vollkommen verblüfft, als June und ich um Punkt Mitternacht an der Tür ihres Bungalows klopften und sie mit den noch warmen Brownies überraschten. June hielt zusätzlich einen kleinen Umschlag in der Hand, in dem sich Teil zwei unseres Geschenks für Sarah befand.

»Oh mein Gott, wie lieb von euch. Kommt rein, Lauren ist nicht da.« Sarah strahlte uns an und winkte uns ins Haus.

»Wir haben dich aber nicht geweckt, oder?«, fragte ich, als June und ich die wenigen Stufen hochgingen und ihr ins Wohnzimmer folgten. Während ich die Brownies auf dem Couchtisch abstellte, nahm Sarah einen Abstecher in die Küche und begann, die Schränke zu durchsuchen.

»Ach Quatsch. Ich habe einen Film laufen lassen und etwas auf Instagram rumgehangen. Ich freue mich, dass ihr hier seid.«

June setzte sich in den bequem aussehenden Sessel, ich dagegen nahm auf der danebenstehenden Couch Platz.

»Und das an deinem Geburtstag?« Meine beste Freundin schüttelte ungläubig den Kopf, als Sarah mit Tellern und Gabeln zu uns kam. Wenn es eines gab, das June liebte, dann waren es

Geburtstage. Sowohl ihr eigener, als auch die von anderen.

»Na ja, ist auch nur ein Tag wie jeder andere.«

June sah sie absolut geschockt an. In ihrer Welt war das eine unmögliche Vorstellung. »Unfassbar.«

Sarah zuckte bloß mit den Schultern. »Ist doch so.«

Bevor es in eine Diskussion ausarten konnte, holte ich das mitgebrachte Feuerzeug hervor. Während June das Geschirr verteilte, zündete ich die Kerzen auf den Brownies an.

»Jetzt mach die Augen zu und wünsch dir was«, wies ich Sarah lächelnd an. Sie überlegte einen Moment, dann pustete sie die Kerzen aus. »Und?«

»Verrate es bloß nicht. Das bringt Unglück«, mischte sich June ein. Enttäuscht funkelte ich sie an.

»Wird gemacht.« Ohne den Teller weiter zu beachten, griff sich Sarah einen Brownie und lehnte sich mit dem Rücken in die weichen Polster. Als sie hineinbiss, seufzte sie. Junes Gesichtsausdruck nach zu urteilen, war sie überaus zufrieden mit dieser Reaktion.

Nahezu gleichzeitig legten June und ich uns ebenfalls je ein Stück auf unsere Teller. Als ich den ersten Bissen dieser süßen Köstlichkeit auf meiner Zunge zergehen ließ, stöhnte ich leise. Es gab nichts Besseres als Schokolade mit einem Hauch Karamell.

»Also, was gibt es Neues?« Sarah hatte sich nach vorne gelehnt und nahm sich einen zweiten Brownie.

»Das solltest du wohl besser Carly fragen.« June grinste mich an, aber ich war ihr nicht böse. Immerhin musste ich Sarah noch beichten, dass sie einen weiteren Gast zu ihrer Party erwarten durfte. Und warum das so war.

»Willst du mir vielleicht etwas erzählen?« Sarah sah mich mit hochgezogener Braue an.

»Hm, keine Ahnung, vielleicht.«

»Du meinst wohl *definitiv*«, meldete sich June zu Wort und duckte sich, als ich lachend ein Kissen nach ihr warf.

Sarah sah abwechselnd zwischen uns beiden hin und her. »Klärt ihr mich mal auf?«

»Logan und ich ...«, begann ich, und Sarah platzte dazwischen.

»Moment. Lief da etwa schon wieder etwas?«

»So könnte man es auch sagen«, meinte June grinsend. Ich zeigte gespielt drohend auf ein weiteres Kissen, doch sie lachte bloß und schob sich ein weiteres Stück Brownie in den Mund.

»Was June damit sagen will ...« Ich bedachte sie mit einem nicht ernst gemeinten strengen Blick, ehe ich mich an Sarah wandte. »... ist, dass Logan und ich zusammen sind.«

Für einen Augenblick war es derart still, dass man das Zirpen der Grillen vor dem Haus hören konnte. Fast erwartete ich, eine Standpauke von Sarah zu bekommen, immerhin kannte sie die ganze Geschichte und wusste noch nicht, dass sich meine Vorurteile gegenüber Logan als falsch herausgestellt hatten. Doch als ihre Mundwinkel verräterisch zuckten, wusste ich, was nun folgen würde.

»Oh mein Gott. Ihr seid wirklich ein Paar?« Sie ließ völlig verdutzt ihren halb gegessenen Brownie vor sich auf den Teller sinken und starrte mich an.

»Sind wir. Und June hat ihn zu deiner Party morgen eingeladen.«

Sarahs Blick glitt zu meiner besten Freundin. Sie schüttelte leicht den Kopf, lächelte jedoch dabei. »Unfassbar.«

»Es ist doch okay, oder?«, hakte ich sicherheitshalber nach.

»Natürlich. Es bleibt beim Barbecue, also ist eine Person mehr kein Ding. Ich hoffe nur, jeder weiß, dass er selbst etwas mitbringen soll.«

»Ich denke schon.« Während der Kuchen im Ofen war, hatte June mir erzählt, dass die Partyplanung für Sarah etwas aus dem Ruder gelaufen war. Wie gut, dass wir hier im Camp feierten. Zuhause hätte sich das sicherlich zu einer überdimensionalen Open-House-Party entwickelt.

»Mal schauen, vielleicht haben ja gar nicht alle Lust«, erwiderte Sarah und verschlang die andere Hälfte ihres Brownies.

Irgendetwas sagte mir, dass sie damit nicht recht behalten würde.

17. Kapitel

Meine Vorahnung hatte sich bestätigt. Nahezu jeder war zum Strand gekommen, um Sarahs Geburtstag zu feiern. Die meisten hatten sogar etwas mitgebracht.

Zum hundertsten Mal ließ ich meinen Blick durch die Menge schweifen. Überall standen Grüppchen zusammen, irgendwer hatte sogar ein kleines DJ-Pult aufgebaut und *Aviciis Wake Me Up* dröhnte aus den Boxen. Seufzend sah ich zum See, auf dessen Oberfläche sich das Mondlicht spiegelte.

»Er kommt schon noch«, sagte June neben mir, und ich zuckte ertappt zusammen. Sie kannte mich zu gut.

Schon den ganzen Abend über hielt ich Ausschau nach Logan. Auch wenn er versprochen hatte, zu kommen, wurde ich mit jeder Minute unruhiger. Wie sollte ich mich verhalten, sobald er hier war? Zwar hatten wir beschlossen, unsere Beziehung nicht zu verheimlichen, doch ich hatte keine Ahnung, was genau er darunter verstand.

»Hör auf, dir so viele Gedanken zu machen.« June stupste mich an. Dass sie recht hatte, war mir klar. Und doch konnte ich nicht verhindern, dass ich mich ein weiteres Mal umsah.

»Ich weiß, June. Trotzdem ...«

»Nichts trotzdem. Lass es einfach auf dich zukommen und genieße es.« Es klang so leicht und gleichzeitig unglaublich schwer. Wieder schaute ich mich um.

»Das Kleid steht dir unfassbar gut.« Als ich seine Stimme hinter mir hörte, setzte mein Herz für einen Schlag aus, ehe es in doppelter Geschwindigkeit schlug. Ob das jemals aufhören würde? Hoffentlich nicht.

Wie in Zeitlupe drehte ich mich zu ihm um und sah ihn an. Ich war erleichtert, dass er endlich hier war.

Er kam einen Schritt näher, legte die Hände an meine Wangen und fuhr mit seinen Daumen sanft darüber. »Hey.«

»Hey«, erwiderte ich und kam seiner Berührung entgegen. Augenblicklich spürte ich seine Wärme. Nur einen Moment später senkte er seinen Kopf und legte seine Lippen auf meine. Zärtlich, fast schon unschuldig, küsste er mich und ließ mich für eine Sekunde vergessen, dass wir auf einer Party inmitten unserer Freunde und Teamkollegen standen. Es fühlte sich an, als gäbe es nur uns beide. Ich umschlang seinen Nacken und seufzte leise, als er seinen Mund drängender auf meinen presste. Das hier fühlte sich viel zu gut an, um jemals wieder damit aufzuhören.

Schwer atmend lösten wir uns voneinander. Sein Blick war verträumt, seine Augen funkelten. Ich wagte zu bezweifeln, dass es bei mir anders aussah.

»Du bist wirklich gekommen.«

»Natürlich. Wo sollte ich sonst sein?« Er sagte es mit einer Selbstverständlichkeit, dass mir für einen Moment der Atem stockte. Und dann noch einmal, als ich das raue Leder seiner Jacke unter meinen Fingern spürte. Darunter trug er ein weißes Shirt, das seinen durchtrainierten Oberkörper betonte und wenig Raum für Fantasie ließ. Die schwarze, verwaschene Jeans saß perfekt auf seinen Hüften. Als Letztes fiel mein Blick auf seine weißen Sneaker, die mir ebenfalls ziemlich bekannt vorkamen.

»Du hast die Jacke an«, sagte ich unvermittelt. Sein Aftershave wehte zu mir herüber. Ich holte tief Luft. In Kombination mit diesem Look war der Duft gefährlich.

Logan sah mich fragend an, also half ich ihm auf die Sprünge.

»Du trägst dasselbe Outfit wie an dem Abend, an dem wir uns kennengelernt haben.«

Ein Schmunzeln breitete sich auf seinen Lippen aus. »Das war natürlich beabsichtigt. Ich wollte wissen, ob du dich noch daran erinnerst.«

Ich verdrehte die Augen über seine offensichtliche Lüge. Doch als er seine Hände an meine Taille legte und mich enger an sich zog, musste ich lächeln. Er war mir so nahe, dass ich mich bloß ein kleines bisschen strecken müsste, um ihn zu küssen.

»Ich erinnere mich auch noch daran, was gegen Ende des Abends passiert ist.« Seine warme Stimme jagte Stromstöße durch meine Adern und weckte den Wunsch in mir, ihm noch näher zu kommen. Wenn er so weitermachte, würden wir die Party verlassen, bevor sie richtig angefangen hatte.

»Nicht nur du.«

»Zu schade, dass wir hier keinen Pool haben.« Er senkte den Kopf und strich mit seinen Lippen über die empfindliche Stelle unter meinem Ohr. Sein heißer Atem streifte meine Haut und sorgte dafür, dass ich eine Gänsehaut bekam.

»Nein, aber den See.«

»Willst du mir damit vielleicht etwas sagen?«

»Wäre möglich.«

Er wollte gerade etwas erwidern, als ihm jemand kräftig auf die Schulter klopfte und uns aus unserer idyllischen Blase riss. Brian stand neben uns. »Hey, Mann. Du bist ja doch hier. Ich habe echt nicht mehr damit gerechnet.«

Ich hatte nichts gegen die Jungs. Im Gegenteil, ich mochte sie, und doch verspürte ich gerade das Verlangen, ihnen der Reihe nach den Hals umzudrehen. Wenn es um das richtige Timing ging, waren sie alle Nieten.

Logan atmete tief durch, schenkte mir einen entschuldigenden Blick und wandte sich an seinen Kumpel, während er gleichzeitig einen Arm um mich schlang. »Ich hatte einfach einen verdammt guten Grund herzukommen.«

Ob man mir ansehen konnte, wie sehr mich seine Geste freute, wusste ich nicht. Letztendlich es war mir sogar egal. Die anderen sollten ruhig wissen, wie glücklich ich in diesem Moment war. Und auch, wem ich das zu verdanken hatte.

»Was meinst du?« Brian schaute abwechselnd zwischen uns beiden hin und her, und mit jedem Mal wurde sein Stirnrunzeln stärker.

Logan sagte nichts weiter dazu, sondern legte eine Hand an meine Wange und drehte meinen Kopf zu sich. Als er mich mit einer Leidenschaft küsste, die in der Öffentlichkeit verboten gehörte, bekam ich weiche Knie. Schwer atmend zog er sich zurück, hielt mich jedoch weiter an der Hüfte fest. Seine Finger malten kleine Kreise darauf und ließen mich erschauern.

»Seid ihr jetzt zusammen oder vögelt ihr bloß miteinander?« Brians Gesichtsausdruck war noch immer verwirrt. Ich atmete tief durch. Logans Antwort ließ nicht lange auf sich warten und zeigte mir, dass er sich, was uns betraf, genauso sicher war wie ich.

»Wir sind zusammen.« Drei Worte, die mich nicht glücklicher machen könnten. Zufrieden lehnte ich mich an Logan und hielt mich an ihm fest.

Als Brian endlich verstand, grinste er. Erneut klopfte er seinem Teamcaptain auf die Schulter. »Glückwunsch. Hast du sie also doch noch rumgekriegt. Freut mich für euch zwei.«

Gerade als Logan etwas erwidern wollte, rief jemand nach Brian. Er sah kurz in die entsprechende Richtung, dann wandte er sich wieder an Logan. »Ich schätze, das ist ein schlechter Zeitpunkt, um dir von den Taktiken zu erzählen, die ich mir überlegt habe?«

»Definitiv.« Logan hatte nicht eine Sekunde gezögert. »Lass uns morgen darüber reden.«

Brian schien kurz zu überlegen. »Klar, morgen. Dann will ich euch nicht länger stören.«

Wie aufs Stichwort rief erneut jemand seinen Namen. Er hob die Hand zum Gruß und verschwand. Als er weg war, hörte ich Logan seufzen.

»Ich glaube, ich muss meinem Team mal ein paar Takte zum richtigen Timing sagen«, meinte er, und brachte mich damit zum Lachen. »Aber ich verspreche dir«, fuhr er leiser fort und beugte sich dicht an mein Ohr, sodass nur ich ihn verstehen konnte, »das nächste Mal wird uns keiner stören.« Seine heisere Stimme löste ein sanftes Ziehen in meiner Mitte aus.

Ich holte tief Luft und drehte den Kopf in seine Richtung. Seine blauen Augen zogen mich für einen Moment in ihren Bann. »Das hoffe ich«, flüsterte ich und spürte, wie er den Druck seiner Hand auf meiner Hüfte verstärkte.

»Du machst mich manchmal wahnsinnig.«

Ich zuckte mit den Schultern und lächelte möglichst unschuldig. »Schon möglich. Aber jetzt bin ich durstig. Lass uns etwas zu trinken holen.«

»In Ordnung.« Fest umschloss er meine Hand mit seiner, führte mich zu der kleinen Bar und reichte mir ein Bier, bevor er sich selbst eines nahm. Ich ließ meinen Blick schweifen und bemerkte, wie uns einige überrascht anstarrten.

Lilly und Audrey standen nicht weit entfernt bei Lauren und den restlichen Cheerleadern. Abwechselnd sahen sie zu uns herüber und tuschelten. Viel interessanter war jedoch, mit wem sich June ein Stück weiter unterhielt. Oder eigentlich *wie*. Matt stand ungewöhnlich nah bei ihr, eine Hand locker in seine Jeanstasche geschoben. Sie hatte den Kopf schräg gelegt, und auf ihren Lippen lag ein bezauberndes Lächeln. Als sie etwas erzählte, schmunzelte er. Man konnte meinen, sie flirteten miteinander. Wenn ich mir die beiden genauer ansah, konnte ich nicht leugnen, dass sie ein schönes Paar abgaben.

»Läuft da was?«

Ich zuckte mit den Schultern. »Nicht, dass ich wüsste.«

Logan sah immer noch zu den beiden. Seine Kiefer hatte er aufeinandergepresst, seinen Blick starr geradeaus gerichtet. Dass ihm das, was er sah, missfiel, war eindeutig.

»Was ist los?«

»Nichts, nur ...« Er schüttelte den Kopf. »Es ist nichts.«

Das konnte er einer anderen erzählen. Hier ging es immerhin um meine beste Freundin. Wenn es etwas gab, das ich wissen sollte, musste er es mir sagen. Ich baute mich vor ihm auf, legte meine Hand an seine Wange und drehte seinen Kopf zu mir, sodass er mir nicht ausweichen konnte. »Raus damit.«

Er zögerte, doch schließlich hörte ich, wie er tief ein- und ausatmete. »Pass einfach auf sie auf, okay?«

»Und warum?« Ich verstand nicht, was es mit seiner Bitte auf sich hatte. Lag es an seiner Vergangenheit mit Matt, dass er ihm gegenüber so misstrauisch war, oder verbarg sich mehr dahinter?

Logan seufzte und sah zur Seite. »Vertrau mir einfach. Matt ... ist nicht so nett, wie es den Anschein hat.«

Das war nicht viel. Eigentlich war es nichts. Sollte ich Logan glauben und jemandem misstrauen, der mir gegenüber immer freundlich gewesen war? Ich wusste es nicht. Was Logan hier andeutete, war seltsam. Auch wenn ich ihm glauben wollte, was seine Einschätzung von Motts Charakter betraf, ein Teil von mir zweifelte daran, dass er in dieser Sache objektiv bleiben konnte. Ihre Familienverhältnisse und Logans Groll gegenüber seinem Halbbruder wogen dafür einfach zu schwer.

»Wollen wir tanzen?«, wechselte Logan das Thema, nahm mir das Bier ab und deutete auf die improvisierte Tanzfläche. Doch ich schüttelte den Kopf. Was ich brauchte, war einen Moment Abstand. Dass er sich wieder vor mir verschloss, war die eine Sache. Die andere jedoch, dass er Dinge andeutete, anstatt mir einfach zu sagen, was er meinte. Es ging immerhin um meine beste Freundin. Wie sollte ich sie beschützen, wenn ich nicht wusste, wovor?

Logan wirkte über mein Nein überrascht, und er betrachtete mich fragend

»Ich muss Sarah helfen. Vielleicht später?« Es war eine Ausrede, und ich hoffte inständig, dass er mir das nicht ansah. Als er nickte, hielt ich mich davon ab, erleichtert auszuatmen.

»Ich warte bei den Jungs, falls du mich suchst.« Mit einem Kuss auf meine Stirn verabschiedete er sich. Ich schaute ihm nach und fühlte mich furchtbar. Mit einem schlechten Gewissen ging ich zu Sarah an den Grill, um ihr mit den Burgern zu helfen. Die ganze Zeit dachte ich darüber nach, warum mich Logan schon wieder ausgeschlossen hatte, fand aber keine Antwort.

Das Team der Jungs hatte sich um zwei improvisierte Picknicktische eingefunden. Fast alle waren da. Nur Logan nicht. Was merkwürdig war. Vorhin hatte er mir doch gesagt, ich würde ihn hier finden.

Ich ging etwas näher heran und Caleb, der gerade nach einem

Bier auf dem Tisch gegriffen hatte, bemerkte mich. »Hey Carly.« Er lächelte mich freundlich an und deutete auf den freien Platz ihm gegenüber. Ich folgte seiner Einladung. »Suchst du Logan?«

»Ja, weißt du zufällig, wo er ist?« Ein Teil von mir war enttäuscht, dass er nicht hier war. Aber vielleicht hatte ich das verdient. Immerhin war ich vorhin nicht ehrlich zu ihm gewesen.

»Alles okay bei dir?«, holte mich Caleb aus meinen Gedanken. Er musterte mich aufmerksam, setzte seine Flasche an und trank einen Schluck.

Ich nickte bloß, weil ich nicht näher darauf eingehen wollte. »Weißt du, wo er ist?«

»Er wollte June mit den Getränken helfen.«

»Oh, okay. Danke.« Dementsprechend waren die beiden wohl auf dem Weg zu unserem Bungalow. Heute Nachmittag hatten wir noch zwei Kisten Bier und ein paar Flaschen Wodka besorgt, aber weil wir nicht wussten, wie viele Leute wirklich kommen würden, hatten wir uns dagegen entschieden, direkt alles zum Strand zu schleppen. »Dann gehe ich ihnen mal entgegen«, verabschiedete ich mich, winkte kurz und war schon ein paar Meter vom Tisch entfernt, als Caleb plötzlich wieder neben mir stand. Ich hielt inne und schaute ihn überrascht an.

»Getränkeschleppen ist ein Zwei-Mann-Job«, erklärte er und setzte sich in Bewegung. Ich folgte ihm, auch wenn ich nicht sicher war, ob seine Begründung nicht nur ein Vorwand war.

Eine Weile gingen wir schweigend nebeneinander her. Ich wusste nicht, worüber ich mit Caleb reden sollte. Wir hatten nicht wirklich viel miteinander zu tun. Darüber, dass er Logan und mich gestern nahezu in flagranti erwischt hatte, wollte ich wirklich nicht sprechen. Also hing ich meinen Gedanken nach und versuchte, aus meiner letzten Unterhaltung mit Logan schlau zu werden. Ich verstand einfach nicht, warum er mir nicht gesagt hatte, was los war. Er hätte es doch sicherlich auch wissen wollen, wenn es um seinen besten Freund gegangen wäre.

Caleb räusperte sich. Neugierig sah ich zu ihm.

»Ich freue mich für euch beide, wirklich.«

»Danke, das ist lieb.« Ich schenkte ihm ein kleines Lächeln, das er erwiderte. Doch aus irgendeinem Grund erreichte es seine Augen nicht. Er schien über etwas zu grübeln, während er weiterging und sich dabei mehrmals durch die Haare fuhr. Immer wieder sah er kurz zu mir, als würde er etwas sagen wollen, nur um es sich dann anders zu überlegen. »Ist noch etwas?«

»Nein ... also doch.« Er atmete aus, blieb stehen und drehte sich vollends zu mir um. »Hör zu. Auch auf die Gefahr hin, dass mich Logan einen Kopf kürzer macht ...« Sein Blick war ernst. So hatte ich ihn bisher nur auf dem Platz erlebt. »In gewissen Dingen ist er ziemlich verschlossen.«

Ich konnte mir ein leichtes Schnauben nicht verkneifen. Calebs Miene machte deutlich, dass er meine Reaktion verstand. Als Logans bester Freund kannte er diese verschlossene Seite an ihm vermutlich ebenfalls ziemlich gut.

»Ich weiß, wie frustrierend das sein kann. Oder entmutigend. Manchmal auch beides zusammen.«

Ich nickte zustimmend. Treffender hätte er es nicht beschreiben können. Dass Logan nicht nur mir gegenüber so zurückhaltend war, beruhigte mich jedoch. »Was sollte ich deiner Meinung nach tun? Ich kann es nicht einfach ignorieren. Miteinander zu reden, gehört nun mal zu einer Beziehung.«

»Gib ihm einfach die Zeit, die er benötigt, und dränge ihn nicht. Ich weiß, dass das schwer ist. Logan ist einfach ein Mensch, dem es nicht leichtfällt, sich anderen gegenüber zu öffnen. Aber er tut es. Man muss nur etwas geduldig sein.«

Ich ließ mir seinen Rat durch den Kopf gehen. Ein wenig geduldiger zu sein und zu warten, konnte nicht schaden, oder? So viel Vertrauen war nicht zu viel verlangt. »Danke«, sagte ich und lächelte Caleb an. Ein wenig erinnerte er mich gerade an June. Die Vorstellung von ihm mit Brille vor einer Couch und einem Notizblock in der Hand, brachte mich jedoch zum Lachen.

»Was ist so lustig?«

»Ach nichts. Du hast mich gerade an meine beste Freundin erinnert.«

»An June? Wie das?«

Ich zuckte mit den Schultern. »Einfach nur so. Du besuchst

nicht zufällig ein paar Psychologie-Kurse?«

Er runzelte die Stirn. »Nein, ich studiere Informatik. Wieso?«

»Einfach nur so«, wiederholte ich, und er schüttelte den Kopf.

»Ihr seid perfekt füreinander. Du bist genauso frustrierend wie Logan. Kein Wunder, dass ihr euch anfangs gegenseitig auf die Palme gebracht habt.« Seine Worte brachten mich zum Schmunzeln. Wir gingen weiter und unterhielten uns über sein Studium, als uns auch schon June und Logan lachend entgegenkamen. Dass sich mein Freund, wie ungewohnt das klang, und meine beste Freundin so gut zu verstehen schienen, war überraschend, aber gut. Auf jeden Fall erleichternd.

»Alles okay?« Logan hatte den Kopf schräg gelegt und sah mich fragend an.

»Ja, klar. Hast du vielleicht Lust, ein wenig spazieren zu gehen?«

»Natürlich.« Er nickte und gab Caleb die Kiste Bier, die er getragen hatte. Sein sorgenvoller Blick verstärkte mein schlechtes Gewissen. »Sicher, dass alles gut ist?«

Ich bemühte mich um ein Lächeln und scheiterte kläglich. Wahrscheinlich glich es eher einer Grimasse. Logan kam einen Schritt näher, strich mir zärtlich eine lose Haarsträhne hinters Ohr und berührte dabei meine Wange viel länger als notwendig. Seine Wärme ließ mich erschauern. Obwohl ich eine dünne Jacke angezogen hatte, fing ich an zu frieren. Ich hoffte für Sarah, dass das angekündigte Gewitter doch nicht aufziehen würde. Die dunklen Wolken in einiger Entfernung kündigten jedoch etwas anderes an.

»Begleitest du June zurück zur Party?« Logan hatte sich zu seinem besten Freund gedreht. Ohne zu zögern, nickte Caleb und schenkte June ein Lächeln, das diese erwiderte. Auch als Caleb wieder zu Logan schaute, ruhte Junes Blick weiterhin auf ihm.

»Sehr gut.« Logan griff nach meiner Hand und verwob seine Finger mit meinen.

Im Augenwinkel konnte ich erkennen, dass June schmunzelte. Als sie sich leise räusperte, sah ich zu ihr. »Ich nehme mal an, du kommst heute nicht nach Hause?«

Unsicher zuckte ich mit den Schultern und warf einen

schnellen Blick zu Logan, der mich hoffnungsvoll ansah. *Wie sollte ich da Nein sagen?*

»Eher nicht.«

»Vielleicht sehen wir uns später ja noch, ansonsten sage ich: Bis morgen.«

»Ja, mal schauen.« Während ich Caleb und June winkte, schenkte Logan den beiden ein knappes Nicken, ehe er mich langsam mit sich zog. Je weiter wir liefen, desto leiser wurde die Musik, bis sie letztendlich vollkommen verstummte.

»Spazieren wir am Ufer entlang zu meinem Bungalow?« Dieser lag am anderen Ende des Sees, und damit entgegengesetzt zur Party.

Ein schneller Blick Richtung Himmel ließ mich nachdenklich zu ihm sehen. Die Sterne waren vor lauter Wolken nur vereinzelt zu erkennen. »Sicher? Es sieht nach Regen aus.«

»Ach Quatsch. Bis wir da sind, wird es schon trocken bleiben.« Logan hatte sich mit dem Oberkörper in meine Richtung gedreht. Auf seinen Lippen lag ein selbstsicheres Lächeln.

»Woher willst du das wissen? Findest du Grafikdesign etwa nicht mehr interessant genug und bist deshalb unter die Meteorologen gegangen?« Natürlich wusste ich, dass er seinen Studiengang nicht gewechselt hatte. Doch ihn aufzuziehen, machte in diesem Moment viel zu viel Spaß, um damit aufzuhören.

»Schon möglich.« Logan kam einen Schritt näher und fuhr mit seinen Fingerspitzen zärtlich über meine Wange. Seine Augen funkelten, und ich fragte mich, woran er in diesem Moment dachte. »Hast du etwa Angst, nass zu werden?«

»Natürlich nicht.« Ich schnaubte leise. Dass es mir nichts ausmachte, wusste er genauso gut wie ich. Kurzzeitig dachte ich an unseren ersten Abend. Unfreiwillig waren wir zusammen im Pool gelandet. Und auch wenn ich es eine Zeitlang bereut hatte, ihm an diesem Abend nähergekommen zu sein, so tat ich dies inzwischen nicht mehr. Sollte es doch regnen. Das näherkommende Donnern im Hintergrund schien ein Versprechen zu sein.

»Also, du wolltest reden?« Wenn ich mein schlechtes Gewissen in den vergangenen Minuten noch halbwegs unterdrücken konnte, schlug es nun mit voller Wucht zu.

»Wollte ich.« Als ich keine Anstalten machte, weiterzusprechen, begann er, mit seinem Daumen kleine Kreise auf meinen Handrücken zu malen.

»Geht es um vorhin?« Dass er derart aufmerksam war, verblüffte mich immer wieder.

Ich nickte schwach, senkte den Blick und holte tief Luft. »Als du mich gefragt hast, ob wir tanzen wollen ... Ich habe doch gesagt, dass ich Sarah helfen muss. Das war gelogen.«

»Das habe ich mir schon gedacht.« Seine Stimme war ganz ruhig, und doch schaffte ich es nicht, ihn anzusehen. Ich schämte mich viel zu sehr.

»Es tut mir wirklich leid. Ich war enttäuscht und frustriert. Dennoch hätte ich Sarah nicht vorschieben sollen. Das war nicht richtig.«

»Weil ich dir nichts weiter über Matt erzählt habe.« Es war eine Feststellung, keine Frage, und ich nickte. Ich hörte, wie er leise seufzte, dann spürte ich, wie er seine Hand unter mein Kinn legte und es hob, damit ich ihn ansah. Ohne Protest ließ ich es geschehen. Sein Blick war kein bisschen verärgert. Vielmehr sah er mich verständnisvoll an.

»Meine Kindheit und Matt allgemein sind für mich schwierige Themen. Und momentan bin ich einfach noch nicht bereit, über ihn zu sprechen. Es ist einfach so viel passiert.«

Auch wenn ich bisher nur Bruchstücke aus seiner Vergangenheit kannte, verstand ich, dass es ihm nicht leicht fiel, darüber zu sprechen. Und doch gab es eine leise Stimme des Zweifels in mir, die jedes Mal lauter wurde, wenn er sich wieder vor mir verschloss. Doch ich ignorierte sie. »Das ist okay, wirklich. Ich wollte ...«

Er lehnte sich ein wenig weg, zog eine Braue hoch und brachte mich damit zum Verstummen. Einen Augenblick lang sah er mich einfach nur an. Dann folgte ein leises Seufzen. »Meine Mom und ich waren meist auf uns allein gestellt, nur mein Onkel hat uns manchmal geholfen. Wir hatten nie viel Geld, und doch hat sie mir jeden Sonntag Pancakes gemacht. Mit einem Smiley aus Bananenscheiben, Blaubeeren und Schokosauce darauf. Das tut sie heute noch, wenn ich sie besuche.« Seine Augen glänzten und verrieten mir, wie viel ihm diese Tradition bedeutete. »In der Regel musste sie morgens arbeiten, also gab es das Frühstück nachmittags. Zum Essen haben wir uns auf den Fußboden gesetzt und dabei eine Dokumentation angesehen. Wobei wir gar nicht so sehr auf den Fernseher geachtet haben. Stattdessen tobten wir herum, was meistens in einer Kissenschlacht ausgeartet ist.« Sein Blick war in die Ferne gerichtet. Ich konnte kaum glauben, dass er mir von seiner Kindheit erzählte.

»Mom bestand immer darauf, den Abwasch alleine zu erledigen. Während sie die Küche geputzt hat, bin ich nach draußen gegangen und habe ein paar Körbe geworfen. Sobald sie fertig war, hat sie sich mit einem heißen Tee auf die Veranda gesetzt und mir zugesehen. Zum Nachtisch gab es immer Eis mit Schlagsahne. Magst du Erdbeereis?«

Seine Frage kam derart abrupt, dass sie mich aus meiner Vorstellung von ihm als kleinen Jungen riss. »Erdbeeren an sich schon, aber nicht als Eis.« Die meisten, denen ich davon erzählte, lachten bloß. So auch Logan. Ich zuckte mit den Schultern und piekte ihm leicht in die Seite. Aus Erfahrung wusste ich, dass er an dieser Stelle kitzlig war.

Abwehrend hob er die Hände. »Tut mir leid, ich höre ja schon auf. Dass das etwas seltsam ist, weißt du aber schon, oder?« Auch wenn er es vermutlich versuchte, schaffte er es nicht, ein Grinsen zu unterdrücken. Ich nahm es ihm nicht übel. Mir ging es schließlich nicht anders.

»Ja, schon. Aber ich mag auch kein Schokoladeneis, obwohl ich Schokolade an sich liebe. Und nein, sag nichts.«

»Würde mir niemals einfallen.« Lächelnd zog er mich wieder an sich und hauchte mir einen Kuss auf die Stirn. Ein Teil von mir hoffte, dass Logan noch mehr aus seiner Kindheit preisgab. Denn je mehr er erzählte, desto besser verstand ich, woher seine aufmerksame und fürsorgliche Seite stammte.

»Damals war mein größter Wunsch, irgendwann einmal ein *Nike Basketball Camp* zu besuchen. Sagt dir das etwas?«

»Ja, klar.« Immerhin gab es diese Trainingslager nicht nur für

Jungs, sondern auch für Mädchen. Dort hatte man die einmalige Gelegenheit, mit den Besten der Besten zu trainieren. Außerdem konnte man Coaches von zahlreichen Universitäten auf sich aufmerksam machen.

Logan sah wieder in die Ferne. »Ein paar von meinen Freunden fuhren jeden Sommer dorthin und berichteten mir anschließend davon. Die Flyer, die sie mir mitbrachten, habe ich allerdings immer in meiner Schultasche versteckt, anstatt sie zu Hause zu zeigen. Weil ich wusste, wie teuer das Camp war. Doch ich habe damals nicht bedacht, dass meine Mom regelmäßig meine Schultasche kontrolliert hat, da ich gerne mal vergessen habe, meine Brotdose auszupacken.« Er lächelte leicht.

Bei der Vorstellung, wie er als kleiner Junge seinen Traum zur Seite geschoben hatte, um seiner Mom nicht zur Last zu fallen, verkrampfte sich mein Herz. Ich kuschelte mich enger an ihn und atmete seinen Duft ein, weil ich ihm in diesem Moment einfach nahe sein wollte.

Logans Arme schlossen sich fester um mich und hielten mich an Ort und Stelle. »Ich werde meinen elften Geburtstag niemals vergessen.«

»Warum das?«

»Mom hatte sich wie jedes Jahr frei genommen, all meine Freunde waren da, und sogar mein damaliger Coach ist kurz vorbeigekommen. Als ich meine Geschenke ausgepackt habe, konnte ich meinen Augen kaum trauen, weil mein Onkel mir einen originalen Basketball von den *Philadelphia 76ers* geschenkt hat. Seit ich denken kann, sind sie meine Lieblingsmannschaft, und ich würde alles dafür geben, selbst irgendwann für sie zu spielen.«

»Das verstehe ich gut.« Zärtlich strich ich mit meiner Hand durch seine weichen Haare. Ich spürte, wie er erschauerte, dann legte den Kopf auf meine Schulter.

»Aber das war noch nicht mal das Beste an dem Tag. Abends, kurz nachdem ich ins Bett gegangen war, kam Mom zu mir ins Zimmer, setzte sich zu mir und gab mir einen Umschlag. Es war die Anmeldebestätigung für das *Nike Basketball Camp* an der

Wingate University. Ich konnte es kaum glauben. Sie war in dem Jahr zwar befördert worden, ich bin mir aber sicher, dass sie einige Zusatzschichten übernommen hat, damit sie mir meinen Wunsch erfüllen konnte.«

Ich atmete tief durch. Ein Teil von mir konnte nicht glauben, dass er mir all das tatsächlich erzählte. Unendlich zärtlich fuhr er mit seinen Fingerspitzen über meine Seite und bescherte mir damit eine Gänsehaut.

Eine Weile standen wir so da, dann löste er sich gerade so weit von mir, dass er mich anschauen konnte. »Inzwischen weiß ich, dass ich mein Stipendium an der *Duke* diesem Camp zu verdanken habe. Coach Johnson hat mich dort spielen gesehen, mich ab da im Auge behalten und sich später dafür eingesetzt, dass ich Teil seines Teams werde.«

Weil ich keine Ahnung hatte, was ich dazu sagen sollte, legte ich meine Hand an seine Wange und versuchte zu lächeln. Sein Dreitagebart kitzelte mich leicht. Auch wenn ich am liebsten alles über ihn erfahren wollte, war es für den Moment genug. Was zählte, waren er und ich und die Tatsache, dass er sich mir geöffnet und etwas über sich erzählt hatte.

»Danke.« Ich sah ihn so aufrichtig an, wie ich nur konnte. Logan nickte und sah zum See. Also drehte ich seinen Kopf sanft zu mir zurück. »Du weißt nicht, wie viel mir das bedeutet.«

Er schien eine Weile über meine Worte nachzudenken, dann lächelte er. Es war ein echtes Lächeln, das seine Augen erreichte. Zärtlich küsste er mich, und für einen Moment vergaß ich alles um uns herum. Es fühlte sich an, als würde es nur uns beide geben. Nichts weiter. Keine Vergangenheit. Keine Geheimnisse.

Wie lange wir dagestanden und uns geküsst hatten, wusste ich nicht. Doch als der Himmel seine Schleusen öffnete und es wie aus Kübeln auf uns herabregnete, lösten wir uns voneinander. Ich konnte nicht anders, als über das Klischee dieser Situation zu lachen. In Filmen und Büchern war dies der Moment für eine romantische Liebeserklärung. Oder eine Entschuldigung. Manchmal auch für beides. In der Realität war es kalt, nass und furchtbar unromantisch. Ich war mir sicher, Logan empfand es genauso, denn er griff nach meiner Hand. Gemeinsam rannten wir durch den strömenden Regen am Ufer entlang in Richtung seines Bungalows.

»Du hast dich geirrt«, rief ich.

»Was?« Es war schwierig, ihn über die Lautstärke des Donners hinweg zu verstehen.

»Du meintest vorhin, es wird nicht regnen.«

Im Augenwinkel sah ich, wie er amüsiert den Kopf schüttelte. Auch wenn es mehr als unangenehm war, mit klitschnassen Klamotten durch den Regen zu laufen, so hatte der Moment dennoch etwas Zauberhaftes. Ich würde noch lange daran zurückdenken.

18. Kapitel

»Alles okay?« Logan strich mir eine nasse Haarsträhne hinter mein Ohr. Sein Lächeln und die liebevolle Geste bescherten mir eine Gänsehaut. Wir hatten uns gerade so unter das schmale Vordach seines Bungalows gerettet.

»Alles okay.« Meine Stimme klang heiser und war durch den prasselnden Regen kaum zu hören. Wassertropfen bahnten sich einen Weg von Logans Haaren über seine Stirn, seine Nase, bis hinunter zu seinen Lippen.

»Du solltest heiß duschen gehen. Nicht, dass du mir noch krank wirst.« Es war eigentlich ein harmloser Vorschlag, aber sein rauer Tonfall weckte ganz andere Bilder in meinem Kopf.

»Sollte ich wohl.« Ich nickte schwach und legte die Hände auf seinen Oberkörper. »Und was ist mit dir?«

Seine Augen waren dunkel. Dunkler als ich sie jemals zuvor gesehen hatte. Mit dem Daumen fuhr er über meine Wange, und ich lehnte mich ihm entgegen. »Geh schon mal vor. Ich hole uns trockene Kleidung.«

Ich nickte stumm, während sich ein vorfreudiges Kribbeln in meinem Bauch ausbreitete. Logan ließ uns in den Bungalow und zeigte mir das Bad, bevor er in seinem Zimmer verschwand. Ich drückte die Tür zu, schloss sie aber nicht ab. Frierend drehte ich die Heizung ein wenig höher und hörte kurz darauf ein leises Summen als Zeichen, dass sie ihren Dienst aufgenommen hatte. Anschließend stellte ich das Wasser an, ließ es warm werden und zog mir mein vom Regen durchtränktes Kleid aus. Sorgfältig legte ich es über den Heizkörper, in der Hoffnung, es würde so schneller trocknen.

Ein kurzer Blick in den Spiegel verriet mir, dass sich mein Make-up vollständig verabschiedet hatte. Lediglich meine

Wimperntusche hielt, was die Werbung versprochen hatte.

Behutsam überprüfte ich die Temperatur des Wassers, ehe ich unter den Strahl trat. Augenblicklich umfing mich die wohltuende Wärme und ließ mich leise seufzen. Ich schloss die Augen und genoss, wie die Kälte aus meinen Muskeln wich. Nicht lange danach spürte ich einen leichten Luftzug.

Logan lehnte mit verschränkten Armen und einem sinnlichen Lächeln an der Badezimmertür. Ich nahm all meinen Mut zusammen, ging einen Schritt vor und gewährte ihm damit bessere Sicht. »Gefällt dir, was du siehst?«

Er zog eine Augenbraue hoch und betrachtete meinen unverhüllten Körper. »Sehr.« Und doch tat er nichts weiter, als mich verlangend anzusehen. Immer noch trug er seine nasse Kleidung und schien sich nicht daran zu stören.

»Willst du dort stehen bleiben und mich anstarren, oder kommst du zu mir?« Herausfordernd ließ ich meine Hand über meine Brüste gleiten, dann über meinen Bauch und immer tiefer. Kurz vor meiner empfindlichsten Stelle stoppte ich.

»Wenn du mich so fragst ...« Mit einem Lächeln schob er sich die durchnässte Lederjacke von den Schultern, sein Shirt folgte. Auch wenn ich seinen nackten Oberkörper nicht zum ersten Mal sah, verschlug es mir doch für einen Moment die Sprache. Logan war durch-, aber nicht übertrainiert. Seine Muskeln waren definiert, ohne bullig zu wirken. Der Gedanke, dass er zu mir gehörte, ließ mein Herz schneller schlagen.

Stück für Stück schob er seine dunkle Jeans runter, als hätte er seinen Spaß daran, mich auf diese Weise zu necken. Nur noch in seinen schwarzen Boxershorts stand er vor mir und verfolgte jede meiner Bewegungen. Langsam ließ ich meine Fingerspitzen über meinen Oberschenkel nach unten und an der Innenseite wieder hinauf wandern. Ich sah, wie er schwer schluckte, dann zog er sich seine Boxershorts in einer fließenden Bewegung aus. Der Beweis seiner Erregung war nicht zu übersehen.

Meinen Blick fixierend, stieg er zu mir unter die Dusche und blieb dicht vor mir stehen. Vorsichtig hob er mein Kinn an und senkte seinen Kopf. Sein Atem tanzte über mein Gesicht.

»Besser?«

»Viel besser.« Instinktiv umschlang ich seinen Hals mit meinen Armen und presste meinen nackten Körper an seinen. Seine Härte drückte sich gegen meinen Bauch.

Ich hörte ihn leise seufzen, als er eine Hand auf meinen Rücken legte und mich festhielt. Leidenschaftlich küsste er mich und streichelte gleichzeitig an meiner Seite entlang. Logans Lippen auf meinen fühlten sich viel zu gut an, um mich je wieder von ihm zu lösen. Haltsuchend vergrub ich meine Finger der einen Hand in seinen Haaren, mit der anderen klammerte ich mich an seine Schulter.

Atemlos zog er sich zurück, griff hinter mir in die schmale Ablage und zog sein Duschgel hervor. Er trat einen Schritt nach hinten, gab einen Klecks auf seine Hand und schäumte es auf. Mein Blick fiel auf seinen Ellenbogen, und ich entdeckte drei kleine Muttermale, die ein Dreieck bildeten. Lächelnd fuhr ich mit meinen Fingern über die dunklen Punkte. So etwas hatte ich noch nie gesehen.

»Dreh dich um.« Logan schenkte mir ein schiefes Lächeln, und ich tat, was er von mir verlangte. Nur einen Moment später fing er an, zärtlich meine Schultern zu massieren. Ich schloss die Augen und seufzte leise. Punktgenau fand er die verspannten Stellen. Erst nachdem sie gelockert waren, widmete er sich hingebungsvoll meinem Rücken. Kreisend ließ er seine Finger von der einen Seite zur anderen wandern.

Als ich mir sicher war, seine Hände auf jedem einzelnen Millimeter meiner Haut gespürt zu haben, wanderten seine Finger zu meinen Oberschenkeln. Das sanfte Pochen zwischen meinen Beinen steigerte sich zu einem angenehmen Ziehen. Als er mich plötzlich zu sich herumdrehte, verschloss er meinen Mund in einem leidenschaftlichen Kuss. Seine Hände fuhren über meine Brüste, und ich stöhnte leise und presste meine Lippen fester auf seine. Ich wollte mehr von ihm. Viel mehr.

»Nicht so stürmisch.«

Statt ihm zu antworten, gab ich bloß einen unzufrieden Laut von mir. Lächelnd fuhr er mit seiner Hand über meinen Bauch und wieder zurück nach oben, nur um sie im nächsten Augenblick tiefer wandern zu lassen. Doch der Stelle, an der ich ihn am meisten spüren wollte, schenkte er keinerlei Beachtung. Es war schrecklich frustrierend.

»Was willst du, Carly?«

»Mehr.« Einen vernünftigen Satz zu formulieren, war undenkbar. Er berührte mich, als hätte er nie etwas anderes getan. So als wüsste er ganz genau, was er tun musste, um mich zuverlässig um den Verstand zu bringen. Zu meinem Pech, oder auch Glück, je nachdem, ob er mich von dieser Folter bald erlösen würde. Ich sah ihn bittend an. Vielleicht auch verzweifelt. Lächelnd nahm er es zur Kenntnis, schob uns weiter unter den Wasserstrahl und widmete sich erneut meinen Brüsten. Als er die empfindlichen Spitzen mit seinen Lippen umschloss, stöhnte ich leise. Es war besser, aber nicht genug.

»Wie ist das?«

»Logan.« Sein Name war nicht mehr als ein undeutliches Flüstern.

»Sag mir, was soll ich tun?«

»Berühre mich.«

Er legte den Kopf schief, nickte und fuhr mit seinen Händen ein weiteres Mal über meinen Körper. Als er sie auf meinem Hintern liegen ließ und ihn leicht massierte, seufzte ich. »So?«

»Bitte.« Diesmal schenkte ich ihm keinen verzweifelten Blick, sondern einen frustrierten.

Nur einen Moment später küsste er mich erneut, ließ seine Finger an meinen Seiten hinab wandern und bescherte mir damit eine sanfte Gänsehaut. Als er zärtlich über meine empfindlichste Stelle strich, ließ ich die Stirn gegen seine Schulter fallen und schloss die Augen. Sein Daumen zog unaufhörlich sanfte Kreise, ehe Logan mit einem Finger in mich eindrang. Quälend langsam zog er ihn zurück, um ihn dann wieder in mich zu schieben. Er gab mir, wonach ich mich sehnte, und doch war es nicht genug. Seufzend sah ich auf. Seine Lippen zierte ein zufriedenes Grinsen.

»Du bist fies.«

»Bin ich das?«

Ich nickte, mehrmals und heftig. Er wusste ganz genau, was er mir gerade antat.

»Dann sollte ich wohl netter werden.« Er legte den Kopf schief und tat so, als würde er nachdenken. Dass er seinen Finger weiterhin in mir bewegte, tat meiner Konzentration nicht sonderlich gut. Ich schlug ihm gegen seinen Oberarm und brachte ihn damit zum Lachen. »Ich wüsste etwas, das dir gefallen dürfte.«

»Das hoffe ich für dich.«

Er schmunzelte, zog seinen Finger aus mir zurück und machte einen Schritt nach hinten. Als er vor mir auf die Knie ging, hielt ich die Luft an. Es war bei Gott nicht so, dass er mich *dort* noch nie auf diese Weise berührt hatte, und doch fühlte es sich an, als wäre es das erste Mal. Was eventuell daran lag, dass es das in gewisser Weise auch war. Zumindest was den Ort anging. Ich hatte noch nie Sex in einer Dusche gehabt.

»Darf ich?« Auf seinen Lippen lag ein sanftes Lächeln, das für Schmetterlinge in meinem Bauch sorgte. Ich wusste, er würde nie etwas tun, was ich nicht wollte. Dass er sich dennoch versicherte, war unfassbar süß. Ich nickte und öffnete meine Beine ein kleines bisschen weiter.

Er sah mich einen weiteren, kurzen Augenblick an, ehe er seine Lippen gegen meine Mitte presste. Stöhnend krallte ich mich in seine Haare. Als er mit seiner Zunge über meine empfindlichste Stelle fuhr, drückte ich ihn näher an mich. Das heiße Wasser, das auf meine Schultern prasselte, seine Zunge, die mich in den Wahnsinn trieb, seine dunklen Augen, die verrieten, dass ihn das Ganze ebenfalls nicht kalt ließ ... Es war schwierig, all die Empfindungen zu verarbeiten. Allmählich spürte ich, wie das Ziehen in meiner Mitte stärker, beinahe unerträglich wurde. Als hätte er meine Gedanken gelesen, schob er seinen Finger ein weiteres Mal in mich und liebkoste mich damit zusätzlich.

»Nicht aufhören.« Halb gestöhnt drangen die Worte aus meinem Mund. Logan murmelte etwas, das verdächtig nach *Garantiert nicht* klang. Seine Worte schickten sanfte Vibrationen durch meine Mitte und ließen mich erschauern. Als mich mein Orgasmus überrollte, versuchte ich, mich an der Wand abzustützen, mit der anderen Hand hielt ich mich an Logan fest.

»War das nett genug?«, fragte er, als er sich wieder aufrichtete. Sein Gesicht zierte ein selbstzufriedenes Lächeln.

»War es.« Ich holte tief Luft und beobachtete die Wassertropfen, die über seinen Oberkörper liefen. Seine definierten Muskeln in Kombination mit Wasser waren etwas, das mir viel zu gut gefiel.

Zärtlich küsste er die empfindliche Stelle unter meinem Ohr und ließ seine Lippen bis zu meinem Schlüsselbein wandern. Ich schloss die Augen und genoss seine sanften Berührungen. Als ich sie wieder öffnete, begegnete ich seinem durchdringenden Blick. Zu sehen, wie sehr er mich begehrte, entfachte mein Verlangen erneut.

»Bin ich.«

Federleicht fuhr er mit seinen Fingerspitzen über meinen Rippenbogen, bis hin zu meiner Hüfte und ließ sie dort liegen. »Du machst mich fertig, Carly Thompson.«

»Ich weiß gar nicht, was du meinst.«

Logan lehnte sich leicht zurück, hob mein Kinn und küsste mich. »Gib mir einen Moment.«

Ich legte den Kopf schief und sah ihn fragend an.

»Ich muss ein Kondom holen.« Er deutete auf einen dunkelblauen Kulturbeutel, der neben dem Waschbecken lag. Ein Teil von mir war froh, dass er derart vorsorglich war. Auch wenn ich zusätzliche Vorkehrungen traf, war es mir so lieber.

»Nicht weglaufen.« In seinen Augen stand ein spielerisches Funkeln. Seine Mundwinkel zuckten verräterisch.

»Ich werde es versuchen.« Lächelnd zog ich ihn für einen weiteren Kuss zu mir heran, ehe ich ihn aus der Dusche schob. Durch das beschlagene Glas beobachtete ich seine schemenhaften Umrisse.

Ich ließ den Kopf kreisen und lockerte meine Muskeln, die endlich zu zittern aufgehört hatten. Dass es bloß eine Frage der Zeit war, bis sie wieder anfangen würden, war mir bewusst. Ich fuhr mir lächelnd durch die nassen Haare und versuchte, sie mit den Fingern zu entknoten. Es war hoffnungslos.

Nur einen Augenblick später kam Logan zu mir zurück. Das

Kondom hatte er sich bereits übergerollt. Er überbrückte die wenigen Schritte bis zu mir und küsste mich. Zärtlich fuhr er mit der Zunge meine Unterlippe nach. Ich konnte ein leises Keuchen nicht unterdrücken.

»Lehn dich mit dem Rücken gegen die Wand.«

Ich kam seiner Aufforderung nach. Logan begann, meinen Körper mit unzähligen, beinah unschuldigen Berührungen zu übersäen, und brachte mich damit um den Verstand. Ich wusste nicht, wie viel Zeit vergangen war, als er mein linkes Bein hob, es mit einer Hand festhielt und sich an meinem Eingang positionierte. Mit der anderen stützte er sich an der Wand ab.

Einen Herzschlag später drang er vorsichtig in mich ein. Im ersten Moment war es ungewohnt, im zweiten unglaublich intensiv. Als er anfing, sich in mir zu bewegen, lehnte ich den Kopf nach hinten. Seine gleichmäßigen, kräftigen Bewegungen, zusammen mit seinem leisen Stöhnen, trieben mich in den Wahnsinn.

Als er das Tempo steigerte und gleichzeitig meinen Hals liebkoste, konnte ich mir ein Keuchen nicht verkneifen. Die Anspannung in meiner Mitte wurde nahezu unerträglich. Einfach alles in mir sehnte sich nach Erlösung.

»Fuck, Carly.«

Ich krallte mich mit meinen Fingern in seine Schultern und versuchte, mich an ihm festzuhalten. Die andere Hand ließ ich in seine Haare wandern und fuhr ihm zärtlich über seinen Nacken.

»Logan.« Ich wollte ihm so viel sagen, und doch war mein Kopf wie leergefegt. Es gab nur noch ihn und mich. Und das war alles, was zählte.

Sein Atem wurde schneller, seine Bewegungen unkontrollierter. Ich spürte, dass es nicht mehr lange dauern würde.

Er warf den Kopf in den Nacken und schnappte nach Luft. Instinktiv fuhr ich mit meinen Fingern in kreisenden Bewegungen über meine empfindlichste Stelle und ließ mich fallen. Logan folgte mir nur einen Moment später.

»Alles okay?«, fragte er, nachdem wir uns einigermaßen erholt hatten. Er hatte seine Arme um mich geschlungen und hielt mich fest. Mein Atem kam immer noch abgehackt, mein Herz raste.

Vollkommen erledigt lehnte ich meine Stirn gegen seinen Oberkörper und genoss das sanfte Prasseln des heißen Wassers.

»Hm.« Meine Stimme war leise, aber laut genug, dass er mich verstehen konnte. Zärtlich fuhr er mit seinen Fingern über meinen Rücken und zeichnete kleine Kreise dabei.

Ich hielt mir die Hand vor den Mund, versuchte ein Gähnen zu verstecken und kuschelte mich an ihn. Sein Herz schlug genauso schnell wie meins.

Nach einer Weile griff er hinter mir nach etwas, das ich nicht sehen konnte. Das leise Klicken klang nach dem Öffnen einer Shampooflasche. Sicher war ich mir jedoch nicht. Kurz darauf fing er an, meine Haare einzuschäumen. Im ersten Moment war ich überrascht, im zweiten lehnte ich meinen Kopf ein Stück nach hinten und genoss seine sanften Berührungen. Es fühlte sich ein wenig ungewohnt an, aber gleichzeitig auch absolut vertraut.

Ein herber, leicht minziger Duft verteilte sich im Raum. Ich atmete tief ein, es roch unglaublich gut. *Ob ich mir sein Shampoo mal ausleihen könnte?* Sorgfältig spülte er es aus und hauchte mir einen Kuss auf meine Nasenspitze, bei dem ich Gänsehaut bekam.

»Danke.«

»Nicht dafür.« Er drückte seine Lippen flüchtig auf meine. »Warte hier. Ich bin gleich wieder da.« Nackt wie er war, stieg er aus der Dusche, zog aus dem hölzernen Wandregal neben dem Waschtisch ein graues Handtuch heraus und kam wieder zu mir. Lächelnd legte er es mir um die Schultern und fuhr über meine bedeckten Arme. Seine Fürsorge war rührend und definitiv etwas, an das ich mich gewöhnen konnte.

»Und was ist mit dir?« Ich mummelte mich weiter in den flauschigen Stoff.

»Ich komme sofort. Auf der Kommode neben der Toilette habe ich dir trockene Kleidung hingelegt.«

Es folgte ein weiterer unschuldiger Kuss, ehe ich nickte und vorsichtig aus der Dusche trat. Gähnend griff ich mir die hingelegten Sachen und zog sie mir an. Sie waren viel zu groß und doch perfekt.

»Habt ihr einen Fön?« Ich sprach etwas lauter, damit Logan

mich trotz des laufenden Wassers hören konnte.
»In der mittleren Schublade unter dem Waschbecken.«
»Danke.«
Eigentlich war ich viel zu müde, um mich jetzt noch darum zu kümmern. Doch ich hasste es, mit nassen Haaren ins Bett zu gehen. Bei dem Gedanken, später gemeinsam einzuschlafen, schlich sich ein zufriedenes Lächeln auf meine Lippen.
Ich war derart in meine Tagträume vertieft gewesen, dass ich gar nicht bemerkt hatte, wie Logan aus der Dusche gekommen war und sich abgetrocknet hatte. Lächelnd umschlang er mich von hinten, legte sein Kinn auf meiner Schulter ab und sah mich durch den Spiegel an. Seine Haare standen in alle Richtungen ab, das Handtuch saß locker auf seinen Hüften.
Ich drehte mich zu ihm um, kuschelte mich in seine Arme und senkte die Lider.
»Wir sollten ins Bett gehen. Du schläfst mir sonst noch im Stehen ein.«
Wie aufs Stichwort musste ich erneut gähnen. »Klingt gut.«
Innerhalb kürzester Zeit hatte er sich seine Shorts angezogen und mich in sein Schlafzimmer geführt. Als es draußen blitzte und kurz darauf laut donnerte, zuckte ich zusammen. Ein Blick aus dem Fenster verriet mir, dass das harmlose Gewitter zu einem tobenden Unwetter geworden war. Die Zweige der Fichten schlugen gegen die Vertäfelung der Hütte, die einzelnen Holzbretter ächzten und knatschten und ließen die Situation bedrohlicher wirken, als sie es war.
Logan machte sich gar nicht erst die Mühe, das Licht anzuschalten, und dirigierte mich zum Bett, das genauso wie meins mit Blick auf den See gedreht war. Erschöpft ließ ich mich darauf fallen und schlüpfte unter die Decke, die nach seinem Duschgel roch. Als mein Kopf das Kissen berührte, seufzte ich. Logan legte sich zu mir und zog mich an sich. Seinen steten Herzschlag zu hören, ließ mich schneller einschlafen, als auf dem bequemsten Kissen der Welt.

19. Kapitel

Es war auf den Tag genau fünf Wochen her, dass wir aus dem *Lake Creek Camp* zurückgekehrt waren, und doch hatte sich nichts zwischen Logan und mir verändert. Auch wenn der stressige Alltag, verschiedene Trainingszeiten und Prüfungen uns fest im Griff hatten, nutzten wir jede freie Minute füreinander. Mal waren wir bei June und mir, größtenteils jedoch bei Logan, was der Tatsache geschuldet war, dass er dank seines Stipendiums eine Zwei-Zimmer-Wohnung für sich allein hatte. Sie war zwar nicht sonderlich groß, doch ziemlich gemütlich eingerichtet. Ich hatte mich auf Anhieb wohlgefühlt.

Eng umschlungen lagen wir auf dem Sofa in Logans Wohnung und schauten *Say Anything*. Ich liebte diesen Film, obwohl er aus den Achtzigern stammte und damit älter war als ich. Die Liebesgeschichte von Lloyd Dobler und Diane Court war klassisch, aber wunderschön. Ein Junge und ein Mädchen aus zwei Welten, die unterschiedlicher nicht sein könnten, und doch finden die beiden zueinander. Die Art und Weise, wie er ihr Herz eroberte, zauberte mir jedes Mal ein Lächeln ins Gesicht. In diesem Moment stand Lloyd unter ihrem Fenster, und aus seinem Ghettoblaster dröhnte Peter Gabriels *In Your Eyes*. Ich seufzte leise und genoss Logans sanfte, kreisende Berührungen auf meinem Arm.

»Hm?« Hauchzart strich er mit seinen Lippen über mein Ohr und ließ mich damit erschauern.

»Ich könnte mir diese Szene immer und immer wieder angucken.« Die Kamera schwenkte auf Diane, die hin- und hergerissen in ihrem Bett lag und der Musik lauschte.

»Warum?«

Ich zuckte leicht mit den Schultern und drehte den Kopf, sodass ich Logan in die Augen schauen konnte. »Weil es unfassbar romantisch ist und es heutzutage kaum noch einen Mann gibt, der so etwas tun würde.«

»Das findest du romantisch? Er steht doch eigentlich nur da und lässt Musik laufen.« Logan sah skeptisch zwischen dem Bildschirm und mir hin und her.

»Schon, aber der Song hat eine Bedeutung für die beiden. Den haben sie gehört, als sie sich das erste Mal nähergekommen sind.« Aber das war nicht der Grund, weshalb ich die Szene so unglaublich toll fand.

»Darauf habe ich gar nicht geachtet.«

Ich drückte meine Lippen für einen kurzen Moment auf seine und legte meine Hand auf die Stelle über seinem Herzen. »Aber weißt du, was ich am schönsten daran finde?«

»Ich denke, du wirst es mir gleich verraten.«

»Er steht dort, um ihr zu zeigen, dass er sie nicht aufgegeben hat.«

Logan legte den Kopf schief und schien einen Moment nachzudenken. Dann lächelte er und ließ mein Herz damit schneller schlagen. »Gut zu wissen, dass Frauen so etwas mögen.«

Spielerisch boxte ich ihm gegen den Oberarm und wandte mich zurück zum Fernseher. »Das heißt nicht, dass jede von uns darauf steht.«

»Du aber schon.« Anstatt darauf zu antworten, nickte ich leicht. »Dass du eine derart romantische Ader hast, ist mir neu.«

Ich hörte ihn leise lachen und vergrub den Kopf in meiner Armbeuge. Nur einen Augenblick später spürte ich, wie er einen sanften Kuss auf mein Schulterblatt setzte. Instinktiv reckte ich mich und verschaffte ihm damit besseren Zugang.

»Schauen wir später *Halloween Kills*?«, fragte er und holte mich damit aus meiner kleinen Blase, in der ich mich gerade noch befunden hatte.

»Wenn du willst, dass ich danach nie wieder schlafe, gerne.« Ich hatte genau einen einzigen Horrorfilm gesehen. *Hereditary*. Nachdem ich zwei Wochen lang von Albträumen geplagt worden war, hatte ich mir vorgenommen, so etwas nie wieder zu gucken. Wie June und ich auf diese bescheuerte Idee gekommen waren, verstand ich im Nachhinein nicht mehr.

»Schlaf wird überbewertet.« Zärtlich ließ er seine Finger an meiner Seite entlang wandern und setzte einen weiteren Kuss auf meine Schulter. Die Stelle, an der seine Lippen meine Haut berührten, kribbelte angenehm.

»Ganz deiner Meinung.« Ich drehte mich zu ihm um, legte meine Hände an sein Gesicht und zog ihn leicht zu mir herunter. Lächelnd kam er mir entgegen und küsste mich. Wie jedes Mal, wenn er das tat, schlug mein Herz schneller. Ich hoffte, dass sich das niemals ändern würde.

Der Abspann begann, doch keiner von uns beiden machte sich die Mühe, einen weiteren Film zu starten. Stattdessen blieben wir liegen und genossen die Nähe des anderen.

»Worüber denkst du nach?« Logan hatte den Kopf gesenkt und malte mit den Fingerspitzen kleine Kreise auf meine Schulter. Augenblicklich bekam ich eine Gänsehaut. Er wusste genau, wie empfindlich ich dort war.

»Über uns und daran, wie sehr sich die Dinge verändert haben.« Wir ergänzten uns nahezu perfekt. Zeitweise fühlte es sich an, als wäre es nie anders gewesen.

»Manchmal kann ich das alles kaum glauben.« Nachdenklich schaute er zur Seite.

Ich drehte seinen Kopf zurück in meine Richtung. »Geht mir nicht anders.« Zärtlich legte ich meinen Mund auf seinen. Erst sanft, dann drängender, küssten wir einander. Ich seufzte leise, als er mit seiner Zunge meine Unterlippe nachzeichnete. Einen Atemzug später hatte er uns so gedreht, dass ich unter ihm lag. Mit einer Hand stützte er sich ab, mit der anderen strich er mir eine verirrte Haarsträhne hinters Ohr. Als er sein Knie zwischen meine Beine schob, zog ich ihn am Kragen seines Hoodies näher zu mir herunter.

»Sind wir wieder ungeduldig?«

»Geduld war noch nie meine Stärke.« Ich schmunzelte und vergrub meine Hände in seinen Haaren. Logan ließ seine Finger unter mein Shirt wandern und streichelte die zarte Haut an meinem Bauch.

»Ist mir noch gar nicht aufgefallen.«

»Dann bist du ein schlechter Beobachter.« Ich biss mir auf die Lippen, um ein Grinsen zu unterdrücken, und spürte, wie es mir misslang.

»Meinst du?«

»Keine Ahnung, sag du es mir.«

Logan stoppte seine Berührung und lehnte sich ein Stück zurück. Seine Augenbrauen waren skeptisch zusammengezogen. »Du liebst Schokolade, magst aber kein Schokoladeneis. Genauso wie du Erdbeeren gerne isst, aber kein Erdbeereis. Oliven auf deiner Pizza hasst du. Ebenso Kapern. Ananas dagegen nicht. Du freust dich unglaublich über kleine Aufmerksamkeiten, würdest das jedoch nie zugeben. Wenn du wählen kannst, würdest du eher einen Liebes- anstelle eines Actionfilms gucken. Soll ich weitermachen, oder glaubst du mir?«

Lächelnd fuhr er mit seiner Nasenspitze erst mein Kinn und dann meinen Kiefer entlang.

»Ich glaube dir.« Für einen Augenblick sah ich ihn einfach nur an. Dann fuhr ich mit meinem Zeigefinger über die kleine helle Narbe über seiner rechten Augenbraue. »Erzählst du mir die Geschichte dazu?«

Logan lachte leise und nahm meine Hand in seine. »Als ich klein war, habe ich oft mit dem Nachbarsjungen gespielt. Jack war acht und damit zwei Jahre älter, trotzdem haben wir uns gut verstanden. Eines Abends hat es angefangen zu regnen, und meine Mom hat uns ins Haus gerufen. Wir sind zwar zu ihr gelaufen, haben allerdings unsere Schuhe nicht ausgezogen. Also bin ich mit dem Matsch unter meinen Sohlen durch die Küche gerannt, ausgerutscht und mit dem Kopf gegen den Esstisch geknallt. Die Wunde musste mit vier Stichen genäht werden, aber ich habe immerhin ein schickes Pflaster mit einem Piratenschiff darauf bekommen. Danach habe ich das Haus nur noch auf Socken betreten.« Sein Grinsen ließ mich an den sechsjährigen Logan denken, der unbeschwert draußen im Garten gespielt hatte. Vielleicht hatte er genauso wie ich Matschkuchen gebacken. Oder Goldgräber im Sandkasten gespielt.

»Stand der Tisch anschließend denn noch?«

»Er hatte nicht mal eine Schramme. Sehr zum Leidwesen meiner Mom. Sie konnte das Ding nie leiden. Mit sechzehn habe ich jedoch einen Sommer lang in einem Restaurant gejobbt und Teller abgewaschen, um ihr einen neuen kaufen zu können. Sie hat mittlerweile zig Tischdecken genäht, damit er noch in hundert Jahren wie neu aussieht.« Amüsiert schüttelte er den Kopf.

Lächelnd beugte ich mich vor und strich ihm die Haare aus der Stirn. Dann lehnte ich mich wieder zurück, um ihm in die Augen schauen zu können. Das Funkeln darin verursachte ein angenehmes Kribbeln in meinem Bauch. Es war schön, dass er mir etwas aus seiner Kindheit erzählte.

»Woher ist deine?«

»Hm?«

»Deine Narbe.« Zärtlich fuhr er mit seinen Fingern über meinen Haaransatz. Man musste genau hinsehen, um die feine, helle Linie dort zu erkennen.

»Du darfst aber nicht lachen, okay?« Das Grinsen in seinem Gesicht sagte mehr, als Worte es jemals gekonnt hätten. »Du musst es mir versprechen.«

»Ist gut, ich verspreche es.«

Ich räusperte mich leise und musste mich zwingen, selbst ein Schmunzeln zu unterdrücken. »Meine Eltern hatten früher einen Kleiderschrank mit Schiebetüren. An sich recht ungewöhnlich, ich weiß. Aber meine Mom hatte so ein Ding während ihrer Reise nach Italien gesehen und wollte einen für zuhause. Also haben sie einen gekauft.«

Logan hatte den Kopf schief gelegt und sah mich interessiert an. Gleichzeitig verschränkte er seine Hand mit meiner und brachte mich damit für einen kurzen Moment aus dem Konzept.

»Jedenfalls bin ich eines Abends auf das Bett meiner Eltern geklettert, um darauf herumzutoben. Irgendwann bin ich zu nah an den Rand gesprungen, habe das Gleichgewicht verloren und bin in den Kleiderschrank gefallen. Meine Mom hatte kurz zuvor frische Wäsche eingeräumt und vergessen, die Tür zuzuziehen. Unglücklicherweise bin ich mit dem Kopf auf ein Metallteil geprallt. Also mussten wir mit meiner Platzwunde abends um elf Uhr in die Notaufnahme.«

»Das klingt schmerzhaft.«

»Daran erinnere ich mich ehrlich gesagt gar nicht mehr. Ich weiß nur noch, dass sie den Riss zweimal getackert haben.«

»Du hast eindeutig gewonnen.« Logan schüttelte grinsend mit dem Kopf, zog mich zu sich und küsste mich.

»Wenn ich gewusst hätte, dass das hier ein Wettbewerb ist, hätte ich dir eine ganz andere Geschichte erzählt.« Ich piekte ihm mit dem Zeigefinger gegen die Brust und brachte ihn damit zum Lachen.

»Das kann man noch toppen?«

»Und wie man das kann.«

»Ich bin gespannt.« Er sah mich bei diesen Worten dermaßen liebevoll an, dass ich schluckte. Dann klingelte es an der Tür.

»Das werden wohl unsere Pizzen sein.« Logan zwinkerte und stand auf. Ich sah ihm nach und kuschelte mich weiter in die gemütlichen Kissen auf seiner Couch. Mein Magen knurrte leise. Das Abendessen kam genau zur rechten Zeit.

»Was willst du hier? Woher hast du meine Adresse?« Bei Logans wütender Stimme setzte ich mich abrupt auf. Das klang nicht, als stünde der Pizza-Lieferant vor der Tür.

»Ich will nur mit dir reden.« Die andere Stimme war deutlich ruhiger und kam mir unglaublich bekannt vor. Neugierig erhob ich mich, rückte mein Shirt zurecht und ging die wenigen Schritte bis zum Eingangsbereich. Matt stand davor.

»Wir haben nichts zu bereden.« Logan wollte ihm gerade die Tür vor der Nase zuschlagen, als Matt einen Fuß dazwischen stellte und sie zusätzlich mit der Hand aufhielt.

»Das stimmt nicht, Logan, und das weißt du genauso gut wie ich.«

Ich rückte etwas näher. Matt sah aus, als hätte er tagelang nicht geschlafen.

»Verschwinde. Ich will dich hier nie wieder sehen.«

»Wir müssen darüber reden. So kann es doch nicht weitergehen.« Matt lehnte sich gegen den Türrahmen und schob seine

Hände in die Jackentaschen. Logan dagegen ballte seine zur Faust.

»Wir müssen gar nichts, Matt, und das habe ich dir oft genug gesagt. Lass mich einfach in Ruhe.«

»Und dann? Wie soll die Saison laufen? Willst du auf dem Platz nur dann zu mir passen, wenn es wirklich nicht anders geht? Das wird nicht funktionieren.« Auch wenn ich für niemanden Partei ergreifen wollte, verstand ich Matt. Ich sah es genauso und hatte des Öfteren versucht, mit Logan darüber zu sprechen. Doch wie erwartet, hatte er jedes Mal abgeblockt. Irgendwann hatte ich aufgehört, ihn darauf anzusprechen.

»Werden wir ja sehen.« Logan verschränkte die Arme vor der Brust. Er erinnerte mich viel zu sehr an ein bockiges Kind. Doch auch darüber hatte ich mit ihm gesprochen. Oder es zumindest versucht. Dass ich auch daran kläglich gescheitert war, wurde mir in diesem Moment bewusst. Ich atmete tief durch und versuchte, einen klaren Kopf zu bewahren. Mein Bauchgefühl sagte mir, dass das nicht gut ausgehen konnte. Doch ein Teil von mir hoffte, sie würden sich endlich aussprechen.

»Willst du dem Team das wirklich antun? Die Jungs arbeiten so hart, das haben sie nicht verdient.« Das hätte Matt nicht sagen sollen.

Logan machte einen Schritt auf ihn zu. »Du sprichst über meine Jungs? Mein Team, das ich über Jahre mitaufgebaut habe? Ernsthaft?«

Matt wich zurück. »So war das nicht gemeint. Ich wollte damit lediglich ausdrücken ...« Er hob abwehrend die Hände, doch Logan unterbrach ihn. »Es ist mir scheißegal, was du sagen wolltest. Du gehörst nicht zum Team, also hast du auch kein Recht, über die Jungs zu sprechen.«

»Und genau darin liegt unser Problem. Ich bin Teil der Mannschaft, ob du willst oder nicht. Alles andere ist egal. Es geht nicht um uns oder das, was passiert ist. Denkst du, ich habe das absichtlich gemacht?«

Logan sah starr geradeaus und kommentierte es nicht weiter. Was mehr aussagte, als alles andere.

»Du denkst das wirklich. Oh Mann.« Matt fuhr sich mit beiden

Händen übers Gesicht und seufzte. Für einen Moment war es still, dann räusperte er sich leise. »Auch wenn wir uns nicht besonders gut kennen und du mich kein Stück leiden kannst, würde ich dir sowas niemals absichtlich antun. Wir sind Brüder.«

»*Halbbrüder.*« Die Schärfe in Logans Stimme war unüberhörbar. Gleichzeitig war sie derart kalt, dass es mich fröstelte. Instinktiv rieb ich mir über die Arme.

»Wir sind Familie. Auch wenn du das anders siehst.«

»Verwandtschaft kann man sich nicht aussuchen. Deshalb gehörst du aber noch lange nicht zu meiner Familie.«

Ich wusste mittlerweile einfach nicht mehr, was ich denken sollte. Einerseits verstand ich Matt, andererseits konnte ich Logans Abneigung ihm gegenüber nachvollziehen. Zumindest in gewissen Teilen. Denn Matt hatte all das, was er nicht gehabt hatte. Allen voran den gemeinsamen Vater. Dass jener nicht der Liebevollste war, konnte er nicht ahnen. *Wie denn auch?* Soweit ich wusste, hatte er ihn seit einer Ewigkeit nicht mehr gesehen. Er trug eine Wunschvorstellung in sich, die Matt zufolge mit der Realität nicht weniger gemeinsam haben konnte. Logan projizierte seine Wut auf Matt. Dabei trugen sie beide keinerlei Schuld an dieser Situation.

»Vielleicht wird sich das irgendwann mal ändern.«

»Ich denke nicht.«

Eine Weile sagte keiner von beiden etwas. Ich nutzte den Augenblick und räusperte mich leise. »Ist bei euch alles okay?« Im Grunde war es eine idiotische Frage, und doch war es die einzige, die mir einfiel. War mein Kopf vor einer Sekunde noch vor Fragen übergequollen, so war er jetzt wie leergefegt.

»Matt wollte sich gerade verabschieden.« Logans Stimme klang schneidend und reserviert. Vorsichtig, weil ich mir nicht sicher war, wie er reagieren würde, griff ich nach seiner Hand und öffnete seine Faust. Dass er es zuließ, überraschte mich im ersten Moment, im zweiten ließ es mich erleichtert durchatmen.

»Wollte ich. Bye, Carly.« Matt lächelte gequält und verschwand. Nach ein paar Metern drehte er sich noch mal um und sah mich an. »Tut mir leid, dass ich euch den Abend versaut habe.«

»Hast du nicht. Alles gut.« Dass das die Lüge des Jahrhunderts war, wusste jeder von uns, und doch sagte keiner etwas.

»Lass uns reingehen.« Logans Stimme klang nach wie vor angespannt, jedoch einen Ton sanfter. Vielleicht bildete ich mir das aber auch nur ein. Ich nickte, zog ihn hinter mir her und schloss die Tür. Er löste seine Hand aus meiner und lief ohne Umweg in die Küche. Nur einen Atemzug später hörte ich das vertraute Flaschenklirren einer sich öffnenden Kühlschranktür.

»Willst du auch ein Bier?«

»Gerne.«

Seufzend ließ ich mich zurück in die Kissen fallen, zog die Beine an und sah aus dem Fenster. Eigentlich dachte ich, dass die beiden ansatzweise miteinander klarkamen. Zumindest hatte es so ausgesehen. Doch auch in dieser Hinsicht schien ich mich getäuscht zu haben.

Ich war derart in meinen Gedanken vertieft gewesen, dass ich gar nicht mitbekommen hatte, wie Logan mit zwei Flaschen Bier zurück ins Wohnzimmer gekommen war. Eine davon hielt er mir entgegen. Ich nahm sie ihm dankend ab.

Er sagte nichts weiter dazu, sondern setzte sich neben mich und trank einen Schluck. Ich tat es ihm gleich. »Was war das gerade?«

»Du hast es doch gehört, oder nicht?«

»Schon, aber das erklärt nicht wirklich, was zwischen euch vorgefallen ist.«

»Es ist Vergangenheit und damit vollkommen egal.« Im Augenwinkel sah ich, wie er den Kopf hängen ließ. Es sah aus, als läge auf seinen Schultern eine zentnerschwere Last. Mit jedem weiteren Atemzug sackte er weiter zusammen. Ich wollte nicht, dass er mich wieder ausschloss, dass er es mit sich allein ausmachte, denn das musste er nicht mehr.

»Ist es nicht. Erzähl schon. Ihr habt euch doch in letzter Zeit recht gut verstanden. Zumindest sah es auf dem Platz so aus.« Ich rückte weiter zu ihm nach vorn. Mit einem leisen Seufzen lehnte er sich gegen mich. Zärtlich drückte ich ihm einen Kuss auf seine Schulter, ehe ich meinen Kopf darauf ablegte.

»Aber nur, weil ich keine Wahl hatte. Das Team bedeutet mir alles. Es ist meine einzige Chance, gedraftet zu werden. Je besser wir spielen, desto wahrscheinlicher ist es, dass Talentscouts zu den Matches kommen.« Demnach sah er Matt als lästiges Übel an, mit dem er sich notgedrungen arrangieren musste. Doch ich sah es wie sein Halbbruder. Sie waren Familie und hatten endlich Zeit, einander kennenzulernen. Matt konnte nichts für die Entscheidungen seines Vaters. Genauso wenig wie Logan. Es war unfair, dass er Matt die Schuld an allem gab.

»Warum lernst du ihn nicht auch abseits des Platzes besser kennen? Vielleicht versteht ihr euch ja doch.«

»Ich verzichte.« Seine Stimme klang derart kühl, dass ich erschauderte. Ich wusste nicht, was ich dazu sagen sollte. Nach einer gefühlten Ewigkeit räusperte ich mich leise.

»Du weißt, du kannst mit mir über alles reden, oder?« Ich spürte ein leichtes Nicken. Im nächsten Augenblick lehnte er seinen Kopf gegen meinen und fuhr sanft mit seinen Fingerspitzen über meine Wange.

»Was ist damals passiert?« Langsam atmete ich ein und wieder aus und wartete auf seine Antwort. Er setzte an und brach ab. Nur einen Moment später spürte ich, wie er den Kopf schüttelte.

»Ich möchte nicht darüber sprechen.«

»Warum nicht?« Ich verstand einfach nicht, weshalb er mich erneut ausschloss. Nach all der Zeit hatte ich gehofft, er wäre nun so weit, sich mir gegenüber ein wenig mehr zu öffnen. Doch Hoffnung war da, um enttäuscht zu werden.

»Weil es nichts bringt.«

»Du frisst das schon viel zu lange in dich hinein.«

Logan lachte bitter und rutschte ein Stück zur Seite. Augenblicklich fehlte mir die Wärme seines Körpers. Dass er Abstand suchte, tat weh.

»Warum kannst du nicht akzeptieren, dass ich nicht darüber sprechen will? Hör doch einfach auf, mich zu drängen.« Genervt fuhr er sich mit beiden Händen durch seine Haare. Als ich zu ihm sah, hatte er die Kiefer aufeinandergepresst. Im Grunde wusste ich, dass er seine Wut, die er für Matt empfand, bloß auf mich projizierte. Dass er das alles gar nicht so meinte. Und doch fiel es mir von Sekunde zu Sekunde schwerer, seine Zurückweisung nicht an mich heranzulassen.

»Es tut mir leid. Ich wollte dich nicht drängen, ich will einfach nur verstehen, warum du so auf Matt reagierst.« Immer noch stand seine Vergangenheit zwischen uns. Gleichzeitig dachte ich darüber nach, wie unsere Zukunft aussehen sollte, wenn er nicht vollkommen ehrlich zu mir war. Es tat weh, dass er sich mir nicht anvertraute. Dass er mich ausschloss.

»Es ist vollkommen egal, ob du das wolltest oder nicht. Du tust es immer wieder, Carly.«

»Ich wollte dir wirklich nur helfen.«

»Ich komme gut alleine klar. Das bin ich schon immer.« Logans Stimme war nicht mehr als ein Flüstern, und doch verstand ich jedes einzelne Wort. Sie brannten sich in mein Herz und sorgten dafür, dass es sich krampfhaft zusammenzog. Ich hatte meine Schutzmauern für ihn eingerissen und ihm vertraut, aber er zögerte immer noch, dasselbe für mich zu tun. In diesem Augenblick kam ich mir wie die größte Idiotin auf Erden vor.

»Keine Sorge, diesmal habe ich es verstanden.« Völlig fertig umschlang ich das große Kissen und stützte den Kopf darauf. Eine Weile lang sagte keiner von uns beiden etwas. Möglichst unauffällig betrachtete ich sein Profil. Er sah aus wie der Mann, in den ich mich Hals über Kopf verliebt hatte. Und doch verhielt er sich wie der Logan, den ich anfangs nicht gemocht hatte.

»Ich denke, es ist besser, wenn ich jetzt verschwinde.« Geistesabwesend stand ich auf und stellte mein halbvolles Bier auf seinem Couchtisch ab. Ich griff mir meine Tasche und lief in Richtung Haustür. Ein Teil von mir hoffte, er würde es sich anders überlegen und mich zurückrufen. Oder sich bei mir entschuldigen. Doch nichts davon geschah. Stattdessen blieb er stumm und ließ mich gehen.

20. Kapitel

Ich hatte letzte Nacht stundenlang wach gelegen und gegrübelt, ehe ich vollkommen erschöpft in einen traumlosen Schlaf gefallen war. Und doch hatte es nichts gebracht. Ich war noch genauso schlau wie gestern, nachdem ich June von meinem Streit mit Logan berichtet hatte. Auch wenn sie keine Antworten für mich gehabt hatte, denn letztendlich konnte ich sie nur von Logan bekommen, hatte sie mir dazu geraten, nicht direkt vom Schlimmsten auszugehen. Ihm Zeit zu geben. Was schwerer war als gedacht.

Das einzig Positive an diesem Tag war, dass meine erste Vorlesung ausfiel und ich somit ein wenig länger liegen bleiben konnte. Doch ohne eine extra Portion Koffein würde ich nicht mal den Vormittag überleben, geschweige denn alles, was danach kommen könnte. *Mary's Tea & Coffee* war mein Rettungsanker. Das kleine Café war einer meiner absoluten Lieblingsorte auf dem Campus.

Mary stand wie immer hinter der Theke und kümmerte sich persönlich um die Wünsche ihrer Gäste. Schon beim Eintreten schenkte sie mir ein warmes Lächeln. Ich fühlte mich augenblicklich ein kleines bisschen besser.

»Carly, hallo. Wie geht es dir? Du siehst erschöpft aus.« Mary war nicht nur eine verdammt gute Zuhörerin, sondern auch eine fantastische Beobachterin und Ratgeberin. Mit der Zeit war sie jemand geworden, dessen Freundschaft ich nicht mehr missen wollte.

»Ganz gut, danke. Und dir?«

Sie hielt in ihrer Bewegung inne und deutete auf einen freien Platz an der Theke. Ich stellte meine Tasche ab und setzte mich hin. »Was ist los? Raus damit.«

»Es ist kompliziert.« Ich schob einen der Zuckerstreuer von rechts nach links und wieder zurück.

»Ist es das nicht immer?« Sie zwinkerte und legte ihr Geschirrtuch zur Seite. Im Hintergrund lief leise Musik, ein Pop-Song aus den Achtzigern, Marys Lieblingsjahrzehnt.

»Ja, wahrscheinlich.«

»So schlimm?«

Ich nickte und nahm mir einen der Zuckerstreuer, die vor mir standen. Mary hatte sich mit beiden Armen auf der Theke abgestützt und sah mich abwartend an.

»Es geht um einen Kerl, richtig?« Was solche Dinge betraf, hatte sie einen sechsten Sinn. Ich versuchte mich an einem Lächeln. »Ach, ihr jungen Leute und die Liebe.«

»Ich habe einfach keine Ahnung, was ich machen soll.«

»Manchmal ist es einfacher, als man denkt. Ich bin in einer Zeit groß geworden, in der man Dinge repariert und nicht sofort weggeschmissen hat. Wenn du ihn also wirklich liebst, findest du eine Lösung. Ab und an ist es vielleicht besser, die Dinge erst ein wenig abkühlen zu lassen, um sie dann aus einer anderen Perspektive zu betrachten.«

Ich ließ mir ihre Worte einen Moment lang durch den Kopf gehen. Sie klangen logisch, und doch war ich unsicher, was ich tun sollte. Wäre es wirklich besser, ihn erstmal in Ruhe zu lassen, oder sollte ich mich doch lieber gleich entschuldigen und das Gespräch mit ihm suchen? Wollte er mich überhaupt sehen? Und würden wir die Sache klären können, ohne dass er sich wieder dazu gedrängt fühlt, mit mir über etwas zu reden, worüber er nicht mit mir sprechen wollte? Und warum hatte er so ein Problem damit, sich mir anzuvertrauen?

Mary legte ihre Hand auf meine und holte mich damit aus meinem Gedankenkarussell. »Weißt du, was immer am allerbesten hilft?«

»Nein.«

»Tief Luft holen, miteinander sprechen und die Dinge klären, die zwischen euch stehen.«

Bei Mary klang immer alles so leicht. Die Wahrheit war, dass ich noch nicht einmal wusste, wie ich diese Unterhaltung beginnen sollte. Es war mehr als wahrscheinlich, dass es nicht anders verlaufen würde als gestern Abend. Ich wollte ihm Zeit geben, aber dass er mir nicht wenigstens ein winziges Detail erzählte, verunsicherte mich mehr als alles andere. Wie sollte ich mit ihm zusammen sein, wenn es nur einer unbedachten Äußerung bedurfte, damit er mich wieder komplett ausschloss?

»Hör auf, dir so viele Gedanken zu machen. Probleme lösen sich erst dann, wenn man sie angeht.«

»Danke, Mary.«

Sie machte eine wegwerfende Handbewegung und lächelte. »Ach, papperlapapp. Magst du mal etwas probieren? Ich experimentiere gerade.« Dass sie mich ablenken wollte, war mehr als offensichtlich. Doch es störte mich nicht. Im Gegenteil.

»Natürlich.«

Lächelnd stellte sie ein Macchiato-Glas vor mir ab, dessen Inhalt auf den ersten Blick nicht unbedingt anders als ein normaler Latte aussah. »Ich nenne es *Haze Mac.*« Abwartend wischte sie über die Theke, legte sich das Geschirrtuch über ihre Schulter und sah mich aufmerksam an. Vorsichtig trank ich einen Schluck und ließ mir die Aromen auf der Zunge zergehen. Es schmeckte anders, aber großartig. Mich ganz auf den Geschmack konzentrierend, versuchte ich, die Zutaten herauszuschmecken. Ich meinte Haselnuss, Karamell und Schokolade ausmachen zu können. Vielleicht täuschte das aber auch. »Das ist echt lecker. Was ist da drin?«

Mary faltete die Hände vor der Brust und grinste. »Das ist ein Geheimnis. Ich verrate nur so viel. Es ist keine Kuhmilch.«

»Haselnuss?«

Mary schmunzelte, aber schüttelte den Kopf. »Hafer. Das mögen die jungen Leute heutzutage wohl gerne.« Dass sie sich darüber Gedanken machte und versuchte, die Trends und Vorlieben umzusetzen, fand ich süß.

»Schmeckt super. Ganz ehrlich.«

»Sehr gut. Dann kommt der wohl auf die Karte, oder?«

»Auf jeden Fall.« Ich trank das Glas leer und schob es in ihre

Richtung. Ein Blick auf die Uhr verriet mir, dass ich noch genügend Zeit bis zur Vorlesung hatte. »Könntest du mir bitte einen Vanille Macchiato to go machen?«

Sie nickte und griff sich eines der Edelstahlkännchen. Ich ließ unterdessen meinen Blick schweifen und stutzte, als ich Matt an einem der hinteren Tische entdeckte. Er sah genauso müde aus, wie ich mich fühlte. Ob ich ihn ansprechen sollte? Es war sicherlich okay, ihn zu fragen, ob alles in Ordnung war. Mit neuem Mut und einem frischen Kaffee in der Hand ging ich zu ihm. Überrascht schaute er auf. »Carly, hey.«

»Darf ich?« Lächelnd deutete ich auf den Stuhl ihm gegenüber. Als er nickte, setzte ich mich zu ihm. »Ich habe dich gerade hier sitzen sehen und dachte, ich komme mal zu dir.«

»Das ist lieb, danke.« Das angedeutete Lächeln auf seinem Gesicht glich jedoch eher einer Grimasse.

»Tut mir leid, wie das gestern gelaufen ist.« In einer fließenden Bewegung zog ich meine Jacke aus und hängte sie über den Stuhl.

»Schon gut, mach dir deshalb keinen Kopf.«

Matt griff sich seine Tasse, trank einen Schluck und sah mich schuldbewusst an. »Trotzdem.«

Weil ich nicht wusste, was ich darauf antworten sollte, sah ich aus einem der großen Fenster. Mein Blick blieb an den Ahornbäumen hängen, deren Blätter sich langsam rötlich verfärbten und den Herbst damit offiziell einläuteten.

Ich war hin- und hergerissen. Matt hatte all die Antworten, die Logan mir beharrlich verschwieg. Und obwohl ich ihnen so nah war, wollte ich ihn nicht fragen. Es hätte sich wie ein Verrat an Logan angefühlt. Andererseits war er derjenige, der sich verschloss und mir aus dem Weg ging.

»Weißt du, ich habe echt Mist gebaut.« Matts Stimme ließ mich zusammenfahren, so sehr hatte ich meine Umgebung ausgeblendet. »Entschuldige, ich wollte dich nicht erschrecken.« Ich machte eine wegwerfende Handbewegung und lehnte mich auf dem alten Stuhl zurück, der ein Original aus den Achtzigern sein konnte. Im Hintergrund lief Alphavilles *Big in Japan*, ebenfalls aus diesem Jahrzehnt.

»Inwiefern hast du Mist gebaut?« Ob ich wollte oder nicht, ich konnte nicht anders. Die Neugierde siegte.

»Ich habe einen großen Fehler gemacht. Unabsichtlich. Aber das ist letztendlich egal. Es ist passiert, ich kann es nicht mehr rückgängig machen.« Er stoppte, setzte seine Tassen an und trank einen weiteren Schluck. »Als meine Eltern mir damals von Logan erzählt haben, bin ich sofort hierher gefahren. Sie fanden das natürlich alles andere als gut. Aber nachdem ich erfahren hatte, dass wir früher hier gewohnt haben und ich auch noch einen Bruder habe, musste ich es einfach tun.«

Ich stützte die Arme auf der karierten Tischdecke ab und legte beide Hände um meinen Pappbecher. Das waren nur bedingt Neuigkeiten. Einiges davon hatte er mir bereits im Trainingscamp erzählt.

»Ich weiß noch genau, wie Logan reagiert hat, als ich das erste Mal vor ihm stand. Natürlich habe ich nicht erwartet, dass er vor Freude sofort die Familienbilder rauskramt ...«

»Er war nicht begeistert, oder?«

Seine Lippen verzogen sich zu einem gequälten Lächeln. »Das ist noch untertrieben. Er hat mir ein paar ziemlich unschöne Dinge an den Kopf geworfen.«

Wie sehr ihn das verletzt hatte und dass es ihn nach wie vor beschäftigte, war offensichtlich. Wie hätte ich an Logans Stelle reagiert? Wäre ich ausgeflippt? Wäre es mir egal gewesen?

»Ich hatte gar nicht damit gerechnet, dass er mir glaubt, dass wir verwandt sind.« Er schob sich den Ärmel seines Hoodies höher und drehte den Arm, sodass ich einen Blick auf seinen Ellenbogen werfen konnte. »Siehst du das hier?«

Ich beugte mich über den Tisch und nickte, als ich die drei dunklen Punkte in Form eines Dreiecks sah. Logan hatte ebenfalls solch eine Muttermal.

Matt zog sich den Ärmel wieder nach unten und lehnte sich zurück. »Das gibt es nicht so häufig. Aber unser Dad hat es, ich habe es und ...«

»Und Logan hat es auch«, beendete ich seinen Satz und schüttelte den Kopf. »Verrückt.«

»In dem Moment, als ich vor ihm stand, war er zunächst total gleichgültig. Als ich ihm jedoch das Muttermal gezeigt habe, ist er ausgerastet.«

»Ist irgendwie verständlich, oder nicht? Na ja, wenn man bedenkt, dass er bis zu dem Zeitpunkt nichts von dir wusste. Wie hättest du reagiert? Wärst du im ersten Moment nicht vielleicht auch ausgeflippt? Ich definitiv.« Auch wenn wir uns gestritten hatten, konnte ich nicht anders, als Logan in diesem Moment zu verteidigen. Alles andere hätte sich falsch angefühlt, und genau das zeigte mir, dass ich unsere Beziehung nicht aufgeben durfte. Dass ich *ihn* nicht aufgeben durfte. Er hatte jemanden verdient, der nicht einfach weglief, sobald es schwierig wurde.

»Wahrscheinlich hast du recht. Ich habe auch nicht erwartet, dass er mich gleich zum Sonntagsbrunch einlädt. Wirklich nicht. Ich wollte ihn einfach nur kennenlernen.«

»Das ist absolut nachvollziehbar. Aber es war und ist nach wie vor eine schwierige Situation. Für euch beide.«

»Ja, schon. Aber das ist noch lange nicht alles.«

»Inwiefern?«

Seufzend fuhr er sich erst durch die Haare, dann übers Gesicht. Er drehte den Kopf zur Seite, so als könnte er mir nicht mehr in die Augen sehen. »Die Sache tut mir so unfassbar leid, und ich schäme mich dafür.«

»Wofür? Was ist passiert?« Da war der alles entscheidende Moment also. In Filmen würde nun eine dramatische Pause eingelegt, epische Musik gespielt und an das Gesicht des Schauspielers gezoomt. In der Realität hörte man das Surren der Kaffeemaschine, das Klappern des Geschirrs und Gelächter vom Nachbartisch. Es war auf eine Art völlig surreal, aber dadurch nicht weniger wichtig. Ich holte tief Luft und atmete wieder aus. Zumindest die Sache mit der dramatischen Pause bekam Matt einwandfrei hin. Er seufzte ein weiteres Mal und starrte das karierte Muster der Tischdecken an. Gedankenverloren zeichnete er es mit dem Zeigefinger nach.

Ich rutschte unruhig auf meinem Stuhl hin und her. Gerade als ich den Mund aufmachen und nachhaken wollte, setzte Matt wieder an. »Versprich mir bitte, mich ausreden zu lassen, okay?«

Wenn er mich um so etwas Simples bat, konnte ich schlecht *Nein* sagen. Vor allem, wenn ich bedachte, wie viel Überwindung es ihn kosten musste, mir davon zu erzählen, wenn er sich derart für sein Verhalten schämte. »Natürlich.«

Seine Lippen verzogen sich zu einem leichten Lächeln, das seine Augen nicht erreichte. Als ich ihm auffordernd zunickte, senkte er den Kopf. »Ehrlich gesagt, weiß ich nicht, wie ich es sagen soll, aber ...« Er brach ab und rieb sich mit beiden Händen übers Gesicht. »Ich habe mit Ava geschlafen.«

Ich hielt die Luft an und wiederholte seine Worte in meinem Kopf. Mehrmals. Ein Teil von mir betete, dass wir von zwei unterschiedlichen Frauen sprachen, doch wenn nicht ... dann konnte ich Logan ziemlich gut verstehen. Ich konnte und wollte nicht glauben, was ich soeben erfahren hatte. Es rückte alles in ein völlig neues Licht. In eines, in dem ich Logan eventuell ein weiteres Mal Unrecht getan hatte.

»Ich nehme an, wir sprechen von Logans Ex-Freundin Ava?« Matt nickte bloß. Ich war sprachlos. Niemals hätte ich gedacht, dass er der Typ war, der anderen die Freundin ausspannte oder sie benutzte, um jemandem wehzutun.

»Wir haben uns im *TwinToBe* kennengelernt. Sie war mit ein paar Freundinnen dort. Ich habe sie angesprochen, wir tranken, tanzten ... Und so führte eins zum anderen.«

Das *TwinToBe* war ein äußerst angesagter Club, der am Wochenende von den Studenten der *Duke* förmlich überrannt wurde. Ich selbst war auch ein paar Mal dort gewesen, nur um festzustellen, dass das Gedränge der Menschenmenge nichts für mich war. Viel lieber ging ich mit Freunden im *Ash* etwas trinken. Es war der perfekte Mix aus Bar und Restaurant. Ich liebte es, an lauen Sommerabenden mit einem Cocktail auf der Terrasse zu sitzen und mit Freunden Zeit zu verbringen. Ein Punkt, in dem Ava und ich uns anscheinend unterschieden.

»Glaub mir, Carly, hätte ich gewusst, dass sie vergeben ist, hätte ich meine Finger von ihr gelassen. Ich würde nie einem anderen die Freundin ausspannen. Schon gar nicht meinem Bruder.« Matt schüttelte den Kopf und stützte ihn in seinen Handflächen ab. Ich wollte gerade aufstehen und uns neuen Kaffee besorgen, als Mary neben uns erschien und uns kommentarlos Nachschub brachte.

»Danke.« Matts und meine Stimmen erklangen synchron, doch Mary nickte bloß.

»Nicht dafür, meine Lieben.« Sie zwinkerte, drehte sich um und huschte wieder hinter ihre Theke. Sie war wirklich eine herzensgute Seele. Lächelnd sah ich wieder zu Matt, der mit den Gedanken meilenweit entfernt zu sein schien.

Matt mochte vieles sein, aber sicherlich kein Arschloch. Er tat mir leid. Sie beide, eigentlich.

Ich schlug ein Bein über das andere und trank vorsichtig einen Schluck meines Kaffees. Die Wärme tat gut und vertrieb für einen Moment die schrecklichen Gedanken. »Und Logan geht davon aus, du hättest absichtlich mit Ava geschlafen?« Es würde sein abweisendes Verhalten gegenüber Matt erklären.

Matt nickte und fuhr sich durch seine braunen, kurzen Haare. Seine dunklen Augen hatten ihren Glanz verloren. Die dunklen Schatten darunter ließen ihn älter aussehen, als er tatsächlich war. »Scheiße.«

»Besser hätte ich es nicht zusammenfassen können.« Seufzend sah ich wieder aus dem Fenster und beobachtete eine kleine Studentengruppe, die lachend vor dem Café stand. In ihren Händen hielt jeder einen Becher mit der Aufschrift *Mary's*.

»Weißt du, ich erwarte ja gar nicht, dass er mir vergibt. Ich möchte bloß mit ihm sprechen und ihm alles erklären. Wer weiß, was Ava ihm erzählt hat. Sicherlich alles, nur nicht die Wahrheit.«

Damit verstand ich nun auch seine Versuche, an Logan heranzukommen. Ich an seiner Stelle hätte nicht anders gehandelt. Erschöpft atmete ich mehrmals tief durch. Meine Vorlesung, die vermutlich bereits begonnen hatte, war nicht länger wichtig. »Damit könntest du durchaus richtig liegen. Oh Mann, das tut mir alles so leid, Matt.«

»Das muss es nicht, Carly. Ich habe Scheiße gebaut, also muss ich auch dafür geradestehen.«

»Ja gut, aber du konntest doch nicht ahnen, dass Ava dich anlügt. Woher hättest du denn bitte wissen sollen, dass sie vergeben und noch dazu mit Logan in einer Beziehung ist? Das ist alles einfach nur dämlich gelaufen.« Das war wahrscheinlich noch der harmloseste Ausdruck dafür. »Wie klein die Welt sein kann ...«

»Hm?« Matt sah mich neugierig an.

»Na ja, von allen Frauen in dieser Stadt hast du ausgerechnet die Freundin deines Bruders kennengelernt. Wenn das keine Ironie ist, weiß ich auch nicht.«

Das Lächeln auf seinen Lippen wirkte gequält. Ich konnte es ihm nicht verübeln. Eine Weile nippten wir beide stumm an unseren Bechern und hingen unseren Gedanken nach. Ein Teil von mir war sich unsicher, ob Logan mit alldem und insbesondere mit Ava abgeschlossen hatte. Ob ich wollte oder nicht, es gab mir zu denken, dass er mir all das beharrlich verschwiegen hatte und nicht bereit zu sein schien, endlich offen mit mir zu reden. Ich umklammerte meinen Kaffeebecher fester und versuchte, die düsteren Gedanken zu verdrängen. Es gelang mir nicht sonderlich gut.

21. Kapitel

Das Gespräch mit Matt ging mir immer noch durch den Kopf. Nach wie vor wusste ich nicht, was ich mit diesem neuen Wissen tun sollte. Mit Logan zu sprechen, schien mir am vernünftigsten, und doch fürchtete ich mich davor. Immerhin hatte ich keine Ahnung, was passieren würde.

Ich seufzte, hängte mir die Tasche über die Schulter und schloss meinen Mantel. Der frische Herbstwind war kühler als gedacht. Die umherwehenden Blätter ließen mich kurzzeitig meine Sorgen vergessen und lächeln. Die Unbeschwertheit verging mir jedoch, als ich Logan nur ein paar Meter von mir entfernt stehen sah. Er hatte mir den Rücken zugewandt, die Hände in den Taschen seiner Jacke vergraben und mich bisher nicht entdeckt.

Für einen kurzen Augenblick gestatte ich mir, ihn einfach nur zu beobachten. Er wirkte entspannt und gut gelaunt und war damit das komplette Gegenteil von mir. Caleb stand bei ihm. In seinen Armen hielt er Lauren, die ihn freudestrahlend von der Seite ansah. Auch wenn ich ihnen ihr Glück von Herzen gönnte, war ich ein wenig neidisch. Denn insgeheim wünschte ich mir nichts anderes für Logan und mich.

»Hey Carly.« Caleb hatte lächelnd die Hand gehoben. Ich tat es ihm gleich. Nur einen Herzschlag später drehte sich Logan zu mir um. Seine Miene war undurchsichtig und verstärkte das ungute Gefühl in meiner Magengegend. Nicht eine Emotion huschte über seine Gesichtszüge. Ich wusste nicht, was ich erwartet hatte. Dass er sich freute, mich wiederzusehen? Dass wir einander erleichtert in die Arme fielen? Keine Ahnung. Seine reglose Miene sicherlich nicht. Ich schluckte, reckte mein Kinn und ging zu ihnen. Es gab keinerlei Grund, sich vor ihm zu verstecken.

»Hi.« Lächelnd schaute ich erst Caleb, dann Lauren und zum Schluss Logan an. Er schenkte mir lediglich ein knappes Nicken.

»Alles okay bei euch?« Caleb hatte irritiert eine Augenbraue gehoben und deutete zwischen Logan und mir hin und her.

Während Logan *Ja* sagte, lautete meine Antwort *Nein*. Ich schüttelte den Kopf und sah zu ihm. Er erwiderte meinen Blick nicht und schob die Hände in seine Hosentaschen.

»Ich glaube, es ist besser, wenn wir die beiden alleine lassen.« Lauren hatte eine Hand auf Calebs Brust gelegt und dadurch seine Aufmerksamkeit auf sich gezogen.

»Gute Idee. Wir sehen uns beim Training. Carly.« Er zwinkerte mir aufmunternd zu, ehe er einen Arm um Laurens Schultern legte und gemeinsam mit ihr in die Richtung verschwand, aus der ich gekommen war. Mit jedem Meter, den sie sich entfernten, wurde die Stille zwischen Logan und mir unerträglicher.

»Also ... Ich denke, wir sollten reden.«

»Du hast recht.«

»Wollen wir vielleicht ein Stück gehen?« Ich deutete mit dem Kopf in Richtung des *Duke Forest*, der unmittelbar vor uns lag und zur Uni gehörte. Er nickte nur. Großartig. Das würde ein äußerst einseitiges Gespräch werden.

Langsam setzten wir uns in Bewegung und liefen am Fluss entlang durch den Wald. Das sanfte Rauschen des Wassers, das Zwitschern der Vögel und die frische Brise ließen mich für einen Moment zur Ruhe kommen und vergessen, was zwischen uns vorgefallen war. Wir gingen nebeneinander her, ohne uns dabei zu berühren. Während ich überlegte, wie ich das Gespräch am besten beginnen sollte, sah ich zu Logan. Die Sturheit war aus seinem Blick gewichen, stattdessen wirkte er nachdenklich. »Warum weichst du mir immer aus?«

»Das tue ich doch überhaupt nicht.« Wenigstens besaß er den Anstand, mich dabei anzusehen.

Ich zog ungläubig eine Augenbraue hoch. »Das ist gelogen. Du tust es ständig. Sobald ich dich nach deiner Familie, deiner Vergangenheit oder nach Matt frage, blockst du ab.«

»Dann akzeptiere doch einfach, dass ich nicht darüber

sprechen möchte.« Er zuckte mit den Schultern und sah wieder nach vorn. Für ihn schien meine Akzeptanz seines Schweigens die Lösung unserer Probleme zu sein. Offenbar war ihm nicht bewusst, welche Auswirkungen das auf unsere Beziehung haben würde.

»Und dann? Soll ich jedes Mal nicken, wenn du dich wieder zurückziehst?«

»Zum Beispiel.«

»Ich habe das Gefühl, sobald wir einen Schritt nach vorn machen, gehen wir gleichzeitig zwei zurück. Weißt du eigentlich, wie unfassbar frustrierend es für mich ist, dass du mich ständig ausschließt? Das funktioniert so einfach nicht.«

»Was genau meinst du?« Er war stehengeblieben und hatte sich mit dem Oberkörper zu mir gedreht. Auf seinem Gesicht lag ein unsicherer Ausdruck, so als würde er ahnen, worauf ich hinauswollte.

»Das mit uns. Unsere Beziehung. Wie soll ich dir vertrauen, wenn du es nicht tust?«

»Ich vertraue dir, Carly.«

»Es wirkt aber leider nicht so.« Seufzend sah ich auf den Fluss und versuchte, einen kühlen Kopf zu bewahren. Das Knirschen des Schotters verriet mir, dass Logan näherkam. Vorsichtig legte er zwei Finger unter mein Kinn und drehte es zurück in seine Richtung. Seine blauen Augen strahlten solch eine Ehrlichkeit aus, dass ich Bedenken bekam. Verhielt ich mich ihm gegenüber unfair? Erwartete ich zu viel?

»Zweifle niemals daran, dass ich dir vertraue. Denn das tue ich.«

Seine Worte ließen mein Herz schneller schlagen. Ob ich wollte oder nicht, in mir keimte Hoffnung auf, dass alles gut werden würde. Dass wir es hinbekommen würden. Dass er sich mir gegenüber endlich öffnen und mir alles erzählen würde.

Lächelnd kam er einen weiteren Schritt näher, sodass ich den Kopf in den Nacken legen musste, um ihn weiterhin ansehen zu können. Nur einen Moment später verschloss er meine Lippen mit seinen. Leise seufzend schlang ich beide Arme um ihn und ließ eine Hand in seine Haare wandern. Die andere legte ich auf seine Brust und spürte, wie schnell sein Herz darunter schlug. Es war unglaublich beruhigend und ließ mich kurzzeitig vergessen, wie viele unausgesprochene Dinge zwischen uns standen.

Nach Luft ringend ließen wir voneinander ab, nur um uns im nächsten Augenblick gegenseitig festzuhalten. Für den Moment schob ich alle Gedanken beiseite, legte mein Kinn auf seine Schulter und schloss die Augen. Möglichst unauffällig sog ich seinen unglaublichen Duft ein und seufzte leise. Er hatte es gehört, denn ich spürte, wie seine Brust unter meinen Fingern vibrierte. Seine Nähe hatte mir gefehlt.

»Was ist damals passiert?« Ich lehnte mich zurück, sodass ich ihm ins Gesicht sehen konnte. Seine Miene wirkte unentschlossen. In der einen Sekunde schien er sich mir öffnen zu wollen, in der nächsten distanzierte er sich wieder. Sanft lächelnd berührte ich seine Wange.

»Ich bin hier, und ich werde nicht gehen.« Ich zog ihn am Kragen seiner Jacke zu mir herunter, so nah, dass sein Atem über meine Haut strich. Dann legte ich meine Lippen auf seine und versuchte all das, was ich für ihn empfand, in diesen einen Kuss zu legen. Ich hoffte, ihm damit die restlichen Zweifel nehmen zu können.

Atemlos ließen wir voneinander ab. Und doch wollte ich die Nähe nicht unterbrechen. Vielleicht brauchte er sie in diesem Augenblick genauso sehr wie ich. Ohne etwas zu sagen, standen wir da und gaben einander Halt. Nach einer gefühlten Ewigkeit hörte ich ihn flüstern. »Es ist unwichtig, Carly.«

»Ist es nicht.« Meine Worte waren genauso leise wie seine. Die erhoffte Wirkung schienen sie jedoch nicht zu entfalten, denn er seufzte.

»Ich möchte einfach nur damit abschließen. Auf welche Art auch immer.«

»Das verstehe ich, Logan. Aber wie soll das funktionieren, wenn du Matt von nun an beinahe täglich siehst?« Bei der bloßen Erwähnung des Namens versteifte er sich. Ob er nun verstand, worauf ich hinauswollte? »Ich habe ständig das Gefühl, als würden wir einen Tanz auf dem Minenfeld wagen, das du in- und auswendig kennst, während ich bei jedem Schritt zittere und auf eine Explosion warte.«

Er dachte eine Zeit lang über meine Aussage nach, dann machte er einen Schritt zurück. »Ich bin also ein Art Minenfeld für dich? Wow, gut zu wissen.«

Auch wenn mein Vergleich vielleicht ein wenig übertrieben war, fühlte es sich manchmal so an. »Ich meine ...« Seufzend brach ich ab, fuhr mir mit beiden Händen über mein Gesicht und atmete tief durch. »Sobald es um deine Vergangenheit geht, habe ich keine Ahnung, was ich sagen kann, ohne dabei eine Grenze zu überschreiten.«

Das war wahrscheinlich noch die harmloseste Formulierung gewesen. Es war fürchterlich anstrengend und fühlte sich an, als drehten wir uns ständig im Kreis.

»Und das ändert sich erst dann für dich, wenn ich dir von meiner Vergangenheit erzähle?« Seine Augen waren dunkel, sein gesamter Körper angespannt.

Ich nickte. Eine Weile sah er mich einfach nur an. Sein Blick war so eiskalt, dass es mich fröstelte. Instinktiv rieb ich mir über meine Oberarme und versuchte, die Gänsehaut zu vertreiben. Auch wenn ich keine Angst vor ihm hatte, hatte ich das Bedürfnis, Abstand zwischen uns zu bringen. Hatte ich eben noch gedacht, ich wäre zu ihm durchgedrungen, wurde ich nun eines Besseren belehrt.

»Dann hoffe ich, du stehst auf Enttäuschungen.« Seine Worte trafen mich mitten ins Herz. So sehr, dass es sich schmerzhaft zusammenzog. Damit hatte er viel mehr ausgedrückt, als ihm vielleicht bewusst war. Oder er hatte sie exakt deshalb gewählt.

Krampfhaft versuchte ich, mir nicht anmerken zu lassen, wie sehr er mich soeben verletzt hatte. Es war leichter gesagt als getan.

»Du wirst es mir also nicht erzählen?« Es war ein allerletzter Versuch. Die letzte Chance, die er hatte, um es mir selbst zu sagen.

Doch Logan schüttelte den Kopf und verschränkte die Arme vor der Brust. »Es geht dich einfach nichts an.«

Damit hatte ich meine Antwort. Nicht nur auf die soeben

gestellte Frage, sondern auch darauf, ob wir eine Zukunft hatten. Ich konnte einfach nicht mit einem Mann zusammen sein, der sich mir nicht öffnete.

»Ich weiß es bereits.« Meine Stimme klang zittrig und war derart leise, dass ich ernsthafte Zweifel hegte, ob er mich überhaupt gehört hatte.

»Was meinst du?« Logan kam erneut einen Schritt näher, ich wich einen zurück. Ich ertrug seine Nähe in diesem Moment nicht. Die Enttäuschung war zu groß.

»Die Sache mit Ava, dir und Matt.«

Logans Körper versteifte sich. Für eine Sekunde wirkte er verloren, in der nächsten irritiert. »Woher?«

»Matt hat es mir erzählt.« Ich zuckte möglichst teilnahmslos mit den Schultern und vergrub meine Hände in meinen Manteltaschen.

»Du hast mir allen Ernstes nachspioniert?« Er sah mich fassungslos an. Das letzte bisschen Zuneigung, das gerade noch in seinem Blick gelegen hatte, war verschwunden.

»Was? Nein. Natürlich nicht. Er hat es mir von sich aus erzählt.« Das war zwar nicht gelogen, aber auch nicht ganz die Wahrheit. Ich hatte lediglich die Gelegenheit genutzt, die sich mir geboten hatte.

»Das kannst du einem anderen erzählen, Carly. Ich glaube dir kein Wort.« Ob er das tat oder nicht, spielte keine Rolle mehr. Es war zu spät. Doch je länger ich darüber nachdachte, desto sicherer wurde ich mir, dass ich unfassbar naiv gewesen war und die Zeichen falsch gedeutet hatte. Ich fühlte mich wie eine Marionette, die für ihn getanzt hatte. Meine Schultern sackten zusammen, als ich begriff, was ich all die Zeit über nicht hatte wahrhaben wollen.

»Du hattest nie vor, mir davon zu erzählen, oder?«

Logan setzte an, brach ab und fuhr sich durch die Haare. Das tat er häufiger, wenn er nicht wusste, was er sagen sollte. Unruhig wippte ich von einem Bein aufs andere und versuchte, ein Ventil für meine Anspannung zu finden. Nach einer gefühlten Ewigkeit hörte ich, wie er sich leise räusperte. »Keine Ahnung. Ich weiß es nicht.«

Ich wandte den Blick ab und sah auf den Fluss. Die sanften, gleichmäßigen Wellen standen im völligen Kontrast zu dem Sturm, der in meinem Inneren wütete. »Und warum hast du mich dann immer wieder vertröstet und mir Hoffnung gemacht?«

»Ich dachte, du würdest irgendwann aufhören, mich danach zu fragen.« Er sagte das ganz ruhig. Als hätte er nicht gerade zugegeben, dass er mich die ganze Zeit über absichtlich hingehalten hatte. Mein Bauchgefühl war richtig gewesen. Dennoch hatte ich Logan an mich herangelassen, und mich in ihn verliebt. Und nun brach er mir das Herz in eine Million Teile, während ich dastand und verzweifelt versuchte, die Scherben aufzufangen. Ich hatte meine Lektion gelernt. Ein zweites Mal würde ich diesen Fehler nicht machen.

»Wenn du das wirklich geglaubt hast, kennst du mich kein bisschen.« Meine Stimme war leise und wurde beinahe vom Rauschen des Wassers verschluckt. Krampfhaft versuchte ich, die sich anbahnenden Tränen zurückzuhalten. Ich wollte nicht vor ihm weinen. Auch wenn mir in diesem Moment mehr denn je danach zumute war.

Logan sagte nichts weiter dazu, sondern zeichnete kleine Muster mit seinem Schuh in den hellen Kies.

»Ich habe die ganze Zeit über gedacht, ich wäre diejenige gewesen, mit der du Ava betrogen hast und dass ich der Grund für eure Trennung gewesen bin. Wusstest du das?«

»Tut mir leid, das habe ich nicht beabsichtigt.«

Die Hände in den Hosentaschen vergraben, sah er mich fast schon teilnahmslos an. Je länger ich ihn anschaute, desto wütender wurde ich. Was gab es noch zu sagen? Im Grunde hatte er unsere Beziehung beendet, noch ehe sie richtig begonnen hatte. Unsere Zukunft lag nicht nur in meiner, sondern auch in seiner Hand.

Mit jedem Schritt, den wir schweigend nebeneinander hergingen, fühlte es sich an, als würden wir uns immer weiter voneinander entfernen. Die Hoffnung, die ich bis vor kurzem noch gespürt hatte, wandelte sich zu unendlicher Leere. Ich fühlte mich erschöpft und ausgelaugt. Streiten war anstrengend, Ungewissheit noch mehr.

»Ich kann so einfach nicht weitermachen, Logan. Ich will es auch gar nicht.« Den Blick starr auf meine Schuhe gerichtet, setzte ich einen Fuß vor den anderen. Schritt für Schritt. Stillstand war schlecht und bedeutete, dass man aufgehört hatte, sich zu bemühen. Doch gab es überhaupt noch etwas, für das sich das Kämpfen lohnte? Ich wusste es nicht.

»Was soll das heißen?«

»Wenn ich das mal wüsste.« Mein Kopf war zu voll und gleichzeitig wie leergefegt. Sämtliche Gedanken verschwammen zu einem unangenehmen Surren, das ich zu ignorieren versuchte. Im Augenwinkel sah ich, wie Logan in einer fließenden Bewegung seine Jacke schloss und den Reißverschluss hochzog. Ich rechnete schon gar nicht mehr damit, dass er etwas sagte, als er es doch tat.

»Ich wollte wirklich nicht, dass du denkst, du wärst der Grund für Avas und meine Trennung. Das hast du nicht verdient.«

»Das habe ich nicht verdient? Danke. Sehr nett.« Meine Stimme war schneidend, die Ironie nicht zu überhören.

»Es war nie meine Absicht, dich in dem Glauben zu lassen.«

»Das hast du aber.«

Schon immer war ich mehr der Kopf-Mensch gewesen. Bei Logan hatte ich auf mein Herz gehört. Wohin mich das geführt hatte, sah ich nun.

Ohne ein weiteres Wort lief ich los, hoffend, dass er mir nachlaufen würde. Doch genau das machte mir auch Angst. Ich wusste nicht mehr, was ich wollte. Nur, dass ich von hier wegmusste, so schnell mich meine Füße tragen konnten.

22. Kapitel

Schmerz. Verzweiflung. Enttäuschung. Wie in Trance setzte ich einen Fuß vor den anderen und irrte ziellos durch den *Duke Forest*. Weiter, immer weiter. Nicht aufhören. Nicht nachdenken.

Das Zwitschern der Vögel war nicht länger aufmunternd. Vielmehr schien es mich zu verhöhnen. Es fühlte sich an, als würden sie mich für meine Naivität und Gutgläubigkeit verspotten. Niedergeschlagen schob ich meine Hände in die Taschen meines Mantels und versuchte, sie aufzuwärmen. Was soeben passiert war, konnte ich nicht begreifen. Vielleicht wollte ich es auch nicht. Ich war naiv gewesen. Naiv, weil ich keine Ahnung gehabt hatte, wie es sich anfühlte, zu lieben, und was es bedeutete, geliebt zu werden. Oder diese Liebe wieder zu verlieren.

Unbewusst war ich nach Hause gelaufen. Mit dem Schlüssel in der Hand stand ich vor unserer Wohnungstür, atmete tief durch und schloss auf. Sofort drang mir der Geruch von frisch gebackenen Brownies entgegen. An normalen Tagen hätte dies meine Laune um ein Vielfaches gehoben. Heute zeigte es nicht die erhoffte Wirkung.

Lustlos zog ich mir Schuhe und Mantel aus, schnappte mir einen Hoodie und eine Jogginghose und ging auf direktem Weg ins Badezimmer. Aus dem Wohnzimmer hörte ich Junes Stimme. Ich nahm sie zwar wahr, ignorierte sie jedoch. Leise schloss ich die Tür des Badezimmers und lehnte mich mit dem Rücken dagegen. Es war ein lächerlicher Versuch, ein wenig Zeit rauszuschlagen, ehe ich June berichten würde, was soeben passiert war.

Ein paar Minuten später fand ich endlich die Kraft, um zu duschen. Das heiße Wasser tat gut und lockerte meine verkrampften Muskeln. Ich atmete tief durch. Dann wusch ich meine Haare, griff mein Duschgel und verteilte es auf meiner Haut. Ohne dass ich es hätte verhindern können, musste ich an Logans und meine Nacht im Camp denken. Die Erinnerung war ein Stich ins Herz und beschwor den Schmerz von Neuem herauf.

Seufzend wusch ich den Schaum ab, stieg aus der Dusche und trocknete mich ab. Dann schlüpfte ich in meine Klamotten, föhnte mir die Haare und band sie zu einem unordentlichen Dutt. Als es nichts mehr gab, was ich hätte tun können, um mich vor der Realität zu verstecken, verließ ich das Bad.

June saß im Wohnzimmer auf der Couch. Im Hintergrund lief eine alte Folge von *Bull*, eine ihrer Lieblingsserien. Ich setzte mich zu ihr und starrte auf den Bildschirm, ohne etwas von dem Geschehen wahrzunehmen.

»Was ist passiert?« June stellte den Fernseher leise und sah mit besorgter Miene zu mir.

»Wir haben uns getrennt.« Es auszusprechen, tat höllisch weh. Und das, obwohl ich mich wie taub fühlte. Ein Widerspruch, der letztendlich jedoch Sinn ergab.

»Das tut mir leid, Carly.«

Ich nickte und zog einen Teil ihrer Decke über meinen Schoß. Zurück war die Kälte, die durch meine Adern kroch und mich frieren ließ.

»Möchtest du darüber sprechen?«

»Keine Ahnung.« Ich zuckte mit den Schultern, griff nach einem kleinen Kissen und drückte es an meine Brust. Seufzend lehnte ich mich zurück und ließ meine Gedanken einen Moment schweifen. Kurzzeitig überlegte ich, mir Wein zu holen. Für das anstehende Gespräch wäre es sicherlich von Vorteil gewesen. Doch ich war mir sicher, dass es nicht bei einem Glas bleiben würde. Am Ende des Abends wäre ich höchstwahrscheinlich betrunken. Vielleicht wäre der Kater am nächsten Morgen es aber auch wert. »Ich weiß gar nicht, wo ich anfangen soll.« Mein Kopf war so voll, dass ich das Gefühl hatte, er würde jede Sekunde explodieren. »Ich habe Matt vorhin im *Mary's* getroffen.«

»Und?«

»Er hat mir erzählt, weshalb Logan derart sauer auf ihn ist.« Müde rieb ich mir übers Gesicht und ließ die Szene für einen kurzen Augenblick Revue passieren. Die Wahrheit zu beschönigen, war unmöglich. »Er hat mit Ava geschlafen.«

June schaute mich entsetzt an. Ihr Mund öffnete und schloss sich wieder, ohne dass sie etwas sagte.

»Allerdings wusste er weder, dass sie vergeben, noch, dass sie Logans Freundin ist.« Was es zwar nicht ungeschehen machte, ihn aber nicht wie das letzte Arschloch aussehen ließ. Nach allem, was Matt mir bisher von sich gezeigt hatte, war er kein schlechter Kerl. Dass er offen und ehrlich mit seinem Fehler umging und diesen bereute, bewies das. Vielleicht wäre vieles anders gelaufen, wenn Logan ihm wenigstens die Chance gegeben hätte, sich zu erklären, anstatt sofort abzublocken.

»Wow, das ist eine echt blöde Situation«, fasste June meine Gedanken zusammen. Sie griff nach ihrem Tee und trank einen Schluck. »Das rückt Logans Verhalten Matt gegenüber in ein ganz anderes Licht.«

Ich nickte zustimmend. Allerdings erklärte es nicht, warum sich Logan mir gegenüber verschloss. Es machte mich wütend, vor allem jedoch traurig, dass er mir immer noch nicht genug vertraute. Solange er das nicht konnte, würde eine Beziehung nicht funktionieren. So weh diese Erkenntnis auch tat.

»Aber was hat das mit Logans und deiner Trennung zu tun?« June betrachtete mich aufmerksam, und ich atmete tief ein. Aus Scham sah ich auf die Decke, die über meinen Beinen lag. Im Nachhinein tat es mir unglaublich leid, dass ich Logan so oft hinterfragt hatte. Stur hatte ich mich an meine Erklärungsansätze geklammert, statt in Betracht zu ziehen, dass er gute Gründe für seine Haltung gegenüber Matt hatte.

Caleb hatte mir im Camp geraten, geduldig zu sein, aber war ich das wirklich gewesen? Hatte ich Logan die Zeit gegeben, die er offensichtlich brauchte, um sich mir zu öffnen? Nein, hatte ich nicht. Statt zu gehen und darauf zu vertrauen, dass Logan mir die Wahrheit erzählen würde, hatte ich die Gelegenheit ergriffen und Matt zugehört. Doch selbst wenn ich all die Geduld der Welt aufgebracht hätte, wäre auch das zweitrangig gewesen, wenn Logan nicht grundsätzlich dazu bereit wäre, mir von seiner

Vergangenheit zu erzählen. Genau das war unser Problem, nur verstand ich nicht, warum er abblockte.

June räusperte sich leise und riss mich damit aus meinen Gedanken. »Ist es zwischen euch wirklich vorbei?«

Ich setzte zu einer Antwort an, brach ab und versuchte es erneut. Wieder scheiterte ich. Als ich die ersten Tränen auf meiner Wange bemerkte, nickte ich nur und sah zur Seite. Kommentarlos rückte sie näher, zog mich an sich und ließ mich weinen.

Eine gefühlte Ewigkeit später hatte ich mich wieder halbwegs beruhigt. »Danke«, flüsterte ich mit noch brüchiger Stimme.

June drückte mich noch mal, bevor sie in die Küche ging. Mit einer Flasche Wein, zwei Gläsern und einem Teller voll Brownies kam sie zurück. Ich beäugte das Gebäck eine Sekunde, bevor ich mir ein Stück nahm. Auch wenn Schokolade keine Probleme lösen konnte, war sie das beste Schmerzmittel.

June gab mir die Zeit, die ich brauchte, um ihr auch noch den Rest zu erzählen. Dass sie mich nicht drängte, war eine ihrer besten Eigenschaften. Neben ihren Backkünsten natürlich. Auch wenn es schmerzte, wollte ich mit ihr darüber sprechen.

»Logan hat zugegeben, dass er gar nicht vorhatte, mir von all dem zu erzählen. Er hat mich die ganze Zeit über hingehalten, in der Hoffnung, ich würde irgendwann Ruhe geben und nicht mehr nachfragen. Es tut einfach weh, dass er nie vorhatte, sich mir zu öffnen.«

June sagte eine Weile gar nichts und betrachtete die Flasche auf dem Couchtisch. Dann holte sie tief Luft und sah in meine Richtung. »Hat er das wirklich genau so gesagt?«

»Was meinst du?«

»Dass er niemals vorgehabt hat, dir die Sache mit Matt zu erzählen.«

Ich dachte einen Augenblick lang darüber nach, dann zuckte ich mit den Schultern. »Er meinte auf meine Frage hin, dass er es nicht wüsste. Dass er keine Ahnung hätte.«

June ließ sich meine Worte durch den Kopf gehen, während sie den Wein öffnete und uns beiden etwas eingoss. »Ich weiß nicht, Carly. Auf mich wirkt es nicht unbedingt so, als hätte er wirklich beschlossen, dir niemals davon zu erzählen. Könnte es nicht sein, dass er sich in die Enge getrieben gefühlt und deshalb so scharf reagiert hat? Und bevor du es falsch verstehst, das soll kein Vorwurf sein.«

»Das fühlt sich aber sehr danach an.«

June seufzte und lehnte sich in die Polster. Ihr sanftes Lächeln sollte vielleicht beruhigend wirken, doch heute verfehlte es seine Wirkung.

»Ich will dich nicht angreifen oder dass du dich noch schlechter fühlst. Wirklich nicht. Ich versuche einfach, die Situation als Außenstehende zu betrachten. Und dadurch komme ich eventuell zu anderen Schlüssen als du, was aber vollkommen normal ist.«

So ungern ich es auch zugab, das, was sie sagte, ergab Sinn. Das bedeutete aber noch lange nicht, dass ich es gut fand. Als ich keine Anstalten machte, zu flüchten, ließ sie mich los, griff nach den beiden Gläsern und reichte mir eines davon. Mit einem leisen *Danke* nahm ich es ihr ab und trank einen Schluck.

»Ich denke einfach, dass ihn der Betrug mehr mitnimmt, als er sich eingestehen möchte. Überleg mal, wie würdest du dich fühlen, wenn deine Schwester, von der du erst kurz zuvor erfahren hast, mit deinem Freund geschlafen hätte?«

»Ich habe keine Schwester.«

»Das weiß ich doch. Du sollst es dir auch nur vorstellen.«

Auch wenn mir nicht gefiel, in welche Richtung dieses Gespräch ging, tat ich ihr den Gefallen. Die Wahrheit war, ich wusste nicht, auf wen ich wütender gewesen wäre. Auf meinen Freund oder meine hypothetische Schwester. Fakt war, dass ich mich von beiden hintergangen gefühlt hätte.

»Und jetzt denk daran, dass du besagte Schwester fortan nahezu täglich siehst und ihr nicht aus dem Weg gehen kannst, weil ihr im selben Team spielt.« So langsam verstand ich Logans Reaktion auf Matt immer besser. Und auch, dass er all seine Versuche, mit ihm zu sprechen, abgeblockt hatte. Ich an seiner Stelle hätte nicht ein einziges Wort mit ihm gewechselt. Ungewollt musste ich an unser Barbecue im Trainingscamp denken, bei dem ich Logan vor allen zur Rede gestellt und ihm gesagt hatte, dass er sich wie ein kleines Kind benahm. Inzwischen kam mir seine Reaktion gar nicht mehr so kindisch vor. Gleichzeitig hätte ich gewollt, dass niemand davon erfuhr. Als Star der Mannschaft stand man bis zu einem gewissen Grad in der Öffentlichkeit. Und in der Natur des Menschen lag es nun mal, sich über andere den Mund zu zerreißen. Dass sie von der Trennung erfuhren, war unvermeidbar. Dass sie die genauen Hintergründe kannten, jedoch schon. Und wenn ich jetzt daran dachte, dass Ava all das nur getan hatte, um ihm eins auszuwischen, weil er eine Entscheidung getroffen hatte, die nicht in ihrem Sinne war, verstand ich sein Zögern. Und auch wie schwer es ihm fallen musste, darüber zu sprechen.

»Du kannst das viel zu gut.« Meine Stimme glich einem undeutlichen Brummen, und auch wenn ich es nur ungern zugab, verstand ich, worauf sie hinauswollte.

»Ich weiß.« Lachend griff sie sich einen Brownie, teilte ihn in zwei Hälften und biss ab. Die andere legte sie zurück auf den Teller.

»Meinst du wirklich, er hätte es mir irgendwann erzählt?«

»Ich kann nicht in die Zukunft gucken, Carly.« Natürlich konnte sie das nicht, das konnte niemand. Doch ich wusste, dass ich ihrer Meinung vertrauen konnte. Wenn sie also tatsächlich davon überzeugt war, dann lag die Wahrscheinlichkeit erfahrungsgemäß hoch, dass sie recht behielt.

»June, bitte.«

Sie seufzte, nippte an ihrem Wein und sah mich nachdenklich an. Ich wusste, dass ihre Ansicht mich in meinem Verhalten Logan gegenüber entweder bestätigen oder mir vor Augen führen würde, wie viel Unrecht ich ihm getan hatte. Mein Herz raste. Also holte ich tief Luft und hoffte, es würde dadurch etwas besser werden. Doch es war vergebens.

»Er hat dich um mehr Zeit gebeten, und wenn du sie ihm gegeben hättest, hätte er es dir sicherlich erzählt. Vielleicht nicht heute und auch nicht morgen, aber irgendwann.«

Ihre Worte hallten nach. Immer und immer wieder wiederholte ich sie in Gedanken und ließ die Erkenntnis sacken, dass ich ebenso verantwortlich für unsere Trennung war wie Logan. Ich war ungeduldig gewesen und hatte ihn gedrängt. Mehrfach. Obwohl er mir zu einem anderen Zeitpunkt versichert hatte, mir eines Tages von seiner Vergangenheit zu erzählen. Scheiße.

Ich stellte mein Glas auf den Tisch, vergrub meinen Kopf in meinen Händen und ließ die Tränen laufen, die ich in den letzten zwei Stunden mühsam zurückgehalten hatte. Das zweite Mal an diesem Abend zog mich June in ihre Arme und hielt mich fest. Ich weinte um das, was ich verloren hatte, um das, was ich niemals haben würde, und um den Mann, der sich in mein Herz geschlichen hatte, ohne dass ich es gemerkt hatte. Ich malte mir unsere Zukunft aus, die wir hätten haben können, wenn alles anders gelaufen wäre. Wenn ich etwas geduldiger, und er etwas offener gewesen wäre.

Ich wusste nicht, wie viel Zeit vergangen war, als ich mich langsam beruhigte. June lehnte sich ein Stück zurück, sodass sie mich ansehen konnte. Wie so oft schien sie meine Gedanken erraten zu können. »Hör auf, dir so viele Vorwürfe zu machen. Das bringt weder dir noch Logan etwas. Ihr habt beide Fehler gemacht. Es war von ihm auch nicht in Ordnung, dich immer nur hinzuhalten, okay?«

»Okay.« Seufzend stand ich auf, ging in die Küche und holte mir eine Packung Taschentücher. Als ich wieder auf dem Sofa saß, wischte ich mir die letzten Tränen weg, ehe ich nach einem weiteren Brownie griff. Im Augenwinkel erkannte ich, dass June nachdenklich aus dem Fester sah. »Was ist los?«

»Hm?«

»Du verschweigst mir etwas. Also raus damit. Ich habe irgendetwas übersehen, richtig?«

»Wenn wir ehrlich sind, weißt du auch jetzt nicht mehr als vorher.«

Ich verstand kein bisschen, worauf sie hinauswollte. Denn inzwischen war ich deutlich schlauer. Ich wusste nicht nur, was damals passiert war, sondern hatte auch erkannt, dass ich ebenfalls Fehler gemacht hatte.

Als ich gerade etwas erwidern wollte, schüttelte sie den Kopf und brachte mich damit zum Verstummen. »Ja, du kennst nun die ganze Geschichte, aber du hast noch immer nicht das, was du eigentlich suchst.«

»Und das wäre?«

»Du kennst Matts Antworten, und auch meine, aber sind das wirklich die, die du haben wolltest? Denk mal drüber nach.«

23. Kapitel

Man sagte, die Zeit heile alle Wunden. Inzwischen wusste ich es besser. Die Zeit heilte keine Wunden. Sie sorgte lediglich dafür, dass die Narben auf unserer Seele ein kleines bisschen weniger wehtaten. Sie lehrte uns, mit ihnen zu leben. Den Schmerz irgendwie zu ertragen. Die Wahrheit war, es gab nichts, was es leichter machte. Oder erträglicher. Das Einzige, was ein kleines bisschen half, waren die Menschen, die uns liebten und uns auffingen.

Seit Logan und ich uns vor fünf Tagen getrennt hatten, hatte ich nichts mehr von ihm gehört. Wir gingen uns aus dem Weg, und bisher hatte das ungewöhnlich gut funktioniert. Dass es das auf Dauer jedoch nicht tun würde, war mir bewusst. Mir graute es davor, ihn wiederzusehen, weil ich keine Ahnung hatte, wie ich mich ihm gegenüber verhalten sollte. Vielleicht war es besser, nicht allzu viel darüber nachzudenken und das Ganze auf mich zukommen zu lassen.

»Carly, kommst du?« Sarah und June standen in der geöffneten Autotür und sahen mich fragend an.

»Tut mir leid.« Kopfschüttelnd schloss ich zu ihnen auf und setzte mich auf den Rücksitz. Sarah und June hatten so lange auf mich eingeredet, bis ich endlich zugestimmt hatte, mit ins Einkaufszentrum zu fahren. Die beiden waren der festen Überzeugung, dass ich dringend das Haus verlassen musste, nachdem ich mich in letzter Zeit von allem zurückgezogen und die Tage im Bett verbracht hatte. Ein gemeinsamer Mädelsausflug war ihrer Meinung nach eine gute Idee. Nur unter Protest hatte ich mich fertig gemacht und war mit ihnen mitgegangen. Viel lieber hätte ich mir meine Decke wieder über den Kopf gezogen und alles andere ignoriert. Doch Sarah war hartnäckig geblieben und hatte mir mit einem Eimer voll kaltem Wasser gedroht. Weil ich wusste, dass sie das definitiv durchziehen würde, war ich aufgestanden. Doch in diesem Moment erschien mir eine unfreiwillige, kalte Dusche die bessere Alternative.

»Also, wohin wollen wir zuerst?« Sarah schaute mich kurz durch den Rückspiegel an, ehe sie wieder auf die Straße sah.

Ich zuckte mit den Schultern. »Ist mir egal.« Ich hatte keine Lust, irgendetwas anzuprobieren. June und Sarah tauschten einen vielsagenden Blick, den ich geflissentlich ignorierte. Sollten sie doch denken, was sie wollten.

»Wir können spontan entscheiden.« Natürlich war es June, die die Atmosphäre zu entspannen versuchte. Ungewollt schlich sich ein leichtes Lächeln auf meine Lippen, das sich sogar hielt, bis wir das Einkaufszentrum erreichten. Dass wir auch noch auf Anhieb einen freien Parkplatz in der Nähe des Eingangs fanden, ließ Sarah zufrieden in die Hände klatschen. Ich verstand sie. Es war selten, dass man so viel Glück hatte.

»Na dann, los geht's.« Enthusiastisch stieg sie aus und schob sich ihre Sonnenbrille auf die Nase. June und ich folgten ihr kopfschüttelnd.

Viele Geschäfte später hatte sich meine Laune um hundertachtzig Grad gedreht. June hatte recht gehabt. Der Mädelsausflug tat mir gut. Inzwischen fühlte ich mich wesentlich lebendiger und deutlich besser als heute Morgen.

Etwas ratlos standen wir vor *Taras* und überlegten, wohin wir als Nächstes gehen sollten. Ich wollte gerade etwas vorschlagen, als sich mein Magen lautstark bemerkbar machte.

»Sorry, ich habe noch nicht gefrühstückt.«

»*Denny's Burgers*?« Sarah sah uns fragend an. Ein schneller Blick zu June ließ mich nicken. Wir waren schon häufiger bei Denny gewesen. Er machte mit Abstand die besten Burger der Stadt. Nach einem ausgiebigen Shoppingmarathon konnte man sich das schon mal gönnen.

»Klar, gerne.«

Gemeinsam schlenderten wir in das Diner, das gegenüber dem Einkaufszentrum lag. Für einen Donnerstagnachmittag war es ungewöhnlich leer. Lediglich sechs der fünfzehn Tische waren belegt. Kurzerhand setzten wir uns an unseren Lieblingsplatz und verstauten unsere Einkäufe neben uns. Der Geruch von frisch frittierten Pommes lag in der Luft. Nur ein paar Minuten später hatten wir unsere Bestellung aufgegeben.

Eine Zeit lang sagte keiner von uns etwas. Lediglich die kleine Jukebox dudelte im Hintergrund. Sarah räusperte sich leise und zog damit unsere Aufmerksamkeit auf sich.

»Weißt du schon, wann du wieder zum Training kommst?«

»Keine Ahnung. Darüber habe ich mir noch keine Gedanken gemacht.« Und damit wollte ich jetzt auch nicht anfangen. Bis eben hatte ich noch gute Laune gehabt. In diesem Augenblick sank sie wieder. Mein letztes Training war vier Tage her. Auch wenn mir die anderen Mädels fehlten, so erinnerten sie mich auch an Logan und damit an das, was ich verloren hatte. Doch offenbar war das nicht die Antwort, die Sarah hören wollte.

»Ich verstehe, was du durchmachst, aber willst du dich jetzt für den Rest deines Lebens verstecken?« Ich konnte ihr die Frage nicht verübeln. Doch nicht nur in der Theorie, sondern auch in der Praxis klang die Idee, allem und jedem aus dem Weg zu gehen, überaus reizvoll.

Sarah schien meinen inneren Aufruhr zu bemerken, denn sie lächelte sanft und legte ihre Hand auf meine. »Ich werde nicht zulassen, dass du dein Leben und das Team einfach so wegwirfst. Du hast zu hart dafür gearbeitet, Carly. So fies das auch klingt, aber das ist es nicht wert. Das ist *Logan* nicht wert.« Instinktiv wollte ich ihr widersprechen und ihr an den Kopf werfen, dass sie keine Ahnung hatte und Logan nicht gut genug kannte, um sich ein Urteil über ihn zu erlauben. Doch ihr aufrichtiger Blick ließ meine Wut verpuffen. Sie war bloß besorgt und wollte mich schützen. Das taten Freundinnen nun mal. Noch dazu hatte sie es nicht verdient, meinen Frust abzubekommen. Dennoch musste ich zugeben, dass sie nicht gänzlich unrecht hatte. So schmerzhaft diese Erkenntnis auch war.

»Ich bin einfach noch nicht bereit dazu, ihn wiederzusehen.« Vier Tage waren zu wenig Zeit, um eine Trennung zu verarbeiten. Dafür war es zu frisch. Und ich zu verletzt. Dass es sich irgendwann nicht mehr vermeiden ließe, aufeinander zu treffen, wusste ich. Doch die Wahrheit war, ich hatte keine Ahnung, wie ich mich ihm gegenüber verhalten sollte. Weil es zu weh tat, ihn zu sehen. Weil ich mich seit unserer Trennung nicht mehr wie ich selbst fühlte. Und ich all die Zeit über nur versuchte, irgendwie zu funktionieren.

Niemals hätte ich gedacht, dass er mir so schnell so wichtig werden würde. Vielleicht hatte ich mir das auch nur nicht eingestehen wollen. Hinterher war man immer schlauer.

»Das kann ich absolut nachvollziehen, aber erstens haben wir kein gemeinsames Training und ...«

Ich ließ sie gar nicht erst aussprechen. Auch wenn sie theoretisch recht hatte, war das Risiko, ihn trotzdem zu sehen, nicht gerade gering. »Ich könnte ihm dennoch über den Weg laufen.« Diese Tatsache konnte sie unmöglich leugnen. Wir trafen immer ein paar der Jungs, weil sie in der Regel nach uns die Halle belegten.

»... und zweitens brauchen wir dich, Carly. Du weißt, dass wir nächste Woche ein wichtiges Spiel haben. Ohne dich werden wir das nicht schaffen.« Sarah zog ihre Hand zurück und lehnte sich mit dem Rücken in die weichen Polster. Ich holte tief Luft und schaute zu June, die bestätigend nickte. »Du bist nun mal unser Point Guard und wirfst die meisten Punkte, Carly, und wir werden jeden einzelnen davon bitter nötig haben. Immerhin spielen wir gegen die *Red Tigers*, und die letzten beiden Partien sind schon nicht sonderlich gut für uns gelaufen.«

Ich war mir sicher, dass June das nicht gesagt hatte, damit ich ein schlechtes Gewissen bekam, und doch plagte mich nun genau das. Meine Mädels verließen sich auf mich, und ich hatte sie in den letzten Tagen im Stich gelassen. Seufzend vergrub ich den Kopf in den Händen. Obwohl mir aktuell nicht danach zumute war, Basketball zu spielen, trug ich ihnen gegenüber eine Verantwortung. Unser Ziel war es, die Meisterschaft zu holen, und ich hatte damals geschworen, mein Möglichstes zu tun, um ihnen dabei zu helfen. Doch der Gedanke, Logan schon bald wieder gegenüberzustehen, tat weh. Ob ich ihm genauso fehlte wie er mir?

»Wie geht es ihm?« Vielleicht war ich masochistisch veranlagt. Anders konnte ich mir nicht erklären, warum ich Sarah nach ihm fragte.

»Logan?«

Ich nickte leicht und senkte den Blick auf meine Finger. Ein Teil von mir hatte Angst vor ihrer Antwort. Angst davor, zu hören, dass er mit seinem Leben weitergemacht hatte, als hätte es mich nie gegeben. So als wäre das alles nicht passiert.

»Keine Ahnung, ich weiß es nicht. Er ist genauso wie du seit Tagen nicht beim Training gewesen.« Ich hatte mit vielem gerechnet, aber ihre Antwort überraschte mich. So sehr ich es auch versuchte, es fiel mir schwer, ihr zu glauben.

»Aber warum?«

Sarah zuckte mit den Schultern und schenkte mir ein Lächeln. Sie wollte gerade antworten, als die Kellnerin unsere Getränke brachte. Ungeduldig rührte ich mit dem Strohhalm in meinem Schokomilchshake und wartete darauf, dass sie wieder verschwand. Dann warf ich Sarah einen auffordernden Blick zu.

»Was denkst du denn, warum er nicht beim Training erscheint?«

»Keine Ahnung.« Ich zuckte mit den Schultern. Was ich glaubte und was ich mir erhoffte, konnte manchmal nicht unterschiedlicher sein. Ganz offensichtlich neigte ich dazu, Dinge falsch zu verstehen oder zu viel hineinzuinterpretieren.

»Ich bin mir ziemlich sicher, dass es ihm nicht anders geht als dir.« *Nein, nein, nein.* Das konnte unmöglich wahr sein. Es *durfte* nicht wahr sein. Weil es bedeutete, dass ich ihm doch nicht gänzlich egal war. Alleine der Gedanke war gefährlich. Denn er weckte Hoffnung auf eine zweite Chance.

Ich schüttelte entschieden den Kopf. »Ich bin anderer Meinung.«

»Carly ...« June seufzte und strich sich eine Strähne aus der Stirn.

Bevor sie zu ihrem Plädoyer für ein Happy End ansetzen konnte, hob ich abwehrend die Hände. »Sag es nicht, bitte. Ich will mir keine Hoffnung machen.«

June zögerte einen Augenblick lang, dann nickte sie und trank ihren Milchshake.

»Also, kommst du zum nächsten Training?« Es verwunderte mich nicht, dass Sarah ein zweites Mal fragte. Immerhin war ich ihr noch eine Antwort schuldig.

»Ich werde da sein.«

»Genau das wollte ich hören.« Sie zwinkerte und zog ihre Cola näher zu sich heran. Allem Anschein nach hatte sie ihr Ziel erreicht.

Als ich an die bevorstehende Einheit dachte, konnte ich mir ein leises Stöhnen nicht verkneifen und vergrub den Kopf erneut in meinen Händen. »Coach Lewis wird mir garantiert erstmal eine Standpauke halten.« Alleine das war Grund genug, mich noch ein paar Tage zu drücken. Wobei es das garantiert nicht besser gemacht hätte.

»Wird sie nicht. Ich habe ihr gesagt, dass du leicht erkältet bist.«

Fassungslos sah ich erst zu Sarah, dann zu June und wieder zurück. »Und das hat sie dir geglaubt?« Ich konnte es mir kaum vorstellen. Immerhin war die Lüge mehr als offensichtlich, wenn Logan und ich gleichzeitig fehlten. Ich wollte nicht, dass Sarah meinetwegen Schwierigkeiten bekam.

»Muss sie. Ich werde ihr jedenfalls nichts anderes erzählen, sollte sie mich noch mal fragen.« Mir verschlug es die Sprache. Ich wusste nicht, womit ich solche Freundinnen verdient hatte.

»Danke.«

»Nicht dafür.«

Ich war unglaublich froh, dass Sarah Coach Lewis nichts von Logan und mir gesagt hatte. Das ersparte mir eine Menge Ärger. Doch je länger ich darüber nachdankte, desto mehr drängte sich mir eine ganz bestimmte Frage auf. »Woher wusstest du eigentlich, dass ich gar nicht krank bin?«

Meine beste Freundin räusperte sich leise. »Ich habe ihr erzählt, dass du dich von Logan getrennt hast. Sei mir bitte nicht böse, ich wollte nur nicht, dass du aus dem Team fliegst.«

Ich schüttelte lächelnd den Kopf. Im Grunde war ich froh, dass sie ein Problem gelöst hatte, noch bevor ich es als ein solches erkannt hatte. »Schon gut. Ich bin nicht sauer. Ehrlich gesagt, wüsste ich gar nicht, was ich ohne euch tun sollte.«

Während June mich in eine kurze Umarmung zog, legte Sarah ein weiteres Mal ihre Hand auf meine und drückte sie kurz.

Als sie mich wieder losließen, atmete ich tief durch und sah aus dem Fenster. Gegenüber auf der Werbetafel wurde in diesem Moment das nächste Spiel der *Duke Blue Devils* gegen die *Green Panters* angekündigt. Rechts und links neben den Veranstaltungsdaten wurden die entsprechenden Mannschaftslogos eingeblendet, dann folgten die Fotos der jeweiligen Starspieler.

Mein Herz protestierte schmerzhaft, als Logans Gesicht auf dem Bildschirm erschien, und führte mir vor Augen, dass ich ihn niemals aus meinem Gedächtnis streichen können würde. Weil ich es nicht wollte. Ein Teil von mir klammerte sich beinahe verzweifelt an unsere kurze Zeit und die gemeinsamen Erinnerungen. *Wie sagte man?* Niemals vergaß man den Menschen, der einem gezeigt hatte, wie sich wahre Liebe anfühlte. Hätte mich doch nur jemand davor gewarnt, dass sie genauso wunderschön wie schmerzhaft sein konnte. Und sie konnte einem den Boden unter den Füßen wegreißen.

24. Kapitel

Mein Magen rebellierte, als ich hinter June in unsere Umkleidekabinen lief. Alle anderen waren bereits fertig und in der Halle. Super, das bedeutete zwangsläufig auch noch einen großen Auftritt. Normalerweise störte es mich nicht, die Aufmerksamkeit von allen auf mich zu ziehen. In diesem Moment war es jedoch das Letzte, was ich wollte. Doch das Leben fragte einen nun mal nicht, was man sich wünschte.

Seufzend zog ich meine Trainingsklamotten an und versuchte, nicht weiter darüber nachzudenken. Da musste ich nun wohl oder übel durch.

»Bist du so weit?« June hatte sich in den Türrahmen gelehnt, in ihrer Hand hielt sie ihre Wasserflasche. Ich nickte und folgte ihr in die Halle. Wie ich erwartet hatte, waren alle Blicke auf uns gerichtet. Während ein paar der Mädels leise miteinander tuschelten, sah mich der überwiegende Teil einfach nur erfreut an. Ich war erleichtert, nicht das ganze Team gegen mich aufgewiegelt zu haben. Obwohl ich mir noch etwas unsicher war, ob ich ihnen in meinem derartigen Zustand weiterhelfen konnte.

Anstatt zu June und Sarah zu gehen, setzte ich mich auf die Bank und ließ meinen Blick schweifen. Die anderen Mädels warfen ein paar Körbe oder probierten verschiedene Spielzüge aus. Mir war nicht danach. Am liebsten hätte ich mich einfach nur verkrochen. Vielleicht wäre es besser, einfach eine der anderen für mich spielen zu lassen. Seufzend ließ ich den Kopf hängen.

»Geht es dir besser, Carly?« Coach Lewis' Stimme riss mich aus meinem Selbstmitleid.

Ich sah sie überrascht an, während sie ihr Klemmbrett zur Seite legte und sich zu mir setzte. »Ich denke schon.«

»Du denkst?« Ihr Blick war skeptisch, aber nicht vorwurfsvoll.

Ich zuckte mit den Schultern und seufzte leise. Was sollte ich auch sagen, wenn ich die Wahrheit im Grunde selbst nicht kannte?

»Ich kann mir vorstellen, warum du die letzten vier Tage gefehlt hast, Carly.« Ich wollte gerade etwas dazu sagen, als sie mich stoppte. »Lass mich bitte ausreden. Ich will mich gar nicht allzu sehr einmischen. Ich möchte nur von dir wissen, ob du spielen kannst.«

Das war eine äußerst gute Frage, deren Antwort ich nicht kannte. Alles in mir sehnte sich nach Logan. Das konnte und wollte ich nicht leugnen. Es fiel mir schwer, unsere Trennung zu akzeptieren. Doch das wollte ich meiner Trainerin nicht unbedingt sagen. Also versuchte ich einen Mittelweg zu wählen.

»Ich weiß es ehrlich gesagt nicht.«

»Das verstehe ich. Aber vielleicht ist es gut, wenn du dich auf andere Dinge konzentrierst. Dein Team braucht dich. Du weißt, dass die *Red Tigers* allgemein schwer zu schlagen sind, und wenn wir zurück an die Tabellenspitze wollen, brauchen wir diesen Sieg.« Sie hatte recht. Durch June wusste ich, wie hart die Mädels in den vergangenen Tagen gearbeitet hatten. Es war das Mindeste, nun die Zähne zusammenzubeißen und es ihnen gleich zu tun.

»Sie können auf mich zählen, Coach.« Und das meinte ich auch so. Ich hatte Mist gebaut und würde nun alles dafür tun, um es wieder geradezubiegen.

»Sehr gut.«

Coach Lewis griff sich ihr Klemmbrett und pfiff die restlichen Mädels zu sich. Ein sicheres Zeichen dafür, dass das Gespräch ihrer Meinung nach beendet war.

»Es ist kein Geheimnis, dass die letzten zwei Spiele nicht sonderlich gut für uns gelaufen sind. Ich hoffe, euch ist bewusst, wie wichtig unsere nächste Partie ist.«

Ein zustimmendes Raunen ging durch die Menge, während sie ihre Worte einen Moment lang sacken ließ, bevor sie fortfuhr. »Daher erwarte ich von jeder von euch absolute Bestleistung. Gut. Dann schnappt euch jede einen Ball und übt Freiwürfe. Sobald ihr damit durch seid, trainieren wir ein paar Spielzüge.« Coach Lewis nickte und widmete sich wieder ihrem Klemmbrett, während wir uns verteilten. Abwechselnd ließen wir den Ball durch die Luft segeln und unterhielten uns dabei. Natürlich hatten Audrey und Lilly bereits mitbekommen, was passiert war. Immerhin besaßen sie so viel Taktgefühl, dass sie mich nicht ausfragten. Vielleicht hatte Sarah aber auch zuvor mit ihnen gesprochen und dafür gesorgt. Und wenn dem so war, war ich ihr äußerst dankbar.

Es fiel mir schwer, mich auf das Training zu konzentrieren. Ich gab mein Bestes, die entsprechenden Spielzüge auszuführen und möglichst viele Punkte zu erzielen, doch insgeheim sehnte ich mich einfach nur nach meinem Bett. Nichts erschien mir in diesem Moment verlockender, als mir eine Decke über den Kopf zu ziehen und alles andere auszublenden.

Ich bekam nicht mit, wie schnell die Zeit verging. Erst als die Jungs nach und nach die Halle betraten, wurde mir bewusst, wie spät es bereits war. Erleichtert atmete ich auf. Auch wenn ich das Spiel nach wie vor liebte und es auch guttat, wieder zurück zu sein, war ich froh, die heutige Einheit hinter mir zu haben.

Ohne es zu wollen, schaute ich zu der Kabinentür der Jungs. Jedes Mal, wenn sie sich öffnete, hielt ich gespannt die Luft an. *Ob er ebenfalls kommen würde?* Die Möglichkeit bestand und sorgte dafür, dass mein Herz einen Takt schneller schlug.

Einer nach dem anderem betraten sie die Halle. Mal allein, mal zu zweit. Logan war bisher nicht dabei gewesen. Enttäuscht senkte ich den Kopf und atmete tief durch. Doch schon im nächsten Moment sah ich hoch und erkannte Mason und Caleb, die mich kurz grüßten und in Richtung Tribüne gingen. Ich zwang mir ein Lächeln auf die Lippen und hob meine Hand. Damit lag die Wahrscheinlichkeit, dass Logan noch kommen würde, bei null. Denn unter normalen Umständen erschienen die drei immer zusammen. Hoffnung keimte in mir auf. Offenbar hatte Sarah tatsächlich recht gehabt, und Logan war ebenso wie ich in letzter Zeit nicht zum Training erschienen. Das musste etwas bedeuten. *Oder?*

Ich schüttelte den Kopf und wollte gerade ein weiteres Mal auf den Korb werfen, als sich die Tür erneut öffnete. Logan war der

Letzte, der die Halle betrat. Ich hielt in der Bewegung inne. Unter seinen Augen zeichneten sich tiefe Schatten ab, der Glanz in ihnen war verschwunden. Seine Haare waren vollkommen durcheinander, sein Bart war ein wenig länger als sonst. Er sah genauso fertig aus, wie ich mich fühlte. *Hatte ihn das alles vielleicht doch mitgenommen? Zumindest ein Stück weit?* Unzählige Gedanken schossen durch meinen Kopf und hinterließen vor allem eins: Hoffnung. Sie war gefährlich. Daran bestand kein Zweifel. Und doch ließ ich sie für den Moment zu. Ich konnte nicht anders. Auch wenn sie mir ein weiteres Mal das Herz brechen würde.

Ob er mich bemerkt hatte, wusste ich nicht. Vielleicht, vielleicht aber auch nicht. Der kleine Teil in mir, der nach wie vor an ein Happy End glaubte, redete sich ein, er hätte mich bisher nicht entdeckt. Denn in dem Fall hätte es nichts zu bedeuten gehabt, dass Logan nicht zu mir gekommen war. Die Realistin in mir schüttelte bloß den Kopf.

Nur einen Moment später wurde mir bewusst, wie lächerlich und überflüssig meine Überlegungen waren. Hätte Logan mit mir sprechen wollen, hätte er das längst getan. Er hatte genug Zeit gehabt. Dass er sich jedoch nicht gemeldet hatte, sprach für sich und bedurfte eigentlich keiner weiteren Erklärung.

»Was ist los?« Sarah stupste mich leicht an. Statt ihr zu antworten, nickte ich bloß in die entsprechende Richtung. »Oh.« Das traf es äußerst gut. »Ich hätte echt nicht gedacht, dass er heute da ist. Sorry, Carly.«

Ich schenkte ihr ein beruhigendes Lächeln. Woher sollte sie das auch wissen? Mit meiner Entscheidung, wieder zum Training zu kommen, hatte ich in Kauf genommen, ihn wiederzusehen.

Ein Teil von mir hatte gehofft, einigermaßen mit Logan abgeschlossen zu haben. Trotz all der Hoffnung. Ich hätte damit nicht falscher liegen können. Das wurde mir soeben klar. Und weil ich offenbar masochistisch veranlagt war, drehte ich den Kopf und sah zu ihm.

Es war, als würde ich in einen Spiegel schauen. Während sich Mason und Caleb unterhielten, saß Logan mit gesenktem Blick daneben. Je länger ich ihn betrachtete, desto sicherer war ich, dass ich selbst in letzter Zeit nicht anders ausgesehen hatte.

Ich seufzte tonlos und warf ein weiteres Mal, weil ich nicht wusste, was ich tun sollte. Theoretisch gesehen wäre es einfach, zu ihm zu gehen, mit ihm zu sprechen und ihn zu fragen, ob ich ihm genauso fehlte wie er mir. Doch ich war es leid, immer den ersten Schritt machen zu müssen. Vielleicht war es an der Zeit, dass ich wartete, bis er auf mich zukam. Bis dahin würde ich mich zurückhalten. Vielleicht hatte ich auch nur Angst, dass mir seine Antwort nicht gefallen würde. Das hielt mich jedoch nicht davon ab, ihn aus sicherer Entfernung zu betrachten. Auch wenn er erschöpft aussah, war er noch immer mit Abstand der attraktivste Mann, den ich je gesehen hatte. *Einen schönen Menschen entstellt nichts.* Das hatte meine Grandma früher immer gesagt, und in diesem Augenblick begriff ich, dass da tatsächlich etwas dran war. Doch es war nicht nur das Äußerliche, das schön an ihm war. Vielmehr war es seine liebevolle Seite, die er mir zu oft gezeigt hatte, als dass ich sie wegen eines Streits hätte vergessen oder gar leugnen können.

Es gab nichts Besseres, als von Logan Evans geliebt zu werden. Ich wusste, wie gut es sich anfühlte. In diesem Augenblick verfluchte ich mich, weil ich niemals den Mut aufgebracht und ihm gesagt hatte, was ich für ihn empfand. Jetzt war es zu spät.

Gerade als ich mich von ihm abwenden wollte, hob er den Kopf und sah mir direkt in die Augen. So als hätte er gespürt, dass dies der Moment war, in dem ich uns aufgab.

Meine Kehle war wie zugeschnürt. Sein Blick ging mir durch Mark und Bein und glich nach all der Zeit fast schon einer Liebkosung meiner geschundenen Seele. Wäre die Welt um uns herum untergegangen, hätte ich es nicht bemerkt. Ich wäre durchaus zufrieden damit gewesen, Logan für den Rest meines Lebens einfach nur noch so anzuschauen wie in dieser Sekunde. Auch wenn mein verräterisches Herz bei dem Gedanken lautstark protestierte und mich davon zu überzeugen versuchte, zu ihm zu gehen und mit ihm zu sprechen. Doch auch meine Ungeduld hatte uns in diese Situation gebracht. Ein zweites Mal würde ich diesen Fehler nicht machen. Ich musste lernen, zu warten, und darauf vertrauen, dass er zu mir kommen würde.

Je länger wir einander einfach nur ansahen, desto sanfter wurde sein Blick. Das Funkeln kehrte Stück für Stück in seine Augen zurück. Möglicherweise war das aber auch bloß Einbildung.

Caleb klopfte ihm auf die Schulter und versuchte, seine Aufmerksamkeit zu erregen. Es gelang ihm nicht, und als er ebenfalls zu mir herübersah, schien er zu verstehen, weshalb. Letztendlich war es mir egal. Alles, was zählte, war dieser Moment. Vielleicht war das alles, was wir bekommen würden. Vielleicht war es ein Neuanfang, vielleicht aber auch das Ende unserer Beziehung.

Die Zeit schien stillzustehen. Mit aller Macht versuchte ich, den Augenblick auszukosten und mir jede kleinste Regung in Logans Gesicht gut einzuprägen. Alles in mir wehrte sich dagegen, mit uns abzuschließen. Wenn es auch nur die geringste Chance gab, musste man sie ergreifen. Die Frage war nur, ob Logan es auch so sah.

Nur einen Herzschlag später umspielte ein bittersüßes Lächeln seine Lippen und gab mir damit das Zeichen, nach dem ich gesucht hatte. Logans Lächeln hatte schon immer diese besondere Wirkung auf mich gehabt, doch in diesem Moment zog es mir förmlich den Boden unter den Füßen weg.

25. Kapitel

»Carly, kommst du? Wir müssen los.« June steckte den Kopf durch meine halb geöffnete Zimmertür und brachte mich damit zurück ins Hier und Jetzt. Kopfschüttelnd packte ich meine Shorts zu den restlichen Sachen in meine Tasche und schloss den Reißverschluss.

Für heute standen eine Teameinheit sowie eine daran anschließende Videoanalyse auf dem Programm. Letztere war ein fester Bestandteil unseres Trainingsplans und diente nicht nur der Nachbereitung eines Spiels, indem sie uns unsere Fehler und Schwachstellen zeigte, sondern half uns auch bei den Vorbereitungen auf den nächsten Gegner. Es war an sich nichts Außergewöhnliches, doch ein Teil von mir dachte auch darüber nach, dass die Jungs heute vor uns in der Halle trainierten. Die Wahrscheinlichkeit, Logan über den Weg zu laufen, war dementsprechend hoch.

Allmählich wusste ich jedoch nicht mehr, was ich denken sollte. Sein Verhalten verwirrte mich. Wann immer wir uns begegneten, blieben wir stehen und sahen einander einfach nur an. Doch keiner von uns ging einen Schritt auf den anderen zu. Es war schrecklich frustrierend.

»Ist alles in Ordnung mit dir?« June riss mich erneut aus meiner Starre. Erst jetzt bemerkte ich, dass sie direkt neben mir stand. Ich rieb mir übers Gesicht und schob meine mangelnde Aufmerksamkeit auf die Müdigkeit. Die letzte Nacht war viel zu kurz gewesen. Lange Zeit hatte ich mich einfach nur hin und her gewälzt, weil meine Gedanken bei einem ganz bestimmten Spieler der *Blue Devils* gewesen waren. Ein bisschen fühlte ich mich, als stünden wir wieder ganz am Anfang, als mich seine bloße Anwesenheit in den Wahnsinn getrieben hatte.

»Ja, entschuldige. Ich habe nur nachgedacht.«

»Logan?« Sie stupste mich mit der Schulter an, auf ihren Lippen lag ein wissendes Lächeln. Ich nickte nur. »Gib ihm noch etwas Zeit, das wird schon.«

Woher sie ihren Optimismus nahm, verstand ich wirklich nicht. Doch was Logan und mich anging, schien sie sich äußerst sicher zu sein.

»Wir werden sehen.« Ich räusperte mich und ging voran in unseren kleinen Flur. Seufzend nahm ich meine dicke Winterjacke von der Garderobe und zog sie mir an. Ich war niemand, der schnell fror, doch dieser Herbst hatte es in sich.

»Bist du so weit?« June hatte sich einen dicken grauen Wollschal umgebunden und sah mich fragend an.

»Wir können.« Im Vorbeigehen griff ich mir ebenfalls einen Schal und legte ihn mir um den Hals.

Der frische Herbstwind wirbelte die orange-roten Ahornblätter vor unserer Haustür durch die Luft. Auf der gegenüberliegenden Straßenseite spielten die Nachbarskinder im Laubhaufen.

»Das waren noch Zeiten.« June hatte die Hände in ihre Manteltaschen gesteckt und sah weiterhin zu den Kindern, deren Lachen bis zu uns drang.

»Du sagst es.« Lächelnd schob ich meine Sporttasche ein Stück höher und schaute auf meine Uhr. »Wir müssen, sonst kommen wir zu spät, und ich glaube nicht, dass Coach Lewis darüber begeistert wäre.«

»Da gebe ich dir absolut recht. Das sollten wir unter keinen Umständen riskieren.« Lachend lief June los, ich folgte ihr und mit jedem Schritt, den wir gingen, wurde der Tag ein kleines bisschen besser.

Ich lehnte mich mit der Schulter gegen den Türrahmen, während ich darauf wartete, dass sich June ihre Shorts und die Trainingsschuhe anzog. Die letzten Meter bis zur Halle waren zu einer Geduldsprobe geworden. Zu sagen, dass ich nervös war, wäre untertrieben gewesen. Ein Teil von mir freute sich unglaublich darauf, Logan wiederzusehen. Auch wenn es nur für ein paar Minuten war und wir sehr wahrscheinlich wieder nicht miteinander sprechen würden, waren das die Momente, aus denen ich Kraft zog. Und Hoffnung. Hoffnung darauf, dass alles gut werden würde und wir doch noch unser Happy End bekommen würden. Die leisen Zweifel, die mit jedem Tag, der verging, ohne dass Logan einen Schritt auf mich zuging, versuchte ich dabei zu unterdrücken. Ich wollte mich einfach an den Gedanken klammern, dass er genauso fühlte wie ich. Dass er mich ebenso vermisste.

Ich schüttelte den Kopf und sah zu June, die gerade ihren zweiten Schuh angezogen hatte. Lächelnd stieß ich mich vom Türrahmen ab und folgte ihr. Mein Herz raste, meine Knie fühlten sich viel zu weich an. Nur noch ein paar Schritte ...

Kurz bevor wir die Halle betraten, blieb ich stehen und sammelte mich einen Moment. June bemerkte meine Nervosität, denn sie nahm meine Hand in ihre und drückte sie einmal aufmunternd. Dankbar sah ich zu ihr, ehe ich mich von ihr ins Innere ziehen und den Blick schweifen ließ. Bis auf Lilly und Audrey war noch niemand aus unserer Mannschaft dort. Die *Blue Devils* dagegen waren vollzählig. In Drei-Mann-Teams standen sie um die Körbe verteilt und trainierten Mitteldistanzwürfe. Caleb, Matt und Logan waren an einem der vorderen und ließen die Bälle durch die Luft segeln. Jeder einzelne traf sein Ziel.

Noch hatte Logan mich nicht bemerkt, was daran lag, dass er mit dem Rücken zu mir stand. Obwohl er zusammen mit Matt in eine Gruppe eingeteilt worden war, schien er entspannt zu sein. Auch ohne sein Gesicht zu sehen, erkannte ich, dass er lachte. Worüber wusste ich nicht, doch das war auch nicht wichtig. Ohne dass ich es hätte kontrollieren können, lächelte ich.

»Na du, alles okay bei dir?« Es war Lilly, die mich aus meinem Starren riss. Zusammen mit Audrey saß sie auf der Tribüne zu unserer Linken. June hatte bereits neben ihr Platz genommen.

»Sorry, ja, alles in Ordnung, und bei euch?« Ich zog die beiden in eine kurze Umarmung, ehe ich mich zu June gesellte. Sie hatte die Beine ausgestreckt und sich mit dem Rücken gegen die hintere

Reihe gelehnt.

»Wir können uns auch nicht beschweren.« Ihr Grinsen war so breit, dass ich misstrauisch wurde. Heckten sie vielleicht etwas aus? Auszuschließen war das jedenfalls nicht. Die beiden waren recht spontan und unternahmen häufig Wochenendtrips durch North Carolina. Oftmals überredeten die zwei auch June und mich dazu, mitzukommen. Im Umkreis von hundert Meilen hatten wir jede Stadt mit mehr als zwanzigtausend Einwohnern bereits gesehen.

»Das freut mich.« Mit einem Lächeln drehte ich den Kopf zurück nach vorn. Logan hatte mich noch immer nicht gesehen, was mir erneut Zeit gab, um ihn unverhohlen zu mustern. Die dunkelblaue Shorts saß locker auf seinen Hüften, das farblich dazu passende Trainingsshirt betonte seinen muskulösen Oberkörper. Gespannt sah ich dem Dreiergrüppchen zu, wie sie Coach Johnsons Anweisungen nachkamen. Ganz allmählich füllte sich die Halle, und die anderen Mädels gesellten sich zu uns. Ihren Gesprächen lauschte ich jedoch nur halbherzig und warf an entsprechenden Stellen ein *Hm* oder auch ein *Ja* ein. Ich war viel zu sehr auf Logan konzentriert, um mich an dem neusten Klatsch und Tratsch zu beteiligen. Wobei das allgemein nichts war, was mich interessierte. Das kam noch hinzu. Doch auch die Eröffnung eines neuen Clubs war in diesem Moment unwichtig.

Coach Johnsons schrille Trillerpfeife ließ mich zusammenzucken. Das Training der Jungs war vorbei, und unseres würde in wenigen Minuten beginnen. Gemeinsam gingen die einzelnen Gruppen zu ihrem Trainer und setzten sich auf die gegenüberliegende Tribüne. Als Logan direkt zu mir schaute, hielt ich die Luft an. Noch immer sah er aus, als hätte er tagelang nicht geschlafen. Er schien hin- und hergerissen zu sein, und genauso wenig wie ich zu wissen, wie er reagieren sollte. Ich wünschte mir nichts sehnlicher als ein Lächeln von ihm. Wenn auch nur angedeutet. Vollkommen egal. Oder irgendeine andere Reaktion, die mir versicherte, dass er uns nicht aufgegeben hatte. Dass noch Hoffnung bestand. Doch mit jeder Minute, die verstrich, wurde sie schwächer. Logan saß einfach nur auf dieser blöden Tribüne und sah mich an. Kein Schmunzeln, kein Grinsen, nicht mal ein enttäuschter Blick. Und trotzdem wollte ich nicht wegschauen. Rein theoretisch wusste ich, dass es nun an der Zeit war, mit unserer Geschichte abzuschließen. Sie hinter mir zu lassen. Sie als nette Erinnerung zu betrachten. Doch die Wahrheit war, ich konnte es nicht. Dafür war er mir in viel zu kurzer Zeit einfach zu wichtig geworden.

Ich seufzte und versuchte, die Enttäuschung zu unterdrücken. Mein Herz zog sich krampfhaft zusammen, und es fühlte sich an, als könne ich nicht atmen. Was Schwachsinn war. Der rationale Teil in mir war sich dessen vollkommen bewusst. Doch allem Anschein nach hatte Logan einen anderen Menschen aus mir gemacht. Einen, der auf sein Herz und nicht auf seinen Verstand hörte.

»Carly?« Als ich ein Stupsen von links spürte, zuckte ich zusammen, und nur unter innerlichem Protest suchte ich nach dem Ursprung. June deutete mit dem Kopf nach links, und erst da erkannte ich, dass Coach Lewis vor uns stand. Ich vermutete, dass sie den heutigen Ablauf mit uns durchgehen wollte. Weil ich jedoch nicht aufgepasst hatte, konnte ich das nicht mit hundertprozentiger Sicherheit sagen. Mit vor der Brust verschränkten Armen musterte sie mich.

»Verzeihung, Coach.« Ich senkte den Kopf und starrte auf meine Füße, weil es mir unangenehm war, dass nicht nur sie, sondern auch das komplette Team meine Unaufmerksamkeit mitbekommen hatte. Ich hörte sie seufzen. Glücklicherweise hielt sie mir keine Predigt und begann direkt mit dem Besprechen des Trainingsplans.

Als ich das nächste Mal meinen Blick hob, war die Tribüne auf der anderen Seite leer.

26. Kapitel

Freitagabende waren dazu da, um auszugehen. Spaß zu haben. Sich zu amüsieren, ohne an den nächsten Tag zu denken. Abzuschalten und sämtliche Sorgen für ein paar Stunden zu vergessen. So zumindest in der Theorie.

Die Praxis sah jedoch so aus, dass ich mit einem großen Becher *Cookie Dough*-Eis in der Hand auf der Couch saß und *La La Land* guckte. Warum ich mir ausgerechnet einen Film ansah, in dem das Paar kein Happy End bekam, hatte nur einen Grund: Logan. Waren wir auch eines dieser Paare? Hatten wir ebenfalls keine gemeinsame Zukunft? Zumindest sprach alles dafür.

Wir hatten uns vor etwas mehr als zwei Wochen getrennt. Und doch fühlte es sich an, als wäre es erst gestern passiert. Mein anfänglicher Optimismus, dass wir es doch noch hinbekommen würden, wenn ich ihm Zeit ließ und ihn nicht drängte, war nahezu erloschen. Es tat weh, jedes Mal mit Hoffnung zum Training zu gehen, nur um dann enttäuscht zu werden.

Mein Handy, das neben mir auf der Lehne lag, vibrierte und kündigte eine neue Nachricht an. Ich stellte mein Eis auf den Couchtisch und trank einen Schluck meines Lieblingsweins, ehe ich nachsah, wer mir geschrieben hatte. Es war June, die mir ein Bild von Sarah und sich geschickt hatte. Darunter hatte sie geschrieben, dass die beiden wünschten, ich wäre mitgekommen und sie nächstes Mal ein *Nein* nicht akzeptieren würden. Unweigerlich musste ich lächeln. Es hatte fast eine halbe Stunde gedauert, bis ich June davon überzeugt hatte, dass es absolut okay war, wenn sie ohne mich ging.

Nachdem Audrey und Lilly von der heutigen Cluberöffnung in Durhams Stadtzentrum erzählt hatten, ließen sich Sarah und June von ihnen breitschlagen, gemeinsam mit ihnen dort hinzugehen.

Unter normalen Umständen wäre ich mitgegangen, doch ein paar gemütliche Stunden in Jogginghose und Hoodie vor dem Fernseher waren so viel verlockender als ein Kleid und High-Heels. Ich gönnte ihnen den Spaß und freute mich, dass sie sich amüsierten. Und genau das schrieb ich ihnen auch zurück. Fast zeitgleich erschienen ein leuchtend rotes Herz und die Mitteilung, dass June eventuell anschließend mit zu Sarah gehen und dort schlafen würde. Auch damit hatte ich keinerlei Probleme. Zumal Sarahs Wohnung deutlich näher am Club lag als unsere. June sollte auf nichts verzichten, nur weil ich noch immer Liebeskummer hatte. Irgendwann würde er vergehen. Eines Tages würde ich aufwachen, und Logan würde mir ein kleines bisschen weniger fehlen.

Ich erinnerte die beiden noch schnell daran, sich später ein Taxi zu nehmen, legte mein Handy wieder zur Seite und konzentrierte mich auf den Film. Da es nicht erneut vibrierte, waren sie wahrscheinlich wieder auf der Tanzfläche.

Ich hatte gerade den letzten Löffel Eis zusammengekratzt, als ich ein seltsames Geräusch wahrnahm. Verwundert drehte ich den Kopf Richtung Flur. Als ich es ein zweites Mal hörte, pausierte ich die Wiedergabe und ging in unsere Küche, aus der man direkt auf die Straße sehen konnte.

Als Peter Gabriels *In Your Eyes* erklang, hielt ich schlagartig in der Bewegung inne. Das konnte kein Zufall sein, und doch suchte ich nach Gründen, die erklärten, warum ausgerechnet dieses Lied in diesem Augenblick erklang. Vielleicht spielte mein Verstand mir Streiche. Das musste es sein. Denn die Alternative war zu unwahrscheinlich.

Auch wenn Logan wusste, dass der Song aus meinem Lieblingsfilm stammte und die Szene, in der er zu hören war, zu den für mich schönsten überhaupt zählte, konnte das unmöglich sein. *Oder doch?*

Nur einen Moment später stockte mir der Atem, denn Logan stand mit seinem schwarzen *Mustang* direkt vor dem Haus. In den Händen hielt er einen altmodischen Ghettoblaster. Wie John Cusack in *Say Anything*. Logan hatte sich diese Szene, und wie sehr ich sie mochte, gemerkt. Mein Herz stolperte bei dem Gedanken daran, was das für uns bedeuten könnte.

Hastig zog ich mir Schuhe an, griff mir meine Jacke und den Schlüssel von der Kommode und ging zu ihm.

Als er mich entdeckte, stellte er den Ghettoblaster auf die Motorhaube seines Autos, drehte ihn leiser und kam ein paar Schritte auf mich zu. Ohne darüber nachzudenken, lief ich ihm die restlichen entgegen und stoppte erst, als ich direkt vor ihm stand. Auf seinen Lippen lag ein sanftes Lächeln, das ich vorsichtig erwiderte.

»Hey.« Er klang genauso atemlos, wie ich mich fühlte. Am liebsten hätte ich ihn festgehalten und nie wieder losgelassen.

»Was machst du denn hier?« Meine Stimme war für den Sturm, der in mir tobte, äußerst ruhig und kontrolliert.

Unruhig fuhr sich Logan mit der Hand durch die Haare und brachte sie damit durcheinander. Auch der Bart war wieder kürzer. Vor mir stand wieder der Logan, in den ich mich verliebt hatte. Vor mir stand *mein Logan.*

»Ich hatte mir eigentlich genau überlegt, was ich sagen wollte, aber jetzt weiß ich es nicht mehr.« Er machte eine entschuldigende Miene und sah in den Himmel, so als würden ihm seine zurechtgelegten Worte dadurch wieder einfallen. Seine Unsicherheit war auf eine seltsame Art unglaublich süß, und wenn ich absolut ehrlich zu mir war, ging es mir nicht anders.

»Nicht schlimm, so was kann passieren.« Als er anfing, seine Hände zu kneten, wusste ich nicht, was ich tun sollte. Es war das erste Mal, dass ich Logan so nervös erlebte.

»Es tut mir unfassbar leid, Carly. Ich habe Mist gebaut. Riesigen, und ich wünschte, ich könnte es rückgängig machen. Kann ich aber nicht.« Seufzend schaute er zu Boden. Ich atmete tief durch und versuchte, meinen rasenden Puls wieder zu beruhigen.

»Ich weiß gar nicht, wofür ich mich zuerst entschuldigen soll. Ich habe so viel falsch gemacht und dir wehgetan. Das war nie meine Absicht, das musst du mir glauben.« Fast schon verzweifelt suchte er meinen Blick und streckte seine Hand in Richtung meines Gesichts aus. In letzter Sekunde stoppte er und ließ sie wieder sinken. Für einen Moment war ich enttäuscht, doch dann begriff ich, dass das hier wichtiger war als jede Berührung es hätte sein können.

»Wir haben beide Fehler gemacht und sind für die Situation gleichermaßen verantwortlich.« Hatte ich meine Stimme vorhin noch unter Kontrolle gehabt, versagte ich nun kläglich. All die verdrängten Emotionen fanden ihren Weg an die Oberfläche.

»Hätte ich dir direkt die Wahrheit erzählt, wäre all das nicht passiert. Wahrscheinlich lägen wir nun auf der Couch und würden darüber diskutieren, ob Ananas auf eine Pizza gehört oder nicht. Im Übrigen hat sich meine Meinung diesbezüglich nicht geändert. Ich denke, das solltest du wissen.« Seine Mundwinkel zuckten leicht. Nur minimal, doch ich hatte es gesehen. Bei der Erinnerung an den Abend, an dem er mich nach Hause gebracht hatte, nachdem wir uns zufällig in der Pizzeria getroffen hatten, musste ich schmunzeln.

»Das wäre durchaus möglich, wobei wir beide wissen, dass es eine ziemlich kurze Diskussion gewesen wäre und du mir letztendlich zugestimmt hättest.« Auch wenn so viele ungeklärte Dinge zwischen uns standen, wollte ich nur für ein paar Minuten einen Hauch Normalität. Dass wir uns nicht mehr länger vor einem klärenden Gespräch drücken konnten, war uns beiden bewusst. Es war die einzige Möglichkeit, um unsere Beziehung zu retten. Und offenbar war Logan diesmal dazu bereit. Sonst wäre er nicht hergekommen.

»Nur über meine Leiche.« In seiner Stimme schwang solch eine Ernsthaftigkeit mit, dass ich sie ihm beinahe abgekauft hätte, wäre da nicht das leichte Funkeln in seinen Augen gewesen.

»Schon klar.« Mit Logan hier zu stehen und zu scherzen, machte die Welt für einen Augenblick ein kleines bisschen besser. Seit Tagen fühlte ich mich das erste Mal wieder wie ich selbst. Logan war nicht nur derjenige, der mein Herz gebrochen hatte, sondern auch derjenige, der die Macht hatte, es wieder zusammenzusetzen.

»Vertraust du mir?«

»Natürlich.« Als er mir einen zärtlichen Kuss auf meine Stirn hauchte, schloss ich die Augen und hielt die Luft an. Viel zu schnell zog er sich wieder zurück und deutete auf seinen Wagen. Enttäuscht atmete ich aus. »Ich würde dir gerne etwas zeigen. Wäre das okay?«

Weil ich nicht den blassesten Schimmer hatte, was er meinte, nickte ich und folgte ihm zur Beifahrertür. Galant hielt er sie mir auf, ließ mich einsteigen, griff sich den Ghettoblaster und verstaute ihn im Kofferraum. Nur einen Moment später saß er neben mir, ließ den Motor an und legte den Rückwärtsgang ein. Dann fuhr er los.

Während er sich auf die Straße konzentrierte, schaute ich aus dem Fenster und betrachtete die vorbeiziehende Landschaft. Doch das Schweigen war nicht unangenehm. Vielmehr ließ es mich einen Moment zur Ruhe kommen und gab mir die Gelegenheit, meine Gedanken zu sortieren. Ich hatte keine Ahnung, wohin Logan uns brachte. Vielleicht war das aber auch nicht wichtig. Vielleicht war alles, was in diesem Augenblick zählte, dass wir Zeit miteinander verbrachten.

»Woran denkst du?« Logan griff vorsichtig nach meiner Hand, verschränkte sie mit seiner und hauchte mir einen zarten Kuss auf meine Fingerknöchel. Auch wenn es nur eine kleine, unschuldige Geste war, ließ sie mich für einen Moment sämtliche Zweifel vergessen und hoffen, dass alles wieder gut werden würde. Dass es eine zweite Chance für uns gab, die wir nutzen würden. Dass wir es diesmal besser machen würden. Doch damit das funktionierte, mussten wir aufhören, Dinge voreinander geheim zu halten. Also würde ich damit nun beginnen.

»An uns.« Das Lächeln auf seinen Lippen wurde breiter, während er mir einen kurzen Blick zuwarf, ehe er wieder auf die Straße schaute. »Du hast mir gefehlt.«

Nur eine Sekunde später fuhr er rechts ran, stellte den Motor aus und drehte sich zu mir. Zärtlich legte er beide Hände an meine Wangen und lehnte seinen Kopf gegen meinen. Sein heißer Atem tanzte über mein Gesicht und schickte ein Kribbeln durch meinen gesamten Körper.

»Du hast mir genauso sehr gefehlt, Carly. Ich war ein Idiot und hätte dich niemals gehen lassen dürfen.« Seine Worte setzten weitere Einzelteile meines Herzens wieder zusammen und machten es stärker als zuvor. Einen Augenblick lang sahen wir einander einfach nur an. Dann deutete Logan auf einen kleinen Waldweg, den ich erst jetzt bemerkte. »Komm, es ist nicht mehr weit.«

Ich nickte, stieg aus und wartete auf Logan, der das Auto umrundete und meine Hand nahm. Gemeinsam gingen wir durch den *Duke Forest*. In diesem Teil des Waldes war ich noch nie gewesen. Kurz darauf blieben wir an einem leicht versteckten Basketballplatz stehen, der mir bis zu diesem Moment ebenfalls unbekannt war.

»Ich bin dir ein paar Antworten schuldig, aber bevor ich alles erkläre, wollte ich dir diesen Platz hier zeigen.« Er ließ meine Hand nicht los, als er ein paar weitere Schritte lief und direkt vor einem der Körbe stehen blieb. Der Platz und alles drum herum hatte definitiv schon bessere Zeiten erlebt. Trotzdem fühlte ich mich wohl und auf eine nicht zu erklärende Art und Weise Logan weitaus näher.

»Mein Onkel hat mir zu meinem siebten Geburtstag ein Trikot der *Philadelphia 76ers* und einen Basketball geschenkt. Ich kann mich heute noch an den Tag erinnern. Es war einer der besten Geburtstage, die ich je hatte. Meine Mom hatte sich freigenommen und mir eine riesige Schokotorte gebacken, und nachmittags kamen ein paar Freunde und wir sind hierher gelaufen. Man könnte sagen, hier hat alles begonnen.« Er ließ meine Hand los, drehte sich einmal im Kreis und ließ den Blick gedankenverloren schweifen. »Ich war an dem Tag so unglaublich glücklich und habe mir das Trikot sofort angezogen. Ich weiß noch, dass ich damals so getan habe, als wäre ich der beste NBA-Spieler aller Zeiten.«

Der zufriedene Ausdruck in seinem Gesicht sorgte dafür, dass ich ebenfalls lächelte. Ich konnte gar nicht anders. Gleichzeitig sah ich in meiner Vorstellung den siebenjährigen Logan vor mir, der in seinem Trikot und dem Basketball in seinen Händen über den Platz rannte. Es klang nach einem perfekten Tag. Viel schöner fand ich jedoch, dass er seinem damaligen Traum schon sehr nah gekommen war. Dass er sich all das hart und selbst erarbeitet hatte, machte mich stolz. Ich gönnte ihm seinen Erfolg von ganzem Herzen und hoffte, dass er seinen Platz in der Profi-Liga finden würde.

»Seit jenem Tag war Basketball alles, was ich hatte. Meine Mom hat zwar immer versucht, möglichst viel Zeit mit mir zu verbringen, aber meistens war sie bis spät nachts arbeiten, um uns über die Runden zu bringen. Anfangs habe ich es nicht verstanden und ihr vorgeworfen, dass sie nie für mich da sei. Doch je älter ich wurde, desto besser konnte ich es nachvollziehen.«

Er atmete tief durch und sah für einen Moment nach oben, vermutlich um seine Gedanken zu ordnen. Der frische Herbstwind ließ mich frösteln, also schloss ich meine Jacke und umschlang meine Taille mit beiden Armen. Seine Wärme fehlte mir, doch ich wollte ihm den Raum geben, den er brauchte, um sich mir zu öffnen.

Als er sich wieder gefasst hatte, sah er zu mir. Seine Augen spiegelten den Schmerz wider, den er so lang tief in sich versteckt hatte. Das war der Moment, in dem ich begriff, dass er seinen Schutzpanzer vollends abgelegt hatte und mich nicht länger von sich stieß. Stattdessen zeigte er mir seine verletzliche Seite, die er sonst mit aller Macht vor der Welt versteckte.

»Unser Dad hat meine Mom und mich verlassen, da war ich ein knappes Jahr alt. Es ist eigentlich kein Wunder.«

»Warum?«

»Als meine Mom mit mir schwanger war, hat er von ihr verlangt, mich abzutreiben. Offensichtlich hat sie sich geweigert.« Sein Lächeln wirkte gequält. Es musste hart sein, zu wissen, dass sein eigener Dad ihn nicht gewollt hatte. »Meine Mom war gerade achtzehn geworden, als sie mich bekommen hatte. Ihre Eltern waren der Meinung, dass sie einen großen Fehler machte. Dass ich ihr das Leben versauen würde. Aber davon hat sie sich nicht abhalten lassen. Auch nicht, als mein Dad abgehauen ist, weil er Matts Mutter geschwängert hatte. Ihre Familie hatte im Gegensatz zu unserer ziemlich viel Geld.«

»Deine Mom scheint eine ziemlich starke Frau zu sein.« Ich wusste nicht, ob ich ihm damit zu nahe trat, aber die Worte hatten meinen Mund verlassen, noch ehe ich darüber nachdenken konnte.

Logan lächelte und nickte. »Sie ist die stärkste Person, die ich kenne.« Es war deutlich, wie viel ihm seine Mom bedeutete. »Sie besitzt inzwischen ein kleines Diner an der Lawrence Road drüben in Hillsborough. Es war schon immer ihr Traum, und vor zwei Jahren konnte sie ihn sich endlich erfüllen. Ich bin so stolz auf sie. Sie hat sich von all dem nicht unterkriegen lassen und an eine bessere Zukunft geglaubt.«

»Das hätte bestimmt nicht jeder so gut bewerkstelligt.« Unweigerlich fragte ich mich, wie seine Mom aussah. Ob sie dasselbe dunkle Haar oder die blauen Augen hatte? Eins war sicher: Ich mochte sie. Vielleicht würde ich sie eines Tages kennenlernen.

»Weißt du, ich hatte mich inzwischen mit all dem abgefunden. Es störte mich nicht mehr, dass ich meinen Dad nie kennengelernt hatte. Dass er kein Teil meines Lebens sein will.« Er fuhr sich mit beiden Händen durch seine Haare und machte sie damit noch chaotischer, als sie ohnehin schon waren.

»Aber dann ist Matt plötzlich aufgetaucht.« Meine Schlussfolgerung ließ ihn nicken.

»Matt steht für all das, was ich nie hatte und auch in Zukunft nicht haben werde.«

Niemals hätte ich gedacht, dass Logan derart ehrlich zu mir sein würde. Dass er es in diesem Moment war, bedeutete mir mehr, als ich in Worte hätte fassen können. Still und heimlich verliebte ich mich ein kleines bisschen mehr in den Mann, der mich gerade mit einem vollkommen aufgewühlten Blick ansah. Weil ich nicht wusste, was ich sonst tun konnte, schloss ich ihn in meine Arme und hielt ihn einfach nur fest.

»Es muss hart sein, jetzt wieder damit konfrontiert zu werden.« Meine Stimme war nicht lauter als ein Flüstern.

Doch er hatte mich verstanden, denn er zuckte leicht mit den Schultern. »Ich hätte einfach niemals damit gerechnet, dass er nach Durham kommen würde.«

»Inwiefern?«

»Matt ist erst vor kurzem hierher gezogen. Weil unser Dad die

Firma von seinen Schwiegereltern übernommen hat.« Logan seufzte und vergrub seinen Kopf in meiner Halsbeuge. »Ich wusste einundzwanzig Jahre lang nicht, dass ich einen Halbbruder habe. Kannst du das glauben? Meine Mom hat es mir nie erzählt. Erst als ich sie danach gefragt habe, weil mein Onkel etwas in der Hinsicht angedeutet hatte. Sonst hätte ich es in dem Moment erfahren, als Matt vor mir stand.«

Für einen Augenblick war es absolut still. Selbst die Vögel schienen ihr Zwitschern eingestellt zu haben.

Er drehte den Kopf nach links und sah in den Wald. Ich konnte nur vermuten, wie sehr es ihn verletzt hatte, dass sein Dad bei Matt geblieben war, aber ihn und seine Mom im Stich gelassen hatte.

Logan schaute wieder zu mir. »Ich konnte erst gar nicht glauben, dass er wirklich mein Halbbruder ist. Vielleicht wollte ich es auch einfach nicht wahrhaben. Keine Ahnung. Das bedeutet aber nicht, dass Matt für mich zu meiner Familie gehört.« Wieder konnte ich seine Sichtweise nachvollziehen.

»Aber Matt wusste doch auch vorher nichts von dir, oder?«

Er nickte ein weiteres Mal. »Angeblich hat er versucht, direkt Kontakt mit mir aufzunehmen. Es fällt mir schwer, ihm das zu glauben. Wer freut sich schon, wenn man plötzlich erfährt, dass man all die Jahre einen Bruder hatte, von dem man nichts wusste?«

Mir fiel auf, wie unterschiedlich die beiden diesbezüglich waren. Während sich Matt gefreut hatte, war Logan skeptisch, fast schon entsetzt gewesen.

»Ich verstehe, was du meinst. Aber zwangsläufig werdet ihr euch miteinander arrangieren müssen. Ihr seid nun mal in einem Team.« Ich wollte ihm nicht das Gefühl geben, nicht auf seiner Seite zu stehen. Doch gleichzeitig war dies die einzige Möglichkeit, wenn er weiterhin für die *Blue Devils* spielen wollte.

Logan seufzte und lehnte seine Stirn an meine Schulter. Lächelnd fuhr ich ihm durch seine Haare und brachte ihm damit zum Erschauern.

Ein Nicken, dann ein Seufzen. »Das ist ja das Problem. Ob ich will oder nicht, ich brauche ihn.«

Ich wollte nur das Beste für Logan. Und dass es unumgänglich war, dass die beiden zumindest auf dem Platz miteinander auskamen, war kein Geheimnis. Im Gegenteil. In den letzten Wochen schienen sie schon besser miteinander klarzukommen als noch vor einiger Zeit.

»Du kriegst das schon hin. Ihr müsst doch privat nichts zusammen unternehmen, wenn du das nicht willst.«

»Du hast recht. Aber sobald Matt mir gegenübersteht, empfinde ich nichts anderes als Wut, Enttäuschung und ...« Logan stoppte und sah zur Seite. Ich drängte ihn nicht, sondern wartete darauf, dass er von selbst weitererzählte. »... Eifersucht.«

Er ließ mich los und ging in die Mitte des Basketballplatzes. Sein Blick war auf den Korb gerichtet, dessen Farbe an einigen Stellen bereits abgeblättert war. Ich schob meine Hände in die Taschen meiner Jacke und stellte mich neben ihn. Er sollte einfach nur spüren, dass ich hier war und ihm zuhörte.

»Früher habe ich mir immer gewünscht, dass mein Dad zurückkommen würde. Dass ich ihm doch nicht egal war. Ich konnte wohl nicht falscher liegen.« Er brach ab und schüttelte den Kopf. »Als ich dann vor knapp einem Jahr erfahren habe, dass er die ganze Zeit über bei Matt und seiner Mom gewesen ist und meinen Halbbruder großgezogen hat ... Ich bin fast durchgedreht. Ich habe nicht mal eine Karte zum Geburtstag bekommen, während Matt wahrscheinlich jeden Sommer mit unserem Dad zum Campen gefahren ist.«

Am liebsten hätte ich ihm gesagt, dass Matts Kindheit nicht so schön gewesen war, wie er sie sich vermutlich ausmalte, doch das wäre nicht richtig gewesen. Es stand mir nicht zu, ihm davon zu erzählen, und helfen würde es ihm auch nicht. Weil ich nicht die Person war, mit der er das klären musste.

»Und dann taucht er einfach so auf und bringt mein gesamtes Leben durcheinander. Das Schlimmste an der Geschichte ist, dass ich sogar bereit war, ihn kennenzulernen. Doch bevor ich mich mit ihm treffen konnte, habe ich erfahren, dass er mit Ava geschlafen hat.« Seine Hände hatte er zu Fäusten geballt, sein

Blick war starr geradeaus gerichtet. Weil ich nicht wusste, was ich sonst tun sollte, nahm ich sie in meine und löste die verkrampften Finger. Er ließ es geschehen und atmete tief durch. »Es geht mir nicht um Ava, sie ist Geschichte. Ich habe mit ihr abgeschlossen. Das musst du mir glauben.«

Logan drehte sich zu mir und sah mich aufrichtig an. Seine blauen Augen zogen mich für einen Moment in ihren Bann.

»Das tue ich, keine Sorge.« Lächelnd hauchte ich ihm einen Kuss auf seine Wange, ehe ich in umarmte. Eine Weile hielten wir uns einfach nur fest. Ich war dankbar, dass er mich nicht länger ausschloss. Indem er mir all das erzählte, zeigte er mir, dass unsere Beziehung funktionieren würde. Es war richtig gewesen, ihm Zeit zu geben und ihn nicht zu drängen.

»Ich kann einfach nicht glauben, dass er das absichtlich getan hat.« Logan schnaubte und lehnte den Kopf erneut an meine Schulter.

»Bist du dir ganz sicher, dass es das war?«

»Was meinst du?« Er hatte sich so weit zurückgelehnt, dass er mich ansehen konnte. In seinem Blick lag Verwirrung.

Ich zuckte mit den Schultern. »Na ja, hast du mit ihm darüber gesprochen?«

»Nein.«

»Siehst du. Du kennst zwar deine Antworten auf deine Fragen, nicht aber seine.« Und obwohl ich mittlerweile Bescheid wusste, musste er die Wahrheit von Matt hören, nicht von mir.

»Was würdest du an meiner Stelle tun?«

»Mit ihm sprechen, sobald ich dazu bereit bin. Gib ihm einfach eine Chance, sich zu erklären.«

Eine Weile sagte er gar nichts, wieder starrte er in den Wald. Als würde er sich meine Worte durch den Kopf gehen lassen.

Schließlich seufzte er. »Ich schätze, du hast recht. Letztendlich drehe ich mich nur im Kreis und jage Antworten nach, die ich auf diese Weise nicht finden kann.«

Ich lächelte aufmunternd. In dieser Hinsicht schienen wir uns ziemlich ähnlich zu sein.

Logan stellte sich direkt vor mich. So dicht, dass ich seine

Wärme spüren konnte. »Ich hätte dir all das von Anfang an erzählen sollen. Es tut mir leid, Carly.« Sein Blick war derart offen und ehrlich, dass ich eine Gänsehaut bekam. Ich hatte das Gefühl, in diesem Augenblick bis auf den Grund seiner Seele sehen zu können. Und das, was ich dort sah, gefiel mir außerordentlich gut. Logan hatte mir nicht nur von seiner Vergangenheit erzählt, sondern auch all seine Mauern für mich eingerissen.

»Wir haben beide Fehler gemacht. Ich genauso wie du. Und du weißt, ich bin nicht perfekt ...«

Logan schüttelte den Kopf und brachte mich damit zum Verstummen. »Das ist keiner von uns, und trotzdem bedeutest du mir die Welt, Carly Thompson.«

Zärtlich legte er seine Hände an meine Wangen und küsste mich mit einer Leidenschaft, die mir die Luft zum Atmen nahm. Er hielt mich so sanft, als wäre ich aus Glas, und gleichzeitig so fest, als hätte er Angst, ich würde jeden Moment verschwinden.

In diesem Augenblick wusste ich, dass wir alles schaffen konnten. Leise seufzend vergrub ich meine Hände in seinen Haaren und zog ihn noch näher. Ich spürte, dass er lächelte. Als er sich ein kleines Stück zurücklehnte, konnte ich sein Schmunzeln auch sehen. Seine Augen funkelten, und ich war mir sicher, dass meine nicht anders aussahen.

»Versprich mir eins: Keine Geheimnisse mehr, okay?« Weil ich wollte, dass er verstand, wie wichtig mir das war, legte ich meine Hand auf seine Brust, direkt über die Stelle seines Herzens. Es schlug genauso schnell wie meins.

Logan sah mir tief in die Augen, dann lehnte er seine Stirn an meine. »Keine Geheimnisse mehr.«

Epilog

6 Monate später …

Ich stand vor dem Spiegel in Logans Schlafzimmer und betrachtete mein Outfit. Das schwarze Kleid reichte mir bis zu den Knien und betonte meine Kurven. Auch wenn ich Kleider nach wie vor nicht sonderlich mochte, wusste ich, dass es Logan gefiel, wenn ich eines trug. Für heute konnte ich mich durchaus damit anfreunden, denn es war kein gewöhnlicher Abend. Es war der Geburtstag seines besten Freundes.

Seit unserer kurzen Trennung lief es besser als je zuvor. Logan hatte sein Versprechen gehalten und mich nicht wieder ausgeschlossen. Ganz im Gegenteil. Er war mittlerweile der offenste und ehrlichste Mensch, den ich kannte. Ich dagegen hatte gelernt, ihn nicht zu drängen und ihm die Zeit zu geben, die er benötigte.

Inzwischen konnte ich mir gar nicht mehr vorstellen, wie mein Leben ohne ihn ausgesehen hätte. Er bedeutete mir mehr, als ich in Worte fassen konnte.

Ich bemerkte, dass er im Türrahmen lehnte und mich ansah. Sein Lächeln hatte noch immer dieselbe Wirkung auf mich wie anfangs. Ich bezweifelte, dass es sich jemals ändern würde.

Als sich unsere Blicke im Spiegel trafen, kam er zu mir, umschlang mich von hinten und legte das Kinn auf meine Schulter. Sein Aftershave stieg mir in die Nase und ließ mich seufzen. Er kommentierte es mit einem wissenden Schmunzeln, was mich die Augen verdrehen ließ.

»Du siehst wunderschön aus.« Seine raue Stimme schickte einen Stromstoß durch meinen Körper und sorgte für ein angenehmes Kribbeln in meiner Magengegend.

»Du siehst auch nicht schlecht aus.« Ich biss mir auf die

Unterlippe und versuchte zu verstecken, wie sehr mir gefiel, was ich sah. Seine schwarze Jeans passte perfekt zu meinem Kleid, sein weißes Hemd bildete einen farblichen Kontrast dazu. Ich liebte es, wenn er solche Outfits trug. Weil er das wusste, zog er sie in letzter Zeit häufiger an.

Er schien zu erraten, woran ich dachte, denn er senkte seinen Kopf und hauchte mir einen zärtlichen Kuss auf mein Schulterblatt. Ich schloss die Augen und gab mich seinen unschuldigen Berührungen hin. Als er sich jedoch der empfindlichen Stelle an meinem Hals widmete, konnte ich nicht anders, als leise zu stöhnen.

»Müssen wir unbedingt zur Party? Ich würde viel lieber hierbleiben und andere Dinge mit dir tun.« Was ihm vorschwebte, war mir klar, und ich nicht abgeneigt. Doch so sehr ich mir auch wünschte, den Abend mit ihm allein zu verbringen, hatten wir keine Wahl.

»Müssen wir. Caleb wäre sicherlich enttäuscht, wenn wir einfach hierbleiben würden. So sehr mir die Idee auch gefällt.«

Er gab einen unzufriedenen Laut von sich, sein Bart kitzelte mich am Hals. Mir ging es nicht anders. Doch ab und an konnte man sich nicht drücken. In letzter Zeit hatten wir das häufig genug getan. Auch wenn unserer Freunde uns das bisher nicht übel nahmen, wollte ich ihre Geduld nicht zu oft auf die Probe stellen.

»Aber wir müssen nicht allzu lange bleiben, oder?« Er hörte sich wie ein bockiges Kind an, das etwas tun musste, wozu es eigentlich keine Lust hatte. Ich verstand ihn nur zu gut.

»Nein, müssen wir nicht.«

»Na gut.« Als er sich zurückzog, lag ein schmollender Ausdruck auf seinem Gesicht, der mich lächeln ließ. Er konnte manchmal unglaublich süß sein, auch wenn er das nicht gerne hörte.

»Dann lass uns gehen. Je früher wir da sind, desto eher sind wir wieder zurück.«

Der Vorschlag schien ihm zu gefallen, denn er griff sich seine Jacke, legte sie über seinen Arm und deutete in Richtung der Tür. »Können wir?«

Sein neu entdeckter Enthusiasmus amüsierte mich, und ich folgte ihm lachend. Im Vorbeigehen schnappte ich mir Calebs Geschenk vom Esszimmertisch und steckte den kleinen Umschlag in meine Tasche.

Während der gesamten Taxifahrt hielt Logan meine Hand fest mit seiner umschlossen. In weiser Voraussicht hatten wir nicht sein Auto genommen. Wenn man sich schon zu einer Party breitschlagen ließ, auf die man eigentlich keine Lust hatte, musste man immerhin etwas trinken können, um den Abend erträglicher zu machen.

Logan hauchte einen sanften Kuss auf meine Fingerknöchel und brachte mich damit zum Lächeln. Ich liebte diese kleinen Gesten. Zufrieden lehnte ich mich an ihn.

Schneller als gedacht, waren wir an der genannten Adresse und stiegen aus. Ich atmete tief durch, ehe wir durch die doppelflügelige Eingangstür ins Haus gingen. Der Bass vibrierte unter unseren Füßen und machte eine Unterhaltung unmöglich. Während wir uns suchend nach Caleb umsahen, versuchte ich die neugierigen Blicke, die uns auch jetzt noch zuteilwurden, zu ignorieren. June und Sarah waren die ersten bekannten Gesichter, die wir entdeckten. Ein Teil von mir fragte sich, wie viele Leute Caleb eingeladen hatte, denn bisher war ich immer davon ausgegangen, den ein oder anderen zu kennen. Jedenfalls vom Sehen. Und doch wurde ich in diesem Moment eines Besseren belehrt.

Als wir endlich bei den beiden angekommen waren, stieß ich erleichtert die Luft aus.

»Hey, ihr zwei.« Lächelnd umarmte ich erst Sarah, dann June, die ich in den letzten zwei Wochen, in denen ich bei Logan übernachtet hatte, nur selten gesehen hatte.

»Hey, alles klar bei euch?« Junes Lächeln war ansteckend und absolut losgelöst, sodass ich mich vollends entspannte. June hasste House-Partys mit zu vielen Gästen genauso sehr wie ich. Sie gemeinsam zu besuchen, machte sie deutlich besser.

»Wir können uns nicht beschweren.« Logan antwortete an meiner Stelle und zog meine besten Freundinnen ebenfalls in eine kurze Umarmung, ehe er mich von der Seite umschlang und mir einen Kuss auf die Stirn hauchte. Instinktiv schloss ich die Augen und genoss den kleinen Moment der Zweisamkeit. Als ich sie wieder öffnete, begegnete ich zwei wissenden Blicken, die mich bloß leicht mit den Schultern zucken ließen.

»Habt ihr Caleb gesehen?« Meine Frage ließ die beiden nicken und in Richtung Garten deuten. »Soweit ich weiß, ist er mit Lauren draußen. June und ich wollten gerade zu ihm gehen. Kommt ihr mit?«

Ohne uns abzusprechen, nickten wir.

»Klar, gerne. Dann können wir ihm unser Geschenk geben.« Weil er keinen bestimmten Wunsch gehabt und an sich alles hatte, was man sich auch nur annähernd wünschen konnte, hatten wir vier zusammengelegt und ihm zwei VIP-Tickets für ein Heimspiel der *Chicago Bulls*, seiner Lieblingsmannschaft, besorgt.

Gemeinsam gingen wir vier in den Garten. Logans Hand in meinem Rücken schickte unzählige Stromstöße durch meinen Körper. Augenblicklich schlich sich ein Lächeln auf meine Lippen.

Hier draußen war es nicht ganz so voll und stickig wie drinnen, was uns erleichtert durchatmen ließ. Menschenmengen ängstigten mich nicht und ließen mich auch nicht in Panik ausbrechen, dennoch mied ich sie, wann immer ich konnte. Auf Dauer waren sie einfach lästig. Der wunderschön dekorierte Garten mit seinem wundervoll in Szene gesetzten Pool war schon eher mein Fall.

Während Logan, Sarah und June Caleb gratulierten, ließ ich meinen Blick schweifen und schwelgte einen Moment in den Erinnerungen an den Tag, an dem Logan und ich unsere unfreiwillige Abkühlung genommen hatten. Wie viel seither passiert war, konnte ich kaum begreifen.

»Carly? Ist alles in Ordnung?« Calebs Stimme riss mich aus meinen Gedanken. Ertappt sah ich ihn an und nickte. Lauren stand neben ihm und lächelte mich freundlich an.

»Alles Gute zum Geburtstag.« Ich zog ihn in eine kurze Umarmung und überreichte ihm den kleinen Umschlag aus meiner Handtasche. »Das ist von uns vier.«

Lächelnd lehnte ich mich gegen Logan. Seine Nähe war etwas,

das ich nicht mehr missen wollte, auch wenn wir damit vielleicht wie eines der typischen Teenie-Filmpaare wirkten.

Caleb sah ungläubig zwischen uns hin und her, dann wieder auf die Tickets, als könnte er nicht fassen, was er da in den Händen hielt. Vielleicht war es bis zu einem gewissen Teil auch nachvollziehbar. Immerhin war es unglaublich schwer, an VIP-Karten zu kommen. Ohne Sarahs Dad, der einen Freund dort im Vorstand hatte, wäre uns das nie gelungen.

»Ihr seid doch verrückt. Danke.« Caleb grinste, als hätte er im Lotto gewonnen, was Lauren leise schnaufen ließ und mich stutzig machte. So kannte ich sie nicht. Doch im nächsten Augenblick strahlte sie wieder über beide Ohren. Ihr Lächeln wirkte jedoch ein bisschen aufgesetzt.

»Gerne.« June sah Caleb lächelnd an und begann, ihre Hände zu kneten. Ein sicheres Zeichen, dass sie unsicher war und nicht wusste, wie sie sich verhalten sollte. Aber warum? Lag es an Caleb? Die sanfte Röte auf ihren Wangen verstärkte meinen Verdacht. Warum war mir das bisher nie aufgefallen?

Bevor ich meine beste Freundin darauf ansprechen konnte, ob sie in den Power Forward der *Blue Devils* verliebt war – während ebendieser bei uns stand –, zeigte Caleb auf das Haus. »Ich bringe die Tickets kurz rein. Nicht, dass jemand versehentlich etwas darauf verschüttet.« Nur einen Augenblick später war er verschwunden. Lauren tat es ihm gleich.

»Und nun?« Sarah sah uns fragend an.

Ich zuckte nur mit den Schultern. Rein theoretisch hatten wir unsere Pflicht erfüllt und konnten gehen. Doch mein Gewissen machte mir einen Strich durch die Rechnung. Es gehörte sich nicht, direkt wieder abzuhauen. »Keine Ahnung.«

»Ich hole uns mal etwas zu trinken.« June deutete auf die kleine Bar und lief in die entsprechende Richtung. Sarah folgte ihr, sodass Logan und ich allein zurückblieben. Als hinter uns mehrere Leute mit Klamotten in den Pool sprangen, konnte ich nicht anders, als zu schmunzeln.

»Weißt du, woran ich gerade denke?« Das Funkeln in seinen Augen verhieß nichts Gutes. Ich schluckte und schüttelte den

Kopf. Auch wenn mir längst bewusst war, worauf er anspielte.

»An unser unfreiwilliges Bad an dem Abend, an dem alles begann.«

So sehr ich es in jenem Moment auch gehasst hatte, umso dankbarer war ich jetzt. Ob wir uns ohne die ungeplante Schwimmeinlage nähergekommen wären, wusste ich nicht. Doch letztendlich war das nicht wichtig. Wir waren zusammen und glücklich. Nichts weiter zählte. »Ich erinnere mich.«

»Ich finde, das könnten wir durchaus noch mal machen.«

»Wage es ja nicht.« Panisch sah ich zwischen ihm und dem Pool hin und her. Auf eine Wiederholung hatte ich keine Lust.

Gerade als ich einen Schritt zur Seite gehen wollte, spürte ich, wie er mich schwungvoll an sich zog und gemeinsam mit mir in den Pool sprang. Instinktiv warf ich meine Tasche weg, schloss die Augen und hielt mich an ihm fest, als ich auch schon spürte, wie mich das kühle Nass umfing.

Ich holte tief Luft und versuchte, meinen rasenden Herzschlag wieder zu beruhigen. Fassungslos sah ich ihn an. Das konnte nicht sein Ernst sein. Gerade als ich ihm meine Meinung dazu sagen wollte, ließ mich sein Lächeln innehalten. Er sah so unglaublich glücklich aus, dass ich den Moment nicht kaputtmachen wollte. Stattdessen zog ich ihn zu mir heran und küsste ihn. Seine Hände auf meinem Rücken sorgten dafür, dass ich weiche Knie bekam, und ließen mich an vergangene Augenblicke denken.

»Hast du zufällig trockene Klamotten dabei?«, wiederholte ich seine Worte von jenem ersten Abend. Damals war er es gewesen, der mir diese Frage gestellt hatte. Diesmal war ich es.

Logan schien sofort zu verstehen, worauf ich hinauswollte, denn sein Griff um meine Hüften wurde fester. »Ich denke, Caleb leiht uns noch mal etwas.«

»Das wäre zu großzügig von ihm.«

Es folgte ein weiterer kurzer Kuss, ehe wir zum Beckenrand schwammen und gemeinsam hinauskletterten. Als Logan meine Hand ergreifen wollte, schubste ich ihn jedoch erneut in den Pool, schnappte mir meine Handtasche und rannte lachend in Richtung der Gästezimmer.

»Na warte.« Logans Stimme klang amüsiert, aber auch warnend, sodass ich meine Schritte beschleunigte. Gerade als ich mich in Sicherheit wog und die Tür aufstieß, hatte er mich eingeholt.

Lachend zog er mich an sich und presste seine Lippen auf meine. Dass wir den Boden mit unseren nassen Klamotten volltropften, war egal.

Nach Luft schnappend ließ er von mir ab und lehnte seine Stirn gegen meine. Sein heißer Atem tanzte über mein Gesicht und schickte unzählige Schauer durch meinen Körper. Ich presste mich an ihn und fuhr mit meinen Händen zum Saum seines Hemds. Grinsend ließ er mich gewähren und sah mich herausfordernd an, als ich ihm den Stoff über die Schultern schob und neben das Bett fallen ließ. Seine Hose folgte.

Schritt für Schritt dirigierte ich ihn nach hinten. Als wir direkt vor dem Bett standen, ließ er sich fallen. Aufreizend langsam fuhr ich mit meinen Fingern an meinen Seiten bis zum Saum meines Kleids und zog es mir in einer fließenden Bewegung über den Kopf. Vielleicht hatten die Dinger doch ihre Vorteile. Logans Blick wurde dunkler, als ich mich auf ihn setzte, meine Finger in seine Haare wandern ließ und mich ihm entgegenlehnte. Kurz vor seinen Lippen stoppte ich. »Besser?«

»Viel besser.« Im nächsten Moment streichelte er über meinen Rücken, und ich erschauerte. Mit einem Nicken deutete er auf die Tür. »Ich schließe eben ab.«

»Ausgezeichnete Idee.« Ich erinnerte mich an unsere letzte unfreiwillige Unterbrechung. Ein weiteres Mal wollte ich dieses Risiko nicht eingehen. Und Logan anscheinend auch nicht. Denn er drehte den Schlüssel um und kam wieder zu mir.

Für einen Augenblick hielten wir beide inne und sahen uns einfach nur an. Seit dieser einen Nacht war so unglaublich viel passiert, dass ich manchmal das Gefühl hatte, zu träumen. Dies waren die Momente, in denen ich mich versichern musste, dass das, was wir miteinander teilten, Wirklichkeit war. Und er real. Wie viel Glück ich mit ihm hatte, konnte ich manchmal kaum fassen.

Das sanfte Mondlicht ließ seine Augen funkeln und mein Herz

rasen. Zärtlich legte ich meine Hand an seine Wange. Sein Dreitagebart kitzelte meine Fingerspitzen.

»Ich liebe dich.« Manchmal reichten Worte nicht, um zu beschreiben, wie viel er mir bedeutete.

Logan lächelte und hauchte einen zarten Kuss in meine Handfläche. »Ich liebe dich auch. Und ich wüsste nicht, was ich ohne dich machen würde, Carly Thompson.«

Ich schüttelte den Kopf und legte meinen Zeigefinger auf seine Lippen. Fragend sah er mich an. »Darüber musst du nie wieder nachdenken.«

Als er begriff, was ich ihm damit sagen wollte, legte er seine Lippen zärtlich auf meine. Manchmal glaubte ich kaum, dass er der Mann war, der mir mein Herz gebrochen hatte. Aber er war auch derjenige, der es wieder zusammengesetzt hatte.

Man sagte, Schicksal sei, wenn sich zwei Menschen fanden, die sich nie gesucht hatten. Auf der Suche waren wir beide nicht gewesen. Gefunden hatten wir uns dennoch. Und trotz aller Zweifel am Ende auch wieder zueinander.

Danksagung

Als ich mit dem Schreiben angefangen habe, war eine Verlagsveröffentlichung mein größter Traum, gleichzeitig habe ich aber nicht wirklich daran geglaubt. An einen Vertrag bei meinem absoluten Wunschverlag noch viel weniger. Und doch stehe ich nun hier und halte meinen Debütroman in den Händen.

Eva, als deine Mail mit der Zusage kam, hast du mir einen absoluten Herzenswunsch erfüllt. Es ist durchaus möglich, dass ich sie noch immer im Posteingang habe und sie mir durchlese, wenn ich mal wieder nicht glauben kann, dass ich tatsächlich veröffentliche. Danke für dein Vertrauen in mich und dass du Carly und Logan eine Chance gegeben hast. Ohne dich wäre diese Reise nicht möglich gewesen.

Mit niemandem hätte ich lieber über Brownies, Muttermale und Tauschhandel diskutiert als mit dir, Jennifer. Dein Plädoyer für Logans Vergangenheit werde ich niemals vergessen. Genauso wenig wie deine Begeisterung für die Müsli-Szene. Danke, dass du das Beste aus meiner Geschichte herausgeholt hast.

Liebe Martina, auch dir möchte ich danken. Durch dich wurde aus dem Manuskript ein richtiges Buch. Ich habe es schon mal gesagt, aber ich liebe den kleinen Basketball als Szenentrenner einfach total.

Es gibt so vieles für das ich mich bei dir bedanken möchte, dass du eigentlich eine extra Danksagung verdient hättest, Nadine. Durch dich habe ich überhaupt erst mit dem Schreiben angefangen und ohne deine Unterstützung hätte ich niemals den Mut gehabt, meine Geschichte einzuschicken. Wie man ohne dich Bücher schreiben kann, ist mir wirklich ein Rätsel. Ich kann es jedenfalls nicht – und ich möchte es auch gar nicht. Du warst nicht nur die Erste, der ich von Carly und Logan erzählt habe, sondern auch diejenige, die mit mir geplottet und mir vor allem Quatsch ausgeredet hat. Ich erwähne an dieser Stelle nur einen ganz bestimmten Kuss *hust. Hiermit verspreche ich dir, dass ich so etwas nie wieder einbaue. Danke, für alles. *Against all Doubts* ist nicht nur mein Buch, es ist auch deins. Und genau das möchte ich dir mit der Widmung sagen.

Catina, auch du warst von Anfang an dabei, und ich bin verdammt froh, dass wir uns kennengelernt haben. Du motivierst mich nicht nur, wenn der Berg zu hoch erscheint, sondern gibst mir auch einen Schubser, wenn ich mich mal wieder drücke. Aber am schönsten finde ich, dass wir nun beide unseren Traum leben. Danke dafür. Auf viele weitere gemeinsame Bücher.

All das wäre jedoch ohne zwei ganz besondere Menschen niemals möglich gewesen, und das seid ihr, Mama und Papa. Ich habe einfach verdammt viel Glück, euch meine Eltern nennen zu dürfen. Ihr haltet mir den Rücken frei und unterstützt mich bedingungslos. Danke, dass ich dieses Abenteuer gemeinsam mit euch erleben darf. Ich habe euch lieb.

An dieser Stelle muss ich auch kurz die beiden süßesten Kater der Welt erwähnen. Neo, Sky, danke, dass ihr mich nicht allzu häufig vom Schreiben abgelenkt oder auf der Tastatur gelegen habt. Die versprochenen Leckerchen gibt es auf jeden Fall.

Oma, ich wünschte, du könntest diese Reise miterleben. Du fehlst – an jedem einzelnen Tag.

Wenn ich einen Wunsch im Leben frei hätte, dann würde ich ihn dafür nutzen, um dich zu treffen, Opa. Ich kenne dich nur aus Erzählungen, aber du scheinst ein großartiger Mensch gewesen zu sein. Ich wünschte, wir hätten uns kenngelernt.

Jenny, du bist mit Abstand mein größter Cheerleader. Danke für deine Unterstützung – und all deine verrückten Ideen.

Last but not least möchte ich auch dich nicht vergessen, liebe Leserin / lieber Leser. Mit dem Kauf meines Buchs hast du einer unbekannten Autorin die Chance gegeben, ihren Traum zu leben. Danke dafür. Ich hoffe, die Geschichte von Carly und Logan hat dir gefallen und wir lesen uns bald wieder. Wenn du magst, gerne auch auf Instagram unter @michellewend.autorin

Ich freue mich, von dir zu hören.

Eure Michelle

UNTIL YOU: MAY

von Aurora Rose Reynolds

ISBN-Taschenbuch: 978-3-903413-21-4
ISBN-EPUB: 978-3-903413-22-1

Als sich May Mayson bei einer Dating-App registriert, ahnt sie nicht, dass sie einem Fake-Profil zum Opfer fallen wird. Frustriert löscht sie die App und schwört der Liebe endgültig ab. Dann steht unverhofft der echte Aiden Bender vor ihr und bringt all ihre Alarmglocken auf die bestmögliche Weise zum Schrillen.

Nachdem eine Verletzung seine Karriere im Profisport beendet hat, kehrt Aiden in seine Heimatstadt zurück, um im Bauunternehmen seines Vaters mitzuwirken. Dort begegnet er neuen Problemen und vertrauten Gesichtern. Ein Blick auf May und Aiden weiß, diese Frau gehört zu ihm, doch so leicht lässt sie sich nicht erobern. Während er alles daransetzt, May zu der Seinen zu machen, hat noch jemand seine Finger im Spiel, der nicht nur Aidens Glück im Visier hat ...